HEYNE
BÜCHER

Fantasy

Herausgegeben von Wolfgang Jeschke

Von Tanith Lee erschienen in der Reihe
HEYNE SCIENCE FICTION & FANTASY:

Im Herzen des Vulkans · 06/3616
Vazkor · 06/3638
Die weiße Hexe · 06/3687

Weggefährten in:
Heyne SF-Jahresband 1980 · 06/3729

Herr der Stürme · 06/3759
Herr der Nacht · 06/3802
Herr des Todes · 06/4012
Das Winterspiel · 06/4094
Östlich von Mitternacht · 06/4119
Der Besessene · 06/4173
Herr der Illusionen · 06/4210
Anackire · 06/4295
Der Prinz auf dem weißen Pferd · 06/4521
Die Burg der Dunkelheit · 06/4540
Die Herrin des Deliriums · 06/4575
Nächtliche Zauber · 06/4603

TANITH LEE

Nächtliche Zauber

Erzählungen

Deutsche Erstausgabe

Fantasy

WILHELM HEYNE VERLAG
MÜNCHEN

HEYNE SCIENCE FICTION & FANTASY
Band 06/4603

Titel der amerikanischen Originalausgabe
NIGHT'S SORCERIES
Deutsche Übersetzung von Irene Holicki
Das Titelbild schuf Boris Vallejo
Die Illustrationen im Text zeichnete John Stewart

Redaktion: Friedel Wahren

Printed in Germany 1989
Umschlaggestaltung: Atelier Ingrid Schütz, München
Satz: Schaber, Wels
Druck und Bindung: Elsnerdruck, Berlin

ISBN 3-453-03477-5

INHALT

Was geht uns dies alles an? Die Zeit ist endlos, und sie gehört uns. Liebe und Tod sind nur die Spiele, die wir darin spielen.

Die Herrin des Deliriums

VORWORT

Die Geschichte von Azhriaz, der Tochter des Dämonenfürsten (auch Sovaz und Atmeh) genannt, wurde anderswo erzählt.*

Es gibt jedoch andere Erzählungen aus jener Zeit, als sie, halb Dämon, halb Sterbliche, auf der Flachen Erde wohnte und dort umherstreifte. Denn die Schatten und das Licht ihrer Liebe, ihrer Streitigkeiten, ihrer Magie, ihrer Schönheit und ihres Wissens berührten außer ihrem eigenen auch viele andere Leben ...

* Die Herrin des Deliriums, Heyne-Band 06/4575

TOCHTER DER NACHT, WUNSCHTRAUM DES TAGES

Als die Tochter Azhrarns, des Dämons, zum erstenmal in der Welt lebte, wurde sie Sovaz genannt und war die Geliebte von Chuz, dem Fürsten Wahnsinn.

Um ihretwillen nahm Chuz eine eindeutige Gestalt von großer Schönheit an, was nicht immer seine Art gewesen war. Doch wie ihr Vater war auch er ein Gebieter der Finsternis.

Ziemlich lange, so sagt man, hausten die beiden Liebenden in den Tiefen eines großen Waldes, der durch ihre Gegenwart verzaubert und zu einem seltsamen, gefährlichen Ort wurde.

Am Waldessaum lag ein Dorf. Eine alte Straße führte daran vorbei zu den Städten im Süden, und in der Vergangenheit hatte diese Straße dem Dorf Bedeutung verliehen und Wohlstand gebracht. Seither waren andere Verkehrswege gebaut worden, und die Reisenden, die durch den tiefen Wald zogen, wurden weniger. Eine Karawane war in dieser Gegend seit sieben Jahren nicht mehr gesehen worden. Der rosa Stein, aus dem das Dorf gebaut war, war weicher und die Herzen waren härter geworden. Auf einem Hügel über dem Dorf stand zwischen Bäumen ein Tempel. Die Goldstreifen um die Säulen waren verblaßt und die Türkisziegel auf den Dächern abgesplittert. Trotzdem lebten die Priester nicht schlecht, denn die Dorfbewohner hatten sich ihre Frömmigkeit bewahrt. Jede Nacht wurde auf dem höchsten Punkt des Tempels ein Leuchtfeuer entzündet, damit die Götter nicht vergaßen, wo das Dorf lag.

Manchmal mußte eine ehrbare Familie in dieser Gegend feststellen, daß sie zu viele hungrige Mäuler zu füttern hatte, und dann wurde einer der jüngeren Söhne — Frauen waren nicht zugelassen — dem Tempel als Diener angeboten. Solch ein jüngerer Sohn war Käfer.

Als er sieben Jahre alt war, setzte ihn seine Amme im schattenhaften Geisterlicht vor Tagesanbruch im äußeren Hof des Tempels aus. Um den Hals trug er einen kleinen, minderwertigen Rubin an einem Stück Seide. Das war die ›Mitgift‹ des Jungen, ohne die er nicht erwarten konnte, im Tempel aufgenommen zu werden. Der arme Käfer (der zu diesem Zeitpunkt noch einen anderen Namen trug) stand in der morgendlichen Kälte und weinte, bis schließlich ein Priester herausgewatschelt kam und ihn ohne allzu große Begeisterung entdeckte. »Schon wieder so ein Balg. Nun, Tradition ist Tradition. Mal sehen — ach, was für ein kümmerlicher

Stein. Hör auf zu flennen, Junge. Von jetzt an wärmt dich die Güte des Tempels.« Damit packte der Priester Käfer-der-noch-nicht-Käfer-hieß am Kragen und zog ihn mit sich.

Hier wuchs Käfer (denn so hieß er jetzt), ernährt von gottesfürchtiger Mildtätigkeit, die sich in verwässerter Milch, Fleischknorpeln, Krusten und Schwarten äußerte, im Lauf der Jahre heran. Daneben unterrichtete ihn der Tempel in den geistigen und geistlichen Künsten des Fegens, Scheuerns, Polierens und Ordnungmachens. Sein neuer Name, den man ihm in den ersten Tagen gab, sollte ihn durch sympathetische Magie zu selbstlosem Fleiß ermuntern. Die anderen Tempeldiener hatten ähnliche Namen, bis auf einen hübschen Jungen, der die Altarkerzen schneuzen und das Weihrauchfaß schwenken durfte und der manchmal den Priestern beim Auskleiden und beim heiligen Bad behilflich war. Dieser Diener namens Schatz schlief stets in einer eigenen Zelle und aß am Tisch der Priester mit. Aber schließlich hatte der Tempel diesen Schatz der letzten Karawane abgekauft.

Hin und wieder einmal fragten bedürftige Reisende im Tempel um ein Nachtlager an. Sie mußten dafür zwar ein Entgelt entrichten, aber es war doch etwas geringer als der Preis, den man in der Dorfschenke verlangte.

Eines Tages, als Käfer, dünn, schmächtig und schwachsichtig wie alle anderen — außer Schatz — siebzehn Jahre alt war, machte ein Hausierer Gebrauch von der Gastfreundschaft der Priester. Gleich am nächsten Abend rief der Oberpriester Käfer zu einem Gespräch zu sich.

»Lieber Käfer«, sagte der Oberpriester, der auf einer Liege thronte, neben sich einen Tisch mit Süßigkeiten, Pfirsichen und Wein — Käfer wäre vielleicht das Wasser im Mund zusammengelaufen, wenn sein Gaumen nicht so trocken gewesen wäre, »mein Sohn, mir ist zu Ohren gekommen, daß du wieder in deinen alten Fehler verfallen bist.«

»Vater«, rief Käfer aus und warf sich zu Boden, »vergebt mir, daß ich drei Kerzen aufgegessen habe — aber mich quält ein so schrecklicher Hunger . . .«

»Leider!« sagte der Oberpriester und spielte traurig mit einer Zuckermandel. »Du mußt dich um die Tugend der Enthaltsamkeit bemühen. Haben wir dir denn in all der Zeit, die du bei uns verbracht hast, gar nichts beibringen können? O weh! *Drei* Kerzen.« (Käfer klapperte vor Angst mit den Zähnen, denn er spürte schon den Riemen auf seinen Rücken niedersausen.) »Das ist jedoch nicht der Grund, warum ich dich habe rufen lassen. Ja, da du deine Sünde so offen eingestanden hast, können wir sie ausnahmsweise vielleicht sogar einmal übersehen.«

Käfer traute kaum seinen Ohren. Wenn ihm eine Strafe erlassen werden sollte, so sagte ihm seine Erfahrung, dann mußte er sich sicher gleich auf noch etwas Schlimmeres gefaßt machen. Käfer zitterte, vermochte sich aber nicht vorzustellen, was das sein könnte.

»Der Fehler, den ich meinte, mein Sohn, war deine betrübliche gewohnheitsmäßige Faulheit. Ein träger Mensch kann den Göttern nicht dienen. Aber du hast dich auf deinen Besen gestützt und geträumt und bist bis Tagesanbruch im Bett gelegen. Du bist niemals unbeobachtet, mein Sohn, auch wenn kein Mensch in deiner Nähe ist. Die Götter halten ständig Wache. Ich hatte eigentlich vor, dich zu züchtigen, aber ich glaube allmählich, daß deine Faulheit weniger auf Verderbtheit zurückzuführen ist als auf eine Schwerfälligkeit, die dir im Blute liegt. Aus diesem Grund gedenke ich dich auf einen Botengang zu schicken, der dich beleben soll und von dem du hoffentlich erfrischt und von größerem Eifer erfüllt zu uns zurückkehren wirst.«

Käfer starrte ihn mit offenem Munde an.

Der Oberpriester knabberte mit einem gewissen Widerwillen an ein paar kandierten Früchten, als wolle er sie nicht kränken, indem er sie unbeachtet ließ.

Schließlich fuhr er fort.

»Ich habe erfahren, daß sich vor kurzem ein reicher Herr und seine Dame im Wald niedergelassen haben. Sie leben zurückgezogen und verborgen vor den Augen der Welt, was zweifellos sehr für ihre Bescheidenheit spricht. Aber mir scheint, man sollte sie daran erinnern, welch unermeßliches Glück die Götter spenden und daß wir hier ihnen den Weg zu diesem Glück zeigen können. Es besteht Grund zu der Annahme, daß sie, nachdem sie ja ein so ruhiges Leben führen, gar nichts von diesem heiligen Tempel wissen, der nur ein paar Tagereisen von ihrem Palast entfernt ist. Daher möchte ich ihnen einen Boten senden, der ihnen davon berichtet. Und für diese Aufgabe habe ich dich erwählt, mein lieber Käfer. Denn«, der Priester lächelte ihm zu, »trotz deiner Saumseligkeit glaube ich, daß du reinen Herzens bist.«

Käfer rutschte auf dem Bauch herum. Rein oder nicht, sein Herz hämmerte in höchster Aufregung. Er wagte weder Fragen zu stellen, noch irgendwelche Einwände zu erheben.

»Man wird dich ein wenig herausputzen«, fügte der Oberpriester hinzu und schloß seine in Fett eingebetteten Augen halb, so daß die Pupillen den Jungen wie funkelnde Lanzenspitzen anblickten. »Du wirst die Macht und die Frömmigkeit des Tempels vertreten. Natürlich wirst du nicht auf die Idee kommen, dich heimlich aus dem Staub zu machen, aber wenn die bösen Geister des Waldes dich doch in Versuchung führen und von deinem Wege abbringen wollen, so sollte dir klar sein, daß dich in diesem Fall mein Fluch treffen würde. Kannst du dich noch an das Schicksal von Ameise erinnern, der der Versuchung erlag, weglief und dabei eine kleine, silberne Votivgabe mitnahm?«

»Ja, Vater. Man hat ihn nie wiedergesehen.«

»Und weißt du auch warum, mein Sohn?«

»Weil — wie Ihr uns gesagt habt — Euer Fluch über ihn gekommen war.«

»Genauso ist es. Wisse also, daß du auf der Hut sein mußt und nicht vom Wege abweichen darfst. Denn dieser Fluch ist schrecklich, und niemand kann ihm entrinnen, sobald er einmal wirksam wird. Die Knochen von Ameise liegen in den Wäldern. Aber du wirst deinen Auftrag ausführen und in unsere liebevolle Obhut zurückkehren.«

»O ja, ja, Vater.«

»Sehr schön. Nun geh. Du wirst noch weitere Anweisungen erhalten. Morgen bei Sonnenaufgang machst du dich auf den Weg.«

Käfer kroch auf allen vieren aus dem Raum. Draußen im dämmrigen Säulengang stand er auf und schlang, keineswegs entzückt, die Arme um sich.

Offensichtlich hatte der Hausierer (der ganz außer sich zu sein schien, als er im Tempel eintraf) dem Oberpriester von den reichen, neuen Nachbarn im Wald berichtet. Ein paar merkwürdige Geschichten hatten das Dorf jedoch schon vorher erreicht, Kohlenbrenner, wandernde Bettler und dergleichen hatten sie mitgebracht. Einige behaupteten, ein Prinz und eine Prinzessin hätten sich im Wald angesiedelt. Andere sagten, es handle sich um zwei Zauberer. Ständig gab es zwischen den Bäumen Überraschungen. Lichter schwebten durch die Luft, Glocken ertönten, Teppiche oder Wolken flogen hoch oben zwischen den Ästen dahin.

Käfer, den man zwar für einen Narren hielt und der sich hütete, diesen Eindruck zu berichtigen, hatte jedoch schon erraten, warum man gerade ihn dazu erkoren hatte, die Grüße des Tempels zu überbringen. Da er überflüssig war, konnte man ihn unbesorgt aufs Spiel setzen. Wenn die Zauberer ihn töteten und verspeisten, hatte der Tempel nichts verloren. Traf allerdings der angenehme Teil der Gerüchte zu, dann konnte man das wohlhabende Pärchen vielleicht in den Schoß des Tempels führen. Möglicherweise schickten die beiden auch, in der Hoffnung, daß man sie dann in Ruhe lassen würde, nach Käfers Besuch ein prächtiges Geschenk an den Tempel. In diesem Fall hätte sich das Risiko durchaus bezahlt gemacht.

Was Ameise anging, so streifte der inzwischen vermutlich irgendwo auf der anderen Seite des Waldes umher und verpraßte die Votivgabe. Nicht, daß Käfer den Fluch des Oberpriesters gefürchtet hätte, er war nur zu der Überzeugung gelangt, daß er ein Pechvogel war und daß es keine Rolle spielte, an welchem Ort der Erde er sich aufhielt, er würde niemals Glück haben. Halb verhungert und entmutigt, wie er war, brachte er nicht genügend Energie auf, um von einem Elend in ein anderes zu flüchten.

So wartete er in aller Demut, und irgendwann kam ein Priester und erklärte ihm, was er sagen sollte und wo er den Zauberpalast des reichen Herrn finden konnte — jedenfalls, wo er ihn *vermutlich* finden konnte (das schien sich manchmal zu ändern). In dieser Nacht fand Käfer auf seinem kratzigen Strohsack keinen Schlaf. Eine Stunde vor Tagesanbruch holte man ihn, überschüttete ihn mit kaltem Wasser, parfümierte ihn mit einer Essenz aus der am wenigsten wohlriechenden Duftphiole, zog ihm ein einigermaßen annehmbares Gewand an und gab ihm ein altes Maultier, einen Amtsstab und eine vom Oberpriester persönlich verfaßte Schriftrolle. Zuletzt reichte man ihm einen Ranzen mit dürftiger Wegzehrung und entließ ihn durch die Tempelpforte.

Nur Schatz machte sich die Mühe, von einem hochgelegenen Fenster aus Käfers Aufbruch zu beobachten – aus Gründen, die nur Schatz selbst bekannt waren. Die rundliche Gestalt, wie immer von Kopf bis Fuß sittsam verhüllt, war leicht zu erkennen. Aber Käfer sah sie nicht.

Er ritt in den Morgen hinein und schaute nicht zurück und schon gar nicht nach vorne.

Mehrere Tage lang ritt Käfer durch den Wald. Anfangs fand er die Abwechslung recht angenehm, aber die Größe, die Höhe und die Tiefe des Waldes schüchterten ihn auch gewaltig ein, ebenso die merkwürdigen Geräusche und Gerüche, die ihn umgaben, und die Tiere, die mit vollem Recht hier lebten. Bis dahin war er fast sein ganzes Leben lang in den engen Mauern des Tempels eingesperrt gewesen. Daß er unter den Bäumen schlafen sollte, erfüllte ihn mit tausend Ängsten. Sogar bei Tag mußte er an Dämonen denken — von denen er so gut wie nichts wußte, aber was er gehört hatte, war nichts Gutes —, sobald er einen Dachs grunzen hörte, der sich im Schlaf umdrehte.

Außerdem war die knapp bemessene Wegzehrung, die man ihm mitgegeben hatte, bald zu Ende, und das dahinschlurfende Maultier fing häufig mitten in der Bewegung zu dösen an. Von menschlichen Wesen — seien sie irdischer, wohlhabender oder magischer Natur — sah und hörte er nichts.

Was die Straße anging, so war sie ab dem fünften Tag so überwuchert, der Belag so löcherig und bucklig, daß Käfer gezwungen war, sie zu verlassen. Und bald darauf hatte er sich auch schon verirrt.

Als dies geschehen war und zudem die Nacht herankam, begann sich Käfer Gedanken über die Macht der Flüche des Oberpriesters zu machen. Vielleicht waren sie doch wirksam. Inzwischen stimmten die wilden Tiere des Waldes ihr irres Heulen und Kreischen an. Abseits der Straße würde sicherlich ein Löwe daherkommen und Käfer und das Maultier verschlingen, oder ein Teufelswesen konnte sie in aller Ruhe in Stücke reißen. Käfer wurde von einem matten Zorn erfaßt. Er führte das Maultier in ein schützendes Dickicht und machte hastig ein Feuer. Zum Abendessen kaute er an seinen

Fingernägeln, danach saß er da und grübelte. Endlich glaubte er einzuschlafen.

Aber nicht viel später hörte er ganz in der Nähe ein unheimliches Geräusch und erwachte wieder.

Zwischen den Farnwedeln schlich etwas herum. Das Geräusch war zu unbedeutend, um der Vorbote eines grausigen Todes zu sein, aber vielleicht stammte es ja auch von einer giftigen Schlange. Käfer sprang hastig auf, und in diesem Augenblick stahl sich ein großer Hase in den Feuerschein. Sein Fell war wie aus schwarzem Samt, um den Hals trug er ein goldenes Halsband, und in jedem seiner langen Ohren steckte eine winzige, silberne Mondsichel.

Während Käfer den Hasen noch anstarrte, machte dieser eine höfliche Verneigung und streifte dabei mit den Ohren den Boden. Dann drehte er sich um und entfernte sich leise.

Käfer war hin- und hergerissen zwischen Furcht und Neugier, ein wenig glaubte er auch, er schlafe noch, aber etwas drängte ihn doch, dem Tier nachzueilen.

Den Hasen schien das keineswegs zu erschrecken. Er ging in gemächlichem Tempo weiter, und bald erreichte er über eine ansteigende Lichtung ein Wäldchen aus Nußbäumen, wo das Mondlicht durch die Blätter sickerte und die reifenden Früchte wie Perlen schimmern ließ.

Irgendwo zwischen den Bäumen verschwand der Hase. Aber mittlerweile hatte Käfer einen schwachen Lichtschein entdeckt. Er ging weiter, und bald darauf lichtete sich das Wäldchen, und er blickte auf eine bescheidene, alte Hütte, aus deren Tür und Fenstern der weiche Schimmer drang. Hier befand sich ein Garten, der in der Nacht süß nach Jasmin duftete. Zwischen den Pflanzen floß wie eine Silberkette ein kleines Bächlein. Daneben standen auf einem grob gezimmerten Tisch ein einfacher Krug und ein Holzteller mit Brotkuchen, Äpfeln und Käse. Bei diesem Anblick erwachte in Käfer ein wütender Hunger. Aber plötzlich sah er auch, daß die Bewohner der Hütte dort unter der Mauer saßen. Da Käfer seit seinem siebenten Lebensjahr niemand mehr mit erkennbarer Freundlichkeit begegnet war, mißtraute er allen Menschen. Er zog sich enttäuscht hinter eine Gruppe von Nußbäumen zurück.

In diesem Augenblick trat der Mond, weniger vorsichtig als er, auf die Lichtung, sein Schein mischte sich mit dem Lampenlicht aus der alten Hütte, und sein Perlenweiß verfärbte sich zu Zitronengelb.

Nun konnte Käfer die beiden Bewohner der Hütte deutlicher erkennen, und Neid durchzuckte ihn. Denn obwohl sie sichtlich zu den Armen gehörten, selbstgewebte Kleider trugen und nur mit Weinblättern geschmückt waren, waren sie beide jung und von außergewöhnlicher Schönheit.

Das lange Haar des Mädchens war pechschwarz und glänzte wie Wasser. Ihre Augen waren selbst im Schatten so blau wie Vergißmeinnicht und strahlten so, daß Käfer blinzeln mußte. Neben ihr lag ein junger Mann, und seine Augen und sein Haar leuchteten heller als die Lampe. In den Händen hielt er eine Leier von verrückter Bauart; sie sah aus, als könne man sie unmöglich spielen, aber er entlockte ihr klangvolle Improvisationen, und während das Mädchen in seinem Arm lag, murmelte er ihr plötzlich dieses Lied ins Ohr, und Käfer hörte es:

Inmitten der Wildnis siehst du hier
Brot und Wein, und du bist bei mir.
Durch unser Lied wird die Wildnis ganz schnell
Zum Himmel auf Erden, rein und hell.

Danach blickte der goldene Jüngling zu Käfer hin, und es hatte fast den Anschein, als zwinkere er ihm zu. Käfer erschrak und fühlte sich gleichzeitig verletzt, denn er war sicher, gut versteckt zu sein. Niemand konnte ihn entdecken. Doch in bezug auf das Zwinkern hatte er sich bestimmt getäuscht, denn jetzt sagte der junge Mann zu der jungen Frau: »Laß uns hineingehen, die Nacht mag draußen bleiben und tun, was sie mag.« Und bei diesen Worten schien auch sie Käfer anzusehen, der mitten unter den Nußbäumen stand. Sie konnte ihn doch unmöglich entdeckt haben! Die beiden erhoben sich, gingen in die Hütte, und die Tür wurde fest geschlossen. Kurz darauf wurde auch die Lampe gelöscht.

Käfer wartete lange, hundert von nagendem Hunger erfüllte Jahre, ehe er sich auf Zehenspitzen in den Garten schlich und sich etwas von dem Essen auf dem Tisch und den irdenen Krug holte, der mit dunklem Wein gefüllt schien. Wirklich satt geworden war er bisher nur, wenn er die Priester bestohlen hatte; er hatte nicht anders handeln können, und auch dieser Diebstahl belastete sein Gewissen nicht, denn diese beiden waren zwar arm, aber sie hatten doch genug, dazu waren sie noch schön und liebten sich. Nachdem er jedoch einen bis zehn Schluck getrunken hatte, stellte er den Krug zwischen die Wurzeln der Nußbäume und lief davon.

Vielleicht lag es am Wein, denn Glück hatte er noch nie gehabt, jedenfalls fand Käfer sein fast erloschenes Feuer und das uralte Maultier wieder, das schnarchend daneben lag. Sobald er dort angelangt war, schlang er die Äpfel und den Käse fast in einem Stück hinunter; es konnte ja sein, daß die Bewohner der Hütte hinter ihm her waren. Doch das war nicht der Fall. Am Morgen würden sie sicher annehmen, daß irgendein wildes Tier sich das Essen geholt und den Krug heruntergestoßen hatte — vielleicht sogar jener schwarze Hase, bei dem sich Käfer in seinen Hungerphantasien eingebildet hatte, er trage kostbaren Schmuck ...

Käfer träumte, die Sonne ginge über dem Wald auf und der Gesang der Vögel käme wie die Musik von vielen Leiern. Vor ihm stand nicht das gebrechliche Maultier, sondern ein silbrig schimmerndes Pferd mit safranfarbenem und goldenem Zaumzeug, mit Schellen an den quastenbesetzten Zügeln und prall gefüllten Satteltaschen auf beiden Seiten der kräftigen Flanken. In seinem Traum war Käfer begreiflicherweise wie verzaubert. Und als er sich, von Wohlbehagen und Zuversicht durchdrungen, erhob, wurde ihm bewußt, daß er ein über und über besticktes Gewand aus dicker Seide trug, und seine Füße steckten in so bequemen Schuhen, daß er sie, wären sie nicht so bunt gewesen, gar nicht bemerkt hätte. Auch die Ringe an seinen Fingern hätten ihn geblendet, hätte er im Traum nicht so unnatürlich scharfe und klare Augen gehabt –

»Nun«, sagte Käfer zum Morgen, »das ist ein schöner Traum, aber jetzt sollte ich lieber aufwachen und meine aussichtslose Suche nach dem Palast fortsetzen.«

In diesem Augenblick merkte Käfer, daß er völlig wach war.

Als er dies entdeckte, warf er sich wieder zu Boden, verbarg sein Gesicht und wartete darauf, daß entweder die Trugbilder verschwanden oder das Teufelswesen erschien, das sie geschaffen hatte, um ihn in Stücke zu zerreißen.

Nach einer Weile trat statt dessen das edle Pferd an ihn heran und stupste ihn sanft.

»Bist du das Maultier?« frage Käfer.

Das Tier antwortete nicht, sondern begann, Gras zu rupfen. Käfer stand wieder auf. Dabei schüttelte ihn eine zweite Welle von körperlichem Wohlbefinden und Kraft, und dieses Gefühl war so ungewohnt, daß ihm fast die Sinne schwanden.

In diesem Zustand fiel es Käfer jedoch schwer, sich noch länger mit Angst und Beklommenheit herumzuschlagen.

»Ich will nur soviel sagen«, erklärte er dem Wald. »Wenn diese Gaben Bestand haben, bin ich vom reichsten Mann in meinem Dorf nicht zu unterscheiden.« Bei diesen Worten schoß ihm unvermittelt ein Gedanke durch den Kopf und veranlaßte ihn, die Satteltaschen zu untersuchen. Tatsächlich, darin befanden sich — neben einigen sehr verlockenden Leckerbissen — einige große, lupenreine Rubine. »Ich glaube«, sagte Käfer zu sich, »damit kann ich zum Tempel zurückkehren und behaupten, ich hätte dem Palast tatsächlich einen Besuch abgestattet. Die Rubine kann ich als Geschenk des Herrn und der Dame bezeichnen und übergeben.«

Mit diesem frohgemuten Entschluß bestieg er das Pferd.

»Wenn mein Pech wirklich vorüber sein sollte, werde ich nun sofort und mit untrüglichem Instinkt die Straße finden.«

Käfer ritt auf gut Glück dahin und fand tatsächlich bald darauf die Straße. Sie war nicht mehr überwuchert.

Er trieb das Pferd auf das Pflaster und trabte in Richtung auf das Dorf weiter.

»Inmitten der Wildnis, ganz allein!« sang Käfer zwischen Essen und Trinken, »mit Käse und Feigen, Brot und Wein, will ich mich nun des Lebens freu'n!«

So zog er einen oder zwei Tage lang dahin, füllte seinen Magen, wann immer er Lust dazu verspürte, sprach und scherzte mit dem Wald und sang. Wenn die Nacht kam und die Lichter löschte, legte er sich auf den Boden und freute sich von ganzem Herzen an den Geräuschen der Tiere. »Mein Pech ist vorüber«, sagte er. In Wirklichkeit fühlte er sich jetzt freilich nur so wohlgenährt und kräftig, daß kein pessimistischer Gedanke sich in seinem Kopf halten konnte. Und jedesmal, wenn sich einer einschleichen wollte, fegte ihn eine neue Welle von Lebenskraft wieder hinaus.

So kehrte Käfer auf der Straße zurück. Und da das Pferd flott ausschritt, brauchte er für den Heimweg weniger Zeit, als für den Hinweg nötig gewesen war.

Doch als die rosa Mauern des Dorfes von ferne in Sicht kamen, reifte in Käfer ein neuer Entschluß. »Ich werde dem Tempel nichts abliefern, denn diese Kostbarkeiten, wie etwa das Gewand und das Reittier, waren für mich bestimmt. Es wäre undankbar, etwas davon wegzugeben. Und wer immer die Wesen auch sein mögen, die diesen wunderbaren Zauber für mich erwirkten, sie könnten zu Recht erzürnt sein und mich nun vielleicht sogar bestrafen wollen — so unwahrscheinlich mir das auch vorkommt. Nein, ich werde jedes dieser schönen Dinge behalten und den Priestern nur erzählen, daß der Herr und die Dame mir Geschenke gemacht haben. Und warum sollte ich«, fügte Käfer, von seiner eigenen Schlauheit angespornt, »nicht so tun, als wären die beiden schlichten Hüttenbewohner jener Herr und jene Dame gewesen?«

Nachdem Käfer sich endgültig so entschieden hatte, ritt er wie ein vornehmer Herr die Straße entlang und ins Dorf hinein.

Man darf gewiß sein, daß er auf den Straßen weidlich angestarrt wurde.

»Wer ist dieser fürstliche Jüngling?« riefen die Leute.

Und die vornehmen, aber verarmten Familien holten ihre ältesten Töchter von den Regalen und staubten sie ab.

Doch der Jüngling, hochgewachsen und kräftig, mit dem Glanz der Gesundheit auf Haar und Haut und mit Fröhlichkeit in den großen, glänzenden Augen, ritt weiter die Straße hinauf auf den Tempel zu.

»Hoho! Fromm ist er auch«, sagten die Dorfbewohner und wußten nicht so recht, was sie davon halten sollten.

Inzwischen hatte man im Tempel, wo man den Jüngling schon bemerkt hatte, die Tore weit aufgerissen.

Als Käfer in den äußeren Hof einritt (wo man ihn zehn Jahre zuvor als schluchzendes Kind ausgesetzt hatte), eilte der Oberpriester persönlich geschäftig heran.

»Mein vornehmer Sohn«, rief der Priester, »du bist willkommen!«

Käfer blieb auf seinem Pferd sitzen und blickte sich

um. Seine schönen Augen blitzten vor Freude, und das erfüllte den Oberpriester mit großen Hoffnungen, bis der junge Mann das Wort ergriff.

»Ist es möglich, daß Ihr mich nicht erkennt, Vater?«

»D-dich er-kennen, mein unvergleichlicher Knabe?«

»Nun, ich bin doch Euer Käfer, der in Eure liebevolle Obhut zurückgekehrt ist.«

Nun hatte sich Käfer zwar innerlich und äußerlich erstaunlich verändert, ein Wandel, wie ihn nur ein mächtiger Zauber bewirken kann, aber er war doch immer noch Käfer. Und nach einem langen, stummen Blick gab es im ganzen Hof keinen Priester, der das nicht allmählich erkannt hätte, nicht zuletzt der Oberste von ihnen, dessen Pupillen zwischen den Fettwülsten wie Lanzenspitzen funkelten.

»Mein Sohn«, sagte er schließlich, »ich sehe, du hast das Ziel erreicht, zu dem ich dich in meiner Güte und Weisheit ausgeschickt habe. Und wenn du auch, wie ich glaube, damals Zweifel gehegt haben magst, ob mir wirklich dein Glück am Herzen lag, wirst du nun wissen, daß es sich so verhielt.«

Käfer grinste.

Der Oberpriester raffte seine Röcke zusammen.

»Du wirst mir nun folgen, mein Sohn Käfer, denn ich will dir eine Privataudienz geben.«

»Sicher«, sagte Käfer. »Ich muß jedoch alle Anwesenden warnen; niemand darf sich an meinem Pferd, an seinem Zaumzeug oder an den Taschen zu schaffen machen. Jene, die mich für meinen Besuch solchermaßen belohnen, sind Magier und Meister des Fluchs — ich möchte sogar so weit gehen zu behaupten, daß ihre Flüche noch wirkungsvoller sind als die unseres heiligen Vaters hier. Sie haben ihre Geschenke an mich mit einem solch schrecklichen Fluch geschützt, daß ich nicht einmal wage, die Einzelheiten zu wiederholen. Ich sage nur noch einmal — *hütet euch!*«

Mit diesen Worten saß Käfer ab und stolzierte hinter dem Oberpriester her in dessen Allerheiligstes.

Dort befahl jener: »Sprich!«

Und Käfer erzählte seine Geschichte wie folgt:

Nach einer mühsamen Reise, bedroht von Waldlöwen, tödlichen Schlangen und dem Hungertod, hatte er einen verzauberten Palast erreicht, der offensichtlich von Magiern bewohnt wurde. Seine Pracht spottete jeder Beschreibung; daher wollte er gar nicht erst den Versuch machen, davon zu berichten. Während er jedoch noch staunend am Tor stand, war ein unheimlicher Mittelsmann erschienen — wieder sollte auf eine ohnehin unzulängliche Beschreibung verzichtet werden — und hatte Käfer in einen herrlichen Garten geführt, wo sich ein junger Prinz und eine Prinzessin von unvergleichlicher Schönheit aufhielten.

»Bitte, wie sahen sie aus?« fragte der Oberpriester, ziemlich ratlos, weil er bisher nur einen Knochen mit so wenig Fleisch bekommen hatte.

Käfer holte tief Atem. Dann machte er mit der Sicherheit eines beliebten Schauspielers eine Handbewegung.

»Vater, obwohl alle Worte von der Wahrheit zu Bettlern gemacht werden, möchte ich Euch meine Eindrücke nicht vorenthalten: Er war golden wie die Sonne, auch seine Augen waren golden — er war wie der Tag am hellen Mittag. Aber sie — ach, sie — sie war die fleischgewordene Tochter der Nacht. Ihre Haut war hell wie der Mond, ihre Augen glichen zwei blauen Sternen, ihr Haar war die Dunkelheit selbst. Ja, sie war das Kind der Nacht, aber der Tag liebte sie, so wie man sagt, daß die Sonne den Mond liebt. Denn er war der Tag, er saß neben ihr, und seine Blicke ließen keinen Zweifel daran, daß sie das Ziel aller seiner Wünsche war. Doch *ihn* hätte ebenfalls kein Weib gleichgültig ansehen können. Und sie tat es auch nicht.«

Nach diesen Erläuterungen erzählte Käfer dem Oberpriester weiter, wie freundlich das junge Paar ihn empfangen und wie es ihn so üppig bewirtet habe, daß es seine Fähigkeiten übersteige, es zu beschreiben. Als der Besuch sich dem Ende näherte, beschenkten sie Käfer mit neuen Kleidern, mit dem Pferd, auf dem er zurückgekehrt war, und mit anderen, geheimen Schätzen, die er nicht enthüllen dürfe, das habe er geschworen, und die jedem, der sie ohne seine Erlaubnis berührte, den Tod bringen würden.

Der Oberpriester saß einige Minuten lang nachdenklich da, während sich Käfer aus einer Schale mit Orangen und anderen Leckereien bediente.

Endlich sagte der Oberpriester mit sanftem Tadel: »Aber, mein Sohn, nachdem du von diesen ... frommen, gütigen Leuten so freundlich aufgenommen wurdest, hast du ihnen da nicht die heilige Schriftrolle überreicht und ihnen die Vorzüge dieses Tempels gepriesen, der dir doch seit so vielen Jahren Heimat und Familie ist?«

Als der Oberpriester dies sagte, spürte Käfer einen scharfen Stich der Gehässigkeit in seinem Herzen. Ohne sich dagegen zu wehren, sagte er: »Aber Vater, wozu habt Ihr mich denn sonst ausgesandt? Ich habe in allem Eurem Willen gehorcht. Aber es hat den Anschein, als verließen der Herr und die Dame niemals ihr Haus. Sie haben Euch jedoch eingeladen, ihnen einen Besuch abzustatten, wenn Ihr wollt.«

Als der Oberpriester das hörte, quollen ihm fast die Augen aus den verfetteten Höhlen, und Käfer mußte so tun, als habe er sich an einer Nuß verschluckt, um sein Lachen zu vertuschen, denn er malte sich aus, wie sich der Priester, genau wie er selbst, im Wald verirrte und nichts finden konnte, was einem Palast ähnlich sah. Und dann sagte Käfer zu sich selbst: *Schließlich ist aus der Art meiner Rückkehr klar ersichtlich, daß ich Erfolg hatte. Aber jeder kann sich im Wald verirren. Ich kann ihm nur den Weg beschreiben, wie er ihn mir beschrieben hat, und daran mag er seine Freude haben. Was das Zauberwesen angeht, das sich meiner erbarmte, vielleicht erbarmt es sich auch seiner.*

Aber ich bezweifle es. Und dann mußte er noch einmal Zuflucht zu einem kleinen Hustenanfall nehmen, und der Oberpriester trat besorgt heran und klopfte ihm auf den Rücken.

Am nächsten Morgen, eine Stunde nach Tagesanbruch, ritt der Oberpriester, begleitet von zweien seiner vertrautesten Unterpriester, in den Wald, zu ihrer Bedienung hatten sie, eine besondere Vergünstigung, nur den Knaben Schatz mitgenommen.

Zu keiner Zeit hatten die Angehörigen des Tempels irgendwelche Zweifel in bezug auf diese Mission geäußert. Vielleicht erinnerten sie sich, als sie Käfer in seiner neuen Pracht erblickten, an die in der Gegend verbreitete Redensart: *Gibt eine Wespe Honig?* Es war nicht schlecht, großzügigen Exzentrikern einen Besuch abzustatten, wenn man dazu aufgefordert wurde. Denn wenn sie einen schwachsinnigen Niemand mit solchen Geschenken bedachten, womit mochten sie dann einen gebildeten, heiligmäßigen Priester überhäufen?

Käfer war mehrere Tage lang geritten und hatte nur einen Ranzen voll Wegzehrung dabeigehabt. Die drei Priester hatten ein zusätzliches Maultier mitgebracht, bepackt mit Säcken und Taschen mit allen möglichen Dingen, die sie zu ihrer Bequemlichkeit nötig zu haben glaubten. Schatz führte dieses Maultier.

Den ganzen ersten Tag lang zog die Prozession auf der Straße dahin. Alle wurden arg von Fliegen geplagt, die vielleicht von den prall gefüllten Taschen mit Essen oder von Schatz' Parfum angelockt wurden, sonst geschah jedoch weiter nichts.

Dann sank die Sonne nach Westen und schickte sich zum Untergehen an; ein tiefes, bronzefarbenes Glühen vertiefte die Farben des Waldes.

»Wir werden hier lagern, auf dieser Lichtung neben der Straße«, verkündete der Oberpriester. »Stellt das Zelt auf.«

Kaum hatten sie jedoch die Lichtung betreten und begonnen, von ihren Maultieren abzusteigen, als eine merkwürdig zittrige Musik aus dem Wald zu ihnen drang.

Man darf sicher sein, daß alle drei Priester die Ohren spitzten, während sich Schatz (der, das soll nicht verschwiegen werden, im stillen so manche Vorbehalte gegenüber diesem Unternehmen hegte) hinter einen Baum schlich.

Im nächsten Moment hatten die fünf Maultiere einen merkwürdigen Anfall.

Zuerst schnaubten sie, dann bockten sie, so daß ihnen die Sättel und die Säcke vom Rücken fielen und der dritte Priester, der noch nicht abgestiegen war, auf eine für ihn recht unangenehme Weise hinunterbefördert wurde.

Von ihrer Last befreit, stürmten die Maultiere über die Lichtung, dann stellten sie sich auf die Hinterbeine, tanzten einen Reigen und schlugen sich dabei gegenseitig die Vorderhufe aneinander.

Die Priester starrten dieses alberne Bild erschrocken an.

Endlich bemerkte der Oberpriester, der von sich gewohnt war, daß er zu jedem Anlaß eine scharfsinnige Bemerkung parat hatte: »Es ist wohlbekannt, daß die Nähe magischer Kräfte Störungen im Verhalten der niederen Tiere hervorrufen kann.«

Kaum waren die Worte über seine Lippen gekommen, da hörten die Maultiere zu tanzen auf und begannen statt dessen zerstreut zu grasen.

Das Licht strömte nun schnell durch das Sieb der Zweige und Blätter davon. Dann spritzte eine Reihe von hellen Strahlen über den Boden, und in ihrer Mitte hüpfte ein schwarzer Schatten.

Die Priester schlugen fromme Zeichen über sich, und der dritte wollte schon davonlaufen — aber einen Augenblick später hatten sie erkannt, daß sie nichts Furchterregendes vor sich hatten als einen großen schwarzen Hasen, offensichtlich ein Haustier, denn die Lichtblitze im Gras stammten von seinem goldenen Halsband und seinen silbernen Ohrringen.

Jetzt blieb der Hase stehen und verneigte sich dreimal so tief vor den Priestern, daß er mit seinen herrlichen Ohren die Erde streifte.

Dann drehte er sich um, hoppelte über die Lichtung, blieb wieder stehen und sah zu ihnen zurück.

»Das ist sehr erfreulich«, sagte der Oberpriester. »Es scheint, als hätten unsere künftigen Gastgeber nun doch ihr Haus verlassen, um uns entgegenzukommen. Der dumme Käfer hat, was nicht verwunderlich ist, ihre Wünsche entweder falsch verstanden oder nicht richtig weitergegeben. Der Hase ist ihr Bote, und wir müssen ihm folgen.«

Und dies taten sie denn. Auch Schatz kam in einiger Entfernung hinterher, denn allein im Wald zurückgelassen zu werden, war ihm ebenso unheimlich.

Nachdem sie ein paar Minuten lang durch die immer dunkler werdenden Alleen des Waldes gegangen waren, sahen sie einen starken Lichtschein, und schließlich öffnete sich eine zweite Lichtung vor ihnen, verschwenderisch erleuchtet von Lampen aus farbigem Glas, die an goldenen Ketten von den Bäumen oder, wo keine Bäume standen, an geschnitzten Elfenbeinstangen hingen. So wunderbar hell war dieser Platz, daß alle Vögel im Umkreis, die sich eben für die Nacht hatten zurückziehen wollen, wieder munter geworden waren, weil sie glaubten, die Sonne sei früher aufgestanden, um ihnen zuvorzukommen. Nun begannen sie hastig und wild hundert verschiedene Lieder zu zwitschern. Auch andere Klänge ertönten auf der Lichtung, doch sie schienen von nirgendwo zu kommen.

Mitten auf der Lichtung wuchs ein einzelner Nußbaum, aber seine Blätter waren aus Silber, und die grünen Schalen der Nüsse schienen doch tatsächlich Smaragde zu sein. Um diesen Nußbaum herum standen unter goldenen Baldachinen purpurrote Seidendiwane, auf denen purpurrote Atlaskissen aufgehäuft waren.

Von einem dieser Diwane erhoben sich nun ein junger Mann und eine junge Frau; der Beschreibung Käfers nach waren dies sicher jener Herr und seine Dame, die beiden Zauberer.

Der junge Mann konnte nur ein Prinz sein, so schön war er, und so kostbar war seine goldene Kleidung, die zu seinem goldenen Äußeren paßte. An seiner Seite stand bescheiden ein Mädchen von etwa siebzehn Jahren in silbernem Gewand, mit Saphiren im wallenden, mitternachtsschwarzen Haar und mit Saphiren auch in den Augen.

»Ihr seid uns sehr willkommen«, rief der junge Prinz aus. »Ja, seit wir Euren Abgesandten bewirteten, erwarten wir Euch mit höchster Ungeduld.«

Und das bescheidene Mädchen blieb sittsam im Hintergrund, lächelte die Priester an und schlug dann die entzückenden Wimpern nieder.

Schon bald hatten es sich die Vertreter des Tempels auf den Diwanen bequem gemacht. Doch als Schatz näher treten wollte, schlug der Prinz unvermittelt einen strengen Ton an. »Euer Diener kann nicht bei Euch sitzen, ehrwürdiger Vater. Er muß sich da drüben außerhalb des Lichts einen Platz suchen.«

Der Oberpriester erhob keine Einwände. Er scheuchte Schatz mit herablassender Geste weg, und das verschmähte Geschöpf setzte sich wie befohlen in den Schatten, weitab von Wärme und Behaglichkeit.

Der schwarze Hase war verschwunden, doch jetzt erschienen aus irgendeinem geheimnisvollen Teil des Waldes ein paar gestreifte Krallenaffen, die sehr gesittet einhergingen. Sie traten zu den Priestern, einige wuschen ihnen Hände und Füße in parfümiertem Wasser, andere stellten goldene Krüge auf, aus denen es berauschend nach Wein mit daraufgestreuten Rosenblättern duftete, und wieder andere brachten sehr würdevoll so kostbare, mit Edelsteinen besetzte Schüsseln herbei, daß alle drei Priester ganz große, glitzernde Augen bekamen.

Ein üppiges Mahl wurde aufgetragen, und der junge Prinz und seine Prinzessin bedienten persönlich ihre Gäste, umkränzten ihnen die Stirn mit Myrtengrün, füllten ihnen die goldenen Becher und häuften ihnen die Teller voll; und dies alles schien ihnen großes Vergnügen zu bereiten, obwohl sie selbst nichts zu sich nahmen. (Schatz ließen sie jedoch von den Krallenaffen nur eine Tonschale mit Wasser und einen Holzteller mit Kräutern bringen.)

Das Festmahl war nun in vollem Gange, der Magierprinz und seine Prinzessin setzten sich und blickten die Priester respektvoll an, und der Prinz bat den Oberpriester inständig, er möge sie doch über das Wesen der Götter belehren, während das Mädchen in ihrer Bescheidenheit sich gar nicht anmaßte, das Wort zu ergreifen.

So verging ein großer Teil der Nacht mit Schmausen und Zechen, begleitet von hoch- und schöngeistigen Monologen des Oberpriesters, der, nachdem er endlich ein Publikum gefunden hatte, das seiner würdig war, mehrere Stunden fast ohne Pause redete und sich nur hin und wieder die Kehle mit Wein befeuchten mußte. Während er sprach, überkamen ihn so gewaltige Erkenntnisse, solche Edelsteine der Erleuchtung, daß er von demütigem Stolz und einer Freude erfüllt wurde, wie er sie vielleicht seit seiner Kindheit nicht mehr empfunden hatte. Was die Gastgeber anging, so hingen sie ebenso reglos an seinen Lippen wie die Lampen ringsum an den Bäumen.

Schließlich hatte jedoch sogar der Oberpriester seinen Vorrat an Weisheiten erschöpft und beendete seine Litanei. Auf den anderen Lagern räkelten sich die beiden anderen Priester, sie waren von seinem Vortrag so überwältigt, daß sie die Augen geschlossen hatten, um ihn noch besser genießen zu können. Als seine Stimme verstummte, fuhren sie beide hoch, als erwachten sie aus einem wunderbaren Traum oder aus einer Vision, ja, als seien sie aus tiefem Schlaf aufgeschreckt worden.

Dann traten die Krallenaffen wieder heran, Leckereien wurden aufgetragen und ein Wein, der die Priester noch mehr in Verzückung geraten ließ als die vorherigen. (Sogar Schatz bekam eine zweite Schale mit Wasser.)

»Ehrwürdiger Vater«, sagte nun der Prinz, »wir sehen uns außerstande, Euch für das zu danken, womit Ihr uns in dieser Nacht beglückt habt. Da Worte nicht ausdrücken können, was wir empfinden, hoffen wir, uns mit ein paar Geschenken, die wir Euch anbieten möchten, erkenntlich zu zeigen. Denn ein Verstand, ein Herz, ein Geist wie der Eure verlangen eine besondere Belohnung. Wir selbst haben eine lange Reise vor uns und müssen nun leider aufbrechen. Aber wir bitten Euch, Euch aller Annehmlichkeiten zu bedienen, die Euch umgeben. Morgen früh werden die Geschenke auf Euch warten. Inzwischen behaltet doch bitte alles, was Euch gefällt, zum Beispiel die Schüsseln und die Pokale. Und auch Euer Diener«, fügte der Prinz hinzu, »mag seine Schale und seinen Becher behalten.«

»Mein Sohn«, rief der Oberpriester, und aus seinen vorstehenden Augen quollen Tränen. »Ich bin überwältigt. Mein einziger Kummer ist, daß ich dich vielleicht nicht wiedersehen werde.«

»Vielleicht kommt der Tag, an dem ich Euch in Eurem Tempel besuche.«

»Ach mein Sohn, das wäre ein wahrer Freudentag.«

»Gütiger Vater, schmeichelt mir nicht. Ich kann das nicht glauben.«

»Oh, wahrlich, wahrlich, es ist so!«

Und so nahm der Mittagsprinz unter allseitigen Freundschaftsbekundungen Abschied von den Priestern, und das Mädchen, das Käfer *Tochter der Nacht* getauft hatte, tat es ihm, wenn auch stumm, nach.

Doch auch nachdem die beiden aufgebrochen waren, blieben die Krüge mit Wein gefüllt, das Essen war weiterhin heiß und duftete köstlich und verlockte die Priester, sich noch einmal die Bäuche vollzuschlagen.

Bald darauf hörten sie ein metallisches seidenweiches Klingen, und als sie aufschauten, sahen sie drei stramme junge Frauen, nur mit Glöckchen bekleidet, aus dem Wald treten und auf sich zukommen.

Die Priester blickten sich an, aber nicht lange.

Dann begannen die schellenbehängten Mägdelein mit schmachtenden, die Aufmerksamkeit fesselnden Bewegungen zu den Klängen der unsichtbaren Musik zu tanzen. Die Priester sahen ihnen sehr interesssiert zu und ließen sich sogar von ihren Tellern ablenken.

Als der Tanz zu Ende ging, trennten sich die Tänzerinnen, traten an die Liegen der Priester und zeigten sich durchaus nicht abgeneigt, sich zu ihnen zu legen.

Nun wurde im Tempel zwar Keuschheit verlangt, aber diese Regel wurde nicht immer streng eingehalten. Als die Tänzerinnen nun den Männern zulächelten, sie streichelten und zupften und ihnen, allem Anschein nach nur, um ihnen Erleichterung zu verschaffen und Freude zu bereiten, die Kleider lösten, tat der Oberpriester für diesen Abend seine letzte Entscheidung kund: »Es wäre ein schwerer Fehler und eine grobe Unhöflichkeit,« sagte er, »das reizende Angebot unserer Gastgeber zurückzuweisen. Außerdem sind sie Magier, sie zu kränken wäre gefährlich für uns, ganz zu schweigen von der Unfreundlichkeit einer solchen Handlungsweise, wenn man bedenkt, wieviel Mühe sie sich gegeben haben.« Danach war er zu beschäftigt, um sich in dieser Angelegenheit noch weiter zu äußern. Nach einer Weile ertönten so laute Grunz-, Ächz- und Quiekgeräusche, daß einige der Smaragde von dem Nußbaum geschüttelt wurden.

3.89.3

Bei Sonnenaufgang erwachten die Priester aus einem erfrischenden Schlummer — und fanden alles zur Hand, um ihr Fasten (das ohnehin nur sehr kurz gewesen war) zu brechen, was sie auch mit großem Genuß taten.

Obwohl die schwellenden Liegen und Kissen noch vorhanden waren und auch das Frühstück bereitstand, war von den Gastgebern oder ihren Bediensteten nichts mehr zu sehen. Auch der Nußbaum war verschwunden, und die Lampen waren fort; nur das Sonnenlicht erhellte die Lichtung. Es ließ jedoch die Priester selbst wie Lampen aufleuchten, denn sie trugen jetzt priesterliche Gewänder von großer Pracht, um ihren Hals und an ihren Fingern funkelten erstaunliche Juwelen, und die bestickten Beutel an ihren goldgegürteten Bäuchen enthielten große Mengen von Smaragden.

Und was kam nun durch die Bäume getrottet? Drei silbergraue Rösser, aufgezäumt wie für Könige, und das für den Oberpriester bestimmte war mit einer purpurnen Schabracke und mit so vielen klirrenden Goldquasten und Perlenschnüren geschmückt, daß man sich wunderte, wie es einen Schritt tun konnte, ohne zusammenzubrechen. Ein viertes Pferd war mit Kästen mit Intarsien aus Gold und Onyx beladen. Als die Priester diese Behälter genauer untersuchten, stellten sie fest, daß man ihnen aufmerksamerweise die edelsteinbesetzten Teller und Pokale des Festmahls eingepackt hatte, außerdem Kleidung mit allem, was dazugehörte, Schmuck und andere Gegenstände, und darüber brachen sie noch einmal in laute Begeisterungsrufe aus.

Als letztes kam schließlich das mit Flöhen verseuchte Maultier von Schatz auf die Lichtung geschlendert und sah sich beleidigt um. Schatz lag, ebenso gekleidet wie immer, schlafend unter einem Baum, erhob sich jedoch auf ein mahnendes Wort des Oberpriesters hin, sah ihn einen Augenblick lang an, keuchte dann erschrocken auf und wandte den Kopf ab.

»Nimm den Tonbecher und die Holzschale mit, die dir der Herr und die Dame geschenkt haben. Verschmähe sie nicht …« Mürrisch verstaute Schatz die Gegenstände auf dem Maultier. »Mir scheint, sie haben an dir einen Makel entdeckt, der mir bisher entgangen war, aus diesem Grund wurdest du nicht so reich bewirtet und beschenkt.« Schatz zog eine Grimasse. »Du brauchst gar nicht zu schmollen«, sagte der Oberpriester. »Eine Nacht, wie wir sie erlebt haben, kann deinen Wert nur verringern. Sei daher vorsichtig. Ich will kein Wort hören. Steige auf dein Maultier.«

Und so bestieg Schatz das Maultier.

Die Priester kletterten auf die prächtigen Pferde, und der dritte Priester nahm eifrig das mit den Schätzen beladene Packtier am Zügel.

So machten sie sich auf den Weg zum Dorf und malten sich unterwegs aus, wie man sie auf den Straßen anstarren würde.

Und es sollte so geschehen, wie sie es vorhergesehen hatten.

Die Sonne ging gerade unter, wie es ihre Gewohnheit war, als Käfer im Dorf unterhalb des Tempels lautes Geschrei vernahm. Er hatte sich während der Abwesenheit des Oberpriesters im Allerheiligsten dieses Herrn eingerichtet, und der Rest des Tempels hatte keinen Anlaß gesehen, ihm das zu verweigern, da Käfer schließlich der Günstling von Magiern war. Abgesehen von den Besuchen am Tisch der Priester, um dort zu speisen, und bei seinem neuen Pferd, hatte Käfer die Zeit damit verbracht, seine Rubine zu zählen und Pläne für eine Zukunft außerhalb des Waldes zu schmieden. Vielleicht hatte er damit gerechnet, daß der Oberpriester überhaupt nicht zurückkehren würde, auf jeden Fall erwartete er ihn erst in mehreren Tagen. Doch als er nun die aufgeregten Stimmen hörte, sank ihm sofort der Mut. *Ist es möglich*, dachte er, *daß auch diese Schurken beschenkt wurden? Wo bleibt da die Gerechtigkeit?* Er stieg hinauf auf das hohe Dach, wo bei Nacht das Leuchtfeuer entzündet wurde, um dem Gedächtnis der Götter auf die Sprünge zu helfen, und als er hinunterschaute, bot sich ihm, da seine Augen jetzt kräftig waren und weit in die Ferne sehen konnten, ein wirklich erstaunlicher Anblick.

Als die Gruppe gerade ins Dorf einbiegen wollte, hatte der dritte Priester, der das Packpferd mit den Schätzen führte, einen scharfen Stich in seinem Schenkel gespürt und gedacht, einer der Flöhe seines Maultiers habe ihn gebissen. Aber dann fiel ihm ein, daß das nicht möglich war, da er schließlich nicht auf dem Maultier ritt, sondern auf einem prächtigen Pferd. Die untergehende Sonne schien ihm in die Augen, und als er sich geblendet zu seinem Gefährten umdrehte, sah er etwas äußerst Merkwürdiges. Es kam dem Priester doch tatsächlich so vor, als sei sein Bruder nicht wie der Höfling eines Königs gekleidet, sondern sitze, abgesehen von ein paar Baumranken und einer Schicht Schmutz, splitternackt auf seinem Reittier. Der dritte Priester äußerte sich nicht zu dieser Vision, sondern rieb sich nur die Augen und warf einen schnellen Blick auf den Vorsteher seines Ordens. »Hm. Es muß an der Sonne liegen, denn auch unser Vater sitzt nackt, nur an mehreren Stellen mit Vogelkot bespritzt, im Sattel, und an seinem Gürtel (der wie ein toter Wurm aussieht), hängt eine Kürbisflasche, in der — nein, nein. Ich bin von der Sonne geblendet.« Endlich faßte sich der Priester ein Herz und schaute an sich selbst hinunter. Und da bemerkte er, daß auch sein eigener, wohlgenährter Bauch sich ganz nackt und rund der lächelnden Glut des Sonnenuntergangs darbot. In diesem Augenblick biß ihn wieder ein Floh, denn er ritt nichts anderes als sein altes Maultier, an dessen Zügeln Schneckenhäuser und Eulenkot klebten, und unter seiner wunden Kehrseite war der Sattel voller Brennesseln.

So kam es, daß das Dorf mit den rosa Steinhäusern eines Abends seinen Oberpriester und zwei seiner heiligen Vertrauten unbekleidet, bis auf ein paar spärliche Ranken und einige Kügelchen und Flecken pflanzlichen Ursprungs, und reichlich gesalbt mit den Exkrementen geflügelter Wesen, auf ihren Maultieren durch die Dorfstraße zum Tempel reiten sah. Bei sich und auf einem der Maultiere hatten sie Kürbisflaschen, die von Kaninchenkot, vertrockneten Rindenstücken und den Hinterlassenschaften von Füchsen und Wildkatzen überquollen. Daß sich bei diesem Anblick ein großes Geschrei erhob, ist nicht verwunderlich, und als Käfer sah, was los war, eilte er — was ebenfalls nicht verwunderlich ist — schleunigst hinab.

Auf der Straße vor dem Tempel trafen alle in höchster Verwirrung im letzten gnadenlosen Licht der Sonne zusammen. »Oh, frommer Vater«, heulte Käfer, »was ist Euch zugestoßen?«

Dann wurde eine Weile geschrien und aufgetrumpft, der Oberpriester wollte durch das Tor in den Tempel stürmen, doch Käfer und sein eigenes Maultier ließen es nicht zu. Und *danach* schwiegen alle wie benommen, und Schatz trabte heran, unverändert, voll bekleidet, auf einem Maultier sitzend, das keinerlei irgendwie gearteten Schmuck trug.

»Laßt mich sprechen!« schrie Schatz.

Und das Dorf, das vor der Nacktheit des Oberpriesters den Blick abgewandt hatte, forderte ihn dazu auf.

»Ich prangere diese Priester öffentlich an«, kreischte Schatz schrill. »Ich wurde verschont, aber sie sind Bösewichter, und sie wurden für ihre Sünden bestraft — der tugendhafte Käfer hingegen wurde mit Segen überhäuft.«

Und dann berichtete Schatz folgendes: Die Priester hatten, von Habgier erfüllt, den Wald betreten und waren den beiden Zauberern begegnet. Dank der Sündhaftigkeit der Priester war es diesen möglich gewesen, sie vollkommen zu betören. Doch Schatz, der den Zauber durchschaute, ließen sie in Ruhe.

»Dann«, sagte Schatz, »legten sich diese Männer im Schein der Millionen von Glühwürmchen, die sich dort versammelt hatten, auf den schlammigen Boden und ließen sich Kränze aus stinkendem Unkraut und dürren Farnwedeln aufsetzen. Als man ihnen Sumpfwasser reichte, tranken sie es und wuschen sich damit, als man ihnen verfaulte Eier, alte Vogelnester und andere ekelerregende Dinge anbot, verschlangen sie alles mit Genuß. (Mir hingegen gab man reines Wasser und bekömmliche Kräuter.) Dann forderten die Zauberer den Oberpriester auf, einen Vortrag über das Wesen der Götter zu halten, und er redete fünf oder sechs Stunden lang und verkündete dabei solche Lästerungen, wie ich sie noch nie gehört habe, nicht einmal, wenn ich an der Schenke vorüberging. Er sagte, die Götter hätten Stimme wie Gänse und Schwänze wie Hunde, sie faselten dummes Zeug und hätten die Welt aus Dung geschaffen, außerdem — welch absurde Vorstellung — sei die Erde rund und wirble in einer großen Leere umher. Hin und wieder ließ einer der anderen Priester zum Zeichen, daß er dem in allen Punkten zustimmte, ein lautes Schnarchen hören. Als die abscheuliche Rede schließlich zu Ende war, verabschiedeten sich die beiden Zauberer. Doch dann stiegen drei Affen von den Bäumen und begannen zu tanzen, und schon bald zerrten diese verderbten Priester die Affen zu sich herab, wälzten sich mit ihnen im Schlamm und taten Dinge mit ihnen, die ich nicht mit ansehen mochte. Bei Sonnenaufgang erwachten die drei Priester so gekleidet, wie ihr sie hier seht, was sie für sehr vorteilhaft hielten. Sie stiegen auf ihre Maultiere und kehrten, die ganze Zeit mit ihrem Erfolg prahlend, hierher zurück. Nur ich war nicht besudelt und kam mit, um Zeugnis gegen sie abzulegen. Denn alles, was sie in ihrer Verblendung taten, wurde nur möglich, weil sie besessen sind von einer eines Priesters unwürdigen

Gier nach Essen und berauschenden Getränken und von abscheulichen, verbotenen Gelüsten nach sinnlichen Freuden und nach Gold.«

Nach diesen Worten verbarg Schatz das Gesicht in den Händen, und mehrere Dorfbewohner wollten Trost spenden. Andere schrien jedoch, man sei mit einem schrecklichen Zauber geschlagen worden, die rechtschaffenen Priester seien frei von aller Schuld, und besonders im Falle der Affen sei auch Schatz einer Täuschung erlegen.

»Glaubt ihr, sie sind über solche Dinge erhaben?« kreischte Schatz, legte plötzlich Hand an seine Kleidung, an der die Zauberer nichts verändert hatten, und an gewisse Bandagen darunter, und riß alles vom Hals bis zum Knie entzwei. Schließlich stand Schatz entblößt da, und alle konnten sehen, daß sie eine rundliche, ansehnliche, junge Frau war. Vor Scham und Zorn errötend sagte sie: »Als sie mich kauften, war ich fast noch ein Kind, und sie erzogen mich insgeheim zur Kurtisane für jenen heiligen Vater dort und für seine Günstlinge. Um die Wahrheit zu verbergen, hüllten sie mich in lange Gewänder, ich mußte meine Brüste zurückbinden, und sie drohten mir, wenn ich etwas verriete, würden sie mich mit einem solch schrecklichen Fluch belegen, daß ich unter Qualen sterben müsse. Ich hätte weglaufen können, aber wo sollte ich hin? Außerdem hatte ich persönliche Gründe zu bleiben, einer davon war die Hoffnung, die Götter würden diese Bestien eines Tages so nackt und bloß dastehen lassen, wie ihr sie jetzt seht.«

Dann raffte Schatz ihre Kleider um sich und lief davon.

Der Oberpriester und seine Vertrauten blieben zurück, ganz eingeschrumpft in all ihrem Fett, und in diesem Augenblick hörte man einen unheimlichen Schrei. Als die Dorfbewohner sich danach umwandten, sahen sie drei sehr gepflegte Affen die Straße heraufeilen. Als die Menge ihnen Platz machte, warfen sie sich den widerstrebenden Priestern, sogar dem widerstrebenden Oberpriester in die Arme, überschütteten jeden von ihnen mit Affenküssen und erwiesen ihnen all die groben Zärtlichkeiten, wie sie junge Bräute der weniger feinen Art ihren Gatten angedeihen lassen.

Käfer ritt ein zweites Mal aus dem Dorf, diesmal in eine andere Richtung, nach Süden, und er war guten Mutes, denn sein Pech war vorüber.

Er war jedoch noch nicht weit gekommen, als eine Gestalt zwischen den Bäumen hervorhuschte. Es war niemand anders als Schatz, die einen selbstgewebten Kittel trug, aber ihr Haar mit Blumen geschmückt hatte. Käfer hatte Schatz immer gehaßt, als er noch ein verhätschelter, kriecherischer Knabe gewesen war. Jetzt, als hübsches betrogenes Mädchen, sah er sie mit ganz anderen Augen.

Hinter ihnen im Dorf hatten die Priester eine Menge zu erdulden, aber Schatz war nicht geblieben, um sich das anzusehen. Statt dessen schaute sie zu Käfer auf und erklärte ihm: »Ich liebte dich schon, ehe du ein so stattlicher Mann wurdest. Ich habe dir Kerzen hingelegt, damit du sie finden, stehlen und essen konntest, und ich habe sie vorher in Hammelfett getaucht. Als man dich in den Wald schickte, habe ich zu den Göttern gebetet und ihnen Opfer gebracht, damit sie dich beschützten. Ich habe geschworen, daß ich eines Tages zu dir kommen und dir dies alles erzählen würde. Aber sieh her, jetzt habe ich eine Mitgift mitgebracht.«

Und sie zeigte ihm einen mit erlesenen Steinen besetzten Silberteller und einen Pokal aus reinstem Gold.

Da hob Käfer sie zu sich auf das edle Pferd und küßte sie. Und dies war der süßeste Kuß, den sie beide jemals bekommen hatten.

Der Tempel im Dorf zündete sein Leuchtfeuer nicht mehr an. Er hoffte, daß sowohl die Götter als auch die

Zauberer ihn vergessen würden. Käfer und Schatz lebten inzwischen meilenweit entfernt in einem anderen Land. Und in einem anderen Jahr errichteten sie gemeinsam einen Altar für einen Herrn, der golden war wie ein Sommertag, und für eine dunkle Dame, die sie die Tochter der Nacht nannten. Schatz verehrte auch andere Götter, aber Käfer nur diese beiden. Doch wenn Käfer — niemand nannte ihn mehr so, er hatte wieder seinen früheren Namen angenommen — vor ihr, der Tochter der Nacht, Opfergaben und Weihrauch darbrachte, sagte ihm das Schicksal nie, daß er seiner Zeit voraus war.

KINDER DER NACHT

Sovaz-Azhriaz war jedoch uneins mit ihrem Vater Azhrarn, dem Dämonenfürsten, und Azhrarn selbst hatte außerdem einen heftigen Streit mit Chuz, Sovaz' Geliebten, dem Fürsten Wahnsinn.

Daher verfolgte der Dämonenfürst die beiden Liebenden, und nun ging es in den wilden Wäldern noch wilder zu. Die Eshva, die träumerischen Abgesandten der Dämonen, streiften dort umher und tanzten, und die Vazdru, die Angehörigen der obersten Dämonenkaste, ritten auf ihren Mitternachtspferden über die Wege und durch die Lichtungen. So kam es bei Mondschein und im Schatten der Nacht zu vielen merkwürdigen, unglückseligen Begegnungen.

1 EIN TRAUM

Marsinehs Haar hatte die Farbe roten Bernsteins, ihre Haut war wie Sahne, und manchmal sangen liebeskranke junge Dichter unter ihrem Fenster. Dazu war ihr Vater auch noch reich; sie kleidete sich in bunte Seide und legte sich goldenen Schmuck um Hals, Handgelenke und Knöchel. Alle dachten, sie würde eine gute Partie machen. Eines Tages kam ein Fremder in die Stadt. Er war gekleidet wie der Diener eines Königs und wurde von einem eigenen Gefolge begleitet. Er ritt zum Haus von Marsinehs Vater und überbrachte dort eine Botschaft. Der mächtige Lord Kolchash hatte von der Maid erzählen hören und sie auch in einem magischen Spiegel gesehen. Sie gefiel ihm, und er wollte sie freien. Die Hochzeit war schon festgesetzt, sie sollte in drei Monaten, am Vorabend einer Neumondnacht stattfinden. Das war alles.

»Aber«, sagte Marsinehs Vater.

»Es gibt kein ›Aber‹«, antwortete der prächtige Bote. »Meinem Herrn, Lord Kolchash, widerspricht man nicht. Habt Ihr noch nicht von ihm gehört?«

»Ich glaube«, murmelte Marsinehs Vater, »ich habe von ihm gehört ... Aber Gerüchte sind oft irreführend.«

»Da Ihr keine andere Wahl habt, als dem Handel zuzustimmen«, sagte der Bote, ohne auf den Sinn dieser Bemerkung einzugehen, »werde ich Euch nun unverzüglich die Geschenke überreichen, die Euch mein Herr zum Zeichen des Verlöbnisses senden läßt.«

Daraufhin brachten Sklaven — gekleidet wie die Sklaven eines Königs — Kisten und Kästen voll mit solch glitzernden, funkelnden Kostbarkeiten herbei, daß Marsinehs Vater ganz entgeistert war. Und das blieb er auch. Auf diese Weise hatte er, als der Bote mit seinem

Gefolge wieder fortritt, kein Wort mehr gegen die Verbindung gesagt, und man konnte davon ausgehen, daß er zugestimmt hatte.

»Man hat dir eine große Ehre erwiesen«, sagte Marsinehs Mutter schließlich in einem der oberen Gemächer.

»Eine glanzvolle Hochzeit wurde für dich arrangiert«, erklärte Marsinehs Tante.

Marsineh errötete wie ein Pfirsich. Sie war schon ziemlich verliebt in den Sohn eines der reichen Nachbarn ihres Vaters.

»Wer ist es?« flüsterte sie. »Ist es Dhur?«

»Dhur?« Mutter und Tante lachten verächtlich, und Marsineh wurde bleich wie eine Lilie. »Jemand weit Besseres als Dhur«, riefen sie. »Du wirst den erhabenen Lord Kolchash heiraten.«

Marsineh stieß einen schwachen, leisen Schrei aus.

»Komm, komm«, beschwichtigte die Mutter. »Schlag dir die törichten Gerüchte aus dem Sinn. Kolchash ist zweifellos ein mächtiger und großzügiger Herr. Du kannst es nicht besser treffen.«

»Oh, verschont mich«, bat Marsineh.

»Dazu«, sagte die Tante nüchtern, »ist es zu spät.«

Wer *war* nun dieser Kolchash? Eigentlich war sehr wenig über ihn bekannt, und es wurde auch nicht viel geredet. In dieser Gegend gründete sich sein Ruf auf zwei oder drei unbewiesene Fakten und ein paar vage Geschichten. Man hielt ihn für fabelhaft reich, und zumindest diese Annahme war durch seine Geschenke an Marsinehs Vater bestätigt worden. Er war zwar selbst kein Magier, aber doch im Besitz gewisser magischer Gegenstände — hatte nicht der Bote erwähnt, sein Herr habe das Mädchen in einem Zauberspiegel gesehen? Dem Range nach war Kolchash ein Lord oder ein Fürst, aber wo seine Ländereien lagen, wußte niemand genau. Daß er alt war, war jedoch nicht zu bestreiten, denn die wirren Geschichten über ihn machten schon seit mehreren Jahrzehnten die Runde. Sehr viel sagten diese Geschichten nicht aus, doch waren sie weder vertrauenerweckend noch erfreulich. Zum Beispiel wurde allgemein erzählt, daß Kolchash über eine Bibliothek verfüge, in der jedes Buch in weiches, aus der Haut eines menschlichen Säuglings gegerbtes Leder gebunden war. Weitaus weniger häufig wurde behauptet, es sei unmöglich, etwas hinter Kolchashs Rücken zu tun — da er, nur allzu wörtlich, Augen im Hinterkopf habe. Gelegentlich hörte man in der Gegend, wenn eine Wolke die Abendsonne verhüllte, auch die Redensart: »Ach, Kolchash hat seine Seele an die frische Luft geschickt.«

Die Intellektuellen der Stadt taten dergleichen als baren Unsinn ab. Und was Marsinehs Vater anging, so hatte er zwar in seiner Jugend selbst ein kindisches Spiel des Namens *›Hüte dich vor Kolchashs Klauen‹* gespielt, war jedoch überzeugt, daß der Kolchash dieser Gerüchte nicht der gleiche Kolchash sein konnte, der die Kisten und Kästen geschickt hatte. Man durfte sich einer so glühenden, großzügigen Liebe nicht in den Weg stellen.

Im Haus verging die Zeit nun schnell mit den Vorbereitungen auf die Ankunft des hohen Herrn.

Marsineh hing wie eine zarte Fliege in einem klebrigen Spinnennetz und hatte ebenso wenig Aussicht zu entkommen. Während sie sich lustlos, von Angst und Traurigkeit erfüllt, den vor der Hochzeit anstehenden Pflichten und Aufgaben widmete, kam ihr manchmal ungewollt der Gedanke in den Sinn, wie anders sie den Weg der Tage und Nächte entlanggeflogen wäre, wenn am Ende eine Hochzeit mit Dhur gestanden hätte. (Von diesem jungen Mann wurde in der Stadt überhaupt nichts gesagt, außer, daß er gut aussah und Zerstreuungen liebte — und daß allein seine Sporen eine arme Familie ein halbes Jahr lang hätten ernähren können.)

Anfangs rechnete Marsineh noch ein wenig damit, daß Dhur ihr eine Nachricht schicken würde, um ihr etwas zu bestätigen, dessen sie nicht sicher war. Als dies nicht geschah, glaubte sie, er sei ebenso untröstlich und verzweifelt wie sie und habe jede Hoffnung aufgegeben. Er konnte ihr nicht helfen, nicht mehr, als sie sich selbst zu helfen vermochte. Sie war liebevoll erzogen worden und hatte sich bis jetzt niemals ernstlich gegen den Willen ihrer Eltern aufgelehnt, deshalb war es undenkbar für sie, etwas anderes zu tun, als zu gehorchen. Außerdem war sie ständig von Angehörigen des väterlichen Hauses umgeben, von ihren Zofen und Dienerinnen und von weiblichen Verwandten, die gekommen waren, um ihr mit nervös glänzenden, neugierigen Augen zu gratulieren. Kein Gefangener wurde je strenger bewacht.

Aber wenn es für Marsineh undenkbar war, ihren Eltern den Gehorsam zu verweigern oder sich ihrem Wunsch zu entziehen, so konnte sie sich doch auch eine Hochzeit mit dem merkwürdigen Lord Kolchash nicht vorstellen, ganz zu schweigen von dem, was danach folgen mochte.

Schließlich kam eine Nacht, erfüllt vom Duft des Jasmins, der unter dem Fenster blühte, da schlief das junge Mädchen bleich vor Erschöpfung in ihrem Bett ein und hatte folgenden Traum:

Die Hochzeit hatte stattgefunden. Alles war vorüber. Sie selbst konnte sich nur schwach erinnern — an glänzende Gefäße, an würzige Düfte, an Feuerwerk und Trommelwirbel — und wurde in einer verhängten Sänfte eine unbekannte Straße entlanggetragen. Auf beiden Seiten ritt oder ging eine riesige Menge von Begleitern, die Diener und Soldaten eines herrschaftlichen Hauses, doch ein wenig vor ihr, auf einem kohlschwarzen Pferd, war *er*, ihr Gatte, *Kolchash*.

Nun schien es ihr im Traum plötzlich, als sei sie zwar mit Kolchash verheiratet, habe ihn aber noch nicht *gesehen*. Irgendwie war er während der langen Zeremonie vor ihr verhüllt geblieben, wie zu Anfang auch sie selbst von Kopf bis Fuß von ihrem mit Perlen und Stickereien geschmückten Brautschleier verhüllt gewesen war. Wie das zugegangen sein sollte, wußte sie nicht — denn zumindest, als sie ihren Schleier hob, wenn schon nicht vorher, mußte sie doch einen flüchtigen Blick auf ihn erhascht haben — doch sie konnte sich nicht erinnern. Sie hätte nicht einmal sagen können, ob er groß war oder klein, schlank, dick oder vom Alter gebeugt. Nur das schwarze Pferd kam ihr in den Sinn, und auch das nur so, als habe jemand sie davor gewarnt.

Folglich fühlte sich Marsineh genötigt, die Vorhänge ihrer Sänfte zu teilen und nach ihm, *nach Kolchash,* Ausschau zu halten.

Es war dunkel, denn die eigentliche Hochzeit hatte erst eine Stunde nach Sonnenuntergang begonnen, als der neue Mond aufging. Inzwischen mußte es weit nach Mitternacht sein. Der Zug ihres Herrn bewegte sich schimmernd wie fließendes Wasser durch die schwarze, nächtliche Welt, denn in seinen Reihen wurden viele Lampen auf Elfenbeinstangen mitgetragen und ließen die Stoffe und die Metalle aufblitzen. Diese Lichter schwankten über ihr wie rosige Vollmonde, und hin und wieder stürzten sich Nachtfalter hinein und fielen tot zu Boden.

Aber so sehr Marsineh auch ihre Augen anstrengte und versuchte, durch die weiterziehende, fast schweigende Menge zu sehen, sie konnte ihren Gatten nicht erkennen. Dann bemerkte sie etwas anderes, daß nämlich der gewaltige Zug im Begriff stand, einen Wald zu betreten, der sich an die Straße herangedrängt hatte. Dieser Wald wirkte so erstickend, so beklemmend dunkel, daß es Marsineh vor Schreck eiskalt wurde, obwohl sie sich schon in den Monaten ihrer Verlobung an eine trostlose, zermürbende Angst gewöhnt hatte. Da sie nichts verhindern konnte, ganz gleich, was geschehen mochte, ließ sie den Vorhang der Sänfte wieder fallen.

Nach einer Weile kam die Sänfte zum Stillstand.

Marsineh rang bestürzt die Hände. Und tatsächlich, eine Minute später zog eine schattenhafte Gestalt die Vorhänge auf, verneigte sich vor ihr und sagte: »Herrin, Lord Kolchash wünscht, daß Ihr aussteigt. Wir werden für den Rest der Nacht im Schutze dieses Waldes rasten.«

Der Mann half ihr, die Sänfte zu verlassen, also genau das zu tun, was sie am wenigsten wollte. Da stand sie nun mitten im Wald, auf einer Lichtung, über der die Lichter des Zuges schwebten. Ringsum bildeten die Bäume eine geschlossene Mauer. Sie war eingetreten, doch es gab keinen Ausgang.

»Nun, Herrin«, sagte der schattenhafte Diener, »werde ich Euch zum Zelt Eures Herrn führen.«

Und wieder mußte Marsineh das tun, wonach ihr am wenigsten zumute war, und so schritt sie auf ihren Traumfüßen, die sich so wirklich anfühlten und auch so aussahen, als wären sie aus Fleisch und Blut — oder aus Lehm — über das nächtliche Gras. Etwas seitlich, jenseits eines kleinen plätschernden Baches mit einem flachen Stein in der Mitte, stand schon ein großes, hell erleuchtetes Zelt. Mit Hilfe des Steins war es nur zu leicht, das Wasser zu überqueren; am anderen Ufer hoben andere Schatten die Klappen des Zelteingangs, und Marsineh trat ein.

Das Innere des Zeltes war wie eine Kugel aus Perlmutt. Die Wände gingen nahtlos ineinander über, und wie bei der Mauer aus Bäumen gab es zwar einen Eingang, aber keine Ausgangsöffnung. Das Zelt war mit vielen kostbaren Dingen ausgestattet, und auf einer goldenen Stange hockte ein Vogel wie aus Feuer, mit Flammenfontänen anstelle des Schopfes und des Schwanzes. Doch das Auge, mit dem er das Mädchen ansah, war so kalt wie das einer Schlange. An der Rückwand des Zeltes stand eine schwarzgoldene Statue. Marsinehs ängstlicher Blick hielt sie zuerst für das Abbild eines fremden Gottes, doch dann zuckten die goldenen Hände auf der schwarzen, mit goldenen Sonnen und Sternen bestickten Robe, und die schwarze Maske unter dem goldenen Diadem drehte sich ein wenig. Unter der Maske waren Augen, und sie beobachteten Marsineh ebenso wie der Feuervogel, doch sie konnte weder ihre Form noch ihre Farbe erkennen.

»Nun bist du mein Weib«, sagte eine leise, tiefe Stimme unter der Maske hervor. »Kannst du das leugnen?«

»Nein, Herr«, stammelte Marsineh.

»So setz dich! Iß und trink!«

Marsineh ließ sich zitternd auf die Kissen nieder. Sie ergriff einen bereitstehenden Becher aus schwarzer Jade, hob ihn, brachte es aber nicht über sich, von dem Wein zu kosten. Sie zerkrümelte Honigscheibchen auf einem Teller aus edelstem durchsichtigen Material und schnitt mit einem silbernen Messer eine Frucht auf.

»Hast du keinen Appetit, liebste Braut?« fragte Kolchash nun unter seiner Maske hervor. »Kann es denn sein, daß du Angst hast vor mir, vor deinem eigenen Gatten? Ist es die Maske vor meinem Antlitz, die dich so erschreckt? Soll ich sie entfernen?«

Bei diesen Worten wurde Marsineh von einem Grauen erfaßt, wie sie es noch nicht erlebt hatte.

»Nein, nein, Gebieter«, protestierte sie. »Es ist nicht nötig, daß du dich vor mir enthüllst.«

»O doch, mein liebes Weib«, widersprach er. »Ich habe schon vor langer Zeit deine Reize erblickt, wenn auch nur undeutlich in den Nebeln eines magischen Spiegels. Nun will ich dir höflicherweise auch mein Gesicht zeigen.«

Die junge Braut saß wie erstarrt in diesem prächtigen Zelt. Sie sah, wie zwei Hände in Handschuhen sich hoben, in goldenen Handschuhen, an denen schwarz glänzende Nägel, so lang wie Klauen, befestigt waren, oder — war es möglich? — vielleicht waren es auch Kolchashs wirkliche Nägel, die sich durch den Stoff bohrten. Die leere, schwarze Maske schwankte und begann sich zu bewegen. Sie löste sich, fiel hinab auf die Teppiche — und Marsineh sah das Gesicht ihres Gatten.

Sie erwachte schreiend.

Zufällig hatte die erste von Marsinehs Frauen, ein schönes Mädchen mit Namen Yezade, in dieser Nacht beschlossen, im Vorzimmer zu schlafen, um in der Nähe ihrer Herrin zu sein. Die beiden Mädchen hatten im Abstand eines Jahres voneinander das Licht der Welt erblickt und seither als ständige Gefährtinnen ihr ganzes Leben unter demselben Dach verbracht. Und obwohl Yezade nicht von so hohem Stande war wie ihre Spielkameradin und Herrin, hatte sie doch zusammen mit Marsineh eine vornehme, sorgfältige Erziehung genossen. Während die beiden heranwuchsen wie zwei Blüten an einem Stengel, manchmal auf beiden Seiten einer Harfe sitzend und ihr abwechselnd die Läufe einer Melodie entlockend, manchmal jede die Hälfte einer Blume an einem Schal stickend, hatten sie sich oft geschworen, sich nie voneinander zu trennen. Aber dann wurden sie erwachsen, und jede ging ihre eigenen Wege, obwohl Yezade die oberste von Marsinehs Damen blieb. Auch hatte Yezade offensichtlich genügend Verbindung zu Marsineh gehalten, um mitzubekommen, wie sehr dieser vor der geplanten Hochzeit graute. Yezade sagte zwar nichts, hatte aber doch die ganze Zeit unablässig über Marsinehs Dilemma nachgegrübelt.

Als sie ihre Herrin nun schreien hörte, lief sie in das Schlafgemach.

Es war die letzte Stunde des alten Mondes (der Abend der Hochzeit stand unmittelbar bevor). Da im Fenster lag er wie eine Vogelscheuche auf dem Rücken, dünn und gekrümmt wie ein Boot ohne Segel. Unter dem Fenster, noch weißer und bei weitem schöner als der Mond, lag Marsineh und schluchzte.

»Liebste Herrin«, schrie Yezade.

Marsineh rief:

»Ach, ich hatte einen so schrecklichen Traum — und ich glaube, es war nicht nur ein Hirngespinst des Schlafs, sondern eine echte Prophezeiung dessen, was mir bevorsteht.«

»Ich bitte dich, erzähle mir den Traum.«

Und so berichtete Marsineh unter Schluchzen alles, was sie geträumt hatte. Und Yezade saß daneben, die weit aufgerissenen Augen auf Marsineh gerichtet, und erfuhr von dem Hochzeitszug, von der Nacht, dem Wald, der Lichtung und dem erleuchteten Zelt, von der maskierten Statue, die die Braut aufforderte, sich zu setzen, zu essen und zu trinken, und die sie dann fragte, ob sie ihr Gesicht, das Antlitz Kolchashs, sehen wolle.

»Und obwohl ich ihn anflehte, ließ er sich nicht davon abbringen, er hob die goldenen Hände mit den riesig langen, schwarzen Klauen daran, und zog die Maske ab — und da sah ich — ich sah ...«

»Oh, liebste Herrin, *was?*«

»Daß er das Gesicht eines Tieres hatte.«

Und dann verbarg Marsineh ihr Antlitz in den Händen.

Nach einer kurzen Pause wollte Yezade, vielleicht ein wenig pedantisch, wissen: »Was für ein Tier war es denn?«

»Ach, das weiß ich nicht — das kann ich nicht sagen — es war gräßlich, *tierisch*. Die Augen funkelten mich böse an, und die Zähne blitzten — ich schrie, und davon bin ich aufgewacht. Aber es gibt keine Rettung. Dies ist mein Schicksal.«

Und Marsineh fiel auf ihr Bett zurück und weinte bitterlich.

Yezade saß daneben wie in ernste Gedanken versunken, und wenn man sie so sah, hätte man sie für ungewöhnlich kaltblütig halten können, bis sie schließlich wieder das Wort ergriff.

»Schwester«, sagte sie, »vielleicht erinnerst du dich, daß man meine Mutter vor ihrem Tod manchmal ›die Hexe‹ nannte. Und sie verfügte in der Tat über einige geheime Fähigkeiten, die sie mir vererbt hat — ich habe nur nie damit geprahlt, denn du und ich, wir wissen beide, daß es für eine Frau im allgemeinen vernünftiger ist, sich im Hintergrund zu halten. Nun hast du, die du immer gütig und freundlich zu mir warst, einen Liebsten, den jungen Mann, den du heiraten wolltest und von dem du auch glaubtest, daß er dich freien würde, den jungen Dhur, der sicher ganz gebrochen ist. Ich habe jedoch niemanden, der mich vermissen würde, ja, wenn ich mich von dir trennen muß, liebt mich niemand auf der Welt, und ich liebe niemanden. Laß mich daher bei dieser Hochzeit deinen Platz einnehmen. Wir sind uns sehr ähnlich, von gleicher Größe und schlanker Gestalt, in Brautstaat und Schleier können wir, glaube ich, den bösen Kolchash täuschen, der dich — wie er in deinem Traum sagte — nur in einem trüben, magischen Spiegel erblickt hat, und er wird keinen Augenblick daran zweifeln, daß du es bist, die vor ihm steht. Später werde ich mich mit den Künsten meiner Mutter schon zu schützen wissen, und wenn nicht, dann werde ich eben das Schicksal auf mich nehmen, das für dich bestimmt war. Und wenn er das Gesicht eines Tieres hat, so sage ich, daß alle Männer Tiere und Ungeheuer sind, ob sie nun danach aussehen oder nicht. Ich habe kein bißchen Angst vor ihm. Wenn du inzwischen mit deinem Geliebten in die Freiheit entkommen kannst, ist das für mich genug.«

Nun hatte sich Marsineh während ihres gemeinsamen Lebens angewöhnt, in manchen Dingen auf Yezades Ratschläge zu hören, denn diese war nachweislich die Kühnere von beiden. Außerdem befand sich Marsineh nun in der Lage einer Ertrinkenden und hätte nach jedem Schilf- oder Strohhalm in der Strömung gegriffen, um sich zu retten. Obwohl sie also die Vorstellung bedauerte, daß die Gefährtin ihrer Kindertage sich diesem schrecklichen Schicksal aussetzen sollte, konnte sie sich doch des Gedankens nicht erwehren, daß die mutige, findige Yezade mit diesem Los besser zurechtkommen würde als sie selbst. Gerechterweise soll gesagt werden, daß Marsineh auch glaubte, die List würde ohnehin noch vor Antritt der entsetzlichen nächtlichen Reise entdeckt werden. Die Ähnlichkeit zwischen den beiden Mädchen war auffallend (und auch nicht verwunderlich, da sie denselben Vater hatten), aber Kolchash, der so ausdrücklich nach der einen Jungfrau verlangt hatte, würde den Unterschied doch sicher erkennen. Danach würde man Yezade zugute halten, daß sie von ihrer Herrin ausgenützt worden war — und Marsineh würde in Dhurs Armen liegen und in Sicherheit sein.

Aus allen diesen Gründen ließ sich Marsineh zu Yezades Plan überreden, und sie verbrachten den Rest der Nacht damit, ihr Vorhaben noch genauer zu besprechen.

Der Tag der Hochzeit brach an, es wurde Mittag und Nachmittag, und schließlich entdeckten die Wächter auf der Stadtmauer eine große, wogende gelbe Staubwolke am Horizont. »Das ist der Zug von Marsinehs Bräutigam. Seht nur, wie eilig er es hat! Und doch ist er noch Meilen entfernt. Er wird die Tore nicht vor Sonnenuntergang erreichen.« Und dann berührten sie verschiedene Amulette, die sie an diesem Morgen angelegt hatten.

Die Staubwolke kam langsam näher, während der Tag im Westen versank. Die Wolke wurde weiß, rot, violett, der Himmel verdunkelte sich, und endlich war auf der Straße zur Stadt eine Menschenmenge zu erkennen, der Kern der Staubwolke, die sich vor dem Rot des Sonnenuntergangs heranwälzte.

Von den Straßen, aus den Fenstern und über die Gartenmauern hinweg sahen die Stadtbewohner ein wenig verstohlen dem Lord Kolchash, dem erfolgreichen Freier, entgegen. Merkwürdig, in seinem Zug wurde nicht, wie es sonst der Brauch war, Musik gespielt. Merkwürdiger noch ... Männer und Pferde, Sänften und Karren zogen vorbei, es gab Lampen, Edelsteine, die in ihrem Schein auffunkelten — doch hinterher konnte niemand genau sagen, wie der Zug ausgesehen hatte, wo sich die einzelnen Dinge befanden, welche Kleidung, welche Fahnen es zu bestaunen gab. Und wer auch immer die Tollkühnheit besaß, nach Kolchash selbst Ausschau zu halten, er konnte ihn nicht finden. Es wurde schon gemunkelt, er sei vielleicht gar nicht gekommen, sondern habe, wie schon einmal, einen Stellvertreter geschickt.

Als die letzte Farbe vom Himmel verschwand, erreichte die Schar, wirbelnd und zischend wie eine brodelnde Wolke, die sich auf die Erde niedersenkt, das Haus von Marsinehs Vater. Einmal, zweimal, dreimal wurde laut an die Tür geklopft. »Öffnet!« dröhnte eine Stimme, »Lord Kolchash ist hier, um die ihm versprochene Braut zu holen!«

Da wurden die Türen weit aufgerissen, und ein Teil der Schar ritt ein. Im Haus stimmten Musiker ihre Lieder an, als herrsche eitel Freude. An der Schwelle zum Innenhof, wo die Hochzeit stattfinden sollte, opferten Priester an den Hausaltären den Göttern, die wie immer keine Notiz davon nahmen. Mit Blumen bekränzte Jungfrauen traten vor, um wen willkommen zu heißen? Eine hochgewachsene, verhüllte Gestalt, gekrönt mit einem Kopfputz aus purem Gold.

Im Osten stieg, bleich und verhärmt wie nach einer Krankheit, der neue Mond auf.

Blütenblätter, Duftwasser und Musik — die Braut kam die Treppe herab, dichtverhüllt von einem funkelnden Schleier, der sie von ihrem bernsteinfarbenen Haar bis zu den bemalten Zehen verbarg.

Und dann ertönten Schreie des Entzückens, gute

Wünsche wurden gerufen, die Priester sangen ihre Hymnen, ein Feuerwerk wurde abgebrannt, Tamburine, Schellen und Harfen spielten, Vögel wurden aus Käfigen freigelassen, und blauer Weihrauch stieg in die Lüfte.

Eine schöne, würdige Hochzeit.

2 DIE ERSTE NACHT: BEGEGNUNG DER LIEBENDEN

Ein Bote stand vor dem Haus von Dhurs Vater. Er war vornehm gekleidet, wenn auch nicht beritten, und schien noch sehr jung zu sein, nicht mehr als ein Knabe. Der Pförtner des Hauses warf ihm einen schiefen Blick zu.

»Der junge Lord Dhur ist nicht zu Hause. Er ist heute morgen ausgeritten.« Der Bote erbleichte im Dämmerlicht. Ein strenger Herr mußte ihn geschickt haben, einer, der strenge Strafen verhängte, wenn eine Botschaft nicht ausgerichtet wurde. »Aber mein junger Herr wird in spätestens drei Tagen zurückkehren. Er ist nur zur Jagd in die Wälder gezogen.«

»Ach wie herzlos«, hauchte der hübsche Jüngling. In seinen ohnehin glänzenden Augen glitzerten jetzt helle Tränen.

»Ist dein Herr ungeduldig?« erkundigte sich der Pförtner. »O weh. Wir Dienstboten haben ein schweres Leben.«

»Ich muß Lord Dhur eine äußerst dringliche Nachricht überbringen«, flüsterte der Bote, »oder es ist mein Untergang.«

Der Pförtner wurde aufmerksam. Er vermutete, Dhur habe irgendwelche Schulden gemacht oder einen rachsüchtigen Ehemann erzürnt, und der Bote bringe vielleicht eine Warnung von einem Freund. Da der Pförtner eine Schwäche für Dhur hatte und nicht wollte, daß dieser in Gefahr geriet oder daß sein Vater von der Sache unterrichtet wurde, nahm er es auf sich, den Retter zu spielen — außerdem würde der liebenswerte Jüngling sich möglicherweise auf recht erfreuliche Weise dankbar erweisen.

»Paß auf«, sagte daher der Pförtner, »im Stall steht ein

schöner Reitesel, den ich benützen darf und den niemand vermissen wird. Den leihe ich dir, dann kannst du Dhur folgen. Der Weg ist ganz einfach. Du brauchst nur durch das Stadttor zu reiten — da heute nacht zu Ehren eines ausziehenden (und, wie ich höre, sehr merkwürdigen!) Hochzeitszugs offengehalten werden soll. Sobald du die Stadt verlassen hast, reitest du die Hauptstraße entlang und in den Wald hinein, aber weich dort nicht vom Wege ab. Lord Dhur und seine Gefährten haben sich in der Schenke ›Zur Turteltaube‹ einquartiert, die an der Straße liegt, dort kannst du sie finden. Es sind nicht mehr als drei oder vier Stunden zu reiten.«

Wenn der Pförtner gehofft hatte, daß seine Bemühungen sofort gewürdigt wurden, so sah er sich bitter enttäuscht. Der hübsche Jüngling lehnte matt am Tor, näherte sich dem Esel, als der herbeigeführt wurde, stieg ungeschickt auf, hing mit schmerzlicher Miene auf seinem Rücken und dankte dem Pförtner nur mit schwacher Stimme, ohne ihm eine Münze oder einen Kuß anzubieten.

»Dies ist die krasse Undankbarkeit der Jugend«, brummte der Pförtner. Zu spät fragte er sich, ob er oder seine Herren den Esel jemals wiedersehen würden, und wenn nicht, welche Entschuldigung er dann wohl am besten vorbrachte.

Der liebenswerte Jüngling — die verkleidete Marsineh — ritt durch die Stadt, mit der sie nicht allzu vertraut war, aus dem Stadttor hinaus, was sie noch nie getan hatte, und die unbekannte Hauptstraße entlang. Der Neumond ging gerade auf, und es konnte ihr nicht verborgen bleiben, daß soeben eine Hochzeitsfeier begann …

Am Nachmittag, ehe die Frauen herbeiströmten, war Yezade allein hineingegangen, um der Braut beim Ankleiden behilflich zu sein. Die Braut — Yezade — hatte sich also allein angezogen, und sie hatte auch Marsineh als Boten verkleidet. Es wirft ein interessantes Licht auf die engen Beziehungen in diesem Hause und zwischen Eltern und Kindern, daß Marsineh und Yezade voraussahen, daß die verschleierte Ersatzbraut fähig sein würde, in der noch verbleibenden Zeit vor der Zeremonie alle zu täuschen, während das wahre Opfer ohne Schwierigkeiten aus dem Haus flüchten konnte. Unnötig zu sagen, daß beide Unternehmungen erfolgreich durchgeführt wurden, ohne daß jemand eine Frage gestellt hätte.

Doch als Marsineh das Haus ihres Geliebten erreichte und erfuhr, daß er auf die Jagd gegangen war, war ihre Entschlossenheit beinahe ins Wanken geraten. Dann sagte sie sich, daß auch er wohl geflüchtet sei, um seinen schrecklichen Schmerz durch körperliche Bewegung ein wenig zu dämpfen. Er konnte es also nicht einmal ertragen, in der Stadt zu bleiben, wo sie einem anderen gegeben werden sollte. Solchermaßen gestärkt, war Marsineh auf den Esel gestiegen, den ein launisches Schicksal — und der Pförtner — ihr beschafft hatten. Und obwohl sie in ihrem Leben noch nie geritten war, nahm sie die damit verbundenen Beschwernisse auf sich und trieb das widerspenstige Tier sogar in einen Zuckeltrab, der ihre Qualen noch vergrößerte. Was bedeuteten vier Stunden für ein liebendes Herz auf der Flucht? Diese Stunden würden vergessen sein, wenn sie an ihrem Ende in den schützenden Armen ihres Geliebten lag.

Jung und blau war die Nacht, grell funkelten die Sterne. Dies, der unbequeme Sitz auf dem Esel, ihre Hoffnung und ihre Angst verhinderten, daß Marsineh die Straße in ihrem Traum mit der Hauptstraße in Verbindung brachte, auf der sie jetzt die Stadt verließ. Und als sie später nach einem langen Ritt stöhnend den Waldrand erreichte, fiel es ihr erst recht nicht auf, daß dies genau der Wald ihres Alptraums war, in den der gefürchtete Kolchash sie geführt hatte.

Kurz vor Mitternacht saß Dhur fröhlich zechend mit einer Schar von Freunden in einem Raum im Obergeschoß der Schenke ›Zur Turteltaube‹. Die Jagd war an diesem Tag nicht sehr erfolgreich gewesen, sie hatten in der silbernen Dämmerung vor Sonnenaufgang nur ein rätselhaftes Wesen aufgescheucht — und das war gleich wieder verschwunden. Als sie am Mittag unter dem schützenden Dach der Bäume dahinritten oder vielmehr — trödelten, hatten ein oder zwei junge Männer seltsame Dinge über den Wald erzählt und behauptet, hier seien unheimliche, magische Kräfte am Werk. Doch kein Zauber neckte sie, und auch kein Wild ließ sich blicken, das sie hätten jagen können, um es dann mit ihren Speeren und Messern zu erlegen. »Dhurs Trauer und Melancholie hält die Tiere fern«, sagte einer der Gefährten halb im Ernst. Aber Dhur wirkte keineswegs traurig oder melancholisch. Er hatte zwar geflucht, weil das Wild ausblieb, aber oben in der Schenke aß und trank er mit Genuß, und jetzt legte er sich in die Kissen zurück und beobachtete die Tänzerin, während er gleichzeitig mit den Zöpfen der Leierspielerin tändelte.

»Sing ein Liebeslied!« verlangte der keineswegs traurige Dhur fröhlich von der Sängerin.

»Oh, schöner Herr«, sagte sie und blickte unter ihren goldbemalten Lidern hervor, »man sagt, dies sei hier nicht ratsam. Seit vielen Jahren, so heißt es«, fuhr sie mit klangvoller Stimme fort, »lebt irgendwo in den Tiefen des Waldes ein übernatürliches Liebespaar. Und da keine irdische Liebe es mit der Liebe dieser beiden aufnehmen kann, bringt es Unglück, von einer anderen Liebe als der ihren zu singen.«

»So singe denn von dieser Liebe«, sagte Dhur. »Wer sind diese Wunderwesen?«

»Zwei Dämonen«, sagte die Leierspielerin und drückte die ebenfallls goldbemalten Lider an Dhurs Schulter.

»Er ist blond«, sagte die Tänzerin und lehnte sich an Dhurs Knie, »golden wie ein Sommermorgen. Aber sie ...«

»Sie ist schwarz und weiß, ihre Haut ist wie eine weiße Rose, ihr Haar wie eine Wolke aus schwarzem Hyazinth«, sagte die Sängerin und lächelte Dhur an, ohne jedoch näher heranzukommen.

»Ihre Augen sind so blau«, murmelte die Leierspielerin, »daß sie Saphire vergießt, wenn sie weint.«

»Ein solches Weib mögen die Götter mir schenken!« schrie einer der jungen Männer. »Wie würde ich sie schelten und schlagen, damit ihre Tränen nicht aufhören zu fließen.«

»Bei dieser hier«, sagte die Tänzerin, »würdet nicht einmal Ihr, edler Herr, es wagen, sie zu schlagen.«

»Schön«, sagte Dhur, »aber nun sing das Lied!«

In diesem Augenblick stürmte jedoch ein anderer Bediensteter der Schenke in den Raum und verkündete: »Lord Dhur, Ihr müßt herunterkommen. Ein Bote ist eingetroffen, er ist halb tot vor Erschöpfung und stammelt immer wieder, daß er nur mit Euch sprechen will.«

Sehr erschrocken, wie man sich ja vorstellen kann, sprang Dhur auf und eilte hastig die Treppe hinunter in den Raum, wo man den Neuankömmling untergebracht hatte.

An diesem kritischen Punkt muß gesagt werden, daß Marsineh seit langem in dem Glauben lebte, sie habe Dhur häufig gesehen und sei fast ständig mit ihm zusammengewesen. Das kam daher, daß sie fast jede Nacht von ihm träumte und sich am Tage mit noch größerer Regelmäßigkeit mit ihm beschäftigte. Sein Gesicht und seine Stimme waren ihr so vertraut wie die ihres Vaters und ihrer Mutter. In Wirklichkeit waren sich die beiden jungen Leute jedoch nur etwa sechsmal begegnet, und seit die Heirat beschlossen worden war, überhaupt nicht mehr.

Nun hatte Marsineh nach den Qualen des ungewohnten Rittes und angesichts der ungeheuerlichen Ereignisse, die auf sie eingestürmt waren, fast jedes Gefühl verloren, aber als sie ihre tränenfeuchten Augen hob und Dhur ins Zimmer treten sah, erkannte sie ihn doch sofort, und ihr Herz machte vor Freude einen verrückten Satz, der sie aufspringen ließ. Dhur hingegen erblickte Marsineh, die er seit drei Monaten nicht mehr gesehen hatte, in der Aufmachung eines Jungen, verdreckt, einer Ohnmacht nahe, und erkannte sie überhaupt nicht. Die Wirklichkeit sah so aus, daß sie ihn liebte, er sie jedoch einmal ganz anziehend gefunden hatte, ohne daß er je in sie verliebt gewesen wäre.

»Sprich!« rief Dhur ziemlich ungeduldig, denn er fragte sich, ob sein Vater vom Tode ereilt worden war oder das Haus seiner Familie in Trümmern lag — welche Nachricht konnte ein solch aufgelöster Bote sonst bringen?

Marsineh, das bedauernswerte Mädchen, deutete seinen wilden Blick und seinen heftigen Ton ganz anders, sie glaubte, er habe sie erkannt und heiße sie auf diese Weise willkommen, und warf sich an seine Brust.

»Oh, wirst du mich retten? Ohne dich bin ich verloren!« rief sie aus.

»Na, na«, mahnte Dhur und klopfte ihr streng auf den Rücken. »Nimm dich zusammen und sage mir, was geschehen ist.«

»Ist das nicht...«, heulte sie auf, »klar ersichtlich?«

»Keineswegs. Komm, sprich schon!« fauchte Dhur, der allmählich die Geduld verlor, und schob den, wie er dachte, aufdringlichen Burschen von sich weg.

»Nun, ich bin geflohen«, sagte Marsineh zitternd und bebend. »Ich hatte keine andere Wahl. Wie konnte ich — *das* — erdulden?«

»*Was* erdulden?« rief Dhur, nun ganz außer sich.

»Mich in eine solche Leibeigenschaft zu fügen — seine Sklavin — nachdem ich die süße Hoffnung gespürt hatte, die du in mir wachriefst ...«

Dhur hatte die Daumen in seinen Gürtel gehakt und blickte den Boten böse an.

»Nun«, brüllte er, »hör auf mit diesem Geschwätz, du schwachsinniger Junge, und sage mir, was geschehen ist — oder ich lasse es aus dir herausprügeln!«

»Aber ich bin kein ...«, begann Marsineh. Dann versagte ihr die Stimme. In diesem entsetzlichen Augenblick wurde ihr alles klar. Nicht nur, daß ihr Geliebter sich so hartnäckig verblendet zeigte, daß er sie genau für das hielt, wofür sie sich ausgegeben hatte — für einen hübschen Eunuchen, den man geschickt hatte, um irgendwelche Nachrichten zu überbringen. Nein, nicht nur das. Mit dem unerträglich scharfen Instinkt der Liebe war sie sich plötzlich bewußt geworden, wie gleichgültig er ihr, Marsineh, gegenüberstand, wie wenig sie ihm bedeuten mußte, wenn eine solche Täuschung überhaupt möglich war. Er hätte in jeder Verkleidung vor sie hintreten können, die er sich nur auszudenken vermochte: Sie hätte die Tarnung sofort durchschaut. Aber er erkannte sie nicht — denn er hatte nie mehr als einen flüchtigen Blick auf sie verschwendet. Er hatte sich nicht wie sie in Träumen und Gedanken mit dem Gegenstand seiner Herzenssehnsucht beschäftigt. Oh, jetzt verstand sie, warum sie kein Wort von ihm gehört hatte, warum er am Tag ihrer Hochzeit auf die Jagd gegangen war. Er hatte sie vergessen.

In dieser Sekunde brach ihr das Herz, und es knackte so laut, daß sie aus ihrer Trance, ihrer Ohnmacht, ja aus dem Traum selbst und allem anderen erwachte. Sie sah, was sie getan, in welche Lage sie sich gebracht hatte: Sie war eine Ausgestoßene, allein auf der Welt, ohne Freunde. Denn ihre einzige wahre Freundin, Yezade, war einem schrecklichen Feind zur Frau gegeben worden, und vor Marsineh stand nun ein zweiter Feind, nicht mehr. Diese Erkenntnis war so entsetzlich, daß sie ihr Halt gab und ihren Verstand wieder lebendig werden ließ.

Dhur liebte Marsineh nicht und würde ihr auch nicht helfen. Aber da er ihr als einziger geblieben war, mußte sie ihre Bitte den Gegebenheiten anpassen.

Marsineh warf sich auf die Knie und stieß einen Schmerzensschrei aus.

»Herr«, jammerte sie, »ich bin nur ein armer Junge auf der Flucht vor einem grausamen Herrn. Ihr habt es vergessen, aber Ihr habt mich einmal auf der Straße gesehn und wart freundlich zu mir. Ich bitte Euch, erlaubt mir, Euch zu dienen. Vergebt mir den Vorwand, unter dem ich Euch holen ließ. Ich habe keine Botschaft zu überbringen. Aber laßt mich in Eure Dienste treten, denn dann bin ich in Sicherheit. Sonst wird mein früherer Herr mich töten.«

Dhur war so erleichtert, daß seinen Bekannten und Verwandten nichts zugestoßen war, daß er, anstatt noch wütender zu werden, in Gelächter ausbrach. (Ach, dabei zersprang ihr gebrochenes Herz in noch kleinere Stücke.)

»Du Schurke«, sagte er, »ich habe gute Lust, dir deine Unverschämtheit heimzuzahlen. Aber wer ist denn der Teufel, vor dem du fortgelaufen bist?«

»Sein Name ist Kolchash«, sagte Marsineh aus einer Reihe von stichhaltigen Gründen.

»Kolchash? Nun, diesen Namen habe ich doch schon einmal gehört ...«

»Er ist in die Stadt gekommen, um ein unglückliches Mädchen zu freien. Die Dame ist zu beklagen.«

»Ja, eine Hochzeit — ich glaube, man hat mir davon erzählt. Die Tochter eines Nachbarn — das große dünne Mädchen, oder die andere, dessen Nase wie ein Storchenschnabel aussieht.« (Marsineh, o Marsineh!) »Aber höre einmal, was Kolchashs Schlechtigkeit angeht, so übertreibst du bestimmt. Er ist ein reicher alter Mann, und wie alle reichen alten Männer hat er Neider. Und ob du nicht ein rechter Schlingel bist, muß sich erst erweisen. Aber ich bin in gnädiger Stimmung. Ich werde dich für die Dauer meines Aufenthalts hier im Wald zu mir nehmen. Du sollst mich bei der Jagd bedienen.«

Marsineh warf sich zu Boden, wie es sich für einen

dankbaren Sklaven geziemte — oder wie sie es im Hause ihres Vaters gesehen hatte. Dhur stieg über sie hinweg und kehrte lachend ins obere Stockwerk der Schenke zurück.

Schließlich kam ein Diener und scheuchte sie hinaus in den Stall.

Dort fand sie wegen der Schmerzen in ihren durchgeschüttelten Gliedern und wegen ihres gebrochenen Herzens die ganze Nacht keinen Schlaf. Durch eine Ritze in der Wand sah sie hoch über sich das erleuchtete Fenster, wo Dhur und seine Freunde tranken und sangen, bis die Lampen gelöscht wurden, danach war das Fenster wie eine dunkle Blüte, die raschelte und atmete, und einmal drang ein leiser Schrei heraus und fiel wie ein goldener Ring zu Boden. Kurz vor Tagesanbruch kamen die drei Mädchen aus der Schenke, die Sängerin, die Tänzerin und die Leierspielerin, die Treppe herab, gingen am Stall vorüber und unterhielten sich leise über Dhur, sein gutes Aussehen und seine Großzügigkeit.

Da drückte Marsineh ihr Gesicht an die Flanke des Reitesels und weinte, doch das Tier hielt ihre Tränen nur für schweren Tau und kümmerte sich nicht weiter darum.

Trotz der durchfeierten Nacht war die Jagdgesellschaft noch vor Sonnenaufgang wieder zum Aufbruch bereit. Erschöpft von Kummer und Schlaflosigkeit kroch Marsineh aus dem Stall, als man sie rief.

»Was ist denn das für ein Tier?« erkundigte sich Dhur, als er den Reitesel bequem im Stroh liegen sah. »Das ist doch eindeutig das Vieh, das mein Vater unserem Pförtner zu leihen pflegt.«

Da Marsineh nicht wollte, daß dem Pförtner seine gute Tat schlecht vergolten wurde, gestand sie demütig, den Esel gestohlen zu haben.

»Was bist du doch für ein Schelm«, sagte Dhur. Und dann lachte er wieder und gab ihr einen Klaps auf die Schulter, der sie beinahe umgeworfen hätte.

»Ein blasser Schelm, ein schwächlicher Schelm«, sagten die anderen jungen Männer, »seinen Schelmenlohn nicht wert. Seht euch doch diese welke Lilie an. Und wie soll er uns begleiten, Dhur?«

»Nun, genau auf diesem Esel«, sagte Dhur.

»Oh, bitte nicht«, sagte Marsineh, die so steif und wund war, daß sie am liebsten gleich wieder geweint hätte.

»Wie denn sonst?« fragte Dhur vergnügt. »Du bist ein Schwächling, zu Fuß kannst du sicher nicht mit uns Schritt halten. Reite hinter uns her, so gut es eben geht, und paß auf, daß du uns nicht verlierst, denn wenn du dich zwischen diesen Bäumen verirrst, werde ich nicht kommen, um nach dir zu suchen. Und mach keinen Lärm, das Wild ist in diesen Wäldern ohnehin scheu genug.«

Schließlich brach die Jagdgesellschaft auf, frisch wie der junge Morgen, gegessen und getrunken wurde unterwegs. Marsineh würgte eine trockene Kruste hinunter und kroch auf den erzürnten Esel, der darüber ebenso bestürzt war wie sie.

»Folge uns, Sklave!« schrie Dhur den beiden zu, »oder ich schicke dich zu Kolchash zurück!«

So ritt die Jagdgesellschaft durch den tiefen Wald, und Marsineh folgte auf dem müde dahintrottenden Esel, der häufig stehenblieb, um sich ein Maul voll Gras zu gönnen, während sie ihn vor Schmerz stöhnend anflehte, sich doch zu beeilen.

Hinter der Straße und der Lichtung, auf der sich die Schenke befand, stand der Wald wogend wie eine Wasserflut. Als es heller wurde, konnte man erkennen, wie hoch die Bäume waren, im dunkelgrünen Schatten weiter oben staken die Sonnenstrahlen so fest wie Speere, und die Vögel huschten hin und her. An den langen, glänzenden Ästen hingen Echsen mit dem Kopf nach unten und starrten mit steinernen Augen vor sich hin, und manchmal regte sich eine Schlange und blickte den

Reitern nach, die so viele fremdartige Geräusche machten und mit Beinen versehen waren, obwohl doch eine Schlange für keines von beiden Verwendung hatte. Tief unten, wo die jungen Männer auf ihren Pferden zwischen den Stämmen hindurchritten, ohne sich etwas dabei zu denken, und wo das arme Mädchen dahingetragen wurde, ob es wollte oder nicht, hingen Spinnennetze zwischen den breiten Blättern der Büsche, und der Morgentau funkelte darin. Alles im Wald wirkte flüchtig und doch wesentlich, auch bei Tag. Und alle Wege schienen gleich zu sein. Sehr bald war Marsineh abgetrieben wie ein Reisender in den Tiefen eines Sees. Und so sehr sie auch den Esel antrieb, die jungen Männer schienen sich immer weiter und weiter zu entfernen. Manchmal sah sie überhaupt nichts mehr von ihnen und hörte nur ihre Stimmen. Und schließlich war sie so weit, daß sie sagte: Was macht es schon aus, wenn ich Dhur verliere? Ich habe ihn doch schon verloren. Und was mich selbst angeht, so kann ich ruhig hier sterben und mir von den grausamen Vögeln und Echsen das Fleisch von den Knochen nagen lassen. Denn niemand liebt mich, nirgends kann ich Zuflucht erwarten. Es wäre besser gewesen, wenn ich zu Kolchash ins Unglück gegangen wäre.

Und sie hielt den Esel an (der ohnehin stehengeblieben war, was sie aber in ihrer Verzweiflung gar nicht bemerkte), küßte ihn auf die Schnauze und verzieh ihm alle Schmerzen, die er ihr bereitet hatte. Dann stieg sie von seinem Rücken und humpelte allein, in einem Nebel von Einsamkeit und Trauer, in den riesigen Wald hinein — den sie noch immer nicht erkannt hatte.

Soviel also zu Marsineh.

Doch was war in dieser ganzen Zeit — am Abend, in der Nacht, im Morgengrauen — mit Yezade, ihrer schönen Halbschwester geschehen, die den Platz der Braut eingenommen hatte?

Schon drei Stunden, nachdem am Abend zuvor der Mond aufgegangen war, war die Hochzeitszeremonie zu Ende gewesen, das Feuerwerk abgebrannt, das Bankett freigegeben. Aber genau in diesem Augenblick war wieder ein anderer von Lord Kolchashs Bediensteten vorgetreten und hatte erklärt, der Bräutigam wolle nun mit seinem Weib aufbrechen.

Es gab keinen Widerspruch. Die Hochzeitsgeschenke hatten die Verlobungsgaben an Glanz und sogar an Gewicht noch übertroffen. Die Braut selbst war bescheiden unter ihrem Schleier geblieben, und weil man befürchtete, sie sei vielleicht gelb vor Angst und schluchze bitterlich, hatte niemand von ihrer Familie darauf bestanden, daß sie ihn abnahm. Kolchash hatte, um sich zu vergewissern und vermutlich auch, um dem Brauch zu genügen, vor dem Altarfeuer den Schleier ein wenig gehoben. Er war ebenfalls verhüllt geblieben, und wenn der Schatten seines ausladenden Turbans ein Stück seines Gesichts freigab, konnte man sehen, daß er eine schwarze Lackmaske trug. Alles in allem schien es nur vernünftig, die Flitterwochen bald beginnen zu lassen.

So wurde denn das Brautpaar verabschiedet und zog unter einem Sternenhimmel, der noch die Streifen und Lichtpunkte der rosa Feuerwerksblumen trug, in die Nacht hinein.

Die Braut saß in einer Sänfte, der Bräutigam auf einem kohlschwarzen Roß ... Doch es war schwierig, ihn im Gedränge seines Gefolges zu erkennen.

Unter dem Stadttor hindurch, die Hauptstraße entlang bewegte sich der Zug, von Lampen beleuchtet, aber ohne Musik oder Gesang, und so erreichte er nach etwa einer Stunde den Wald und marschierte hinein.

Nach einer Weile kam die Sänfte zum Stillstand. Eine Schattengestalt teilte die Vorhänge: »Herrin, Lord Kolchash wünscht, daß Ihr aussteigt.«

Man half der (immer noch züchtig verschleierten) Braut auf den Rasen und führte sie über einen kleinen plätschernden Bach mit einem Trittstein zu einem Zelt, das wie Perlmutt glänzte. Dieses Zelt betrat sie.

Das Innere war mit vielen Kostbarkeiten ausgestattet, und auf einer silbernen Stange hockte ein feuriger Vogel mit großem Schopf und langem Schwanz. Er beobachtete sie mit einem kühlen, blassen Auge. An der Rückwand des Zelts stand eine schwarzgoldene Gestalt, welche die Braut — hätte sie ihren Bräutigam nicht schon bei der Hochzeit gesehen — für eine Statue hätte halten können. Aber sie hatte gesehen, wie die Statue umherging, die Hände in den goldenen Handschuhen und mit den langen, schwarzen Nägeln an ihren Schleier hob, und wie sich das maskierte Gesicht unter dem schweren Diadem hierhin und dorthin wandte. Folglich sprach sie die Gestalt nun an: »Guten Abend, mein edler Gemahl«, und warf mit einer kühnen Geste plötzlich ihre Hüllen ab.

Die Maske drehte sich nur ein wenig. Hinter den Gucklöchern glitzerten die Augen.

»Guten Abend, Weib«, sagte eine heisere Stimme. »Willst du dich nicht setzen und dich mit Wein und Essen erfrischen?«

»Zu gütig, Gebieter. Aber kein Bissen und kein Tropfen Flüssigkeit sollen über meine Lippen kommen«, sagte Yezade, »ehe du selbst gegessen und getrunken hast.«

»Liebes Weib«, sagte die Stimme. »Ich habe schon gespeist.«

»Dann werde ich«, sagte Yezade, »nichts zu mir nehmen. Denn ich fürchte«, fügte sie hinzu, »daß ich keinen Appetit auf Essen oder Trinken verspüre, wenn mein Gatte so unzufrieden mit mir ist, daß er mir sein Gesicht nicht zeigen will.«

Daraufhin trat eine Pause ein.

Schließlich schien die Statuengestalt am ganzen Leibe zu erbeben. Die Stimme klang jetzt schroff.

»Liebes Weib, kann es sein, daß du das zu sehen be-

gehrst, was ich, aus Rücksichtnahme und aus Sorge um dich, verborgen habe?«

»Lieber Gemahl«, sagte Yezade, »da du mich gefreit und mich zu deinem Zelt gebracht hast, werde ich dir sicher, noch ehe ein neuer Tag geboren ist, meine Jungfräulichkeit opfern, und außerdem wirst du mich so nackt sehen wie den Mond. Von dir erbitte ich dafür nur einen kurzen Blick auf dein Gesicht. Das ist sicher kein unbilliges Verlangen an meinen Herrn und Geliebten.«

Darauf trat eine zweite Pause ein, die länger dauerte als die erste.

»Mein lieber Gemahl«, sagte Yezade schließlich, »meine Mutter hatte vor ihrem Tod die Gabe der Weissagung, und sie hat mir folgendes vorhergesagt: Wenn ich mir ein großes Vermögen erwerben wolle, müsse ich den Gatten einer anderen Braut heiraten. Dieses Rätsel konnte ich viele Jahre lang nicht lösen, bis es sich ergab, daß die Tochter meines Herrn und Vaters, der ich in allem außer im Reichtum und in der Stellung ähnlich bin, an einen berüchtigten Herrn versprochen wurde, einen gewissen Kolchash. Eben an dich. Und so habe ich einen von meiner Mutter erlernten Zauber angewendet und dem dummen Ding einen schlimmen Traum über ihre Hochzeitsnacht geschickt, der sie so erschreckte, daß sie die Flucht ergriff. Ich nahm also ihren Platz am Traualtar ein, und nun sind wir hier. Da ich dir das alles erzählt habe, erkennst du sicher, daß ich mich nicht im mindesten vor dir fürchte. Du kannst mir glauben, daß ich auch vor deinem Aussehen keine Angst habe und dein Gesicht sehen will. Nimm die Maske ab!«

Nun trat eine dritte Pause ein, die noch länger dauerte als die beiden vorhergehenden.

Da Yezade weder auf ihr Geständnis noch auf ihre Forderung eine Antwort bekam, stand sie auf und ging ohne Zögern durch das Zelt. Als der Feuervogel das sah, stieß er ein Kichern aus und wandte ihr den Rücken zu, aber die Gestalt Kolchashs bewegte sich nicht.

»Nun komm«, sagte Yezade. Und sie streckte die Hand aus, faßte den Rand der schwarzen Lackmaske und zog daran.

Yezade stieß einen Schrei aus und stand wie erstarrt.

Da auf dem Teppich lag Kolchashs Kopf, den sie ihm eben abgerissen hatte. Denn es war der Kopf einer Puppe, ein mechanisches Gebilde, in den Höhlen rollten Glasaugen, und aus dem abgetrennten Hals ragten Drahtbüschel, die merkwürdig zischten und schnell erlöschende Funken sprühten.

Und als die Funken erstarben, flackerte auch das Licht im Zelt, wurde matt und rötlich und erlosch wie ein leiser Seufzer.

Dann herrschte nur noch schwärzeste Dunkelheit. Yezade fand sich auf dem Gras unter den Bäumen wieder, nirgends war eine Lampe zu sehen, kein Zelt, keine Stange, kein Mann, kein Pferd und auch kein Diener. Sie war allein im nächtlichen Wald.

Bis eine andere Stimme deutlich und mit schrecklichem Klang zu ihr sprach.

»Du bist eine Närrin, Yezade.«

Sie fuhr herum und merkte, daß sie doch nicht allein war, denn auf einem Ast hockte der Feuervogel, schwach leuchtend wie ein ferner, gelber Stern.

»Was hat das zu bedeuten?« sagte Yezade, immer noch um Kühnheit bemüht.

»Vielleicht bedeutet es«, sagte der Vogel, »daß Kolchash, der zwar kein Magier ist, aber doch Zugang zu bestimmten magischen Kräften besitzt, sich nicht gerne betrügen läßt, wenn es um seine Gemahlin geht.« Und dann breitete der Vogel seine Flügel weit aus und reckte ihr den Hals entgegen, und in dieser Bewegung lag etwas so Erschreckendes, daß Yezade von einer Woge des Grauens überspült wurde und gegen ihren Willen darin versank. Sie riß ihren Schleier an sich, den sie weggeworfen hatte, drehte sich um und floh. Sie rannte durch den gehässigen Wald, der sie kratzte und biß und ihr die

Füße festhielt, so daß sie stürzte. Es war fast so, als versuche sie sich durch riesige Glasscheiben und Sturzwellen zu kämpfen, durch den Dschungel der Nacht, der zum Leben erwachte, nach ihr schlug und sie verspottete. Und schließlich gab die Erde unter ihren Füßen nach, und sie fiel in einen tiefen Abgrund, in ein Nichts.

Dort schwang sie hin und her, sie sah weder, wie schon bald über ihr die Sonne aufging, noch, wie der Tag an einer kleinen grünen Öffnung hoch über ihr vorüberzog und im Zwielicht verebbte.

Nichts von alledem sah, hörte, spürte oder wußte Yezade, sie träumte nicht einmal davon. Aber vielleicht träumte sie, daß die wirren Ranken, die sie tief unten in der Grube festhielten, ihr zumurmelten: »Schlaf, schlaf, wir wiegen dich ganz sacht«, und daß der Felsen, an dem sie sich beim Sturz den Kopf angeschlagen hatte, antwortete: »Schlafen? Ja, dafür habe ich gesorgt.« Aber in der Ferne gab es noch eine andere Stimme, und die sagte: *»Kolchash läßt sich nicht gerne betrügen.«*

Und dann hatte sich eine neue Nacht über den Wald, über Yezade und über alles andere auf der Flachen Erde gelegt.

3 DIE ZWEITE NACHT: GETRÜBTES LIEBESGLÜCK

Während Yezade den ganzen Tag lang in tiefer Betäubung im Zauberschlaf in einem Loch in der Erde gelegen hatte, hatte die erschöpfte Marsineh unter einem Baum geschlummert.

Ohne daß sie es bemerkte, war in der Mittagshitze eine gefleckte Luchsin mit ihrem Jungen vorübergekommen und nur so lange stehengeblieben, um an Marsinehs nach Blumen duftendem Haar zu schnuppern — die Jungenkopfbedeckung hatte sie nämlich abgeworfen. Und später, als die Sonne hinter dem Baldachin des Waldes nach Westen glitt und das goldene Grün des Nachmittags sich zu einem grünlichen Türkis abkühlte, blieb ein alter Hirsch, dessen verzweigtes Geweih aus dem Holz gewachsen zu sein schien, eine halbe Minute stehen und betrachtete sie, ehe er auf riesigen lautlosen Füßen davonschritt.

Doch Marsineh schlief tief in den Armen ihres Kummers und erwachte nicht; einmal schrie sie im Traum leise auf, und ein Schmetterling wie aus buntem Papier schlürfte ihre Tränen.

Kühler und dunkler wurde der große Wald, die Sonne ging unter. In den Gängen zwischen den riesigen Säulen der Bäume hing die Dämmerung.

Marsineh erwachte. Sie fror, aber was machte das aus? Irgendwo in den wilden Gassen des Waldes war Dhur sicher auf dem Weg zu seiner behaglichen Schenke und hatte den entlaufenen Jungen vollkommen vergessen. Und anderswo würde der Reitesel Gras weiden, wenn kein Raubtier des Waldes ihn verschlungen hatte — Marsineh weinte wieder, wegen Dhurs Vergeßlichkeit und um den gefährdeten Esel. Bis sie mitten in ihren

Tränen einen wunderschönen Laut hörte — oder einen herrlichen Duft roch — sie wußte nicht, was es war, ob es nicht sogar etwas anderes sein könnte ... Auf jeden Fall war sie gezwungen, das Weinen sein zu lassen, sich aufmerksam umzusehen und zu lauschen.

Der Wald war inzwischen vollkommen still, völlig reglos und bis auf ein paar geisterhafte Sternenlichtfäden, die irgendwie von den Baumwipfeln herabgeschwebt kamen, auch tiefschwarz geworden.

Marsineh wagte nicht, laut zu sprechen oder sich zu bewegen, so sehr fürchtete sie sich.

In diesem Augenblick schien sich an einer Stelle vor ihr die ganze Dunkelheit zusammenzuziehen, Schwarz löste sich von Schwarz und kam auf sie zu. Marsineh hielt in staunendem Schrecken den Atem an.

Da, keinen Schritt entfernt, beugte sich ein bleiches, ungewöhnliches Gesicht zu ihr nieder und sah ihr in die Augen. Es war unverkennbar das Antlitz eines jungen Mannes, aber von solcher Schönheit, von so schwarzem, tiefschwarzem Haar eingerahmt und mit Augen von so schwarzem, leuchtendem Feuer — daß Marsineh den Blick nicht ertragen konnte. Es war, als zucke ein durchdringend süßer Schmerz durch jeden Nerv. Sie fuhr zurück und wäre vielleicht geflohen. Aber in diesem Augenblick streckte das Fabelwesen eine Hand aus, die blassen, langen Finger strichen leichter über ihre Wange als zuvor der Schmetterling, und doch spürte sie die Berührung überall, als ströme ihr Seide durch die Adern. Diese Liebkosung befreite sie von allen menschlichen Schrecken, von Gram und Verwirrung, von Furcht und Bedenken. Sogar ihre Schmerzen und ihre Steifheit verschwanden. Als daher die beiden Hände näher kamen und Marsineh aufforderten, sich zu erheben, tat sie es und stand so dicht vor dem Jüngling, vor seinem schlanken, kräftigen Körper, der in Schatten, in Blätter und in Sterne gekleidet schien, daß sie gar nicht anders konnte, als sich gegen ihn zu lehnen. Und dann streichelte er ihr Haar, und es war, als spiele ein Künstler auf Bernsteinsaiten, als erklinge Musik. Dann atmete oder seufzte er, und der Weihrauch seines Atems, besser und anders als jeder andere Duft der Welt, berauschte Marsineh. So sagte sie, umschlungen von den Armen dieses Fremden: »Oh, du mußt ein Gott des Waldes sein, du bist so schön. Oh, ich höre, was ich sage, und staune darüber. Aber kein menschlicher Mann kann mir nun noch etwas bedeuten. Nichts bedeutet mir mehr etwas. Nur du.«

Da berührte der Waldgott Marsinehs geschlossene Lider mit den Lippen, und als sie sie öffnete, sah sie den nächtlichen Wald wie im strahlendsten hellsten Mondschein. Alles schien übergossen und durchdrungen von einem wilden, herrlichen Licht, das gar kein Licht war. Die Stämme der Bäume zeichneten sich deutlich ab, jeder einzelne Rindenwulst war sichtbar. Über ihr glitzerte jedes Blatt wie in trockenem Diamantregen. Die Nachtblumen lagen wie verstreute Pailetten im Gras. Marsineh hob die Hände, und ihre Haut war wie Kristall.

»Komm nun mit mir«, sagte der junge Mann, und doch sprach er gar nicht zu ihr.

Sie ging mit ihm.

Sie bewegte sich so mühelos wie die Luft selbst durch das Geflecht des Waldes. Wo das Sternenlicht in die Lichtungen strömte, blitzte es auf wie silberne Spiegel. Schwarzweiße Dachse tummelten sich um ihre Füße. Eine Schlange glitt aus einem Teich, folgte ihnen und liebkoste sie.

Sie kamen an ein Ufer, bedeckt von einem samtweichen Pantherfell aus Moos; dort öffneten Heckenrosen ihre weißen Kelche und erfüllten die Nacht mit Moschusdüften, und Himmelsschlüssel bildeten eine Decke unter einem Säulenbaldachin von Weinreben, an denen sich die wilden Trauben drängten wie Achate. Hierher führte er sie, und hier zog er sie zu Boden. Hier lag sie mit ihm, die unverheiratete Braut, in ihrer zweiten Brautnacht, die die erste war, in den Armen eines Mannes, dessen Namen sie nicht kannte, dessen Stimme sie nie gehört hatte, und lernte, ohne Protest, ohne auch nur darüber nachzudenken, den Freudenrausch der Liebe kennen.

Kurz vor Tagesanbruch verließ er sie. Sie spürte etwas Schrilles in der Luft, noch ehe das Licht sich zeigte: Dies bereitete ihm Unbehagen, und er löste seinen Körper von dem ihren. Aber er verließ sie mit einer unausgesprochenen Verheißung — einem Versprechen auf Fortsetzung, auf Rückkehr. Sie blieb zurück, in Rosenblätter, in Weinreben und in Schatten gehüllt, mit hellen Blüten im Haar. Auch sie war stumm geworden, hatte gelernt von seiner beredten Schweigsamkeit. Sie brauchte ihm nicht nachzurufen: *Ich bete dich an, mein Geliebter, meine Liebe.* Ja, er hatte ihr nicht bloß Liebe gebracht — es war LIEBE, der Rhythmus der Welt. Er verließ sie, aber sie waren nicht getrennt. Sie konnte sich nicht an ihren Namen erinnern (von den Namen anderer ganz zu schweigen), und wußte nicht mehr, wer sie war. Der Wald war ihr Zuhause, und er war auch in ihre Seele eingedrungen. Sie lachte lautlos, als sie ihn wie eine in einer Scheide versenkte Klinge in der verblassenden Nacht verschwinden sah, rollte sich zwischen Himmelsschlüsseln und Farn zusammen und entschlummerte.

Wie ihre Schwester Marsineh, so war auch Yezade erwacht, als der Tag sich schlafen legte. Doch Yezade wurde von ganz anderen Empfindungen bewegt. Das merkwürdige Entsetzen im Perlmuttzelt, die kopflose Puppe Kolchash — ihre überstürzte, wie verzauberte Flucht vor dem kaltäugigen Feuervogel — sie wußte nur zu gut, daß sie nichts von alledem geträumt hatte, obwohl ihr vom Aufprall auf den Stein der Kopf schmerzte.

Es war Zauberei gewesen, und sie hatte sich gegen sie

gerichtet. Nun lag sie in dem Pflanzengewirr und sah über sich in der kleinen Öffnung die Nacht. Sie faßte den Entschluß, hinaufzuklettern. Also stemmte sie ihre schmalen Hände und Füße in die steinigen Seitenwände der Grube, umfaßte die Kletterpflanzen und gelangte schließlich, nach vielen Mühen und mit einigen Verletzungen, wieder hinaus in den freien Wald.

Nach dem dunklen Gefängnis erschien ihr der nächtliche Wald riesig und ausreichend erleuchtet. Yezade hob den Kopf und schnüffelte prüfend, wie ein bräunlichgelber Fuchs, der aus seinem Erdbau auftaucht, ob noch Magie in der Luft lag. Aber nun schien die Nacht leer. Der, mit dem sie aneinandergeraten war, hatte das Interesse an ihr verloren. Trotzdem murmelte Yezade zum Schutz ein kleines Mantra, auch eine Hinterlassenschaft ihrer Mutter.

Kolchash hatte bewiesen, daß er selbst ein mächtiger Zauberer war. Und Yezade hatte den Eindruck, als sei sie von Anfang an verzaubert gewesen, weil sie nicht gesehen hatte, welch schreckliches, höhnisches Spiel er mit ihr trieb. Denn hatte sie nicht selbst den Traum heraufbeschworen und zu Marsineh geschickt, der diese von der Ehe abschreckte, hatte ihr Marsineh diesen Traum nicht in allen Einzelheiten wiedererzählt? Als sie dann erlebte, wie sich alle diese Einzelheiten — von ein paar kleinen Abweichungen abgesehen, zum Beispiel bestand die Stange des unheimlichen Vogels, die im Traum vergoldet gewesen war, in Wirklichkeit aus Silber — genauestens wiederholten, hätte sie sich da nicht fragen müssen, wieso das Leben das Werk ihrer Phantasie so offenkundig nachahmte?

Wo war das Ungeheuer Kolchash jetzt? Zweifellos hatte er sich daran gemacht, Marsineh zu verfolgen. Das sollten die beiden untereinander ausmachen. Yezade konnte ihre Kräfte nicht auf Gefühlsduselei verschwenden. Inzwischen war sie selbst ausgestoßen und verzweifelt, die Prophezeiung ihrer Mutter hatte sie in die

Irre geleitet, und wäre sie eine andere gewesen, dann hätte sie jetzt geschluchzt, statt dessen stampfte sie jedoch mit dem Fuß auf und legte die schmerzende Stirn in Falten.

In diesem Augenblick hörte sie einen seltsamen Laut aus den Tiefen des Waldes aufsteigen. Er klang wie das wahnsinnige Geschrei eines Esels — und in diesem Augenblick erinnerte sich Yezade an die Geschichten, die man sich von diesen Wäldern erzählte, daß hier nämlich Elementarwesen und Teufel ihr Unwesen trieben. Aber sie hatte schon genug Schreckliches erlebt, und jetzt kehrte sie dem Geräusch einfach den Rücken, und daraufhin verstummte es schnell. Als sie statt dessen das ruhige Plätschern von fließendem Wasser hörte, folgte sie diesem Laut, denn sie war durstig.

Nun war Yezade zwar keine Hexe, aber ihre Mutter war eine gewesen, und hatte einen Teil dieser Fähigkeiten auf unklare Weise auf ihre Tochter übertragen, dazu auch ein paar Zaubersprüche, die das Mädchen wie ein Papagei auswendig gelernt hatte und anzuwenden wußte. Und als Yezade nun dem Geräusch des Wassers nachging, hielt sie unvermittelt inne, blieb wie versteinert neben einem Baum stehen und bemühte sich, damit zu verschmelzen, noch ehe sie wußte, warum das notwendig war.

Vor ihr lag eine Lichtung, eingefaßt von Gräsern, die so hoch waren wie ein siebenjähriges Kind. Und plötzlich bewegten sich im und über dem Gras drei, vier oder fünf flackernde, glühende Feuer, höchst unwirklich, in trübem Himmelblau und blassestem Violett. Rundherum tanzten sie, mischten und verflüchtigten sich, bis sie alle plötzlich hell aufleuchteten und verblaßten — und dann schwebten an ihrer Stelle schöne, menschenähnliche Wesen in einem anmutig flackernden Tanz über das Gras.

Ihre Körper waren weiß wie Sternenlicht, das zu Fleisch geworden war. Ihr langes Haar war schwarz wie mitternächtliche Wolken. Gekleidet waren sie in ein Schwarz, das auch Silber war. Sie tanzten hin und her, Männer und Frauen, jung wie die Jugend und alt wie die Zeit. In ihren brennenden Mitternachtsaugen lag ein rätselhafter, verträumter Ausdruck. Es waren jene Wesen, die die Menschen manchmal Kinder der Nacht nannten, weil sie Angst hatten, sie mit einem anderen Namen zu belegen. Es waren Dämonen. Yezade erkannte sie sofort, denn ihre Mutter hatte sie vor ihnen gewarnt, und Yezade erinnerte sich daran, obwohl sie ihr nicht ganz geglaubt hatte. Ja, Dämonen, und zwar Angehörige jener wandernden, sprachlosen Kaste von Untererde, der Eshva, deren Name in der Dämonensprache bedeutete: Jene, die aus sich heraus leuchten.

Wie strahlend leuchteten sie nun in der unirdischen Dunkelheit! Und Yezade starrte sie an und spürte, wie sich ihr Herz in wortlosem Sehnen verzehrte und klein wurde, in einer Wollust des Geistes, wie sie schon zahllose Sterbliche vor ihr bei diesem Anblick empfunden hatten.

Und dann geschah etwas, das noch furchterregender und noch herrlicher war.

Weit hinten auf der Lichtung gab es eine lautlose Lichtexplosion, die Erde tat sich auf. Heraus sprangen drei Rosse, schwarz und glänzend, mit Mähnen und Schwänzen aus blauen Funken, und auf ihrem Rücken saßen drei Herren, einander gleich wie Drillinge und doch so verschieden, wie es die Sterne waren und immer noch sind, wenn man sie genau betrachtet. Und sie waren ebenso schwarz und bleich wie jene anderen, die Eshva, die hier getanzt hatten, doch wo die Eshva geleuchtet hatten, loderten diese. Auch sie erkannte die Beobachterin, es waren Fürsten der Vazdru, der höchsten Dämonenkaste, und jetzt verspürte Yezade nacktes Entsetzen.

Kaum waren sie aus der Erde gekommen, da zügelten sie ihre Rosse und sahen sich hochmütig um, während die Eshva, ihre bewundernden Diener, sich unterwürfig verneigten. Dann sprach einer der Vazdru, und seine Stimme war wie Schönheit-und-Angst-in-Liebe-vereint.

»Unser Herr Azhrarn hat also seine Jagd beendet. Hat er die beiden gefunden?«

»Es scheint so«, sagte der zweite, nicht weniger schimmernd, nicht weniger tödlich.

»Das Liebespaar hat seine Zeit gehabt; nun müssen sie getrennt werden«, sagte der dritte, und er war nicht anders.

Doch nach diesen Worten schienen sie sich nicht sehr behaglich zu fühlen. Sie spielten mit den Ringen an ihren Fingern und schalten den Mond, weil er so kindlich schmal war.

Endlich sagte der erste: »Ein alter Streit, es ist gut, wenn er beigelegt wird. Und mit unserem Herrn, dem Fürsten aller Fürsten, kann es niemand aufnehmen.«

»Und doch«, sagte der zweite, »duften die Wälder nach Wahnsinn.«

»Und, wohlriechender noch, nach den Spielen von Dämonen«, sagte der dritte.

Dann drehten sie die Köpfe ihrer Pferde und sprengten, als steige ein feuriger Wind aus der Erde auf, zwischen den Bäumen davon. In diesem Augenblick verschwanden auch die Eshva.

Yezade fiel auf die Knie. Sie hatte nichts von dem Gespräch verstanden, aber etwas hatte sie zutiefst erschreckt. Die Stimme des dritten Vazdru war ihr bekannt, sie hatte sie erst in der letzten Nacht gehört. Mit dieser klangvollen und gleichzeitig gräßlichen Stimme hatte der Vogel mit den eiskalten Augen sie angesprochen und sie in ihre überstürzte Flucht getrieben. Sie hatte geglaubt, nur einen mächtigen Zauberer zum Gegner zu haben. Die Erkenntnis, daß sie sich die Feindschaft eines Vazdru zugezogen hatte, hätte das kluge Mädchen beinahe auf der Stelle getötet.

»O Mutter«, sagte sie vorwurfsvoll, »wozu hast du mich verleitet?«

Schnell suchte sie sich einen hohlen Baum und versteckte sich darin, und dort blieb sie, solange die dämonische Nacht dauerte.

Das Gespräch der Vazdru hatte sich auf jene beiden Liebenden, Chuz, den Herrn der Illusionen, und Azhriaz-Sovaz, die Tochter des Dämonenfürsten, bezogen. (Genau der Held und die Heldin, die in der Turteltaubenschenke mit so viel Phantasie beschrieben worden waren.)

Azhrarn hatte sie gesucht, um sie zu bestrafen und auseinanderzureißen, und er hatte sie auch gefunden. Allenthalben in diesem Wald ereigneten sich nun die abenteuerlichsten Dinge, Geschichten, die anderswo erzählt werden. Doch wenn die Nähe, wie fern auch immer, dieser beiden Übernatürlichen die Wälder mit einer merkwürdigen Atmosphäre erfüllt hatte, so wurde die Magie noch stärker, als die Eshva hier eindrangen und müßig umherstreiften. Auch die Vazdru, die ihren Fürsten begleiteten, hielten sich ein klein wenig fern vor dem Schauspiel seines Zorns und trieben lieber ihren eigenen bösen Schabernack im Wald – etwa so wie Krieger vor einer Schlacht Schach spielen. Nur die Kraft von Azhrarns Gedanken und Stimmungen hinderte sie daran, noch mehr Unheil anzurichten. Sein Zorn lenkte sie ebenso von ihren Spielen ab, wie sein Schmerz es getan hatte und immer wieder tun würde (bis sie sich umdrehten und ihn anfauchten wie Löwen eine Peitsche). Die Ablenkung bewirkte jedoch, daß vieles, was sie an diesem Ort taten, unvollendet blieb, und für die Menschheit war das nur gut so.

Etwas war schon vorgefallen, was die Hochzeit Kolchashs betraf, und etwas anderes, was mit der Schönheit Marsinchs und mit einem Eshva-Jüngling zu tun hatte, der im brennenden Traum der Nacht umherstreifte, auf das Mädchen stieß und sich von ihr entflammen ließ. Und noch etwas sollte sich am Rand der dämonischen Atmosphäre ereignen, die die Wälder durchdrang.

Nur die Dämmerung konnte die Pläne der Dämonen vereiteln, das Tageslicht war ihr Tod. Aber einige der Kapriolen, die sie in Gang setzten, wurden auch durch das Sonnenlicht nicht immer ungeschehen gemacht …

4 DER ZWEITE TAG

Dhur wurde auf einer Woge des Schlafes nach oben getragen und glaubte sich in der behaglichen Schenke. Aber wenn dem so war, dann war aus dem Bett über Nacht Gras gewachsen, der Wein im Becher hatte sich in Tau verwandelt und war verschüttet worden, und die weichen Hüften der schönen Sängerin waren so hart wie ein Felsblock.

Dhur öffnete die Augen und blickte voller Groll in den Wald hinauf. »Die Götter mögen vermerken«, sagte er, »daß nur mein gutes Herz mich in diese schlimme Lage gebracht hat.« Die Götter taten natürlich nichts dergleichen.

Der junge Mann streckte sich, holte ein Päckchen mit Brot und Fleisch und eine Feldflasche mit Wein heraus und stärkte sich. Das grüne Sonnenlicht streichelte ihn, und vom Gras stieg Blumenduft auf. Ganz in seiner Nähe verspeiste eine Kaninchensippe zum Frühstück Veilchen, ohne ihn zu beachten, oder tummelte sich im Gras. Dhur jagte seit seiner Kindheit in diesen Wäldern, er fürchtete sie nicht und hatte auch keine Angst, sich zu verirren. Sollte er einem zornigen Fuchs oder einem Luchs begegen, so hatte er Bogen, Speer und Messer bei sich. Was Geschichten über unheimliche Wesen anging, so glaubte er nicht an Geister, Ghule, Kobolde oder Dämonen. Das war Stoff für Dichter.

Während des ersten Jagdtages war ihm eine Erinnerung an die Stadt im Kopf herumgegangen. Er hatte begonnen, über die groteske Hochzeit einer Nachbarstochter mit dem reichen alten Kolchash nachzudenken. Genau an diesem Abend, nach einem Tag ohne jegliche Beute, war der schwachsinnige Junge zu ihm gekommen, der aus dem Dienst eben dieses Kolchash geflohen war. Dhur hatte den Jungen geneckt und es ihm überlassen, mit der Jagdgesellschaft Schritt zu halten. Aber der Junge hatte sich verirrt, der Esel — Eigentum von Dhurs Vater — war verloren, und — auch das noch — die Jagd war wieder erfolglos gewesen. Kein Tier zeigte sich, nur ein junges Reh mit seinem Kitz, das genau zu wissen schien, daß es von Ehrenmännern nicht verfolgt werden durfte, denn es ging ganz langsam vor ihnen und schien ihnen sogar zuzunicken.

Als sich der Tag dem Ende zuneigte und sie wieder der Schenke entgegenstrebten — sie kannten die Wege des Waldes fast ebenso gut wie die Straßen ihrer Stadt — entschloß sich Dhur, die Gruppe zu verlassen und nach dem verlorengegangenen Jungen auf dem Esel zu suchen. Um seinen Gefährten den Spaß nicht zu verderben, hatte er sie zur Turteltaube vorausgeschickt und ihnen Anweisung gegeben, sie möchten jeder einen Becher auf sein Wohl trinken und in seinem Namen jedem Mädchen einen zusätzlichen Kuß geben, falls er nicht rechtzeitig zurückkehren sollte.

(Noch während er das tat, wunderte er sich selbst ein wenig, warum er sich die Mühe machte, nach dem Jungen zu suchen — der doch zweifellos einfach wieder davongelaufen war —, nachdem er dem Burschen doch deutlich gesagt hatte, er würde nichts dergleichen tun. Dhur mußte auch daran denken, daß er, als das Thema angesprochen wurde, dem Jungen gegenüber behauptet hatte, er, Dhur, könne sich kaum an einen Kolchash oder an eine Hochzeit erinnern ... Warum hatte er das nur getan?)

Da er sich im Wald so sicher fühlte und keine Angst hatte, empfand er auch kein Unbehagen, sondern war nur ein wenig verärgert, als die Sonne unterging und die Nacht herabsank. Einmal hörte er einen Esel schreien und folgte dem Geräusch, aber obwohl er überall suchte und manchmal auch laut rief, von dem armen Jungen war keine Spur zu entdecken. Da wurde

Dhur melancholisch, was er als gar nicht unangenehm empfand. Er machte sich ein Lager zwischen den Bäumen, zündete ein Feuer an und verzehrte sein Abendessen, während sein angebundenes Pferd das frische Gras rupfte. Nun kam Dhur wie von selbst ein Mädchen in den Sinn, an das er sich nur schwach erinnerte, ein bezauberndes Mädchen von vornehmer Geburt, aber er hatte ihr nicht genügend Beachtung geschenkt, und jetzt wußte er nicht mehr, wer sie gewesen war. Die Tochter eines reichen Mannes, das verstand sich von selbst, denn sie kleidete sich in bunte Seide und trug Gold an den Handgelenken. Doch die Farbe ihres Haares war so warm wie Feuer ...

Und während er sich noch der angenehm melancholischen Beschäftigung hingab, ein Lied für diese namenlose Sie zu dichten, schlief er ein.

Und er träumte. Er lag unter dem Baum neben der letzten Glut des Feuers, als durch die Gewölbe des Waldes auf schwarzen Rossen drei Fürsten geritten kamen. Es mußten mindestens Fürsten sein, denn sie waren kostbar gekleidet, und ihre Pferde waren vom Besten.

Obwohl Dhur schlief, schaute er durch die geschlossenen Lider nach oben und sah, daß die Fürsten anhielten und ihn betrachteten.

»In diesem Wald«, sagte der eine, »findet man auf Schritt und Tritt einen Sterblichen.«

»Sie sind überall«, sagte ein zweiter. »Die ganze Welt ist voll von ihnen. Aber wir haben sie die Liebe gelehrt, und das war unser Fehler.«

Dann lachten alle drei, und der dritte kam näher und schaute hinab in Dhurs schlafendes Gesicht. »Du hast Glück«, sagte dieser dritte Fürst zu Dhur, »daß du so ansehnlich bist und nicht häßlich, denn wenn du mir widerwärtig gewesen wärst, hätte ich dich auf der Stelle vernichtet.« Dann beugte sich dieser dritte Fürst, der selbst von bemerkenswerter Schönheit war, mit müheloser Geschmeidigkeit, wie sie den Menschen nicht gegeben ist, aus dem Sattel und küßte Dhur leicht auf die Stirn. Der Kuß *brannte.* Wie Kälte oder Hitze oder Säure — wenn Dhur gekonnt hätte, wäre er aufgesprungen, aber er wurde wie von schweren Gewichten niedergehalten und vermochte weder sich zu bewegen noch zu erwachen. Er schien unter einer starken Droge zu stehen, und gleich darauf fielen ihm auch im Traum die Augen zu.

Er hörte die drei davonreiten, aber die Schritte ihrer Pferde streiften das Gras nur wie Flitterwerk, und die Schellen an ihren Schabracken wisperten ganz leise. Dann wieherte Dhurs Pferd, riß sich los, stürmte hinter den anderen her und war verschwunden. Und Dhur lag da, betäubt von dem Traumkuß, und konnte sich nicht einmal soweit bewegen, um herzhaft zu fluchen.

»Das war doch nur ein Traum«, sagte sich Dhur nun im Morgensonnenschein und drehte sich nach seinem Pferd um. Aber das war nicht da. Nun fluchte Dhur tatsächlich, und zwar so laut, daß die Kaninchen zwischen den Veilchen die Ohren spitzten und ihn anstarrten.

»Wie kann ein Traum mein Pferd weggelockt haben?« fragte Dhur. Niemand antwortete, obwohl anzunehmen war, daß der ganze Wald es wußte. Dhur nahm also an, daß das Pferd einfach aus einer Laune heraus weggelaufen war und daß er die dabei entstandenen Geräusche in seinen Traum mit eingesponnen hatte.

»Wenn ich diesen verdammten Jungen jemals finde«, versprach Dhur den Kaninchen, »treibe ich ihn mit der Peitsche zu Kolchash zurück. Er hat mich um eine vergnügliche Nacht und um ein schönes Pferd gebracht.«

Aber sehr groß war Dhurs Zorn nicht, starke Wutausbrüche lagen ebensowenig in seiner Natur wie tiefe Gedanken.

Endlich erhob er sich von seinem Lager und machte sich, wie er glaubte, in Richtung auf die Schenke auf den Weg durch den Wald.

Etwa um die gleiche Stunde kroch Yezade mit Pilzen im Haar aus dem hohlen Baum, ein trauriger Anblick nach all den Abenteuern.

Sie hatte keine Ahnung, wohin sie gehen sollte, aber sie hielt es auf jeden Fall für vernünftig, den verzauberten Wald zu verlassen. Da sie jedoch keine Ahnung hatte, wie groß er war und wohin seine Pfade führten, blieb ihr nichts anderes übrig als einfach auf gut Glück loszugehen — allerdings war das Glück bisher nicht gerade ihr Freund gewesen. Außerdem quälte sie inzwischen ein brennender Durst, der weitaus schlimmer war als Hunger, und da sie wieder Wasser plätschern hörte, eilte sie darauf zu.

Bald erreichte sie den Rand einer Lichtung, dort floß hurtig ein schmaler Bach mit einem Stein darin, und am anderen Ufer stand eine Art Schutzhütte aus Moos und Zweigen. Irgend etwas an der Stelle gefiel Yezade nicht, aber der Durst ließ sie alle Bedenken in den Wind schlagen. Die Schutzhütte sah zu verfallen aus, um noch bewohnt zu sein, und so lief sie an den Bach, legte sich auf den Boden und trank.

Sie hatte sich noch nicht sattgetrunken, als sich plötzlich auf beiden Seiten von ihr etwas bewegte. Im nächsten Moment wurde sie von groben Fäusten gepackt. Yezade schrie.

»Ein Mensch scheint es jedenfalls zu sein«, sagte der, der ihren rechten Arm festhielt.

»Ich traue diesem Wald nicht, nicht einmal bei Tag«, verkündete der zweite, der ihren linken Arm umklammerte.

Beide schüttelten sie, und Yezade wimmerte.

»Edle Herren, ich bin nur …«

»Still, du Dirne! Unser Herr soll beurteilen, was du bist.«

»Wer ist Euer Herr?« erkundigte sich Yezade ein wenig ängstlich.

»Hier siehst du ihn«, sagte der Mann zu ihrer Rechten.

Yezade schaute über den Bach. Im Eingang der Schutzhütte stand eine hochgewachsene Gestalt in einer schwarzen, mit goldenen Sonnen und Sternen besticken Robe, auf dem Kopf ein goldenes Diadem, vor dem Gesicht eine schwarze Lackmaske.

»Lord Kolchash«, erklärte der Mann links von Yezade.

Yezade sank ohnmächtig zu Boden.

Der Mittag jagte im Wald und verschoß strahlende Pfeile. Dhur stand dazwischen und blickte hierhin und dorthin. Er war zu der Erkenntnis gelangt, daß er sich verirrt hatte. Dieser Teil des Waldes war ihm unbekannt und doch allen anderen so ähnlich, daß er sich hatte täuschen lassen.

Dann mußte er sich eben nach der Sonne richten. Doch am Mittag schien diese Sonne den Wald, einen Pokal aus dunkelgrünem Quarz, zerbrochen zu haben. Keine Richtung stimmte mehr, alle Wege waren gleich.

In diesem Augenblick hörte Dhur wieder das Geschrei eines Esels.

»Oh, du niederträchtiger Junge!« sagte Dhur erfreut, wenn auch mit finsterer Miene, und lenkte seine Schritte dem irren Geräusch entgegen.

Einige Zeit später sah er helles Fell durch die Bäume leuchten. Da vor ihm war tatsächlich der Reitesel, und jemand ritt auf ihm. Dhur schritt hinterher und gelangte immer tiefer in den See des Waldes hinein.

Yezade erwachte. Sie konnte sich an alles erinnern und wußte, daß sie verloren war. Ihre Mutter hatte sich in zweierlei Hinsicht geirrt, als sie die Umstände von Yezades Hochzeit voraussagte, und als sie behauptete, Dämonen zeigten sich bei Tag nicht auf der Erde.

Denn da saß die schwarzgoldene Puppe, die die kunstfertigen Dämonen gemacht hatten. Der Vogel aus Feuer und Eis, die Gestalt, die der Vazdru angenommen hatte, war jedoch nirgends zu sehen.

Ja, auch die meisten anderen Dinge fehlten. In der Hütte gab es keine Kostbarkeiten. Kolchash, Puppe, Dämon oder was auch immer, saß auf einem Holzbalken, und seine beiden Gefolgsleute standen hinter ihm. Sie trugen die schmutzigen Reste vornehmer Kleidung, ähnlich wie Yezade selbst in die Fetzen ihres Brautgewandes gehüllt war.

»Seht doch«, sagte Kolchash, wenn er es war, »das ist nur ein armes Mädchen, dem man wahrscheinlich ebenso übel mitgespielt hat wie uns. Fürchtet nichts, Jungfrau, erzählt mir nur Eure Leidensgeschichte.«

Yezade brachte jedoch kein Wort heraus.

»Der Schreck hat ihr die Sprache geraubt«, erklärte Kolchash. »Vielleicht ist es auch meine Maske, die ihr solche Angst macht. Soll ich sie abnehmen, liebes Kind?«

»*Nein!*« schrie Yezade.

»Ja, es sind die Gerüchte, die sie so erschüttern«, klagte Kolchash. Und er hob seine goldenen Handschuhe mit den schwarzen Klauen und schickte sich an, seinen Kopf abzunehmen.

Eilends fiel Yezade wieder in Ohnmacht.

Etwas zog den Reitesel des Pförtners an, etwas Glänzendes, zu dem er einmal eine Beziehung gehabt hatte und das jetzt im Herzen des Waldes leuchtete wie ein herabgefallener Mond, er schlenderte immer weiter darauf zu und blieb nur hin und wieder stehen, um an einem Farn zu knabbern oder das köstliche Wasser des Waldes zu schlürfen. Niemals in seinem ganzen Leben hatte der Esel soviel Freiheit genossen. Ein dicker Mann (der Pförtner) hatte ihn geritten, und danach ein leichter, aber ungeschickter Junge, der ein Mädchen war. Nachdem der Esel nun nach Lust und Laune herumstreunen konnte, tat er das auch ausgiebig. Einmal hatte er die Witterung einer Wildkatze aufgenommen und sofort Fersengeld gegeben, aber dieser Schrecken war jetzt vergessen. Der Wald kam ihm vor wie ein sicherer Hafen, wo alles im Überfluß vorhanden war. Ein paarmal hatte er auch göttliche Klänge durch die Alleen schallen hören, den Gesang eines Mitglieds seiner eigenen Sippe: *Iii-aaaah!*

Obwohl es dem Esel so vorkam, als folge ihm irgend etwas, das murmelte und brummte, so roch und klang dieses Etwas doch wie ein Mensch, und der lärmende Zweibeiner konnte ihn schlimmstenfalls einfangen und ihn in seinen Dienst zwingen. Dem war der Esel nicht direkt abgeneigt, aber er wollte sich auch nicht widerstandslos fügen. So hüpfte er also weiter, trabte durch Dornengestrüpp, wo er konnte, damit sein Verfolger sich ebenfalls hindurchkämpfen mußte, rutschte felsige Hänge hinab, damit sein Verfolger es ihm schlitternd und rutschend gleichtun mußte, und watete durch Bäche, die mit wilden Lilien bestanden waren, aus deren erlesenen Kelchen ganze Schwärme von Wespen aufstiegen.

Auf diese Weise verging der Nachmittag, die Sonne wandte sich nach Westen, und die dünnen Schatten der Bäume wurden länger. In diesem Augenblick entdeckte der Esel sein Ziel, das, was ihn angezogen hatte, und lief mit klappernden Hufen zum Ufer eines großen Teiches. Hier konnte man über sich den Himmel sehen wie einen gewölbten, goldenen Deckel, an dessen Rand sich die Wipfel der Bäume ebenso drängten wie das Schilf um den Rand des Wassers. Der Himmel spiegelte sich im Teich, und beide waren so klar und still, daß man an diesem Ort und zu dieser Zeit nicht sagen konnte, ob nicht der Himmel der Teich war und die Bäume, die ihn einrahmten, nur Kopien der wirklichen Bäume auf einem Himmel, der unten in der Erde ruhte.

Das Bild war von so tiefer Ruhe und Schönheit, daß sogar der erschöpfte, von Wespen zerstochene Dhur stehenblieb, um den Anblick in sich aufzunehmen. Und da sah er den Reitesel ganz sanftmütig am Rand des Teiches oder am Rand des Himmels stehen und trinken, und auf seinem Rücken saß niemand.

Was Dhur nun am liebsten getan hätte, kann man nur vermuten. Denn gerade, als er es tun wollte, drang ein heller Schein zwischen den Bäumen hervor, als ginge dort der Abendstern spazieren.

Dhur hielt den Atem an. Dann trat er ins Gebüsch zurück und richtete den Blick starr auf das Ufer.

Dort im warmen Licht kam ein wunderschönes Mädchen des Weges, blendend weiß wie das weißeste Elfenbein, denn sie war nur mit Blumen und Weinreben und mit ihrem gelösten Haar bekleidet, das so rot war wie Bernstein.

»Sie sieht aus wie — genau wie das Märchen, an das ich mich erinnerte«, murmelte Dhur vor sich hin. »Aber die andere war nicht so schön, denn sie war sterblich. Und diese hier ist eine Waldnymphe — ein Wesen, an das ich nicht glaube.«

Die Nymphe trat an den seichten Teil des Teiches, badete dort und ließ sich von Wasser und Licht umspülen, und obwohl kein Laut zu hören war, waren ihre Bewegungen wie ein Tanz. Als sie den Reitesel sah, trat sie zu ihm und küßte ihn auf die Schnauze, was sich das Tier offenbar gern gefallen ließ. »Das möchte ich ihm auch geraten haben«, sagte Dhur und lehnte sich an einen Baum. »Unwürdiges Wesen. Wenn die Götter auch nur einen Funken Mitgefühl hätten, würden sie mir die Fähigkeit verleihen, mit diesem Vieh den Platz zu tauschen. Dann würde ich diese Hände um meinen Hals spüren und diese Lippen auf meinem Gesicht.«

Dhur war jedoch klug genug, die Erscheinung nicht anzurufen und sich ihr auch nicht zu nähern. Denn da die Legenden über ihresgleichen sich als wahr erwiesen hatten, würde sie sich auch treu daran halten und weglaufen oder sich in Nichts auflösen, sobald sie ihn sah.

So beherrschte er sich mit einiger Mühe und verfluchte innerlich sein Schicksal, das ihn ausgerechnet in die Netze eines ätherischen Wesens gelockt hatte. (Es entzückte ihn nämlich doch sehr, daß solche Wesen existierten.)

Als die herrliche Maid ihren Beobachter fast zum Wahnsinn getrieben hatte, beendete sie ihr Bad, verließ den Teich und kehrte zwischen die Bäume zurück. Der Esel trabte sofort hinter ihr her, und Dhur, nicht weniger verzaubert, folgte den beiden.

So stiegen sie einer hinter dem anderen wieder hinauf in den sich verdunkelnden Wald.

Yezade hingegen hatte einige Stunden lang wie tot in der Hütte gelegen und mit keiner Wimper gezuckt, obwohl sie durchaus bei Bewußtsein war. Sie rezitierte ein Mantra, das ihren Körper starr machen sollte, und entweder dessen Kraft oder ihr Glaube daran ließen sie zu einer Planke werden. Trotzdem hörte sie Kolchash schließlich sagen: »Wenn ich nur ein halb so mächtiger Zauberer wäre, wie ich überall habe verbreiten lassen, könnte ich sie zu sich bringen. Wir hätten uns wirklich alle aus dieser schlimmen Sache heraushalten sollen.«

Dem stimmten seine beiden Gefolgsleute aus ganzem Herzen zu. Dann erklärten sie, sie wollten nachsehen, ob sie irgendwo etwas zu essen auftreiben könnten, und verließen die Hütte.

Schließlich hob Yezade das Mantra auf, öffnete die Augen einen Spalt und erblickte Kolchash, der immer noch auf seinem Holzbalken saß. Neben ihm stand ordentlich sein Kopf mit dem Lackgesicht, dem Turban und dem Diadem. Dieser abscheuliche Anblick wurde jedoch etwas gemildert, denn ein Kopf stand zwar allein da, doch ein zweiter saß noch auf Kolchashs Schultern, wo er hingehörte. Dieser zweite Kopf war ein grauhaariger Schädel mit dem Gesicht eines alten Mannes, das niedergeschlagen in die Welt blickte.

Yezade setzte sich auf, und während der Lack-Kolchash keine Miene verzog, blickte der alte, niedergeschlagene Kolchash sie an.

»Lob sei den Göttern, das Mädchen ist wieder bei sich.«

»Was wohl kaum Euer Verdienst ist«, fuhr Yezade ihn an.

»Zweifellos«, sagte er, »seid Ihr im Recht, und ich wurde für meinen Stolz und meine Torheit gebührend bestraft. Möchtet Ihr meine Geschichte hören?«

»Ich möchte lieber etwas zu essen und zu trinken«, sagte Yezade, »nachdem ich durch Eure Schuld zwei Tage lang hungern und dürsten mußte.«

Kolchash ließ den Kopf hängen und sagte: »Meine Männer haben diese Waldfrüchte gesammelt, und hier ist auch ein Kästchen mit Leckereien, die für eine Hochzeit bestimmt waren. Ich weiß zwar nicht, inwiefern ich dafür verantwortlich bin, daß Ihr zwei Tage lang fasten mußtet, und mehr habe ich Euch auch nicht anzubieten, aber dies könnt Ihr herzlich gerne haben.«

Folglich stillte Yezade ihren Hunger, so gut es eben ging, und Kolchash stürzte sich, ob sie wollte oder nicht, in die Erzählung seiner Geschichte.

»Da ich ungewöhnlich reich bin und viele unschätzbar wertvolle Raritäten und Kunstwerke in meinem Besitz habe«, sagte Kolchash, »ließ ich schon sehr früh verbreiten, ich sei ein böser, gefährlicher Mensch und verstünde mich auf verschiedene Arten von Zauberei. Auf diese Weise schützte ich mich gleichermaßen vor Dieben und Speichelleckern und konnte leben wie ich wollte, allein und in Frieden.«

Um seinen schlechten Ruf noch zu untermauern, ritt Kolchash hin und wieder so durch die Lande, wie Yezade ihn zum erstenmal gesehen hatte, mit goldenen Handschuhen und Klauen, das ganze Gesicht und den Kopf verborgen unter einem Gebilde aus Turban, Maske und Diadem. Man erzählte sich, er besitze Bücher mit Einbänden aus Menschenhaut, habe magische Augen im

Hinterkopf und könne seine Seele freilassen und sie in Gestalt einer schwarzen Wolke auf seine Feinde ansetzen. Inzwischen führte Kolchash ein tugendhaftes Leben und tat im geheimen viel Gutes. Nur ein paar von seinen Dienern und Wächtern kannten die Wahrheit, und da sie ihrem Herrn treu ergeben waren, verrieten sie nichts.

Eines Abends wurde Kolchashs geruhsames Leben jedoch gestört. Ein übernatürliches Wesen in Gestalt eines Geistes erschien ihm in seinem Arbeitszimmer.

»Kolchash«, begann dieser Geist, eine Frau, elegant gekleidet wie eine Kammerfrau in einem wohlhabenden Haushalt.

»Meine Dame«, unterbrach Kolchash sie aufgeregt, »ich bin kein Zauberer, es ist sinnlos, daß Ihr mir erscheint.«

»Ich weiß, wie es wirklich um dich steht«, gab der Geist zurück, »aber trotzdem mußt du mich anhören. Seit vielen Jahren stört etwas meinen Frieden und hindert mich daran, meinen Weg in der Welt der Körperlosen fortzusetzen. Als ich noch lebte, hatte ich eine Tochter, und diesem Mädchen prophezeite ich etwas, was, brauchst du nicht zu erfahren. Es möge genügen, daß es dabei um ihre Zukunftsaussichten ging und daß ich mich irrte und sie falsch beriet, denn auf normalem Wege wird sich keine Gelegenheit bieten, in der sich mein rätselhafter Spruch erfüllen könnte. Ich habe daher die Absicht, eine solche Gelegenheit zu schaffen, um mich so in ihren Augen als Prophetin zu rechtfertigen und gleichzeitig dafür zu sorgen, daß sie in gesicherte Verhältnisse kommt. Dabei wirst du mir helfen.« Und dann nannte der energische Geist Kolchash den Namen und den Wohnort eines gewissen Mannes und befahl ihm, sofort einen Boten dorthin zu schicken. »Du wirst sagen, du habest seine Tochter in einem Zauberspiegel gesehen, du wolltest sie freien, und zum Zeichen dafür wirst du ihm so reiche Geschenke senden, daß es ihm seine Habgier unmöglich macht, dein Ansinnen abzulehnen — er ist nämlich ein eigensüchtiges Ungeheuer, wie ich zu meinen Lebzeiten am eigenen Leib erfahren mußte.«

»Meine Dame ...«, wollte Kolchash erneut einwenden.

»Ich bin noch nicht fertig«, erklärte der Geist. »Du wirst deinen Antrag auf eine so unheilvolle Weise vorbringen, daß alle darüber erschrecken, und du wirst auch dafür sorgen, daß die Gerüchte über deine Verworfenheit neue Nahrung erhalten, so daß die künftige Braut vor Angst fast den Verstand verliert. Meine eigene Tochter«, fügte der Geist hinzu, »ist aufgeweckt und wird im Vertrauen auf meine früheren Worte ihre Chance sicher wahrnehmen. Dich«, vollendete der Geist, »habe ich ausgewählt, weil du einen schlechten Ruf hast, während du in Wirklichkeit tugendhaft und außerdem reich bist. Dies alles zusammen wird mein Problem lösen.«

»Und wenn ich ablehne?« fragte Kolchash, verständlicherweise etwas aus der Fassung gebracht. »Ich halte nichts von der Ehe. Ich ziehe meine Bücher vor.«

»Wenn du ablehnst«, sagte der Geist trotzig und entschieden, »werde ich jede Nacht heulend und klagend um dein Haus streichen und die Herzen aller, die mich hören, mit Angst und Entsetzen erfüllen. Da du kein Magier bist, kannst du mich nicht selbst vertreiben; wendest du dich jedoch an jemanden, der dies vermag, so ist dein Ruf für immer dahin. Du bist in jedem Fall der Geschädigte.«

Der Geist (der natürlich niemand anders war als Yezades tote Mutter) stellte nun seine Fähigkeiten im Heulen und Klagen unter Beweis, und nach kurzer Zeit erklärte sich Kolchash mit den Bedingungen einverstanden, schickte auf der Stelle zu Marsinehs Vater und hielt auf höchst unheimliche Art um ihre Hand an.

Yezade, die Zuhörerin, war inzwischen so gefesselt von der Geschichte, daß es ihr die Sprache verschlagen hatte. Aber sie brauchte Kolchash nicht zu ermuntern, er erzählte von selbst weiter, wie es bei Menschen, die ein trauriges Mißgeschick zu berichten haben, allgemein üblich ist.

»So wurde denn alles vorbereitet, und da ich keine Wahl hatte, fügte ich mich mit philosophischer Gelassenheit in die Sache, obwohl es mich sehr bekümmerte, das Mädchen so in Angst zu versetzen. In zahlreicher Begleitung und mit vielen weiteren Geschenken, wie es der Geist verlangt hatte, machte ich mich also auf den Weg zur vereinbarten Hochzeit. Alles ging gut, bis uns der Weg durch den äußeren Teil dieses Waldes führte.«

Da die Nacht hereingebrochen war, errichtete die Gesellschaft unter den Bäumen ein Lager. Kolchashs prächtiges Zelt wurde aufgestellt, aber kaum hatte er es betreten, da stellte er fest, daß schon ein anderer vor ihm da war.

Dieser andere schien auf den ersten Blick nur ein junger Mann mit dunklem Haar und in dunkler Kleidung zu sein, sehr bleich und von verwirrender Schönheit lag er auf den Diwanpolstern und musterte Kolchash von Kopf bis Fuß.

Nun hatte Kolchash schon ein- oder zweimal solche Begegnungen mit unverschämten jungen Männern gehabt, doch wenn er Zuflucht zu seiner falschen Persönlichkeit genommen hatte, hatte er noch jeden Herausforderer bald überwältigt. Also richtete er sich auf und fragte: »Weißt du, wer ich bin, törichter Jüngling?«

Auf diese Frage ließ der törichte Jüngling ein so klangvolles Lachen hören, daß, von den Seidenquasten bis zu den Alabasterschalen, jeder Gegenstand im Zelt dahinzuschmelzen schien. Und er entgegnete: »Von allen Narren, die es gibt, sind die Sterblichen doch die größten.«

Bei diesen Worten schwante Kolchash (der wahrhaft kein Narr war) nichts Gutes. Deshalb sagte er: »Ich erkenne, daß ich ein höheres Wesen vor mir habe.«

»So ist es«, sagte der andere. »Du bist ein Gelehrter, wenn auch kein Magier. Daher hast du vielleicht von den Vazdru gehört.«

Da fiel es Kolchash wie Schuppen von den Augen. Er sah ein Wesen vor sich, das teils aus Fleisch und Blut, teils aus Feuer und teils, sogar größtenteils, aus Finsternis bestand. Er nahm sofort den falschen Kopfputz des Magiers ab, und machte zitternd und bebend eine tiefe Verbeugung.

Die dämonischen Vazdru waren empfänglich für Schmeicheleien. Dieser hier war keine Ausnahme, und so sagte er lächelnd: »Dein törichter Menschenverstand hat dir heute nacht viele Qualen erspart, Kolchash, du Nicht-Magier. Aber ich muß dich warnen. Der Fürst aller Fürsten, Azhrarn der Schöne, wird im Zorn diesen Wald aufsuchen. Es darf keine Hochzeiten geben und keine zärtlichen, menschlichen Liebespaare. Man könnte auch sagen, ich habe es mir in den Kopf gesetzt, den großen Streit zwischen meinem Herrn und ein oder zwei anderen so zu deuten.«

»Sich gegen die Dämonenfürsten zu stellen, ist zwecklos«, sagte Kolchash.

»Vollkommen. Also füge dich!«

Bei diesen Worten warf sich Kolchash zu Boden. Kaum hatte er das getan, da verschwand das Zelt mit allem, was darin war, und ein Wirbelwind senkte sich auf den Wald herab. Kolchash krallte sich in die Erde, obwohl der Wind versuchte, ihn loszureißen. Dinge flogen ihm um die Ohren — Äste, Steine, Lampenstangen und Sättel —, und die Luft war erfüllt von Gewieher und Geschrei.

Als der Aufruhr sich legte, fand sich Kolchash mit nur zwei seiner Wachen allein auf der Lichtung. Die beiden waren ziemlich verwirrt und erzählten, sie hätten gesehen, wie Männer und Pferde über die höchsten Bäume hinweggetragen worden seien, hätten sie danach noch schreien gehört, sie aber nicht finden können. Und von denen, die zurückgeblieben seien und sich auf die Suche begeben hätten, sei kein einziger zurückgekehrt.

So verbrachten die drei den Rest der Nacht auf dem nackten Boden. Am Morgen hatte Kolchash den beiden Wachen gestattet, den Wald ringsum abzusuchen, sie aber angewiesen, unterwegs stets Zeichen in die Bäume zu kratzen, um wieder zurückzufinden.

Als es Mittag wurde, kehrte ein Mann zurück und sagte, er habe andere im Wald rufen und kräftig fluchen gehört, aber weder sei es ihm gelungen, in ihre Nähe zu kommen, noch hätten sie ihn erreichen können. Vielleicht war der Wald verzaubert, vielleicht auch nur sehr dicht.

Der zweite Mann kehrte bei Sonnenuntergang zurück und hatte noch Merkwürdigeres zu berichten.

»Lord Kolchash, vielleicht glaubt Ihr meine Geschichte nicht, aber ich schwöre Euch, als ich etwa gegen Mittag an eine Lücke zwischen den Bäumen kam, schaute ich hinab und sah unten eine Gesellschaft vorbeireiten. Es schienen Eure Leute zu sein, etwa die Hälfte derer, die mit uns ausgezogen waren, Männer in der Tat, die ich seit drei Jahren und noch länger kenne. In der Mitte des Zuges befanden sich die Karren mit den Brautgeschenken und die Sänfte für die Braut. Niemand führte die Prozession an, sie marschierte dahin wie unter einem Bann. Und als ich rief, sah sich kein Mann um, und keiner antwortete. Es schien, als glaubten sie sich noch immer in der Nacht, obwohl es heller Tag war.«

»Seither«, sagte Kolchash, »haben wir uns hier im Wald ganz still verhalten, um die Dämonen nicht zu reizen. Meine Männer haben mir diese Hütte gebaut, und hier hatte ich in der zweiten Nacht einen Traum, von dem ich glaube, daß er wahr ist und daß er mir, entweder aus Verachtung oder zum Spott, von dem Vazdrufürsten geschickt wurde. Denn ich erblickte den Zug mit meinen Männern in einer Stadt, und dort wurde Hochzeit gehalten. Ein verschleiertes Mädchen wurde einem

Wesen vermählt, das ein genaues Abbild meiner selbst war, wenn ich in meiner schlimmsten Verkleidung auftrete. Nun bin ich ein Gelehrter und habe gelesen, daß die niederen Dämonen von Untererde wundervoll lebensechte, mechanische Puppen anfertigen können, und diese Dämonen der untersten Kaste (man nennt sie Drin) sind sogar fähig, das Metall Gold zu bearbeiten, welches den höheren Kasten ein Greuel ist. Ich vermute also, daß eine Dämonenpuppe mit dem Aussehen von Kolchash das schöne Mädchen gefreit hat, das mir versprochen war. Nur die Götter wissen, was aus ihr geworden ist. Oder was aus jener Hälfte meiner Diener werden soll, die zweifellos wieder in alle Winde verstreut wurden, nachdem der Schabernack zu Ende war. Oder was, nebenbei bemerkt, mein Los ist — denn obwohl ich den Plan des Geistes nicht ganz verstanden habe, habe ich die mir zugedachte Aufgabe offensichtlich nicht erfüllt, und sie wird mir von alledem kein Wort glauben. Sie wird mich für alles verantwortlich machen und mich bis zu meiner Todesstunde mit ihrem Geheul verfolgen.«

Da senkte Yezade die Augen.

»Herr«, sagte sie, »ich werde Euch jetzt berichten, was Eurer rechtmäßigen Braut zugestoßen ist.«

5 DIE DRITTE NACHT

Der Himmel puderte sich die Wangen mit Rouge, der Wald trug einen Purpurmantel. Dann veränderte sich das Antlitz des Himmels und wurde zum Gesicht einer schönen, schwarzen Maid, die kein Rouge brauchte, sondern sich die Stirn nur mit einem Netz von Sternen und einem Stück Silbermond schmückte. Der Wald schlüpfte in einen schwarzen Mantel, überall wisperte das Wasser, schrillten die Grashüpfer, wendeten sich die Blätter wie Buchseiten um und tappten die unhörbaren Schritte unsichtbarer Wesen.

Dhur folgte seiner Nymphe, seit er sie an ihrem Teich erblickt hatte, und setzte seine Füße so geräuschlos, wie er nur konnte; trotzdem verlor er sie in der Dunkelheit. Da blieb er stehen, roch wilden Honig im süßen Atem des Waldes — und in diesem Augenblick begegnete ihm in der Finsternis ein anderer.

Vielleicht lag es daran, daß Dhur allmählich an übernatürliche Wesen zu glauben begann, jedenfalls war ihm sofort klar, daß er hier wieder ein solches vor sich hatte. Möglicherweise war auch die Aura dieses anderen so stark, daß jedes Leugnen zwecklos gewesen wäre.

Dhur hatte die Vazdru, diese Wunderwesen, bisher nur im Schlaf gesehen. Dieser nächtliche Wanderer zeigte sich ihm bei geöffneten Augen. Er war mit den Fürsten in Dhurs Traum verwandt, selbst zwar geringer als ein solcher Fürst, aber doch sehr viel mehr als jeder Sterbliche.

Also blieb Dhur stumm stehen.

Und als er das oder vielmehr nichts tat, erwiderte der Eshva seinen Blick und lächelte ein wenig wie über einen geheimen Scherz. Und die nachtschwarzen Augen des Eshva — der zu jener aus sich selbst heraus leuchtenden Sekte der traumverbrannten, wandernden Kinder des Schattens gehörte — konnten in Dhur lesen wie in einem Buch, dessen unwichtiger Sinn im Zeitraum eines einzigen langsamen Herzschlages zu erfassen ist. Der Eshva sah alles, das ganze menschliche Leben voll sonnenbeschienener und — noch schlimmer — mondbeschienener Belanglosigkeiten. So sah er auch das Verlangen des Menschenmannes nach einem schönen Mädchen, das er für einen Kobold gehalten hatte — nach dem Mädchen, das zudem noch die Geliebte dieses Dämons war. Noch etwas sah der Eshva, denn seinem Blick konnte es nicht verborgen bleiben. Auf der Stirn des Menschen glühte der Kuß des Vazdru wie eine silberne Rose. Und darüber lächelte der Eshva in sinnlicher Eifersucht, in surrealer Verachtung, die das Vorspiel zu einem seidenweichen Streicheln der Vergeltung war ... Erst eine Minute zuvor war der Eshva auf den Reitesel gestoßen, der hatte sich zu seinen Füßen niedergelegt, und der Eshva hatte das Tier mit Efeu bekränzt. Nun las der Dämon in Dhurs Gehirn die Erinnerung an jenen allerdings nicht ernst gemeinten Wunsch: *Verleiht mir die Fähigkeit, mit diesem Vieh den Platz zu tauschen. Dann würde ich diese Hände um meinen Hals spüren und diese Lippen ...*

Diesen deinem eigenen Herzen entsprungenen Wunsch, sagte der Eshva, obwohl er die Worte nicht aussprach, *will ich dir erfüllen.*

Dhur zuckte zurück, sein Kopf wurde merkwürdig heiß und kalt zugleich. Es war ein Reflex seines Körpers, denn sein Geist blieb weit hinter der instinktiven Reaktion zurück. Er hätte auch nichts ausrichten können.

Der Eshva stieß — nur mit den Augen — ein scharfes Lachen grausamen Entzückens aus, dann blinkte er auf wie eines der sich drehenden Blätter, erlosch und war verschwunden.

In einem Aufwallen plötzlicher Empörung rief Dhur

schroff durch die Dunkelheit hinter ihm her, und dabei drang aus seinem Mund ein Laut, den er schon früher gehört hatte, freilich noch nie von seinen eigenen Lippen.

Iii-aaaah! schrie Dhur, daß es im Wald widerhallte.

IIIH-aaaah!

Marsineh hatte vergessen, daß sie Marsineh war, aber sie war noch nie so glücklich gewesen. Das Glücksgefühl war größer als jedes Wohlbehagen, jede Freude. Es konnte nicht von Dauer sein, denn der Mensch war weder damals noch heute dafür gemacht, ein solches Entzücken ständig zu ertragen. Es war nur mit der Seele zu erfassen und dann auf andere Weise. Ganz schwach und tief im Inneren wußte Marsineh das auch recht gut. Sie hatte sich schon damit abgefunden, daß die Freude enden würde. Anscheinend vertraute sie darauf, daß ihr dämonischer Geliebter sie vor der Bitterkeit dieses Endes bewahren würde. Irgendwann im sprachlosen Tanz der Liebe mußte er ihr versprochen haben, daß sie auch dies vergessen würde.

Doch in dieser Nacht, ihrer dritten im Wald, ihrer zweiten voll erfüllten Verlangens, war ihr das Entzükken ganz vertraut.

Die Dämonen hatten die Liebe erfunden. Mehr ist dazu nicht zu sagen.

Eine Stunde vor Tagesanbruch, vielleicht auch in einem Augenblick, der zeitlos war, murmelte Marsinehs Eshva-Geliebter ihr in einer Sprache der Gesten, der Haare und Augen und vielleicht auch der Gedanken zu, daß nun irgendwo im Wald ein großer Streit beigelegt worden sei. Auf Befehl des Herrn, dem der Eshva diente und den er verehrte, waren zwei Liebende getrennt worden. Nun müßten auch er und sie auseinandergehen. Marsineh weinte, und auch der Eshva weinte aus der unvergleichlichen, oberflächlichen, herzlosen Trauer seiner Gattung heraus.

Doch dann holte er sie aus dem tiefen Brunnenschacht der Verzweiflung, und sie ging so leichten Schrittes dahin wie er. Und plötzlich kauerten zwei albern lächelnde Geschöpfe vor ihnen, Zwerge von so unglaublicher Häßlichkeit, daß Marsineh sie kaum wahrnahm. Und diese überreichten ihr auf Anweisung des Eshva ein Gewand.

Die Zwerge waren Drin-Schmiede, Handwerker aus Untererde, die nicht nur Puppen, sondern auch fast alle anderen Dinge von überragender Schönheit herzustellen vermochten. Nun legten sie vor das Mädchen spinnwebfeine Kleider hin, die viele Tausende jener pelzigen Spinnerinnen, die Buhlen der Drin, gefertigt hatten. Da sie Bewohner jenes Reiches unter der Erde waren, war der Stoff der Kleider wie ein Hauch von Silber, wie Sternenstaub, in dem sich eine Reihe von Edelsteinen verfangen hatten, matte Jade und gelber und grüner Jaspis, wie man sie an den Ufern eines unterirdischen Sees finden konnte, Aquamarinperlen und pfauenschillernde Opale, wie man sie aus den Wassern der Weltmeere fischte. Über dies alles hatten die Drin einen Zauber gelegt, damit die Sonne des Tages das Werk nicht verwelken ließ, deshalb blinkte hier und dort ein Faden aus intensiv rotem Gold im Gewebe, und davor wandte der Eshva die Augen ab, obwohl es das Abschiedsgeschenk an seine Geliebte war.

Dann scheuchte er die Drin fort, weil sie Marsineh begehrliche Blicke zuwarfen, umarmte das Mädchen und bat sie, das Kleid anzuziehen. Sie gehorchte, immer noch in Trance, und legte sich auch den Gürtel aus wasserklaren Steinen um die schmale Taille. Nun war sie geblendet von ihrem eigenen Licht. Und er wurde von dem Gold darin ein wenig abgestoßen.

Lege dich wieder hin, sagte er, *lege dich auf das Samtmoos zwischen die Rosen.* Sie gehorchte und sah in ihrem prächtigen Staat aus, als sei sie von den Sternen herabgefallen. *Schließe die Augen*, sagte er. *Sieh mich nicht län-*

ger an. Auch dies tat sie, und die Tränen rannen ihr über die Wangen. Dann beugte er sich über sie und streifte mit irgendeinem Balsam oder einer Blüte der Unterwelt von purpurner Farbe ihre Stirn und ihre Lider. Daraufhin fiel sie in Schlaf, und während sie schlief, verschwand sein Bild aus ihren Gedanken, wie er es ihr wohl auch versprochen hatte. Da ruhte sie nun auf ihrem Hügel aus Weinlaub und Rosen, schön wie die Schönheit selbst, doch ihr dämonischer Liebhaber hatte sie verlassen.

Ganz in der Nähe wanderten zwei andere Wesen durch den Wald, das eine graste friedlich und war ein wenig verwirrt, weil es plötzlich feststellte, daß es ihm Mühe bereitete, Gras zu fressen, das andere betastete sich entsetzt und schalt hin und wieder mit einer rauhen Stimme, die es nicht gerne als seine eigene anerkennen wollte, auf den Himmel.

Als sich die letzten Nebel der Nacht zwischen den Bäumen davonstahlen, kam auf geheimen Wegen ein lohfarbener Luchs durch den Wald auf der Suche nach einem zeitigen Frühstück, das er auch schon zu wittern glaubte.

Da vor ihm stand ein zahmer Esel, der mit dem Gras beschäftigt war.

Was für ein Glück! dachte der Luchs in der Sprache der Luchse und begann, sich dem Esel in immer enger werdenden Kreisen zu nähern, um ihn mit seinen gelbbraunen Augen zu bannen.

Aber als der Luchs fauchend und vor sich hin schnurrend an den Esel herankam, drehte dieser den Kopf. Und nun war es der Luchs, der sich wie erstarrt zu Boden warf, die Büschelohren flach an den Kopf gelegt, die Schnurrhaare so steif von sich gestreckt wie die Stacheln eines Stachelschweins, und mit dem Schwanz *wisch-wisch* durch den Farn streifend.

Denn von der Vorderseite des Esels her starrte den Luchs mit leerem Blick, das Maul voller Gras, das Antlitz eines hübschen, jungen *Mannes* an. Und obwohl das Gehirn in diesem Kopf eindeutig das eines Reitesels geblieben war, gehörte das Gesicht doch einem Wesen, das Luchse nicht fürchtete, das sie sogar schon gejagt hatte. Und während das Maul unbeholfen an dem Gras kaute und in den schönen Augen ein Ausdruck der Verwunderung darüber stand, daß das Graskauen so schwierig sein sollte, schrie doch das Gesicht in seiner Gesamtheit dem Luchs entgegen: *Pfeilflug! Speerflug! Renne in deine Höhle, sonst kleidet dein Fell meine Schultern!*

Da fiel dem Luchs ein, daß er zu Hause noch etwas Dringendes zu erledigen hatte, und er machte jaulend kehrt und lief aus Leibeskräften davon, um sich darum zu kümmern.

6 DIE WEISHEIT DES ESELS

Eine Jagdgesellschaft stürmte im ersten Sonnenlicht durch die morgendlichen Wälder, ein Trupp junger Männer, gut gekleidet und bestens ausgerüstet, schreiend, johlend, pfeifend und immer und immer wieder einen Namen rufend.

»Dhur! Dhur!«

»Wo mag er sein? Bei allen Göttern, wir hätten nie zulassen dürfen, daß er nach Sonnenuntergang allein zurückblieb. Ich dachte, er wolle sich unter den Bäumen mit einem Mädchen treffen, mit irgendeinem Bauernkind. Oder er habe vielleicht ein Auge auf diesen Botenknaben geworfen.«

»Aber die unheimlichen Geschichten über den Wald haben sich nun wohl doch als wahr herausgestellt — denn unser Freund hat hier seit seiner Kindheit gejagt und nach Abenteuern gesucht. Wie kann Dhur sich verirren?«

»Sein Vater wird toben.«

»Seine Mutter wird sich zu Tode grämen.«

»Uns wird man die Schuld geben.«

»Dhur! Dhur! Dhur!«

Und die Jagdgesellschaft sprengte davon, ohne zu ahnen — wie sollte sie auch —, daß der, den sie suchten, sich in diesem Augenblick in einem hohlen Baum versteckte, die langen, kräftigen Glieder an den Körper gezogen und das Gesicht, *das* vor allem, in den Armen und in all der Dunkelheit vergraben, die noch übrig war.

Als der Tag seinen Fächer ausbreitete, als nur noch die Vögel mit grünem und rotem Flügelschlag durch die oberen Äste des Waldes schossen und die Faultiere schlafend wie braune Fellsäcke von den Bäumen hingen, kroch Dhur aus seinem Versteck. Neben dem Weg richteten sich die zierlichen Baumratten auf und blickten ihn an, als er vorüberging; die Rehe liefen ins Dikkicht. Wilde Bienen, die um ihren Klumpen Honig hoch oben im Baum fürchteten, kamen herabgeflogen, starrten ihn an und schwirrten davon.

Er sah keines der Tiere, nahm überhaupt nichts wahr außer dem schwarzen Grauen, das seine Augen, seinen Geist und sein Herz umfing.

Zu sagen, daß er wußte, was man ihm angetan hatte, wäre zu einfach. Er wußte — und konnte doch nicht wissen. Es war unmöglich und doch auch wieder nicht. Aber — es war geschehen. Er mußte fliehen, mußte sich verstecken, mußte weiterstolpern. Die Gedanken im Gehirn des Menschen im Kopf des Tieres drehten sich um den Tod. Die Gedanken formten sich auch zu Worten, doch wenn er versuchte, sie auszusprechen, entrang sich ihm statt dessen dieser schreckliche Laut. Da wußte er, daß er wahnsinnig war, er hielt sich für tot, rannte ein Stück weit, warf sich auf die Erde und flehte zu — er wußte nicht, zu welchem Wesen, es möge ihn retten — vor *sich selbst*.

Sein ganzes Leben lang hatte er nur wenige und geringfügige Probleme gehabt. Er war nicht dafür gerüstet, mit einer solchen Ungeheuerlichkeit fertigzuwerden. Die Sonne hatte ihm zugelächelt, und nun war er vom Winter umgeben und stand nackt im Sturm. Die Vernunft, dieser Verräter, konnte ihn jeden Augenblick im Stich lassen.

Irgendwo auf den Pfaden des Waldes fand er irgendwann den Schleier einer Frau. Er war zerrissen und beschmutzt, strotzte jedoch noch immer von Perlen — es war der Brautschleier, den Yezade unbewußt an sich gerissen hatte, als sie in jener ersten Nacht floh — um ihn dann achtlos wegzuwerfen. Nun hob Dhur den Schleier auf und verhüllte damit sein Alptraumgesicht, um es nicht einmal mehr den Vögeln und Eichhörnchen, den

Faultieren und den Bienen zu zeigen. Seine Augen, die jetzt zu beiden Seiten seines Kopfes saßen, übermittelten ihm verwirrende Bilder. Daß der dichte Schleier sein Sehvermögen noch mehr beeinträchtigte, kümmerte ihn nicht.

So stolperte er weiter, ein nicht minder schrecklicher und grotesker Anblick als zuvor, aber doch ein wenig verborgen.

Und wie alle, die an diesem Ort unterwegs waren, bewegte er sich im Kreise und erreichte schließlich eine Lichtung mit einem kleinen Hügel wie ein Podest, dick mit Moos bedeckt und mit Blumen bewachsen. Wieder roch er wilden Honig, den der Eshva den Bienen gestohlen hatte, und den Duft der Achattrauben und der Rosen.

Auf dem Hügel lag ein Mädchen, das Bernsteinhaar mit Weinlaub bekränzt, gekleidet wie eine Königin, und aß eine Honigwabe. Ehe Dhur es verhindern konnte, brach ein Laut aus seinem fremden Maul hervor.

Erschrocken blickte das Mädchen auf und sah — ihn.

Doch als er sich umdrehte, um davonzustolpern, hielt sie ihn mit einem Freudenschrei zurück: »Dhur! Mein Herr!«

Da konnte er nur noch stehenbleiben und sie angaffen, als sei er zu Stein geworden. Sie war die Nymphe seines gestrigen Tagtraums. Mehr noch, sie war ein Mädchen aus seiner Stadt. Aus dem Haus seines Nachbarn. Ihr Name war Marsineh; war sie nicht mit einem anderen vermählt worden? Dhur keuchte verwirrt — aus der Eselsschnauze drang ein sägendes Wiehern. Dhur vergaß alle Fragen, alle Einzelheiten. Er stand vor dieser Schönheit und wünschte, vor einer Stunde seinem Leben ein Ende gesetzt zu haben.

Doch Marsineh strahlte angesichts seiner Verzweiflung nur noch mehr.

Als sie erwacht war, hatte sie sich an nichts erinnert, war jedoch von Wohlbehagen und Freude erfüllt gewesen. Und als sie sich in Silberstoff und Edelsteine gekleidet fand, hatte sie laut gelacht, ohne zu erschrecken oder auch nur Zweifel zu hegen. Sie hatte vieles gelernt, doch die vielleicht größte — oder die geringste — Lektion war aus ihrem Gedächtnis getilgt worden ... Also flocht sie sich nur einen frischen Kranz, dachte über die zauberhaften Träume nach, die sie erlebt hatte und sich doch nicht ins Gedächtnis zurückrufen konnte, und aß die Wabe und die Trauben, die neben ihr lagen. Als sie dann aufsah, erblickte sie Dhur, ihre wahre Liebe, aber sie wußte immer noch nicht, daß sie ihm in den Wald gefolgt war, um der Heirat mit einem anderen Mann zu entgehen. Sie erkannte Dhur an seiner Kleidung, obwohl diese sehr mitgenommen aussah, an seinem kräftigen und doch schönen Körperbau — zu dem seine Bewegungen allerdings im Moment nicht passen wollten —, an seinen Händen und an den Ringen, die sie schmückten. Auf sein verhülltes Antlitz reagierte sie intuitiv mit Mitgefühl. Sie hatte eine Weile mit nichtmenschlichen Werten gelebt, deshalb kam es ihr nicht mehr in den Sinn zu fragen: *Warum hast du dich verhüllt?* oder *Was ist los?* Aber sie empfand heftiges Mitleid, weil sie begriff, daß ihm etwas Schreckliches zugestoßen sein mußte. Und nachdem ihre Liebe zu ihm wiedererwacht war, liebte sie ihn in seinem Elend, wegen der Art, wie er plump und unbeholfen vor ihr kauerte, und noch mehr.

»Liebster Gebieter«, sagte Marsineh. »Bist du hungrig? Bist du durstig? Diese Wabe hier schmeckt köstlich, und die Trauben sind wie Wein.«

Aber als sie näher trat, wich Dhur zurück. Nur sein getrübtes Sehvermögen hinderte ihn daran, sofort die Flucht zu ergreifen.

Im nächsten Augenblick berührten ihre Finger seinen Ärmel.

»Flieh nicht vor mir!« bat sie und blickte auf in eines seiner seitlichen, mit dem Schleier verhüllten Augen.

»Ich will dir helfen, wenn du es erlaubst. Aber wenn nicht, dann laß mich bei dir bleiben. Denn ich habe mich in diesem Wald verlaufen —« hier lachte sie wieder fröhlich, denn sich verlaufen zu haben bereitete ihr keine Sorgen mehr, »und du mußt mich beschützen.«

Dhur stieß ein gräßliches, qualvolles Wiehern aus, das bedeutete: *Wie kann ich dich beschützen? Man hat mich vernichtet. Ich bin nur noch eine leere Hülle. Laß mich fortgehen und irgendwo sterben, denn ich bin schon fast tot vor Entsetzen und Scham.*

Marsineh schien den Schrei zu verstehen, aber sie nahm nur seine Hand und führte ihn zu dem Hügel aus Blumen und Moos, und er hatte nicht die Kraft und nicht das Herz, sich ihr zu widersetzen.

Sie setzten sich nebeneinander, und Dhur ließ den Kopf hängen, der nicht länger der seine war.

»Wenn du Hunger hast und es dich nach den Früchten und dem Honig gelüstet«, sagte Marsineh schließlich, »und wenn du nicht möchtest, daß ich dir beim Essen zusehe, dann werde ich mich ein Stück entfernen. Du kannst mich rufen, wenn ich zurückkommen darf.«

Dhur stöhnte in höchster Pein. Es klang heiser, *verzweifelt,* wenn man es übersetzte.

»Gebieter«, sagte Marsineh, »ich liebe dich innig, und wenn es sich nicht geziemt, dir das zu sagen, so mußt du mir verzeihen. Welches Mißgeschick dich auch immer getroffen hat, meine Liebe ist so groß, daß ich es bereitwillig und nur zu gerne mit dir teilen will.«

Da stieg in Dhur der große Zorn dessen auf, der leidet und trotz allem, was andere für ihn tun könnten, nur allein zu leiden vermag. Seine Hände zuckten nach oben, zogen den Schleier ab, zerrten daran und zerrissen ihn, bis die Fetzen auf den Farnteppich herabsanken. Und sie sah: Das Antlitz ihres Geliebten.

Marsineh blickte ihn an. Sie nahm seine beiden Hände und wandte den Blick nicht ab. Sie sagte: »Du hast eine furchtbare Last zu tragen. Aber glaube mir, ich sehe dich in den Augen dieses armen Tiers, und ich weiß, daß du noch immer mein geliebter Herr bist, hinter der Maske des Esels bist du Dhur. Um deinetwillen liebe ich auch diese langgezogene Schnauze, die runden Augen und die großen Ohren. Und auch diese Stimme liebe ich, obwohl sie nicht die deine ist.« Damit nahm sie den Kranz aus ihrem Haar, setzte ihn auf seinen Kopf und küßte die Eselsstirn und die haarigen Wangen. Dhur hätte ihr gerne gesagt: »Du bist die beste aller Frauen, es war blind und dumm von mir, dich zu vergessen, und ich habe diesen blinden, dummen Eselskopf, den ich jetzt tragen muß, wahrhaft verdient. Wenn ich jemals weise gewesen wäre, hätte ich dich von Anfang an zu schätzen gewußt. Wenn ich wieder ein Mensch wäre, würde ich dich lieben.« Aber der Esel sagte nur *Iii-aaaah!* Und dann rollten ihm Tränen aus den Augen, Dhurs Tränen, Tränen der Scham und der Verzweiflung.

Was war nun zu tun? Keiner der beiden verstand sich auf Zauberei. Die Dämonen hatten, nachdem sie Zeuge der Rache ihres Herrn Azhrarn geworden waren, den Wald im Morgengrauen verlassen. Nicht einmal Kolchash (der im Augenblick in seiner Schutzhütte mit Yezade herumschmuste) war ein Magier.

Doch in diesem Moment fiel ein Schatten in diesen Teil des Waldes. Es war nicht der Schatten von Dhurs Schande. Er wurde von einem Scharren und Knacken begleitet, vom Geschrei der Vögel, die davor flüchteten, und von den klappernden Schritten der Huftiere, die es ihnen gleichtaten.

Einen Augenblick von ihren eigenen Sorgen abgelenkt, blickten sich Dhur und Marsineh um. Ein kalter und doch fiebriger Wind schien in die Lichtung zu wehen, und in seinem Kielwasser stürmte etwas Schreckliches heran und raste auf sie zu.

Dhur zog sein Jagdmesser. Er würde das Mädchen verteidigen — so gut er eben konnte. Er hätte ihr gerne geraten, auf einen Baum zu klettern, aber Worte standen ihm nicht zu Gebote. So stellte er sich vor sie hin und hielt mit einem Auge Ausschau, um besser sehen zu können, was da nahte.

Eine tiefe Stille hatte sich über den Wald gelegt. Darin klang das sich nähernde Krachen und Knacken wie eine Welle, die sich an einer Küste bricht. Es stürmte unter einer Wolke von abgerissenen Zweigen und Blättern und Vogelfedern auf die Lichtung und schien alles, die Luft, die Bäume, zu erfüllen und zu zerschmettern. Dann hielt es an, und ringsum kam die aufgescheuchte Welt wieder zur Ruhe wie geschütteltes Salz in einem Gefäß.

Es war ja nur ein Mensch. Ja, nicht mehr als das. Ein armer Irrer oder ein Eremit der Wälder, seine Kleider waren zerfetzt, sein Körper übersät mit Prellungen und Wunden. Doch sein Haar umgab seinen Kopf wie eine goldene Aureole, und in seinem Gesicht, das wie Wachs ständig seine Form zu verändern schien, leuchteten zwei goldene Augen.

Diese Augen richteten sich auf die beiden, auf das Menschenmädchen, das im Traum von einem Dämon geliebt worden war, und auf den Menschenmann, den die Bosheit der Dämonen verwandelt hatte. Und diese goldenen Augen schienen oben zu brennen und unten zu glimmen wie die Flamme in einer Lampe.

Zwei übernatürliche Liebende hausen irgendwo im Wald, so erzählte man sich. Er ist blond, golden wie ein Sommertag. Sie ist schwarz und weiß, weiße Rose, schwarzer Hyazinth bei Nacht ... Dieses Liebespaar, so sagten die Vazdru, muß endlich getrennt werden ...

Der Irre hätte schön sein können. Man konnte seine Schönheit noch schwach erkennen hinter der Häßlichkeit des Wahnsinns, hinter der seelenlosen Kraft, die ihn hierhergetrieben hatte und ihn bald wieder fortreißen würde. Aber trug er nicht den Schatten eines pflaumenfarbenen Mantels am Leibe, hatte er nicht zwei Kieferknochen in einer Hand — die plötzlich aufklappten und sinnlos *»Liebe ist Liebe«* schrien?

Bei diesen Worten spürte Dhur einen Schmerz im Hals, als habe irgendein Feind versucht, ihn herauszudrehen wie einen Korken aus einer Flasche, danach schwappte erst ein kalter Wasserguß über seinen Kopf, und dann durchzuckte ihn ein Feuerblitz. Und schließlich spürte er, daß er den Mund voll Gras hatte — er drehte sich um, spuckte es aus, wischte sich die Lippen ab — und stellte fest, daß er Lippen hatte, einen menschlichen Mund und Zähne. Und er berührte sein Gesicht mit den Händen und entdeckte es neu — *sein* Gesicht —, Knochen und Haut, Fleisch und Augen, Nase, Kinn und Wangen, Stirn, Haare — das Gesicht Dhurs.

(Er hatte nämlich das Glück gehabt, daß sich noch so etwas wie ein Magier im Wald aufhielt. Früher hatte er Fürst Chuz geheißen, der Herr des Wahnsinns. Doch jetzt war er mit anderen Dingen beschäftigt.)

Was Dhur anging, so nahm er kaum wahr, daß sein Retter sich entfernte. Er starrte völlig versunken in einen Spiegel, der Marsinehs Antlitz war.

Schließlich sagte er undankbarer-, wenn auch vielleicht nicht unrichtigerweise zu ihr: »Deine Liebe hat mich geheilt.«

Und er nahm sie in die Arme, drückte sie an sein Herz und nahm sie schon bald — wenn auch nach vielen Umwegen, Lügen und falschen Erklärungen und mit ihrer Mitgift, einem mit bemerkenswerten Edelsteinen besetzten Kleid — zu seinem Weib.

Und als diese beiden Liebenden sich umarmten, entwirrte sich der ganze Wald, und alles schien an seinen Platz zurückzukehren.

Männer von Kolchashs Gefolge, die wie betäubt umhergestolpert waren, fanden sich wieder und besannen sich. Sie hatten den Eindruck, als habe eine Hochzeit stattgefunden und eine Hochzeitsnacht, und in gewissem Sinne war das auch richtig. Denn als sie ihren Herrn fanden, sahen sie den alten Mann — oder den bösen Tyrannen, je nachdem, ob sie in sein Geheimnis eingeweiht waren oder nicht — mit einem blühenden jungen Mädchen an einem Bach liegen. Die Kleidung des Mädchens war in merkwürdig aufgelöstem Zustand, aber dem konnte mit einigen Stücken aus den Hochzeitskisten bald abgeholfen werden.

Etwa gegen Mittag setzte sich der Zug durch den Wald in Bewegung, Kolchash auf seinem kohlschwarzen Pferd, Yezade in der Sänfte. Unterwegs kamen sie an einer Gruppe von enttäuschten Jägern vorbei, die auf der Suche nach einem seltsamen Tier waren, das sie als *Dhur* bezeichneten. Der Hochzeitszug bedauerte, kein solches Tier gesehen zu haben, und setzte in gemächlichen Etappen die Heimreise zu Kolchashs Palast fort.

Hier begann unter dem Regiment der Herrin des Hauses ein neues Leben. Es schien, als könne sie es als Hexe, als Prophetin, durchaus mit ihrer Mutter aufnehmen, mit der sie ständig prahlte.

Ihr Gatte, der anfangs die Freude an seinen Büchern verloren hatte, fand sie nach einiger Zeit klugerweise wieder und überließ die Hexe sich selbst. Yezade war eine aufreibende Gattin. Und als einige Zeit vergangen war, erzählte man sich merkwürdige Geschichten über sie. Sie habe sich einen Umhang aus den Haaren verstorbener junger Männer weben lassen, sie habe nicht nur im Mund Zähne, sondern auch an einer anderen Stelle, die man besser nicht erwähne. Und wenn es hin und wieder in den Dörfern regnete, dann hieß es: »Hütet euch! Yezade leert ihr Schmutzwasser über uns aus.«

Ob sie mit ihrem schlechten Ruf, ihrem Reichtum und ihrem eingeschüchterten Gemahl glücklich war, darüber kann man nur spekulieren. Ebenso bleibt das Glück von Dhur und Marsineh eine Sache von Mutmaßungen.

Doch einen gab es, der die Folgen jener drei Tage und

Nächte im Wald in vollen Zügen genoß, und das war der Reitesel.

Es stellte sich nämlich heraus, daß er, auch nachdem er den dazugehörigen Eselskopf wieder auf seinem Eselskörper trug, etwas vom Wesen Dhurs des Jägers behalten hatte (man muß freilich gleich hinzufügen, daß dies umgekehrt für Dhur nicht galt).

Wenn der Esel sich im Wald herumtrieb, bemerkte er, daß die Wildkatzen und die Wölfe davonliefen, sobald sie seinem Blick begegneten. Aus diesem Grund erreichte der Esel ein hohes Alter, sein Rücken war nicht mit menschlichem Gewicht belastet, sein Bauch war stets voll mit Grünzeug und Blumen, und sein Herz war erfüllt von der Selbstgefälligkeit des befreiten Sklaven. Und manchmal ließ er einer philosophischen Tonfolge freien Lauf: *Iii-aaaah — III-aaaah!* Dann stoben die Vögel auseinander, die Faultiere brummten im Schlaf, die Luchse duckten sich, und wenn Menschen auf den Wegen vorüberkamen, sagten sie zu sich: »Himmel, was für ein gräßliches, schwachsinniges Geräusch!«

Dann lächelte der Esel bei sich und dachte in der Sprache seiner Gattung: »Vielleicht hören sogar die Götter auf die Weisheit meines Gesangs.« Aber die Götter dachten natürlich nicht daran.

DER MISSRATENE SOHN

Nachdem Sovaz von Chuz getrennt worden war, streifte sie verbittert auf der Erde umher.

1 NACH OSTEN VERBANNT

Wenn Kinder geboren werden, können sie weinen, aber nicht lachen. Doch sobald sie auf der Welt sind, lernen sie das Lachen schnell. Das ist heute nicht anders als damals, als die Erde noch flach war. Vielleicht verraten uns diese beiden Tatsachen — das instinktive Vorhandensein des Kummers ebenso wie die schnelle Gewöhnung an die Freude — auf Anhieb sehr viel über die Schule des Lebens.

Sicherlich rief der reiche Mann, als er seinen neugeborenen Sohn weinen und klagen hörte, bei sich aus: »*Der* wird bald ein anderes Lied singen.« Und dachte dabei an all die guten Dinge, die dem Kind schon bald beschieden sein würden.

Und wahrhaftig, sie waren ihm beschieden. Er lebte in einem Palast, wo er von Dutzenden von Dienstboten versorgt wurde. Als er ein Kind war, wurde ein großes Zimmer allein für seine Spielsachen und seinen Zeitvertreib benötigt. Als er größer wurde, nannte er eine prächtige Wohnung sein eigen. Wonach ihm auch der Sinn stand, es wurde auf der Stelle beschafft. Als er allmählich erwachsen wurde, warteten im Stall weiße Pferde und nicht weit davon entfernt weiße Jagdhunde und Falken mit silbernen Schellen auf ihn. Hatte er Appetit auf ein bestimmtes Gericht, auf Wein oder Obst, es wurde sofort besorgt und ihm serviert. Um seine anderen Gelüste zu stillen, schlichen sich im Dunkeln schöne Frauen zu ihm, die ihr Haar mit Zederndufft parfümiert hatten. Er wurde nicht schlechter erzogen als ein Prinz.

Der reiche Mann war nicht oft zu Hause. Aber wenn er von seinen Geschäften kam oder wieder fortging, blickte er oft auf den heranwachsenden Jungen, dessen Name Jyresh war, und sagte zu sich: »Ich habe ihm von allem das Allerbeste gegeben.« Und der Vater dachte, der Sohn liebe ihn dafür und sei ihm dankbar. Dies war jedoch nicht der Fall. Denn obwohl es dem Jungen an nichts mangelte, bekam er im Laufe der Zeit das unbestimmte Gefühl, ihm fehle etwas, es gäbe noch etwas, das er nicht benennen könne und das ihm folglich vorenthalten würde. So wurde er verstockt und träge, ein enttäuschter Mensch. Sein Verhalten war rastlos, er konnte nicht stillsitzen. Er spürte, wie ihm der magische Vogel — das Unbekannte, das, was er wirklich ersehnte — ständig davonflog. In dem Bemühen, ihm zu folgen, gab er extravagante Feste, von denen er sich manchmal erst nach zwei Tagen erholte, oder er kaufte ganze Bibliotheken auf und schloß sich zwei oder drei Wochen lang mit den Büchern ein. Er wettete bei Wagen- und Pferderennen und beim Würfelspiel und verlor. Er ging auf die Jagd nach den unwahrscheinlichsten Tieren und war dabei oft einen Monat oder länger außer Hauses. Zwei- oder dreimal verliebte er sich in die Frauen anderer Männer und verführte sie oder ließ sich verführen, dann wurde er solcher Freuden überdrüssig und verliebte sich statt dessen in Frauen der gemeinsten, niedrigsten Sorte, die ihm ebenso wie seine anderen gemeinen, niedrigen Gefährten, die Festgäste, die Rennbekanntschaften und die schlauen Jäger und Kaufleute, das Geld aus der Tasche zogen.

Eines Nachmittags rief Jyreshs Vater den jungen Mann zu sich.

»Mein Sohn«, sagte der Vater, »ich habe mich erkundigt, was du so treibst, und ich bin nicht sehr erfreut darüber. Hast du in dieser Sache irgend etwas zu deiner Verteidigung vorzubringen?«

Jyresh starrte ihm nur dreist ins Gesicht, ohne sich die Mühe zu machen, ein Gähnen hinter seinem hellen Seidenhandschuh zu verbergen.

Der reiche Mann runzelte die Stirn und begann von neuem.

»Für mich ist es offensichtlich, daß du mit dem Reichtum dieses Hauses verschwenderisch umgegangen bist und dich an einem Vermögen vergriffen hast, das im Lauf von drei Generationen angesammelt wurde. Es sollte dir klar sein, daß vor meinem Hinscheiden keine Münze von dem Geld, mit dem du so freigebig bist, dir gehört. Und ich hoffe doch, daß du dieses Ereignis nicht herbeisehnst.«

Nun senkte Jyresh den Blick. Sein Vater hielt dies für ein Zeichen der Beschämung — was in einer Hinsicht auch stimmte, der junge Mann war verlegen, weil ihm bewußt wurde, daß ihm der Tod seines Vaters gleichgültig war. Der reiche Mann fuhr fort: »Ich habe beschlossen, daß deinem lockeren Lebenswandel und deiner Verschwendungssucht Zügel angelegt werden müssen, und ich bin dabei, geleitet von meiner Kenntnis alter Sagen und Legenden, auf ein Mittel gestoßen. Mein Plan ist folgender: Die Ursache für deinen Leichtsinn ist meine Großzügigkeit dir gegenüber. Du hast keine Ahnung, wie es ist, nicht mit Reichtümern gesegnet zu sein. Ich habe daher die Absicht, dich zu einem Freund, einem Geschäftspartner von mir, zu schicken. Er wird dich in sein Haus aufnehmen, aber als Diener, der keinerlei Befähigung für diese Tätigkeit besitzt und daher nur zu den niedrigsten Arbeiten herangezogen werden kann. Bei Tag wirst du alles tun, was dieser Mann oder sein Haushofmeister dir auftragen, dazu könnte das Fegen der Böden oder das Ausleeren der Abfälle gehören. Abends wirst du dein Essen aus der gemeinsamen Schüssel bekommen und auf dem Küchenboden schlafen. Wenn der Tag anbricht, wirst du dich erheben und deine Arbeit wieder aufnehmen. Nach neun Monaten wird dir mein Freund, wenn du ihm fleißig gedient hast, einen angemessenen Lohn bezahlen und dich nach Hause schicken. Ist er jedoch nicht mit dir zufrieden, so wird er dich auf meine Anweisung hin tüchtig prügeln lassen. Danach mußt du ihm noch einmal neun Monate ohne Aussicht auf irgendwelchen Lohn dienen, und während dieser Zeit wirst du auf der nackten Erde schlafen und nur das zu essen bekommen, was du dir erbettelst oder von den Tieren des Gutes stiehlst.«

Nachdem der reiche Mann sein Urteil verkündet hatte, faltete er die Hände über dem Bauch. Er erwartete, daß sein an Strenge nicht gewöhnter Sohn, den er nicht sehr gut kannte, sich zu Boden werfen und um Gnade flehen würde.

Jyresh hingegen konnte vor Zorn kaum sprechen und brachte schließlich folgendes heraus: »Vater, wenn dies dein Wunsch ist, wenn du gedenkst, mich zu verstoßen, so frage ich nur: *Wann soll ich aufbrechen?*«

Der reiche Mann war ein wenig verblüfft. An dieser Stelle muß gesagt werden, daß er jede andere Antwort erwartet hätte, nur nicht die, welche er eben erhalten hatte. Er hatte noch gar keine Pläne gemacht, um den Jungen fortzuschicken, aber jetzt geriet er seinerseits in Zorn und verkündete: »Drei Tage Aufschub sollst du noch haben.«

»Ich will dir nicht weiter zur Last fallen. Morgen breche ich auf«, schrie Jyresh. »Wo befindet sich das Haus dieses Menschen?«

»Das wird man dir bei Sonnenaufgang sagen«, beschied ihn der reiche Mann. »Und man wird dir einen Esel geben, auf dem du den Weg zurücklegen magst.«

»Ich werde zu Fuß gehen«, verkündete der Sohn.

»Es ist ziemlich weit.«

»Dann«, sagte Jyresh, »gehe ich noch heute abend.«

Also setzte sich der reiche Mann in ziemlicher Aufregung sofort mit seinem Schreiber zusammen und verfaßte einen Brief an einen geeigneten ehemaligen Geschäftspartner, der etwa sechs Tagereisen entfernt im Osten lebte.

Der Abendstern verabschiedete sich eben vom Himmel, als Jyresh das Haus seines Vaters verließ. Der Pförtner glaubte, er sei wieder auf dem Weg zu einem Gelage, und grüßte ihn etwas zweifelnd, als er sah, daß der junge Mann weder Pferd noch Diener bei sich hatte. Jyresh schritt nach Osten, dem aufgehenden Mond entgegen. (Der betrachtete ihn kalt, denn in dieser Nacht war er vollkommen rund und ebenso von Stolz erfüllt wie der Junge.)

Nun hatte Jyresh zwar im Luxus gelebt, war aber doch an körperliche Strapazen gewöhnt — man darf die Wagenrennen und die monatelangen Jagden nicht vergessen. Ein sechstägiger Fußmarsch war in der Tat nichts, was ihn hätte erschrecken können. Außerdem verlieh ihm sein Zorn zusätzliche Kräfte. Und es gab noch etwas. Als er bei Nacht unter dem Mond durch das Land wanderte, drang hin und wieder wie gedämpfte Musik eine leise Andeutung davon zu ihm.

Das Land neben der Straße war größtenteils bewirtschaftet, da gab es Felder, Obstbäume und terrassenförmig angelegte Weingärten. Am Horizont schliefen, vom Mondlicht übergossen, still die Hügel. Obwohl Jyresh diesen Weg schon oft gegangen war, hatte er bisher nie auf seine Umgebung geachtet. Nun roch er das Obst und hörte die Nachtigallen. Als der Mond unterging, legte auch er sich unter einem wilden Feigenbaum zum Schlafe nieder. Die Dämmerung weckte ihn wie ein Kuß. Er stand auf, badete in einem kleinen Teich und pflückte sich zum Frühstück ein paar Feigen von einem Baum — er hatte nämlich das Haus seines Vaters in seinem Zorn so überstürzt verlassen, daß er sich nicht einmal mit dem nötigen Reiseproviant versehen hatte.

Den ganzen Vormittag lang ging er weiter, nur in der Mittagshitze machte er an einem Brunnen Rast. Hier saßen noch andere Wanderer, die Jyresh für ihresgleichen hielten und mit ihm über den Handel plauderten, über die Gewohnheiten von Hunden und Kamelen und die Launen der Dirnen in den Schenken. Jyresh gab sich als Gleichgestellter aus, er genoß diese Scheingespräche und erzählte selbst Geschichten, die vielleicht nur ein Quentchen weniger Wahrheit enthielten. Am Nachmittag zog er weiter, doch kurz vor Sonnenuntergang überholte ihn auf der Straße eine Karawane, und eine verschleierte Frau in einer schwankenden, mit Seide verhängten Kutsche schickte ihren Diener zu ihm zurück. »Meine Herrin läßt fragen, was du zu verkaufen hast?«

»Sage ihr: nichts«, antwortete Jyresh.

Der Diener kehrte zu seiner Dame zurück, kam aber bald wieder zu Jyresh. »Dann, sagt meine großzügige Herrin, sollst du diesen silbernen Ring annehmen.«

Jyresh lachte. Sein Herz war merkwürdig leicht, als er antwortete: »Richte deiner gütigen Herrin aus, ich darf keine kostbaren Geschenke oder Andenken annehmen. Man hat mich fortgeworfen wie einen Schuh, den man nicht mehr haben will, und ich mache eine Reise nach Osten, um Buße zu tun.«

Der Diener machte ein finsteres Gesicht, denn er kannte die Launen seiner Herrin, wenn sich ihr jemand widersetzte, aber es blieb ihm doch nichts anderes übrig, als zu ihr zurückzukehren und ihr Jyreshs Botschaft zu bringen. Sofort wurden die Kutschenvorhänge zugezogen, und bald entschwand die Karawane den Blicken.

An diesem Abend betrat Jyresh nach Sonnenuntergang eine Schenke und verkaufte seine goldene Gürtelschnalle für ein gutes Essen. Die Schnalle hatte ihm vor einem halben Jahr eine Frau geschenkt; sie war nicht mit dem Geld seines Vaters gekauft. Später verließ Jyresh die Schenke und legte sich im Freien unter den duftenden Bäumen, dem kühlen Himmel und den Sternen zum Schlafen nieder.

Noch vier Tage wanderte der verstoßene Sohn auf den Straßen nach Osten weiter. Er sah Dinge, die ihm neu waren, und andere, die er schon kannte, aber selbst diese kamen ihm frisch und verändert vor. Als er in der dritten Nacht zum Himmel aufschaute, der im Sonnenuntergang rot leuchtete, erblickte er die Lichter einer

Stadt, die er ziemlich oft besucht hatte, um zu würfeln, zu trinken und der Liebe zu frönen, aber jetzt, da er wußte, daß er nicht hingehen würde, wirkte sie ganz anders auf ihn. Sie erschien ihm rätselhaft und heilig, reine Dunkelheit stieg aus ihrem Herzen auf, und offenbar fanden hinter allen ihren rubinfarbenen Fenstern ausgelassene Feste statt.

Jyresh stillte seinen Hunger mit wilden Früchten, und die Reisenden am Wegrand teilten ihr Brot mit ihm. Er trank aus den Quellen, die für alle Menschen aus der Erde sprudelten, oder bekam Milch auf einem Bauernhof, und als er eines Abends dem Hochzeitszug eines glücklichen Bräutigams begegnete, erhielt er einen Becher Wein.

Am fünften Tag bog Jyresh seitlich von der Straße ab und wanderte durch felsiges, bewaldetes Hochland. Den ganzen Tag kletterte er zwischen den tief herabhängenden Ästen umher, bunte Vögel flogen auf, wenn er sich näherte, und einmal blickte ihn aus dem Unterholz ein scheues Reh an. Als die Sonne zu sinken begann, schimmerte die Luft golden, die silbernen Sterne zeigten sich am Himmel, und Jyresh trat aus dem dichten Wald heraus und sah auf einmal einen Pfad vor sich, der in ein Tal hinabführte. Dort stand auf einer Anhöhe ein großer, steinerner Palast zwischen dunklen alten Bäumen. Bei diesem Anblick sank ihm der Mut. Hier war seine Reise zu Ende, denn dies konnte nur das Haus des Freundes seines Vaters sein, eines strengen, kleinlichen alten Burschen von der gleichen Geisteshaltung wie der reiche Mann.

Nun, die Freiheit habe ich gekostet, dachte Jyresh. *Jetzt muß ich meine Zeit als Sklave abdienen.* Und er machte sich auf den Weg zu dem Gemäuer.

In bezug auf Größe und architektonische Pracht nahmen sich das Haus von Jyreshs Vater und auch die Paläste anderer hoher Herren, die Jyresh gesehen hatte, neben diesem Gebäude hier bescheiden aus. Spitze Türme ragten in den Himmel, mehrere Dächer waren übereinander angebracht. Am oberen Ende einer langen Treppe stützten riesige Säulen einen Portikus. Etwa eine halbe Meile vor dem Palast wurde der Pfad zu einem gepflasterten Weg, auf beiden Seiten standen hohe Marmorpfeiler, gekrönt von verschiedenen Tieren und Vögeln aus Marmor — Löwen und Ibissen, Kranichen und Affen —, die im erlöschenden Licht gespenstisch leuchteten. Dahinter erstreckten sich Gärten von düsterer Pracht, mit großen Bäumen bestanden und hier und dort von Wasserfällen durchzogen. Das Wasser spiegelte das letzte träge Gold des Sonnenuntergangs, aber auch auf den Rasenflächen funkelte es, denn dort stolzierten Goldpfauen auf und ab und schlugen prahlerisch ihre goldenen Räder. Im Palast selbst war jedoch keine einzige Lampe zu sehen.

Als Jyresh den gepflasterten Weg zwischen den Säulen betrat, hatte sich seine Stimmung schon ziemlich verändert. Etwas an diesem Ort, die duftenden Gärten, die Goldpfauen, allein schon die *Stille* hatte ihn irgendwie in seinen Bann geschlagen. Dieser Besitz war in nichts mit dem seines Vaters zu vergleichen. Plötzlich erschien auf dem Weg vor ihm eine Gestalt. Sie stand aufrecht wie ein Pfeiler, war allerdings nicht so groß und von anderem Aussehen, und sie war völlig in Schwarz gehüllt. Sie erinnerte an einen riesigen Vogel, der auf einem Bein stand und mit dem anderen einen schmalen Stab hielt. Dieses Wesen sprach ihn an.

»Du mußt mir sagen, wer du bist und was du begehrst.«

Jyresh tat dies ziemlich von oben herab, ohne zu verschweigen, warum man ihn hierher geschickt hatte. (Er ging nämlich davon aus, daß er von diesem Moment an gedemütigt werden sollte, und das war ihm zuwider.)

Die Gestalt hörte ihn bis zu Ende an. Dann ließ sie ein merkwürdiges Geräusch ertönen, das wie ein Tuten klang und vielleicht Heiterkeit ausdrückte. Diese Unverschämtheit überhörte Jyresh hochmütig. Ihm war sehr wohl klar, daß er als der niedrigste unter den Dienern dieses Mannes die Zielscheibe jeder nur möglichen Schmähung sein würde, ob nun der Rest seiner Geschichte bekannt war oder nicht. Wenn er sich anmerken ließ, daß ihm die Schikanen etwas ausmachten, würde er sie nur noch verschärfen. Die Gestalt ergriff wieder das Wort.

»Wenn du die Absicht hast, ein gehorsamer Diener zu sein, so gehe weiter. Dort ist das Haus, und darin befindet sich derjenige, dem du dienen wirst.«

Als das Wesen beiseite trat, schritt Jyresh also weiter den gepflasterten Weg entlang, und dabei hörte er, wie hinter ihm dreimal mit dem Stab auf den Boden geschlagen wurde.

Auf einmal flammten im Palast alle Lichter auf, und von den Mauern ging ein Leuchten aus wie von tausend Sonnenrädern. An jeder Tür, auf jedem Dach brannten Feuerpfannen, und dazwischen glühten dreihundert Fenster.

Jyresh blieb staunend stehen. In diesem Augenblick hörte er über sich Flügel rauschen und blickte zum Himmel auf. Ein riesiger Vogel, einem Reiher ähnlich, flog über den Garten hinweg und geradewegs in eines der erleuchteten offenen Fenster hinein.

Der junge Mann setzte seinen Weg fort, erklomm die Stufen und trat unter den Portikus. Auch die Eingangstür des Hauses war weit geöffnet, und dahinter lagen zwei ineinander übergehende Hallen. Sie waren von großer Pracht und Schönheit, so daß Jyresh von Zweifeln und Verwirrung ergriffen wurde. Hinter zwei mit Gold bekränzten und mit wertvollem Mosaik eingelegten Türen lag eine dritte Halle, deren Fußboden glänzte wie polierte Kohle.

Im Zentrum sprudelte ein Springbrunnen aus einem Becken aus durchsichtigem, grünem Glas, und um die Säulen dieses Raumes rankte sich lebendiger Wein, zwischen dessen Blüten sich Vögel tummelten. Am anderen Ende stand ein Diwan auf einem Podest, und darauf lag ein Wesen, das sich nun träge aufrichtete und Jyresh anblickte.

Iyresh erstarrte zu Stein. Einen Augenblick lang wußte er nicht, ob er um sein Leben rennen oder lieber die kurze Klinge in seinem Gürtel ziehen sollte, denn auf dem Diwan räkelte sich ein Exemplar der Gattung der schwarzen Leoparden, ein Panther mit flammenden Augen.

Nach kurzem Zögern öffnete der Panther das Maul.

»Tritt näher!« sagte er ganz deutlich zu Jyresh. »Ich bin nicht mehr der Jüngste, und auf so große Entfernung kann ich dich nicht gut erkennen.«

Verwirrt tat Iyresh, wie ihm geheißen, blieb aber ein paar Meter vor dem Diwan erneut stehen.

»Du brauchst keine Angst zu haben«, sagte der Panther. »Ich habe schon gespeist. Außerdem sehe ich dich als meinen Gast an, und da wäre es doch unhöflich, wenn ich mich auf dich stürzte, um dich zu zerreißen.«

Als Jyresh das hörte, lachte er auf. Der Panther sah ihn mit unverhohlener Mißbilligung an.

»Verzeiht mir, Herr«, sagte Jyresh. »Aber ich bin in meinem ganzen Leben noch keinem Tier begegnet, das die Fähigkeit der menschlichen Sprache besessen hätte.«

»Da muß ich dich berichtigen«, sagte der Panther. »Es ist möglich, daß du solchen Tieren mehr als einmal begegnet bist, aber offenbar wollten sie dir nicht die Ehre erweisen, das Wort an dich zu richten.«

»Herr, ich will Euch nicht widersprechen. Ich habe nur vor Staunen gelacht. Ist Euer Meister ein Magier, daß er Euch die Kunst des Sprechens beigebracht hat?«

»Meister?« fragte der Panther. »*Ich* bin hier der Meister.«

Jyresh hätte beinahe wieder laut aufgelacht, aber er konnte sich gerade noch beherrschen. »Dann sagt mir doch bitte«, murmelte er, »ob es möglich ist, daß *Ihr* der Freund und Geschäftspartner meines Vaters seid? Denn wenn dem so ist, steckt mehr in dem alten Mann, als ich vermutet hätte.«

»Ich will dir nur soviel sagen«, erklärte der Panther. »Man hat mir den Wunsch deines Vaters mitgeteilt. Du sollst als niedrigster aller Diener hier arbeiten, um etwas zu lernen, was gut für dich ist. Ich muß hinzufügen, daß ich einigermaßen ratlos bin. In diesem Haus wird alles durch Zauberei besorgt, und alle, die hier leben, verbringen ihr Dasein mit anderen Dingen als mit Dienen. Im Augenblick gibt es für dich nichts zu tun. Ich werde jedoch über die Sache nachdenken. Morgen wirst du noch einmal Audienz bei mir erhalten, und dann werden wir das Problem weiter erörtern. Inzwischen kannst du dich im Palast frei bewegen. Du brauchst nur zu sagen, was du willst, dann wirst du alles erhalten. Ausgenommen sind Frauen, denn es gibt hier in diesem Haus keine Menschenweibchen. Allen weiblichen Wesen, die du hier antriffst, einschließlich meiner eigenen Gemahlinnen, hast du Respekt entgegenzubringen.«

»Herr, Ihr seid zu gütig, ich werde Euren Befehlen gehorchen. Darf ich nur fragen, welchen anderen weiblichen Wesen außer Euren Gattinnen ich vielleicht zufällig begegnen könnte, damit ich mir eine gebührend respektvolle Begrüßung überlegen kann?«

»Abgesehen von den Pantherinnen gibt es ein paar Tigerinnen, weibliche Hyänen und Füchse, eine Python und einen Harem von Boas. Außerdem eine Vereinigung von frommen Wölfinnen, die sich der Verehrung des Mondes geweiht haben, und zahllose Damen der geflügelten Sorte, die du ja schon kennengelernt hast. Du kannst sie alle begrüßen oder nicht, das bleibt dir überlassen. Außer ganz normaler Höflichkeit wird von dir nichts weiter erwartet. Du kennst unsere Sitten und Gebräuche nicht.«

Nach diesen Worten legte sich der Pantherherr wie-

2·89·3

der nieder und schloß, zum Zeichen, daß das Gespräch beendet war, die Augen.

Sofort flogen Türen auf, ein reich geschmückter Korridor wurde sichtbar, und Jyresh verließ wie im Traum den Saal.

Jyresh ging durch alle Türen, die sich vor ihm öffneten, und gelangte in eine Zimmerflucht, die an verhaltenem Prunk alles übertraf, was er jemals gesehen oder von dem er je gehört hatte. In einer Wanne aus Türkis wurde er von sanften, unsichtbaren Händen gebadet und gesalbt. Danach servierten ihm die unsichtbaren Dschinns des Hauses auf goldenem Geschirr ein festliches Mahl. In dieser Nacht lag er in einem himmlisch weichen Bett. Über ihm spannte sich ein Baldachin mit leuchtenden Abbildern der Sterne, über denen ein künstlicher Mond seine Bahn zog. Als Jyresh erwachte, ging auf dem Betthimmel gerade ein Bild der Sonne auf, und vor dem Fenster vollzog sich das gleiche Schauspiel. Jyresh stieg aus dem Bett, man wartete ihm auf wie am Abend zuvor, tischte ihm Köstlichkeiten auf und kleidete ihn wie einen Prinzen, dann ging er wieder durch eine Reihe von sich öffnenden Türen, bis er vor dem Panther stand.

Diesmal war der Herr nicht allein. Sein Hof hatte sich um ihn versammelt.

Seine Panthergemahlinnen saßen oder lagen, angetan mit Ohrringen und Halsketten aus Edelsteinen, auf ihren Diwanen, seine Ratgeber standen bereit, Tiger, Affen und ein alter Stier von großem Scharfsinn, auf dessen Wort alle hörten. Die ganze Halle war mit allen möglichen Tieren bevölkert, in einer Vielfalt von Gattungen, wie sie gewöhnlich nicht in solcher Eintracht miteinander zu finden waren. Löwen unterhielten sich mit Lämmern, Gazellen schlenderten mit Wölfen auf und ab, und in einer Nische spielte ein Fuchs mit einer Gans Schach.

Der riesige Reiher stand vor dem Podest und klopfte nun mit seinem Stab dreimal auf den Boden.

Jyresh trat näher, verneigte sich förmlich und wurde von einer Vielzahl schöner Tieraugen gemustert.

»Jüngling«, sagte der Panther zu Jyresh, »wir haben deine Ankunft und die Wünsche deines Vaters erörtert. Ich bin stets gerne bereit zu helfen, soweit es in meinen Kräften steht. Ich habe den gelehrten Stier hier um Rat gefragt und beschlossen, dich in die Obhut der Schweine zu geben, die in den Gärten leben.«

»Wollt Ihr damit sagen, Herr«, fragte Jyresh, »daß ich eine Herde Schweine hüten soll?«

Der Panther faltete wieder die Pfoten. »Das ist nicht der Sinn meiner Worte. Die Schweine sind jedoch besser in der Lage, dir alles zu erklären, denn sie sind große Philosophen. Du kannst sofort gehen. Mein Haushofmeister, der Reiher, wird dich hinführen.«

Damit war die Audienz offensichtlich beendet. Die Tiere wandten sich von Jyresh ab und nahmen ihr höfisches Geplauder wieder auf.

Jyresh folgte dem Reiher (der feierlich auf einem Fuß dahinhüpfte und mit dem anderen seinen Amtsstab trug), und bald hatten sie den Palast verlassen, gingen nach Süden durch die Gärten und erreichten schließlich ein verwildertes Gelände. Überhängende Bergflanken fielen steil in moosbedeckte Schluchten ab. Uralte, von Kletterpflanzen überwucherte Bäume versperrten den Weg, und an ihren Ebenholzstämmen konnte man die Spuren gewaltiger Hauer erkennen. In Jyresh, der die ganze Zeit dahingegangen war wie in einem wirren, lächerlichen Traum, regten sich nun doch einige Bedenken.

»Herr Reiher, wartet einen Augenblick«, sagte er. »Die Schweine Eures Meisters scheinen mir von gewaltiger Größe zu sein.«

»Das ist richtig, aber du brauchst keine Angst zu haben. Wir leben hier in Frieden und tun niemandem etwas zuleide. Selbst das Fleisch und die Früchte, die du gestern abend gegessen und mit denen du dich auch heute morgen gestärkt hast, waren, wenn auch nahrhaft, so doch nur Illusion. Wir verfügen über mächtige Zauberkräfte und können auf Gewalttätigkeit verzichten. Mein Herr hat nur einen Scherz gemacht, als er sagte, du könntest eine Mahlzeit abgeben. Kein Haar auf deinem Kopf ist in Gefahr.«

Ganz beruhigt war Jyresh nicht. Er wollte dem Reiher gerade noch eine Frage stellen, als er im Unterholz ein lautes Brechen und Knacken vernahm. Plötzlich kamen drei milchweiße Eber herausgelaufen, deren Augen wie flüssiges Gold glänzten. Jyresh glaubte, sein letztes Stündlein sei gekommen, und fiel auf die Knie.

»Betet er?« erkundigte sich der dritte Eber. »Wir wollen ihn nicht stören, ehe er fertig ist.«

»Herr«, sagte Jyresh, »ich habe nur ein Messer, um mich zu verteidigen. Aber Ihr seid ohnehin in der Überzahl, und ich werde keinen Widerstand leisten. Wenn Ihr die Absicht habt, mich zu töten, so bitte ich Euch, es schnell zu tun. Meine Tapferkeit hat ihre Grenzen, und ich möchte kein Schauspiel bieten, indem ich meiner Angst freien Lauf lasse.«

Der Reiher ließ wieder sein Tuten hören. Derselbe Eber, der vorher gesprochen hatte, trat nun an Jyresh heran und blickte ihm ins Gesicht. »Wir wollen dir nichts tun.«

Ganz außer sich platzte Jyresh heraus: »Aber ich habe Eure Brüder gejagt und getötet — obwohl ich sagen muß, daß sie weit kleiner waren als Ihr und nicht mit mir gesprochen haben.«

»Es ist bei euresgleichen Sitte, andere Wesen zu töten, auch Wesen, die sprechen können«, sagte der Eber. »Aber nun steh auf. Die frommen Wölfinnen haben uns eine Botschaft unseres Herrn, des Panthers gebracht, die ihnen die Finken übermittelten. Wir sollen dich in unsere Obhut nehmen. So komm denn!«

Jyresh stand also (verwirrt und wieder mit einem törichten Grinsen) auf und folgte den drei weißen Ebern in die überwucherte Wildnis im Süden des Gartens.

Den ganzen Vormittag lang war Jyresh mit den drei Ebern unterwegs. Als es Mittag wurde, hatten sie einen tiefen alten Wald betreten, der noch innerhalb des Besitzes des Pantherherren lag; hier lebte die Schweineherde, die Eber mit ihren Frauen und ihren Kindern, an den Ufern eines traubengrünen Flusses. Als Jyresh näherkam, wurde er von dem ungewöhnlichen Anblick plötzlich überrascht. Die ganze Herde war schneeweiß und goldäugig, und als die Strahlen der Mittagssonne durch die dichten Behänge der Bäume drangen, schlenderten die Tiere, gepflegt, sauber und glänzend, herum oder lehnten sich aneinander, und unterhielten sich die ganze Zeit mit leisen, wohlklingenden Stimmen.

Das ist nun bestimmt kein Traum, dachte Jyresh, und die Lust zu lachen, die Verblüffung und auch die Angst verflogen mit einem Schlag. Wenn die Wahrheit in so merkwürdigem Gewande erscheint, ist sie irgendwann nicht mehr zu verkennen.

Die Schweine hießen ihn willkommen, als er zwischen sie trat, machten dabei aber nicht viel Aufhebens. Hier herrschten andere Sitten als am Hofe.

»Offenbar hielt es dein Vater für wünschenswert, daß du auf der nackten Erde schläfst und ein einfaches Leben führst«, bemerkte der Eber, der von Anfang an mit Jyresh gesprochen hatte. »Es ist jedoch nicht nötig, den Waldboden zu fegen, das erledigt schon der Wind. Du brauchst auch keine Abfälle wegzutragen, denn nur die Gattung der Menschen oder jene Tiere, die von den Menschen gefangengehalten werden, hinterlassen dergleichen Unrat. Ein einfaches Leben sollst du in der Tat führen, aber wir werden mit dir teilen, was wir haben, einschließlich unserer Magie. Wie der Hofstaat unseres Herrn, des Panthers, sind auch wir Zauberer, ebenso, wie wir auch die menschliche Sprache beherrschen und uns einiger menschlicher Sitten befleißigen.«

Nachdem Jyresh die Schranken überwunden hatte, welche die Vernunft ihm setzte, konnte er sich bei den Schweinen niederlassen — die freundlicherweise gutes, einfaches Essen und frisches Wasser für ihn aus der Luft holten — und ihnen Fragen stellen. Sie antworteten ihm völlig gelassen und mit großer Bereitwilligkeit. Auf diese Weise erfuhr er, welch merkwürdigen Umständen sie ihre Existenz verdankten.

Bekanntermaßen, so teilten sie ihm jedenfalls mit, hatten die Tiere, ebenso wie die Menschen, ihre Götter, doch die Götter des Tierreichs standen ihren physischen Geschöpfen ausnahmslos wohlwollend gegenüber. (Man erinnere sich, daß die Götter der Flachen Erde die Menschen schon seit langer Zeit mit Verachtung straften. Obwohl Jyresh davon keine Ahnung hatte, widersprach er nicht. Er war schließlich noch jung und hatte sich noch nicht viel mit den Göttern der Menschen beschäftigt.)

Die Tiere der Erde wurden meist auf die gleiche natürliche Weise geboren und lebten und starben auch so, wie es die Menschen gewohnt waren. Nicht jedes dieser Tiere besaß einen individuellen Geist, wie es bei den Menschen der Fall ist, sondern sie waren alle Teil eines Kollektivgeistes, des Geistes der Gottheit selbst. Dieser schickte tausend und abertausend Triebe aus, feinen, von einem gewaltigen Herz-Gehirn ausgehenden Drähten ähnlich — vom Ursprung, von ihrer Quelle getrennt, aber doch psychisch mit ihr verbunden. Auf diese Weise hatten die Tiergötter, von denen es ebenso viele gab wie Tiere, ja, auch wie Vögel, Fische, Reptilien und Insekten, in jedem Augenblick teil an zahllosen irdischen Leben — und gleichzeitig am ewigen Leben der Gottheit selbst.

Hin und wieder sandte so eine Tiergottheit jedoch einen psychischen Draht aus, der so vom Geist der Quelle durchdrungen war, daß er sich von den anderen abhob. Das so beseelte Tier war anders als die anderen seiner Gattung. Und da die Tiergötter im göttlichen Zustand über ein menschliches oder dem menschlichen entsprechendes Bewußtsein verfügten, neigten diese höheren, dem Gott am nächsten stehenden Tiere dazu, sich in der Welt im menschlichen wie auch im tierischen Sinne als Genies hervorzutun. Sie konnten sprechen und abstrakt argumentieren, sie waren Philosophen und Künstler, Magier und Zauberer. Gleichzeitig fiel alle tierische Wildheit und alle menschenähnliche Barbarei von ihnen ab. Sie führten ein reines, wenn auch manchmal leichtfertiges, und sehr zurückgezogenes Leben und fanden sich der Form halber in Gruppen zusammen, die wie jene der Menschen organisiert waren und einen gewählten Herrscher und ein Rechts- und Gesellschaftssystem hatten. Innerhalb dieser Gruppen trugen sie manchmal sogar menschliche Kleidung und übernahmen die Bräuche oder gewisse vergängliche Formen des Denkens und der Religion der Menschen — wie die Wölfinnen, die den Mond — allerdings als weißen Wolf — verehrten. Andere zogen sich in die Einsamkeit zurück und wurden Eremiten, wie zum Beispiel sieben Eulen, die allein im Wald wohnten und kein Wort sprachen, nur Nacht für Nacht dasaßen und die imaginären Bewegungen der Sterne aufzeichneten, welche sich, da die Erde ja damals noch flach war, natürlich niemals bewegten.

Diese vielseitigen exzentrischen Erfahrungen waren auch für die Tiergötter wertvoll, obwohl nach dem Tod die auf einer höheren geistigen Stufe stehenden Abkömmlinge ebenso im Schöpfer aufgingen wie alle anderen.

All dies erzählten die Schweine Jyresh, als er bei ihnen am Ufer des traubengrünen Flusses saß, und er glaubte ihnen jedes Wort. Während sie mit ihm sprachen, wurde dem jungen Mann in einer flüchtigen Sekunde bewußt, wie anders die Seelen der Menschen es anfingen, sich Wissen zu erwerben, und er sehnte sich nach der unverbildeten Einfachheit dieser Wesen. Eine Katze zu sein, ein Hund, ein Pferd, oder ein glänzender, milchweißer Eber —

»Man sagt«, fügte der Eber hinzu, der immer als erster zu ihm sprach, »daß auch Menschen manchmal für kurze Zeit die Gestalt von Tieren annehmen. Nicht so wie ein Magier oder ein Gestaltwandler, sondern nach dem Tod, um sich einer besonderen Mühe zu unterziehen oder besonderes Wissen zu erlangen; auf die gleiche Weise wie ein toter Mensch hin und wieder als sein eigener Geist zurückbleibt oder zurückzubleiben scheint. Doch von dieser Art ist keiner unter uns.«

Und so kam es, daß der mißratene Sohn des reichen Mannes einige Monate lang mit philosophierenden Schweinen in einem Wald lebte.

Das schattige Grün des Sommers unter den Bäumen verwandelte sich langsam in die Farbe von Zunder, der Fluß wurde braun wie Malz, und an seinen Ufern ragten die verdorrten schwarzen und violetten Iris in die Höhe. Die Kälte kam, Nebel zog durch den Wald wie ein Hauch, der einen Spiegel beschlägt. Die Schweine suchten hochgelegene Höhlen über dem Wasser auf. Sie zauberten für Jyresh Kohlebecken herbei, in denen duftende Scheite loderten, und Pelzumhänge, die nicht aus dem Fell von lebenden Wesen gemacht waren. Von Rauhreif umschlossene schlanke Blüten staken wie Dolche im Boden. Die Schweine wärmten sich mit Freundlichkeit oder an Jyreshs Feuer. Sie erzählten seltsame Geschichten von Prinzen und Jungfrauen ihres eigenen Volkes, aber da ihre Gattung niemals Zwang ausübte, niemanden ins Verderben führte, keinen Ehrgeiz hatte, die Liebe als selbstverständlich ansah und niemals tötete, waren die Geschichten nicht sehr aufregend.

Eines Tages, dachte der junge Mann bei sich, *werde ich in die wirkliche Welt zurückkehren. Dort werde ich lieben und hassen, sündigen und trauern. Aber im Augenblick bin ich mit dem Leben hier zufrieden.*

Und wenn der kalte Wind über den Fluß fegte, legte er sich neben seinem Freund, dem weißen Eber, zum Schlafen nieder, sein Kopf ruhte auf der Flanke des Ebers, und er empfand eine ruhige, stille Behaglichkeit, wie sie ihm kein menschliches Wesen jemals hatte geben können.

2 WIE ÜBEL SHARAQ MITGESPIELT WURDE

Nun braucht wohl nicht eigens darauf hingewiesen zu werden, daß der Pantherherr nicht der frühere Geschäftspartner war, zu dem der reiche Mann seinen Sohn eigentlich hatte schicken wollen. Unklare Angaben und einige Ähnlichkeiten und Veränderungen in der Landschaft hatten zu diesem Mißverständnis geführt.

Der besser unterwiesene berittene Bote mit dem verhängnisvollen Brief hatte einen anderen Weg genommen und den ohne Eile dahinschlendernden Jyresh bald überholt. Nach vier Tagen erreichte der Mann den Palast Sharaqs, eines wohlhabenden Kaufmanns.

Sharaq hatte tatsächlich einmal zusammen mit Jyreshs Vater geschäftliche Unternehmungen durchgeführt, aber seit einer Reihe von Jahren hatten sie nichts mehr voneinander gehört. Als Sharaq daher von einem schweißüberströmten Boten ein Sendschreiben erhielt, erschrak er und versuchte krampfhaft, sich zu erinnern. Als er dann den grotesken Brief las, war er, wie man sich wohl denken kann, nicht sehr erfreut. Anders als die sprechenden Tiere im Palast des Panthers (welche die Gründe für die Strafe nur aus Jyreshs eigenem Munde vernommen hatten), fühlte sich Sharaq verhöhnt und ausgenützt.

»Was fällt diesem ungehobelten Tölpel ein, sich auf irgendwelche längst vergangenen, unbedeutenden Beziehungen zwischen uns zu berufen und mir seine lästige Brut aufzuhalsen? Was ist das für ein alberner Plan — weiß ich mit meiner Zeit nichts Besseres anzufangen? Allerdings ist mir im Moment nicht bekannt, wie es um den alten Schurken bestellt ist, ich sollte also lieber auf seine Bitte eingehen und den jungen Schurken aufnehmen. Verflucht seien sie alle beide!«

Folglich gab er seinen Dienern den Auftrag, nach einem Fremden Ausschau zu halten, einem jungen Mann aus guter Familie, der zu Fuß kommen würde.

Am nächsten Tag führte Sharaqs Haushofmeister seinen Herrn an ein Fenster des Hauses. Unten, auf dem langen Weg durch den Weingarten, war eine einzelne Gestalt in männlicher Tracht zu erkennen, die sich dem Hause näherte.

Der Kaufmann hielt sein Fernglas aus Kristall an das Auge.

»Ach, was für ein weibischer junger Mann«, rief er, denn er suchte etwas, was er bemängeln konnte, und fand es auch. »Sieh doch nur, wie lang er sein Haar trägt, es guckt ihm ja noch unter dem Kopftuch hervor. Und dann ist es auch noch schwarz, und das bedeutet schlechtes Blut, das hat mir schon meine alte Amme gesagt. Seine Kleider sind wiederum weiß und daher ganz ungeeignet für eine längere Reise. Er geht barfuß — wie affektiert. Laufe sofort hinunter«, fügte Sharaq zum Haushofmeister gewandt hinzu. »Fange ihn ab und bringe ihn zu mir. Er braucht eine feste Hand.«

Also stieg der Haushofmeister die Treppe hinunter, begab sich in den Weingarten und postierte sich auf der Straße.

»Bleib stehen«, befahl er. »Man erwartet dich. Du wirst mir auf der Stelle zu meinem Herrn, dem Kaufmann Sharaq, folgen und dich dort höflich verneigen, denn du kannst dankbar sein, daß er überhaupt Notiz von dir nimmt ...«

Der Weg lag in vollem Sonnenschein, und die Hitze überzog alles mit einem Dunstschleier, in dem der herankommende Jüngling zu schimmern und zu leuchten, zu verschwinden und wieder aufzutauchen schien, als sei er nicht ganz aus festem Stoff.

Dann trat er aus dem Dunst in den Schatten eines Rebstocks, und dort blieb er stehen und sah den Haushofmeister an.

Den Haushofmeister überfiel ein seltsames Unbehagen.

»Du tust dir selbst keinen Gefallen, wenn du dich hier so benimmst. Du bist Jyresh, ein Verschwender, und dein Vater hat dich in dieses Haus geschickt, damit man dir deinen Hochmut austreibt. Du siehst, ich weiß alles. Also übe dich von jetzt an in Bescheidenheit, sonst wirst du einiges zu erdulden haben.«

»Tatsächlich?« fragte der Jüngling. Ach, was hatte er für eine Stimme. Sie war weich wie Daunen, fein wie Seide und gefährlicher als eine Viper unter einem Stein.

»Komm«, sagte der Haushofmeister, »folge mir. Oder ich hetze die Hunde auf dich.«

Der Jüngling ließ ein leises, böses Lachen hören, und den Haushofmeister überlief eine Gänsehaut. Doch als er sich dem Haus zuwandte, kam ihm der weißgekleidete Knabe geschmeidig und lautlos wie eine Katze nachgeschlichen. Den Haushofmeister kribbelte es im Rükken wie von Igelstacheln; er wurde nicht klug aus diesem Jyresh mit der unselig schwarzen Mähne und den fast unerträglich blauen Augen.

Als sie in das Haus des Kaufmanns eingetreten und in dessen Gemach hinaufgestiegen waren, lag Sharaq auf Kissen gebettet, trank Wein, drehte den Brief in seinen Fingern und wandte den Blick nicht davon ab. Er ließ den Besucher eine Weile warten, und der stand reglos wie eine Steinsäule — der Haushofmeister war es, der von einem Fuß auf den anderen trat.

Endlich sagte Sharaq: »Das ist mir ja eine hübsche Geschichte, wenn ein Kind seinen Erzeuger so erzürnt. Dein enttäuschter Vater bittet mich, dich als den niedrigsten meiner ungelernten Sklaven einzustellen. Dein enttäuschter Vater verlangt, ich soll dich hart arbeiten und dich am Ende von neun Monaten auspeitschen lassen, wenn du auch mich enttäuschst. Was hast du dazu zu sagen?«

»Ich sage«, erklärte der Jüngling, »daß Ihr meinen Vater nicht kennt.«

Die Art, wie er dies sagte, erschreckte den Haushofmeister so sehr, daß er seinen Stab klappernd zu Boden fallen ließ. Mehr noch, die beiden Vögel, die in einem Käfig am Fenster zwitscherten, stellten ihren Gesang ein und versteckten sich hinter ihrer Wasserschale. Im ganzen Raum war kein Geräusch zu vernehmen. Man hätte ein Stäubchen hören können, das über den Boden schwebte. Selbst Sharaq fühlte sich bewogen, den Blick zu heben.

Wie hübsch der Junge ist, dachte er erschrocken. *Ja, er ist wirklich schön. Man könnte ihn für ein Mädchen halten, wenn seine Kleidung, seine aufreizend edle Haltung und der hochmütige Blick in seinen Augen nicht wären.*

»Es ist wahr, daß ich deinen Vater seit vielen Jahren nicht gesehen habe«, gab Sharaq schließlich zurück und wandte den Blick ab, als habe ihn etwas gekränkt. »Aber hier ist sein Brief, und dort stehst du. Du bist Jyresh, der mißratene Sohn. Du wirst dieses Haus erst verlassen, wenn du deine Lektion gelernt hast.«

»So soll es sein.«

Bei diesen Worten hüpften die beiden Singvögel *in* ihre Wasserschale hinein, und das Weinglas in Sharaqs Hand zersprang, so daß sein elegantes Gewand Flecken bekam.

»Geh mit meinem Haushofmeister!« schrie Sharaq bestürzt. »Fort mit dir! Niedrige, entwürdigende Arbeit sollst du tun. Aus meinen Augen.«

Und so wurde Azhriaz-Sovaz, die Tochter des Dämonenfürsten, unerkannt entlassen.

Nach der schmerzlichen Trennung von ihrem Geliebten durchstreifte Sovaz, erfüllt von Zorn und Kummer, aber vor allem von Bitterkeit, auf der Suche nach ihm viele

Länder. Doch sie war nicht ganz von dieser Welt, und obwohl ihre Stimmungen denen einer Frau gleichen mochten, waren sie niemals *genau* so. Von diesen Wanderungen werden mehrere Geschichten erzählt.

Sie war zufällig auf Sharaqs Besitz gestoßen, denn das Schicksal war ein naher Verwandter von ihr. In Gedanken war sie anderswo, nicht dort unter den staubigen Weinstöcken. Dann wurde sie mit jemand anderem verwechselt und angehalten, und wie es ihrem Wesen entsprach, warf sie als Antwort darauf einen magischen Schleier über sich, der sie mehr einem jungen Mann und einem Sterblichen ähnlich sehen ließ. Das war eine Laune von ihr, denn sie war plötzlichen Einfällen gegenüber ebensowenig gefeit wie ihr wirklicher Vater — Azhrarn, Fürst Verworfenheit. Und damit ist, wenn man so will, alles Nötige gesagt. Sie war das Kind von Verworfenheit, eine Dämonin, und nun hatte man ihr gesagt, sie müsse als Dienstbote im Haus eines Kaufmanns niedere Arbeiten verrichten und würde geschlagen, wenn man nicht mit ihr zufrieden sei.

Der Haushofmeister, dem der Neuankömmling nicht geheuer war, entfernte sich bald aus den unteren Räumen des Hauses und überließ Jyresh den derben, blutrünstigen Köchen, den eifersüchtigen Zofen und den boshaften Gören der großen Küche und ihrer Welt. Die Bewohner jener unterirdischen Gefilde stürzten sich auf ihn. Was für eine Beute! Ein hübscher Junge von vornehmer Geburt, der von seiner Höhe heruntergestürzt war. Der schlaue Pöbel, der hier unter den Räumen des reichen Kaufmanns lebte und nun um ihn herumstrich, schien ihn völlig kalt zu lassen. Diese Leute waren die Rädchen im Getriebe, ohne sie bewegte sich nichts. Sie waren die Ratten, die die Reste fraßen und sich an den guten Dingen vergriffen, die mit ihrer Hilfe zubereitet worden waren.

»Fort, fort mit dem feinen Bürschchen!« schrien sie,

nicht viel anders, als Sharaq es über ihren Köpfen getan hatte, im Paradies, wo die Köstlichkeiten genossen wurden, die man sich hier unten ausdachte. (Aber sie spuckten dem Kaufmann in die Pasteten und murmelten Flüche, wenn sie vor Tagesanbruch den Teig für sein Brot kneteten. Und unter dem sternenzerrissenen Nachthimmel, der ebenfalls Sharaqs Eigentum zu sein schien, paarten sie sich zwischen seinen Weinstöcken und zeugten ihm neue Diener, die ihn ebenso getreulich hassen würden wie sie selbst.)

Lachend standen sie in der Tür und zeigten dem reinlichen, hübschen jungen Mann, der aus dem Himmel in ihre Unterwelt herabgeschleudert worden war, einen Hof, wo vor kurzem geschlachtet worden war und alles im Blut und in der Jauche schwamm. »Mach hier sauber!« wiesen sie ihn an. »Und gib acht, daß du dir deine schönen Stiefel nicht beschmutzt.«

Doch der junge Mann ging in den Hof hinaus, und plötzlich senkte sich eine gewaltige Stille wie ein Block aus flüssigem Glas aus dem Himmel nieder. In dieser Stille wurde alles hart, sogar das Schlachtblut. Der Hof war plötzlich mit rötlichgelben glänzenden Fliesen gepflastert. Die Platten hatten hübsche Streifen aus hartem, glitzerndem Lack. Und alles war sauber, blitzsauber. Und dieser Jyresh stand in seinem fleckenlos weißen Gewand da und hatte keinen Finger gerührt.

Ein Magier? Sie waren schneller davon überzeugt als ihr Herr und wichen vor dem Fremden zurück. Wenn sie vorher gehässig gelacht und ihrer Schadenfreude freien Lauf gelassen hatten, so fröstelten sie jetzt und waren ängstlich und vorsichtig geworden.

»Was nun?« fragte Jyresh.

»Der *Haushofmeister* sagt ...«

»Der Haushofmeister hat *verlangt*, daß du ...«

»Was?«

Sie zeigten auf die Latrinen. Was für Edelsteine würde er *dort* wohl entstehen lassen?

Aber Jyresh drehte sich nur um und zwinkerte einmal mit seinen Saphiraugen zu dem widerlichen Ort hin. Plötzlich hing Rosenduft in der Luft ... er kam von dort.

Sie stoben erschrocken in die Küchenräume zurück. Die Fußböden waren gefegt, obwohl niemand einen Besen in die Hand genommen hatte. Mehr noch, sie bestanden auf einmal aus farbigen, zu wunderschönen Bildern zusammengesetzten Steinen — die Kinder konnten sich gar nicht sattsehen —, und wenn Schmutz hereingetragen wurde oder etwas hinuntertropfte, so verschwand es sofort. Auf den Tischen wartete, bereit für Sharaqs Mittagsmahl, ein Bankett, das nicht aus den Öfen, Töpfen oder Pfannen gekommen war.

»Bringt ihm das«, sagte der Magier so ungerührt, wie man nur sein konnte. »Sagt ihm, er soll es essen. Aber rührt es selbst nicht an. Ihr bekommt ein anderes Festmahl.«

Dann gingen blinzelnde Kellner wie geblendet mit den vollgehäuften Platten vorbei, und über jeden strich ein köstlicher Duft hin — der Atem des Magiers, er hatte sie angehaucht. Sie standen wie erstarrt und fürchteten, das Geschirr fallen zu lassen, denn jeder war jetzt am ganzen Körper rein, duftete köstlich, trug Blumen im Haar und prächtige Kleider am Leibe und war mit Edelsteinen geschmückt wie ein Fürst.

»Der Himmel möge Euch segnen, Herr«, heulten sie mit wilden, irren Blicken, hin- und hergerissen zwischen Freude und Grauen und auch von einem gewissen Zorn erfaßt, denn daß jemand solche Gaben besitzen sollte, erschien ihnen unnatürlich, wie ein Betrug. Aber — »Seid gesegnet, tausendfach gesegnet!« heulten nun auch die anderen, drängten sich heran und bettelten, er möge auch sie anhauchen wie eine zu heiße Suppe, damit sie ihren Anteil an diesem lächerlichen Segen bekämen. Und sie bekamen ihn im Handumdrehen. Da standen sie nun, eine Ansammlung von kreischenden Fürsten.

Tief beunruhigt, ohne noch zu wissen, warum, schritt Sharaq im oberen Gemach auf und ab, als seine Diener wie eine wilde Horde hereinstürmten. Sie waren trunken vor Übermut und vom liebenswerten Atem eines Dämons. In Windeseile gingen sie an die Arbeit und begannen mit viel Geschrei und Geschnatter die Speisen für ihren Kaufherrn aufzutragen. Er starrte sie erstaunt an, erkannte sie kaum in ihrer Pracht und ihrem Duft.

Endlich brüllte er los.

»Was hat das zu bedeuten?«

»Wir wissen es nicht!« rief schrill ein strahlend schöner Junge, der sich bis jetzt schlurfend bei den Brotbettlern herumgedrückt hatte. Und eine Schlampe, die bisher abseits von ihren Zuckerpfannen von niemandem bemerkt worden war und nun wie eine königliche Prinzessin aussah, stolzierte vor Sharaq herum und ließ einen Diamanten blitzen. »Der Verschwender hat uns dies gegeben und Euch jenes hier. *Eßt,* Herr.«

Darauf heulten sie alle wie wahnsinnig im Chor: *»Eßt! Eßt!«*, drehten sich um und tanzten aus der Tür. Er blieb allein zurück, und wenn die verstreuten Blütenblätter und der Goldstaub nicht gewesen wären, hätte er gedacht, auch er habe den Verstand verloren.

Sharaq saß da, wie vom Donner gerührt, und da ihm nichts Besseres einfiel, griff er nach dem Weinkrug —

O Graus! Er stank — er war gefüllt mit verrotteter zehn Jahre alter Traubenmaische. Und das Brot sank zu einer verschimmelten Masse zusammen, der Quark war flüssig und ranzig geworden — das ganze herrliche Essen brach auseinander. Lebendige Mäuse sprangen aus der Pastete, als die Kruste einbrach, Kerne, Hülsen und vollgefressene Raupen fielen aus der Obstschale, und der Braten war verkohlt.

Als die Diener, die sich noch etwas Zeit gelassen oder sich in den Gängen versammelt hatten, den Aufschrei ihres Herrn hörten, kamen sie herangeschlichen, um nachzusehen. Mit verschränkten Armen spähten sie um die Türpfosten herum. Als der Haushofmeister an ihnen vorüberlief, stürmten sie kichernd nach unten.

Für sie war das Mittagsmahl in der blitzblanken, mit Mosaik und Marmor ausgestatteten Küche angerichtet. Sie musterten die Speisen mit schrägen Blicken, aber als sie davon kosteten, war alles einwandfrei. (Von oben waren immer noch das Gebrüll ihres Herrn und die Mitleidsbekundungen des Haushofmeisters zu hören.) Vielleicht würde man von diesen Gerichten vergiftet, schließlich waren sie doch wohl verzaubert — aber es war zu spät, den Zähnen und der Zunge, der krampfhaft schluckenden Kehle und dem knurrenden Magen Einhalt zu gebieten. Niemals in ihrem ganzen Leben hatten sie ein solches Mahl bekommen. Dafür lohnte es sich zu sterben, wie es sich für Hunger und Diebstahl selten lohnte.

Und während sie nagten und schlangen, rülpsten und seufzten, kochten die vernachlässigten Töpfe über und reinigten sich selbst, die Spieße drehten sich aus eigener Kraft, und das Fleisch verkohlte nicht. In den kleinen Kämmerchen und am Feuer, wo die Dienstboten gewöhnlich schliefen, stapelten sich Matratzen und Samtkissen. Das Feuer ging nicht aus, und es brauchte keinen Brennstoff. Die silbernen Lampen putzten sich selbst. Bei Nacht war es in dieser Küche hell, und in der Hitze kühl, in der Kälte warm. Durch Zauberei erschienen Braten, Obst, Öl, Wein und Kuchen. In der Küche lebte es sich jetzt wie im Himmel. Für wie lange? Wen kümmerte es, wie lang war das Leben? Und rechnen ... *Soviel* dazu.

Sharaq hingegen, ihr teurer Herr, war sehr beschäftigt.

Den ganzen Tag über, die Nacht hindurch und während der folgenden Tage und Nächte gingen sie zu ihm, wenn er sie rief, und bespitzelten ihn, wenn er es nicht tat. Und sie sahen, daß mit Sharaq und dem oberen Teil des Hauses ebenso wundersame Dinge geschahen wie mit ihnen selbst.

Dort oben lösten sich die Vorhänge auf, die Stühle, die Möbel und das große Bett brachen zusammen. Aus den Rahmen sprangen Frösche und Kröten, Läuse und Mäuse, Ratten und Wiesel, flitzten herum und knabberten alles an. Sharaq fielen die Kleider am Leib in Fetzen. Schwärme von Motten stiegen auf. Was er an Metall besaß, verflüssigte sich. Er tobte und heulte den ganzen Tag und die ganze Nacht und ging dazu über, sich auf die nackten Bretter zu legen. Später pflegte er manchmal in die Küche zu kommen und einen Blick hineinzuwerfen. Dann verlangte er zu essen, und alle beeilten sich übertrieben, ihn zu bedienen. Doch unter Sharaqs Händen verwandelten sich die himmlischen Köstlichkeiten in fauligen Schlamm. Dann schrie er und rannte mit dem Kopf gegen die Wände. Seine Diener sahen ihn staunend und mitleidig an. Wie herrlich war es doch, ihn bemitleiden zu können!

Der Haushofmeister war zu ihnen übergelaufen, aber er hatte keine goldenen Kleider und keinen einzigen Edelstein erhalten wie jeder andere herumirrende Diener, der dazu nur über die Küchenschwelle zu treten brauchte. Immerhin gestattete ihm die Magie der Küche, daß er aß und trank, vorausgesetzt, er bat auf Knien darum.

»Wo ist der Magier?« stammelte er und kniete vor einem in Purpur gekleideten Topfschrubber nieder, um sich ein Stückchen Brot zu erbetteln.

Sie behandelten den Haushofmeister und seinen geistig verwirrten Herrn stets höflich, sogar höflicher als früher — denn nun ließen sie *Barmherzigkeit* walten. »Wir nehmen an, daß er fort ist, Herr Haushofmeister.«

»Fort? Ist das sicher?«

Es mußte wohl so sein, denn Sharaq tobte jetzt Tag für Tag und Nacht für Nacht mit einem rostigen Schwert durch das Haus, er war dünn wie eine Bohnenstange, der Hunger und das Ungeziefer und die verfaulten Speisen, die er zwangsläufig in sich hineinschlang, hatten ihn in den Wahnsinn getrieben. Er suchte Rache und fand sie nicht, während sich ringsum die letzten Tapeten von den Wänden lösten und das letzte Gold zu Schlacke zerfloß. Die Dächer begannen über Sharaq und seinem Zorn einzubrechen, bis er eines Nachts quiekend unter jenem Stück Sternenhimmel stand, von dem er sich einst eingebildet hatte, es sei sein Eigentum.

Wo war die Zeit? Was richtete sie an? Alles war miteinander verschmolzen. Wie lange lebte er schon so, wie lange spukte er schon in Lumpen durch eine Ruine, wie lange klebte ihm schon der leere Magen am Rückgrat, während gleichzeitig von weit unten, unerreichbar, selbst wenn er sich dorthin begab, das Lärmen rauschender Feste zu ihm drang?

»Einen Monat, nicht länger«, sagte jemand. »Kommt es Euch denn länger vor?«

Sharaqs Augen funkelten.

»Wo bist du, Junge?« schmeichelte er. »Komm näher, komm näher.«

Und der schöne Jüngling tat ihm den Gefallen und erschien, sein schwarzes Haar hing offen herab, er sah einem Mädchen ähnlicher denn je. Sharaq in seinem Wahn hob sein Schwert — es zersprang in zwanzig Stücke, die ihn beim Herabfallen verletzten, und er brach in Tränen der Wut und der Verzweiflung aus.

»Du wirst mich aus meinem Haus treiben. Aber wer wird mich aufnehmen? Ein reicher Mann, der mit einem solchen Fluch geschlagen ist, hat keine Freunde. Kein Wunder, daß dieses Ungeheuer — dein Vater — dich zu mir geschickt hat.«

»Noch acht Monate muß ich Euch hier dienen«, sagte Jyresh, eine undeutlich sichtbare, prächtige Gestalt im unbeleuchteten Korridor. »Wenn Ihr dann nicht mit mir zufrieden seid, müßt Ihr mich auspeitschen lassen.« Und wieder ertönte dieses schreckliche leise *Lachen.*

»Gnade!« rief Sharaq. »Nenn mir deinen Preis für meine Erlösung!«

»Gnade? Was ist *das?* Ihr habt Euer Urteil selbst gesprochen. Eine strenge Lektion müsse gelernt werden, sagtet Ihr.«

»Oh, ich habe sie gelernt«, klagte Sharaq und warf sich aufs Gesicht.

»Ihr ermüdet und langweilt mich mit Euren Kapriolen«, sagte der Magier-Jüngling. »Euch kommt es zweifellos so vor, als dauerten Eure kleinen Schwierigkeiten schon neun Jahre, dabei sind es noch nicht einmal neun Monate. Schön. Machen wir ein Ende. Wenn die Sonne aufgeht, wird sie Euch Euer Elend abwaschen.«

»Laß mich den Saum deines Gewandes küssen, weiser, gütiger Jyresh.«

Aber die schöne Erscheinung war verschwunden. Endlich tatsächlich verschwunden, um ihre eigene Reise wiederaufzunehmen und ihre eigene Mühsal.

Die ganze Nacht lag Sharaq der Kaufmann auf dem Gesicht und flehte zu den Göttern, die versprochene Erlösung möge eintreffen.

Die Sonne ging auf. Mit ihr erhob sich auch Sharaq, der in den gräßlichen Trümmern des oberen Hauses auf dem Gesicht gelegen hatte.

Und siehe da, es gab keine Trümmer mehr. Er befand sich wieder in einem mit höchstem Reichtum ausgestatteten Palast. Der nackte Tag strömte herein und schlüpfte in die Regenbogenvorhänge und in die Teppiche mit den Blumenmustern; die Sonne sonnte sich im Gold.

Sinnloses Zeug plappernd, wanderte Sharaq ziellos von Zimmer zu Zimmer. Er betastete die Verzierungen, als gehörten sie einem anderen. Wie ein Ausgestoßener blickte er sich in seinem Haus um, wie ein Bettler drückte er sich im Eingang zu einem Salon herum und warf verstohlene Blicke auf die dort angerichteten Speisen. Schließlich trieb ihn sein wütend knurrender Magen hinein. Gierig wie ein ausgehungerter Hund schlug er die Zähne in das weiße Brot — und es war tatsächlich Brot, der Braten war schmackhaft, das Konfekt zerging auf der Zunge. Alles war wie früher. Ja, sogar Sharaq selbst, denn als er so dalag und ihm vor Wohlbehagen fast die Sinne schwanden, wurde ihm bewußt, daß er frisch gebadet war, daß er feine Gewänder trug und daß seine Ringe, die ihm die Haut verbrannt hatten, als sie ihm von den Fingern schmolzen, wieder fest an seinen Händen saßen.

Nun hob Sharaq eine dieser funkelnden weichen Hände, griff nach einer kleinen Silberglocke und läutete. Auf dieses Zeichen hin war früher ein bestimmter Diener herbeigeeilt, der stets in einem Vorzimmer bereitstand.

Nun kam nur Stille und weiter nichts.

Sharaq hob die schweren Lider. Immerhin öffnete sich die Tür. Da stand der ehemalige Sklave. Er war in Purpur gekleidet, trug goldenen Schmuck an Handgelenken und Knöcheln und Jasmin im Haar. Er warf einen langen Blick auf Sharaq, einen Blick so voller Hochmut, daß etwas im Herzen des Kaufmanns zusammenschrumpfte und starb. Dann verneigte sich der Domestik wie ein großer Herr in schrecklichem Hohn.

»Ja, o Herr?«

»Auf die Knie mit dir. Ich werde dich auspeitschen lassen.« Lachend kniete der Diener nieder. »In der Küche sagen wir«, erklärte er, wie ein anderer vielleicht bemerkt hätte *›In meinem Land sagen wir‹*, »daß die Stöcke und Peitschen in diesem Haus sich in Blumensträuße verwandeln, wenn sie uns berühren. Wißt ihr auch, *warum?* In der Küche ist das Paradies, o Herr, ein Zauber, der uns alle einhüllt. Nun schlagt mich.«

Und Sharaq stürzte sich auf ihn und schlug zu. Der Diener strahlte und sprach von sprühendem Wasser und Sommergras.

Dann versuchte Sharaq, den Diener zu töten. Aber was

er auch tat — ob er ihn würgte oder auf ihn einstach —, der Junge blieb unversehrt. Schlimmer noch, er war fröhlich und wie verzückt. Endlich wich Sharaq keuchend zurück. »Geh mir aus den Augen!« befahl er.

Der Diener verneigte sich noch tiefer als zuvor und gehorchte. Und schließlich stiegen aus dem unteren Teil des Hauses Musik und Gesang auf wie Wasser, wenn die Flut hoch steht.

»Der Magier sei verflucht«, sagte Sharaq. »Ich bin auf ewig erniedrigt.« Er wußte zwar nicht so recht, warum er erniedrigt war oder wie er sich aus diesem Zustand befreien sollte, aber wenn er an seine Diener dachte, die unangreifbar in Reichtum und Vergnügen schwelgten und in seinem Haus die Herren spielten, konnte er nichts anderes mehr denken, als daß er erniedrigt war. Bis ihm schließlich wieder seine Rache einfiel. *Dem Sohn kann ich nichts anhaben. Doch die Schuld trägt der Vater. Dieser Schurke, der es gewagt hat, mich so auszunützen, der seinen Teufel loswurde, indem er ihn mir aufhalste, der mich veranlaßte, ihn zu erzürnen und so meinen Frieden zu zerstören, obwohl er doch wußte, daß ich ihn und das, was er tat, nicht im Zaume halten konnte.*

Daraufhin wurde Sharaq ganz ruhig, setzte sich auf seinen Diwan und regte sich nicht.

Er rief nach keinem Diener mehr und verlangte weder zu essen noch zu trinken. Er saß nur da, während die Schatten kürzer wurden, innehielten und sich wieder verlängerten, so daß der Raum allmählich dunkel wurde. Es war, als stoße sein Geist die Finsternis aus und lege sie über die Wände und den Fußboden.

3 DAS GESCHENK DES PANTHERS

Im Wald südlich des Gartens im Osten waren jedoch neun Monate vergangen. Früchte waren gereift und abgefallen, Frost war gekommen, eisige Kristalle, schneidende Winde, danach eine Zeit der Lautlosigkeit, des Wartens, in der die meisten Dinge zu schlafen schienen. Dann strömten die Bächlein lebhaft über die Erde, an den Büschen gingen Sterne auf. Die Schweine stürmten aus den Höhlen und rieben sich an den Stämmen der Bäume. Im Fluß schwammen die Jungen wie weißer Bernstein unter dünner, grüner Jade.

Als auch Jyresh vom Fluß zurückkam, begegnete er dem Haushofmeister Reiher, der auf einem Bein am Ufer stand und mit dem anderen unter den Flügeln den Amtsstab festhielt.

»Es ist Zeit zum Aufbruch«, sagte der Reiher.

»Habe ich keine Wahl?« rief Jyresh.

»Wir richten uns nach den Wünschen deines Vaters. Nein«, antwortete der Reiher. »Wenn man nach neun Monaten mit dir zufrieden ist, mußt du deinen Lohn erhalten und entlassen werden.«

»Man war nicht zufrieden mit mir. Ich bin ein Abtrünniger. Deshalb werde ich bei den Schweinen bleiben.«

Aber da stand der weiße Eber neben ihm.

»Das Schicksal schreibt alles in sein Buch«, sagte er. »Keine Zeile darf gelöscht werden.«

Da grüßte Jyresh den Eber.

»Zurück in die Welt«, sagte Jyresh, »wo ich niemals wieder so friedlich ruhen oder solchen Trost finden werde! Und wie wird man mich dort auslachen, wenn ich erzähle, daß eine Herde Schweine mich aufgenommen hat.«

»Dann sage nichts. Man braucht nicht davon zu sprechen, damit es wahr wird. Es ist geschehen.«

»Aber ich werde es für einen Traum halten.«

»Das ganze Leben ist nichts anderes.«

Freunde scheiden nicht immer mit vielen Worten und großen Gesten voneinander.

Der Reiher führte Jyresh durch den Wald. Jyresh ging mit gesenktem Kopf, manchmal über seine eigene Torheit lächelnd, manchmal grübelnd. Als er den Hof des Pantherherren wieder betrat, war er schon in Träumen versunken.

Der Herr sagte: »Du hast uns treu gedient und uns nicht verärgert«, und seine glühenden Augen in der schwarzen Samtmaske blickten Jyresh an. »Nimm daher deinen verdienten Lohn.«

Er zeigte auf ein merkwürdiges Büschel, das auf einem Tisch neben dem Podest lag. Es bestand aus einer dornenähnlichen Klaue, einem lohfarbenen Stück Fell und einem weißen, dolchspitzen Zahn.

»Dies?« fragte Jyresh.

»Dies.«

»Was mag das sein, Herr?«

»Ein Schlüssel«, entgegnete der Panther. Er schloß die Augen, die Höflinge murrten unzufrieden, und einige der Füchse versteckten sich dabei hinter ihren Fächern.

»Herr, es hat keine Ahnlichkeit mit — einem Schlüssel — irgendwelcher Art.«

»Meinst du?« schnurrte der Panther, öffnete ein Auge einen winzigen Spalt weit und schloß es wieder.

Der Reiher zog Jyresh zur Seite.

»Nun paß gut auf. Du mußt nach Hause zurückkehren. Neben der Straße wirst du ein prächtiges Grabmal finden, und du wirst es daran erkennen, daß eine blauschwarze Krähe auf seinem Dach sitzt, die dich ansprechen wird.«

»In der Tat.«

»Das Fell, die Klaue und der Zahn sind der Schlüssel zu diesem Grabmal.«

»Wozu sollte ich einen Schlüssel brauchen?«

»Große Reichtümer liegen darin.«

»Ich«, sagte Jyresh, »bin kein Grabräuber.« Und sein Blick wurde noch verträumter. In seinem Herzen sehnte er sich zurück nach dem Wald, nach den Tagen, Nächten und Jahreszeiten, in denen er nichts gebraucht hatte.

»Trotzdem«, sagte der Reiher.

Plötzlich tutete er sehr laut und schlug mit seinen gewaltigen Flügeln. Und auf einmal war der ganze Palast in Aufruhr. Tiger schossen von ihren Diwanen hoch, Hirsche sprangen vom Schachspiel auf. Ein Stier stürmte durch eine Horde aufgeregter Affen. Zwischen den Füßen liefen Gänse herum, Vögel ließen sich kreischend herabfallen. Hyänen gebärdeten sich hysterisch. Kein Tier, das nicht die ihm gemäßen Laute von sich gegeben hätte. Von allen Seiten fauchte und quakte, bellte, quiekte und zischte es.

Jyresh taumelte und schrie ... »Es sind Tiere! Es sind Vögel!« Eine Riesenboa glitt über seine Füße — »Und Schlangen!« Er griff nach seinem Messer, aber in diesem Augenblick löste sich alles auf wie Rauch, wie Nebel im Wald. Nichts war mehr zu sehen, er stand auf einer Felsklippe unter alten Bäumen im Sonnenuntergang. Der Träumer erwachte. Doch in einer Hand hielt er immer noch das Bündel aus der Klaue, dem Fellstück und dem Zahn. Gewöhnlich bringt man aus solchen Tiefen des Schlafes nur seine Seele mit zurück.

Jyresh, der mißratene Sohn, wanderte nach Hause, nach Westen ging es jetzt, über Felsen und Straßen, zwischen abgemähten Weiden und kahlen Terrassen hin, der Funke des Frühlings leuchtete hell in der Luft.

Es soll nicht verschwiegen werden, daß er es nicht eilig hatte. Er wich vom Wege ab, schlenderte durch Felder und Wälder, und manchmal traf er dort andere Menschen. Er begrüßte sie mit lebhaftem Interesse und großer Anteilnahme, als gehörten sie einer anderen Gattung an, die er liebte.

Auf diese Weise, ohne jede Hast, verfehlte er oft den rechten Weg, aber das kümmerte ihn nicht sehr. Wenn dann gegen Abend die Sonne zu sinken begann, strebte er wieder weiter gen Westen.

Am Ende des siebenten Tages dieser gemächlichen Reise schlenderte Jyresh langsam im weinroten Licht der Dämmerung dahin und erreichte ein kleines Wäldchen und schließlich eine Begräbnisstätte.

Im kräftigen Rot des Abends zeichneten sich die Bäume und die verschiedenen Grabmäler als vielgliedrige schwarze Formen ab, und hin und wieder wirbelten geflügelte Teile der schwarzen Masse davon und zogen über den Himmel.

Jyresh tastete sofort in dem Beutel an seinem Gürtel nach dem Geschenk des Panthers. Dann ging er etwas ängstlich zwischen den verschlossenen, stummen Häusern der Toten umher.

Irgendwann kam er an ein prunkvolles Grabmal aus weißem Stein, der glänzte, als sei er naß. Auf dem Dach saß eine indigoblaue Krähe und putzte sich, dann drehte sie den Kopf und rief ihm freundschaftlich zu: »Sei gegrüßt, mein Sohn. Dies ist der rechte Ort.«

Jyresh musterte die Krähe und antwortete: »Ich würde lieber weitergehen.«

»Dein Schicksal will es anders.«

»Wie soll ich denn hineingelangen? Doch wohl nicht mit einem Schlüssel aus Fell?«

»Die Tür ist nicht verschlossen.«

»Dann waren schon andere vor mir hier?«

Aber die Krähe schwang sich plötzlich in die Lüfte und ließ ihn stehen. Im gleichen Augenblick erlosch der Sonnenuntergang, und am sich abkühlenden Himmel traten wie Regentropfen die Sterne hervor. Das weiße

Grab färbte sich dunkel, als trinke es seinen eigenen Schatten aus dem Boden.

Nun, dachte der junge Mann, *wenn es mein Schicksal ist, muß ich es versuchen.*

Er legte die Hand an die eiserne Tür des Grabes, und sie gab sofort nach.

Im Inneren herrschte tiefe Dunkelheit. Und sofort kam Jyresh jede Geistergeschichte, jeder Aberglaube der Kindheit, jede vernünftige, ehrliche Warnung vor den übernatürlichen Erscheinungen der Flachen Erde in den Sinn. Er fürchtete sich und suchte nach irgend etwas, womit er Licht machen konnte. Nun war es in jenem Land wie in vielen anderen der Brauch, die Toten, besonders wenn sie keine Erben hatten, mit ihren Reichtümern zu bestatten, außerdem mußte jedes Mausoleum zwei Räume haben, wovon der äußere wie ein Wohnraum eingerichtet war und alle auch sonst üblichen Möbelstücke enthielt. Als Jyresh also vorsichtig herumtastete, fand er bald eine Hängelampe und zündete sie an.

Als er in ihrem Schein aufblickte, stieß er einen Schrei aus.

Der Raum war verschwenderisch ausgestattet, an den mit Gemälden bedeckten Wänden standen hohe Truhen aus Zedernholz mit Handgriffen aus Gold. Ein Vorhang aus schwerem Stoff verbarg den Eingang zum inneren Gemach, in dem die Leiche liegen mußte. Und vor diesem Vorhang saß in einem geschnitzten Stuhl die Dame Tod.

Für Jyresh konnte es keinen Zweifel geben, daß sie es war, denn er hatte viele Geschichten über sie gehört. Und nach diesen Geschichten richtete sie sich in allen Einzelheiten. Ihre Haut war von der gleichen Farbe wie jene Krähe, und sie war in einen Mantel gehüllt, der aus ihrer eigenen Haut gemacht schien. Ihr wallendes Haar sah aus wie das Blut von Amethysten. Und doch war sie gleichzeitig ein Phantom, ihr Körper war unwirklich —

aus ihrer halb durchsichtigen, düsteren Gestalt funkelten Jyresh zwei gelbe, unbeweglich glühende Punkte an: ihre Augen.

Nach etwa einer Sekunde verneigte sich Jyresh respektvoll, obwohl er an allen Gliedern zitterte.

»Majestät«, sagte er. »Ein anderer hat mir befohlen, diesen Ort aufzusuchen. Es war nicht mein Wunsch. Und ich wollte Euch hier auch nicht stören.«

Die Dame Tod bewegte sich nicht, keinen Finger, kein Haar. Ihre Augen funkelten weiter.

»Wenn Ihr es also nicht für unhöflich haltet«, sagte Jyresh, »werde ich mich sofort entfernen ...«

»Nein«, sagte die Dame Tod. »Nachdem du nun eingetreten bist, mußt du bleiben.«

Jyresh erbleichte.

»Wie lange, Hoheit?«

Da lachte die Todeskönigin leise. Es war kein zufälliger Laut. Sie zog die rechte Hand aus ihrem Mantel und spielte mit einer Locke ihres Amethysthaares; wie in den Erzählungen geschildert, war es eine Knochenhand.

»Wir werden sehen«, sagte die Todeskönigin, »wie lange du bleiben mußt. Ich selbst bin nicht völlig anwesend, wie du vielleicht bemerkt hast. Ich herrsche in Innererde. Nur mein Bild ist hier. Und doch bin auch *ich* hier, in Gedanken und Taten. Ich bin gekommen, um mir mit Hilfe der Zauberkräfte, über die ich dank meiner Königswürde und meiner Studien verfüge, etwas von den Schätzen auszuwählen. In diesem Grabmal gibt es nämlich Dinge, die ich begehre. Du, so scheint es mir, begehrst sie ebenfalls.«

»Ich möchte Euch widersprechen«, sagte Jyresh zitternd. »Ich will Euch nicht mit meiner ganzen Geschichte langweilen, es mag genügen, wenn ich sage, daß ich einem Magier gedient habe, der mir zum Lohn ein Ding gab, das er einen Schlüssel nennt, und mich zu diesem Mausoleum schickte.«

Die Dame Tod runzelte die Stirn. »Ja. Du riechst nach Magie. So zeig mir deinen Schlüssel!«

Jyresh tastete hastig nach dem Bündel aus Klaue, Fell und Zahn.

Kaum hatte er es jedoch ins Licht gehalten, als ein schrecklicher Laut durch das ganze Grabmal schallte. Es war ein gewaltiges Fauchen wie von einem Katzentier von ungewöhnlicher Größe. Und als dieses Fauchen ertönte und die Todeskönigin die funkelnden Augen überrascht noch weiter öffnete, fuhr eine Art Wirbelwind in die Kammer, riß Jyresh das Geschenk des Panthers aus der Hand und warf es vor ihm auf das Pflaster.

Und dann geschah in der Tat ein Wunder. Etwas erhob sich, türmte sich auf, bis es mit dem Kopf die Decke streifen mußte. Das Wesen war nicht zu sehen, aber man konnte es *spüren*, sein stechender Geruch, raubtierhaft und blutig und doch gleichzeitig so rein wie die Sterne, erfüllte das hohle Grab, und seine Kraft, wenn auch unsichtbar, war überall, so daß Jyresh das Gefühl hatte, als würde er in eine winzige Wandspalte gepreßt. Und doch hatte sich diese gewaltige tierische Manifestation schon unglaublich zusammenballen müssen, um überhaupt hier Platz zu finden — *sie hätte die ganze Erde ausfüllen können.*

Was die Dame Tod anging, so konnte Jyresh sie nicht mehr so recht sehen. Sie, sogar sie, schien weit weggedrängt, und der Geistkörper ihrer irdischen Erscheinung schien klein geworden zu sein wie eingelaufene Wäsche.

Und schließlich sprach das Geschöpf — mit menschlicher Stimme, tief und leise wie ferner Donner, schwerelos wie Staub erschütterte sie das Grabmal bis in seine Grundfesten.

»Tod«, sagte Es, »einst warst du eine andere. Du warst sterblich, ein Weib, du jagtest Leoparden, trugst das Fell von Leoparden und wurdest nach ihnen Leoparadenkönigin genannt. Du hast immer noch ihre feurigen Augen, und immer noch hast du die großen Katzen bei dir im Schattenland im Kern der Welt, um sie zum Spaß zu jagen. Beides zusammen macht dich für Mich empfänglich. Denn ich bin das Herz-Gehirn, die zusammengeballte Seele, die Gottheit jener ganzen Gattung, vom kleinsten grauen Kätzchen, das sich am Feuer einer Frau in einem Dorf räkelt, bis zu den Schwarzen, den Goldenen und den Zinnoberroten, bis zu den Geringelten und Gestreiften, den Getupften und Gefleckten und denen, die Mähnen wie Sonnenblumen haben, bis zu denen, die in der Nacht umherschleichen und mit ihren Füßen im Blut ihrer Beute blütenblattförmige Spuren hinterlassen. Und mit der Kraft jener beiden Dinge und jenes kleinen Talismans, den ich durch einen der Meinen jenem Mann dort geben ließ, sage ich dir, Königin des Todes und der Leoparden, Leopardentod, daß du dieses eine Mal weichen mußt. Du mußt auf deine Schätze verzichten. Sie sind sein. Ich gebe sie ihm. Gehorche.«

Da zuckte die Dame Tod die Achseln. Und als sie das tat, bekam ihre Gestalt festere Konturen. Sie erhob sich aus dem Stuhl und nickte in die Richtung, in der sich die Quellseele der Katzen befand. »Nur wenige erinnern sich heute noch daran«, sagte sie, »daß ich einst Leoparden jagte und im Herzen ein Leopard war. *Der Tod ist ein Leopard,* so heißt es heute, aber mich kennt man nicht.« Dann blickte sie durch die unsichtbare, pulsierende Masse, die zwischen ihnen stand, auf Jyresh. »So nimm denn die Schätze des Grabmals.«

Aber Jyresh stammelte vorsichtig und ängstlich: »Ich möchte Euch dennoch nicht zu meinem Feind machen, Herrin.«

»Ich bin der Feind aller«, sagte sie. »Und ein mächtiger Feind. Aber es scheint, als habest du auch mächtige Freunde. Du brauchst mich erst am Ende deines Lebens zu fürchten und dann nicht allzusehr.« Mit diesen Worten erloschen ihre Augen und sie selbst wie eine Lampe.

Das ganze Grabmal schien sich in Luft aufzulösen und davonzuschweben.

Jyresh wäre gerne mitgeflogen, aber etwas hinderte ihn daran. Wie von einer riesigen Pfote wurde er im Raum umhergetrieben. Er mußte die Truhen öffnen und große, klirrende Beutel und klappernde Gefäße herausholen. Er erblickte, verschwommen und schwankend, Münzen und Ringe aus Gold, Dokumente in vergoldeten Kästen, metallene Schlüssel an silbernen Ketten, Kleidungsstücke und Gerätschaften aus bestem Material, Fläschchen mit Parfum, kostbare Bücher, Ketten von Edelsteinen — und schließlich sah er den schwarzen, glitzernden Himmel über sich, und die reine Nachtluft schlug ihm ins Gesicht.

Jyresh war frei, und obwohl er so schwer beladen war, gab er Fersengeld. Er lief davon wie ein Grabräuber, als den er sich ja bezeichnet hatte, bis er endlich samt den Beuteln und Kästen in einem Wald auf das mitternächtliche Gras fiel. Dort schlief er auf der Stelle ein und träumte, daß ihn neun schwarze Leoparden, so gewaltig groß wie Monate, während der frühen Morgenstunden bis zum Anbruch des Tages bewachten.

Als Jyresh am Morgen erwachte, sah er als erstes nach, ob die Grabschätze immer noch neben ihm lagen. Sie waren da. Ohne große Begeisterung packte er alles in seinen Umhang, machte ein riesiges Bündel daraus und warf es sich über den Rücken. Dann trat er stöhnend den Weg durch den Wald nach Westen an.

»Es stimmt in der Tat«, sagte Jyresh zu sich selbst, »was die alten Philosophen uns lehren: Der Reichtum ist eine große *Last*. Außerdem habe ich es mir mit der Dame Tod verdorben, trotz all ihrer scherzhaften Bemerkungen, und muß mich nun auf Schritt und Tritt vor ihr in acht nehmen. Andererseits wird jeder vagabundierende Bandit, wenn er mich mit diesem klappernden

Packen auf meinem Rücken sieht, die Wahrheit ahnen, mich anspringen und mir die Kehle durchschneiden. Man wird mich ausrauben und ermorden, ehe noch ein Tag vergangen ist. Daran kann kein Zweifel bestehen. Ich bin also dem Panther für sein äußerst großzügiges Geschenk zu tiefer Dankbarkeit verpflichtet.«

Nachdem Jyresh sich dies von der Seele geredet hatte, stapfte er weiter, pfiff neidisch den Vögeln zu, die sich nicht abzuschleppen brauchten, und bewunderte die ersten Frühlingsblumen. Doch als er plötzlich aus dem Wald herauskam, blieb er mit einem Ruck stehen.

Unter ihm lag der Besitz seines Vaters, und in weiter Ferne glänzten die Dächer seines ehemaligen Elternhauses. Auf gewundenen Wegen (im geographischen wie im geistigen Sinne) war der mißratene Sohn nach Hause zurückgekehrt.

Überrascht blieb Jyresh stehen und dachte nach.

»Mein Vater«, sagte er zu einem Vogel auf einem Ast — er hatte sich an Vögel gewöhnt, die sein Geplauder verstanden und ihm antworteten — »hat mich im Zorn hochmütig fortgeschickt, doch jetzt im nachhinein kann ich ihn verstehen. Er hat nicht mehr geglaubt, daß aus mir jemals etwas Rechtes werden könnte, was vielleicht ungerecht war. Aber das hat ihm Sorgen bereitet. Ich will mich daher, nachdem ich schon mit diesen Gütern belastet bin, ein wenig aufputzen und schmücken, dann will ich ihn aufsuchen, und er wird staunen, wie gut es mir ergangen ist.«

Dieser Gedanke reizte Jyresh. Also suchte er ein nahegelegenes Gewässer auf, badete darin und salbte sich dann mit den kostbaren Ölen aus den Truhen des Grabes. Er legte einen Anzug an, der aus derselben Quelle stammte und für einen Prinzen gepaßt hätte, zog sich Stiefel aus weißem Leder über die Füße und Ringe über die Hände und steckte sich eine dicke, rosige Perle ins Ohr. Danach füllte er einen bestickten Beutel mit Geld und hängte ihn an seinen bestickten Gürtel. Den Rest der Beute versteckte er unter einem Baum und kennzeichnete die Stelle mit einem Stein.

»Wenn es nun mein Schicksal ist, meinerseits bestohlen zu werden, so mag es sein«, sagte Jyresh zu demselben Vogel auf demselben Ast über sich, der pflichtschuldigst dageblieben war, um ihm bei seinem Tun zuzusehen. »Außerdem werde ich bald zu jenem Mausoleum zurückkehren, um mich mit dem Andenken dieses Mannes zu versöhnen. Denn obwohl der Pantherherr mich dorthin schickte, ist es nicht recht, daß ich einen Mitmenschen ausplündere, selbst wenn die Dame Tod es auch getan hätte, wäre ich nicht gekommen. Und falls es mir jemals beschieden sein sollte, Reichtümer anzuhäufen, muß ich ihm alles zurückerstatten.«

Bei diesen Worten zirpte der Vogel, und Jyresh dankte ihm für seine guten Wünsche. Dann ging er weiter und betrat die Ländereien seines Vaters.

Jyresh war jedoch länger als neun Monate fort gewesen. Unterwegs sah er, daß ein großer Teil der Äcker brachlag oder von Wicken und Unkraut überwuchert war. Hier grasten keine Herden, nirgends waren Männer oder Frauen an der Arbeit. Im Park stand das Gras speerhoch, die Obstbäume waren nicht geschnitten, und die ganze Ernte war den Winter über auf dem Boden verfault.

Der Tag ging Jyresh voran und ließ ihn hinter sich zurück. Aber auch mit der Sonne in den Augen sah das Land nicht besser aus. Jyreshs Herz klopfte vor Angst und Unruhe. Je näher er dem Palast des reichen Mannes kam, desto stärker wurde das Gefühl, alles verloren zu haben. Und als er dann weiter unten auf dem Pfad stand und das Gebäude vor sich deutlich sehen konnte, wurde er von Entsetzen überwältigt, aber nicht von Staunen. Das Haus war eine leere Ruine, schwarz und ausgebrannt — bis auf zwei oder drei der höchsten Dächer, die halb losgelöst dahingen und im sterbenden

Licht des Nachmittags glänzten: Ihr Leuchten hatte ihn zuvor getäuscht.

Jyresh stand still und wußte nicht, was er tun sollte. Er hatte das Gefühl, aus einem Traum erwacht und in einen Alptraum geraten zu sein. Und plötzlich überschwemmten ihn die schmerzlichsten Erinnerungen aus seiner Kindheit. Wie er mit seinen Ammen in jenen geschwärzten Räumen gespielt hatte, wie er auf die Bäume im Garten geklettert war, wie Jyresh, das Kind, wissend, daß sein Vater von seinen Geschäften nach Hause geritten kam, ihm entgegengelaufen war, auf das Pferd gehoben wurde und voll Freude die Arme um den Hals des Mannes geschlungen hatte. Bis der Mann ein alter Mann und das Kind seinerseits ein Mann wurde und der Schwertstreich irgendeines schrecklichen Engels des Feuers und Verderbens zwischen sie fuhr.

Nach einer Weile weinte der junge Mann. Als er das tat, sank die Sonne, und die Schatten stiegen aus ihren Verstecken im Boden auf.

Diese Schatten schienen ihm zu sagen: *Geh fort, du! Dies ist jetzt* unser *Reich.*

Folglich verließ Jyresh die Ruine und wanderte eine Stunde weit nach Süden zu einer kleinen Stadt, die er in den Jahren seines ausschweifenden Lebens gemieden hatte. Er glaubte, daß sich dort niemand seiner erinnern würde, und so war es auch. Man hielt ihn für einen jungen Reisenden, der gleichzeitig sehr weltgewandt und durchgeistigt wirkte. Er wiederum war der Meinung, sich erkundigen zu müssen, was mit seinem Vater geschehen war, und von einem Fremden würde er leichter Antwort erhalten. Doch sein Herz war verdüstert von den Schatten, die vom Boden aufgestiegen waren. Sein Herz brauchte nicht zu fragen, hatte keine Antwort nötig. Trotzdem begann Jyresh mit zwei Kaufleuten in der Schenke ein Gespräch und erklärte: »Ein paar Meilen nördlich dieser Stadt sah ich in der Ferne ein großes ausgebranntes Haus, und die umliegenden Ländereien waren völlig verwahrlost.« Da nickte einer der Kaufleute und erzählte, dies seien der Besitz und der Palast eines reichen Mannes gewesen, er nannte auch den Namen von Jyreshs Vater und fügte hinzu: »Diesem Mann ist jedoch ein merkwürdiges Unglück widerfahren, und er ist tot.« Jyresh verspürte keinen Schmerz, als er dies hörte, denn er hatte es von dem Augenblick an gewußt, als er die Ruine sah, und darum hatte er auch geweint.

So bestellte er neuen Wein und fragte leichthin nach der Geschichte, angeblich, weil merkwürdige Dinge ihn stets interessierten.

Da erzählten die Kaufleute Jyresh folgende Geschichte.

Der reiche Mann hatte einen Sohn gehabt, der ein Verschwender war und offenbar die feste Absicht hatte, sein Erbe zu verschleudern. Als der Vater erkannte, daß mit dem Jungen nichts anzufangen war, schickte er ihn zu einem Bekannten, einem Mann namens Sharaq, mit der Bitte, dieser möge den Sohn hungern lassen und ihn schlecht behandeln. Außerdem sollte er ihm niedere, demütigende Arbeiten übertragen und ihn schlagen lassen, wenn er dabei versagte. Dies tat Sharaq, denn er war ein strenger Herr, und schließlich endete der Junge in Lumpen im Schweinestall und aß, was die Schweine übrig ließen. Es ergab sich jedoch, daß Jyresh — denn dies war der Name des mißratenen Sohnes — sich auf irgendeine Weise magische Kräfte erwarb und diese unvermittelt gegen den Kaufmann Sharaq einsetzte, womit er ihm unsagbaren Schaden und großes Leid zufügte und ihn sehr wahrscheinlich vernichtet hätte, wären nicht die Schweine, erschreckt durch das Verhalten des Zauberers, wild geworden und hätten Jyresh zu Tode getrampelt, ehe er sich retten konnte.

Nun schwor Sharaq Rache. Er warf die Leiche des Jungen den Schweinen zum Fraße vor und ritt, ohne einen Diener mitzunehmen, Tag und Nacht, bis er das Haus des reichen Mannes erreichte. Dort trat er vor ihn hin und schrie — und dies waren seine Worte, denn viele hatten es gehört — »Du hast deinen Sohn mit seinen verfluchten Zauberkräften auf mich gehetzt. Aber ich lasse mich nicht erniedrigen. Höre gut zu! Ich habe deinen Balg getötet und seine Überreste den Tieren vorgeworfen. Und *dies* habe ich für dich mitgebracht.« Mit diesen Worten zog Sharaq ein Messer aus seinem Mantel und erstach den reichen Mann. Dann floh der Kaufmann, und niemand hatte ihn je wiedergesehen, doch in seinem Haus, so hieß es, lebten seine Diener immer noch herrlich und in Freuden wie die Könige.

Der reiche Mann aber war dem Tode nahe, als seine Leute ihn fanden. Ehe er starb, weinte er bitterlich, aber nicht um sich selbst. Seine Gedanken galten nur seinem Sohn. »Es ist meine Schuld, daß er getötet wurde, meine Ungerechtigkeit hat dieses schreckliche Unglück herbeigeführt. Sharaq muß wahnsinnig sein, denn mein Sohn versteht sich trotz der vielen Bücher, die er gelesen hat, nicht auf Zauberei. Sein Tod lastet auf meiner Seele. Wie soll ich Ruhe finden, da ich doch weiß, daß mein Sohn durch mich umgekommen ist? Und am Ende kannte er mich nur als grausamen, törichten, bösen Menschen und wußte nicht, wie sehr ich ihn stets geliebt habe.«

Und dann ließ der reiche Mann seinen Schreiber rufen und verfügte, daß seine Diener, da er ja ohne Erben starb, die ihnen zugedachte Belohnung nehmen sollten. Der Rest seines Hab und Guts sollte jedoch verkauft und in Edelsteinen und Münzen angelegt werden, in den seltensten Pergamenten und Büchern, in den kostbarsten Möbeln und Gewändern, und dieser — nutzlose — Schatz sollte mit ihm begraben werden, zusammen mit den Schlüsseln zu allen anderen Horten, die noch sein waren. Das Haus sollte in Brand gesteckt und das Land der Wildnis überlassen werden. »Ich habe großes Unrecht getan«, sage er, »als ich diese Dinge höher schätzte als Liebe und menschliche Anteilnahme, und darum sollen sie zerstört oder zusammen mit dem Tod eingeschlossen werden, um vor Gott und den Menschen ein Beispiel zu geben, wie wertlos sie sind. Lieber wäre ich ein Bettler gewesen und mein Sohn wäre am Leben geblieben«, sagte er, »oder ich wäre lieber siebenmal ermordet worden, wenn ihn das vor dem Tod bewahrt hätte.« Und damit schloß der reiche Mann die Augen für immer.

Alles wurde so gemacht, wie er es befohlen hatte, das Haus verbrannt, das Land der Wildnis überlassen und der Schatz im Grabmal versteckt — dessen Tür so gut gesichert war, daß kein Räuber jemals eindringen konnte.

Als die Kaufleute ihre Erzählung von dem reichen Mann und seinem mißratenen Sohn beendet hatten, wünschten sie ihrem Gefährten einen erquickenden Schlaf und verließen ihn, denn es war schon spät.

Jyresh stand auf und ging in die Nacht hinaus.

Der Mond war auf dem Weg nach Westen. Die Sterne, die Blumen des Himmels, strahlten in letztem Glanz.

Jyresh verließ die Stadt, durchquerte dahinter die Felder und erstieg schließlich einen Hügel, wo er sich in Gedanken versunken niederließ. Er hatte eine solche Fülle von Tatsachen und Hirngespinsten vernommen, daß er sie nicht voneinander zu trennen vermochte. Aber die Worte, die sein Vater angeblich kurz vor seinem Tode gesprochen hatte, beschäftigten sein Herz und seinen Verstand. Denn wie er, Jyresh, sich zu spät seiner kindlichen Liebe erinnert hatte, so hatte auch sein Vater sich der Liebe erinnert, wie es schien, und ebenfalls zu spät.

Während Jyresh so dasaß und das Rad seiner Gedanken sich langsam und schwerfällig in seinem Kopf herumdrehte, drehte er auch jene Ringe an seinen Fingern, die er aus dem weißen Grabmal mitgenommen hatte. Und dabei fiel ihm auf, wie nahe sich dieses Grab an den Ländereien seines Vaters befand und wie genau der

Schatz zu der Beschreibung paßte, die ihm die Geschichtenerzähler gegeben hatten: Und plötzlich mußte er an die feste Tür des Grabes denken, die so einladend offengestanden hatte, und an die blauschwarze Krähe, die ihn mit den Worten »Sei gegrüßt, mein Sohn«, empfing.

Als Jyresh sich dies alles überlegt hatte, hob er den Kopf, und vor ihm auf dem Hügel, sich gegen den heller werdenden Himmel im Westen abzeichnend, stand sein Vater.

Er war so durchsichtig wie Rauch, der Morgenstern schien durch seinen Ärmel; er hielt seinen Umhang vor der Brust fest zusammen, als wolle er dort irgendein Mal verbergen. Aber er blickte Jyresh an und sprach:

»Ich war es, der dich in Gestalt der Krähe anwies, mein Grab zu betreten und dir zu nehmen, was rechtens dein ist. Sharaq hat gelogen, du lebst. Mein Vermögen gehört jetzt dir. Ich glaube, du wirst es doch nicht verschleudern.«

»Vater«, sagte Jyresh, »ich kann dir nicht sagen, was ich fürderhin tun werde. Aber was ist mit dir?«

»Ich«, sagte der Geist, »bin frei wie die Luft. Nur die Reue und der Wunsch, ein letztesmal als dein Vater vor dir zu stehen, haben mein Bewußtsein noch ein wenig länger in der Welt festgehalten.«

Da wollte Jyresh auf den Geist zugehen und ihn umarmen, aber der war körperlos und ließ ihn nicht an sich heran. Jyresh senkte wieder den Kopf. »Ich glaube«, sagte er, »ich werde dein Vermögen keineswegs verschleudern, ich werde es nicht einmal ausgeben. Ich habe andere Dinge liebgewonnen — mein Polster ist das Gras, die ganze Welt ist mein Haus, ich ziehe die Gemeinschaft zwischen Tieren und Menschen öden Sinnenfreuden und albernen Scherzen vor. Wirst du mir verzeihen, wenn ich als armer Mann mein Leben verbringe und durch die Welt ziehe? Wirst du mir verzeihen, lieber Vater, nachdem du dir so viel Mühe gegeben hast, wenn ich deine Reichtümer in der Erde lasse und meinen Weg ohne sie fortsetze?«

Darauf lächelte der Geist, und nun stand der Morgenstern so hoch, daß er durch die durchsichtige Wange schien.

»Jyresh, du siehst, wohin es geführt hat, daß ich mich in dein Leben einmischte. Du mußt deinen Weg selbst finden. Aber ich wünsche dir Glück dabei.«

Dann begannen in der Stadt unterhalb des Hügels die Hähne zu krähen, in den Feldern erhoben die Vögel ihre Stimmen, und eine blaßgelbe Mohnblüte färbte den Himmel im Osten. Wie die Dunkelheit, so schmolz auch der Geist des reichen Mannes dahin.

Jyresh sah zu, wie die Sonne aufging. Dann nahm er den bestickten Beutel mit den Münzen von seinem Gürtel und hängte ihn an einen wilden Feigenbaum.

Als er den Hang hinabstieg, warf er die hinderlicheren Kleidungsstücke ab, die Ringe, den Mantel, die weißen Stiefel, die rosige Perle, und ließ sie liegen, wo sie hinfielen.

Schließlich kam er an einen Bach, kniete nieder und trank, und das helle Wasser rann ihm durch die Finger wie zuvor die hellen Edelsteine seiner Ringe.

Und da schien es ihm fast, als höre er die Vögel, die am Wegrand in den Büschen zwitscherten, folgendes Lied singen:

Er schleudert Kleider auf die Erde,
Wirft von sich Edelstein und Perle.
Läßt durch die Hände Wasser rinnen —
Verpraßt's, verliert's, ist wie von Sinnen —
Verschwender! Verschwender!

DOONIVEH, DER MOND

Nachdem Sovaz von Verworfenheit und Schicksal um ihre Liebe betrogen worden war — sie empfand es jedenfalls so —, beugte sie sich schließlich den Plänen ihres Vaters.

Nun machte Azhrarn sie zu Azhriaz, einer Göttin auf Erden, und sie herrschte in einer bis an den Himmel reichenden Stadt voller Wunder und Grausamkeit über ein Drittel der Welt. Hier lehrte sie die Menschen auf seinen Befehl durch ihr Beispiel, daß die Götter ihnen mit steinerner Gleichgültigkeit gegenüberstanden.

In diesen Jahren kamen auch einige der stolzen Vazdru-Fürsten zu Azhriaz, um ihr den Hof zu machen, denn sie sahen, daß auch sie zu den Dämonen gehörte (obwohl sie im Gegensatz zu den anderen die Sonne ertragen konnte). Sie wies sie jedoch alle mit der Begründung ab, sie habe eine Abneigung gegen Angehörige ihrer eigenen Rasse. Dies erstaunte und erzürnte die Vazdru, denn in ihrer Schönheit und ihrem Hochmut waren sie es nicht gewöhnt, daß jemand nein *zu ihnen sagte.*

1 DAS STUTENEI

Neun von den Vazdru umwarben sie, so sagte man. Und es hieß auch, der letzte der neun sei Fürst Hazrond gewesen.

Von allen Vazdru nach Azhrarn, so erzählen die Geschichten, soll Hazrond der schönste, der glanzvollste und der außergewöhnlichste dieser legendären Gesellschaft gewesen sein.

Dies alles wußte Hazrond, als er unter der Erde im Hof seines Platinhauses in Druhim Vanashta stand und nachdachte. Inmitten dieses von achatfarbenen Bäumen bestandenen Hofes befand sich ein Becken mit kaltem, grünem Wasser, und hier konnte Hazrond Bilder von den darüber gelegenen Landen heraufbeschwören. Dort oben stand in dieser Nacht der Vollmond am Himmel, und nach Art der Dämonen wurde Hazrond vom irdischen Mondschein beflügelt. Endlich verließ er den Hof und das palastartige Haus, wanderte durch die prächtige Dämonenstadt, vorbei an ihren Türmen aus Kristall, Messing und Stahl, ihren Silberminaretts und ihren Fenstern aus Korund und begab sich durch einen Vulkanschlot hinauf auf die Oberfläche der Welt.

Die Werbung um Azhriaz, die Tochter Azhrarns, des Dämonenfürsten, des Herrschers der Nacht, war für die Vazdru ebenso unvermeidlich gewesen wie der Aufgang des Mondes für die Erde. Sie mußten ihr den Hof machen, weil sie geschaffen worden war und weil sie existierte. Deshalb suchte einer der stolzen herrlichen Dämonenfürsten nach dem anderen sie auf, und einen nach dem anderen wies sie ab. Inzwischen lagen die Geschenke, die sie ihr (weniger, um sie zu erfreuen, als um ihren eigenen Wert zur Schau zu stellen) gebracht hatten, unglaublich kostbare Edelsteine und Zauber-

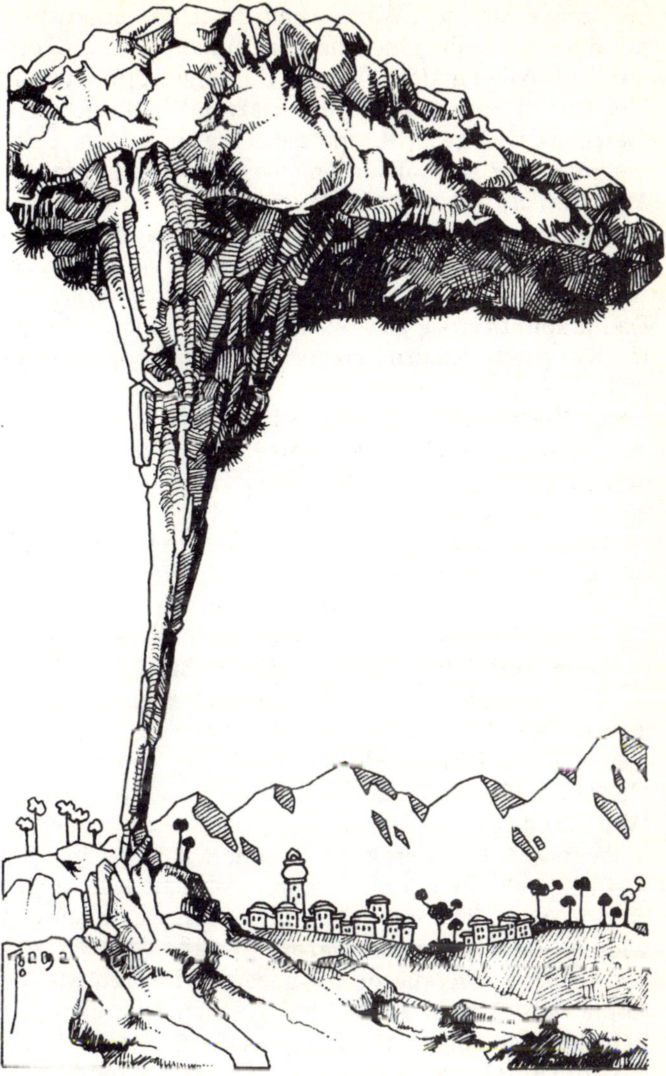

spielzeuge aus den Werkstätten der Drin, unbeachtet auf ihrer Schwelle. Oder die Vazdru hatten sie im Zorn auf die Straßen in der Stadt der Göttin geworfen, wo sie viel Unheil anrichteten. Auch Hazrond hatte über ein Geschenk nachgedacht, und dabei war in seinem Geist die Saat einer ganz absurden Überlegung aufgegangen. *Man hat mich mit ihrem Vater verglichen,* so lautete diese Überlegung, *deshalb sollte ich, wie ihr Erzeuger es tat, irgendein wundersames Mischwesen schaffen, ein Ungeheuer von erlesener Art — wie sie es ist —, und es ihr schenken.* Damit konnte er sie gleichzeitig ehren und kränken, eine für einen Vazdru äußerst reizvolle Doppeldeutigkeit.

Die Nacht war noch jung, kaum mehr als ein Mädchen. Sie lag lächelnd am Himmel und blickte, den silbernen Spiegel des Mondes in der Hand, auf Hazrond hinab.

»Ist sie denn so schön wie du?« wollte Hazrond von der Nacht wissen. »Diese *Azhriaz?* Oder verdient sie ihren Namen nicht?« Er hatte die Frau, die er zu seiner Geliebten machen wollte, nämlich noch nie gesehen.

Als er nun, immer noch in mondlichtbeflügelte Gedanken versunken, durch die Dunkelheit ging, kam er an ein tiefes Tal zwischen hohen Bergen, und hier weideten wilde Pferde. Hin und wieder kämpften die Hengste miteinander, oder sie rannten zu zweit um die Wette durch das Tal.

Wenn sich ein Sterblicher genähert hätte, wären sie ihm ausgewichen oder hätten ihn vielleicht sogar angegriffen, denn die Tiere in diesen Herden waren so wild wie Löwen. Aber als der Vazdru zwischen sie trat, hoben sie die Köpfe, die so klar gezeichnet waren wie die Köpfe von Schachfiguren, und starrten ihn mit ihren tiefgründigen Augen an. Einige schlichen ihm nach, als er vorüberging, darunter eine wunderschöne jungfräuliche Stute, schwarz wie die Nacht. Als Hazrond sie bemerkte, blieb er stehen.

Nun waren die Rosse von Untererde, selbst schwarz wie die schwärzeste Nacht, mit dämmerblauen Mähnen und Schweifen, die Lieblinge ihrer Herren. Sie konnten über jedes Gelände jagen, ganz gleich, ob unten oder oben, und auch über Wasser. Was die Schönheit ihrer Proportionen und das Feuer ihres Temperaments anging, so hatten sie nicht ihresgleichen. Doch als Hazronds Blick auf dieses irdische Pferd fiel, sah er sofort, daß es unter seinesgleichen eine Sonderstellung einnahm, es war eine Göttin unter den Stuten. Also streckte er die Hand aus, sprach sanft auf die Stute ein, und sie kam sofort zu ihm und legte ihren Kopf auf seine Schulter.

Ein Eshva hätte sie mit Blumen gekrönt, wäre auf ihren Rücken gesprungen und hätte sie die ganze Nacht geritten. Aber ein Vazdru hätte zuerst die Drin rufen und für die Stute Zügel, Sattel und Zaumzeug anfertigen lassen müssen — und auch dann hätte er sich nicht dazu herabgelassen, sie selbst zu reiten, sondern hätte sie irgendeinem Sterblichen, der ihm gefiel, zum Geschenk gemacht.

Hazrond sagte zu der Stute: »Ich habe dich rennen sehen, meine Liebe, die Nacht hat dir Flügel verliehen.« Und da bekam die Saat der Überlegung die ersten Triebe. »So komm denn mit mir. Ich werde dich unter deinesgleichen zu einer Legende machen.«

So ging er durch das Tal, weg von den Herden, und betrat die breiten Straßen, die in die Berge hinein führten. Die Stute folgte ihm, sie kletterten über die Felsen und zwischen den zarten Pflanzen hindurch, die dort wuchsen, und überwanden die Stufen von Höhe und Zeit, bis sie eine Hochebene erreichten.

Von hier ragten an drei Seiten, fast so symmetrisch wie Türme, die höchsten Gipfel auf. Dies war das Reich der Adler. Und Hazrond sprach oder sang einige Worte in der Hochsprache der Vazdru, die verwendet wurde, wenn sie einen Zauber erwirkten, schuf damit einen bestimmten Impuls und schickte ihn zu den Gipfeln hinauf. Dann wartete er. Und die Stute, von seiner Gegenwart, seiner kurzen Liebkosung in Bann geschlagen, stand hundert Schritte entfernt so reglos wie ein Stein auf dem Plateau.

Endlich löste sich vom dritten, dem höchsten Gipfel ein Stück Nacht. Es kreiste, vielleicht auf der Suche nach der Sonne, hoch oben, dann ließ es sich aus der Luft herabfallen, um einem zweiten Ruf zu folgen, der noch unwiderstehlicher war.

Nun wob der Vazdru mit Stimme und Atem, Macht und Willen einen Zauber, der das Plateau bis zum Rand füllte und wie Wasser in die tiefer gelegenen Täler überschwappte. Alle Lebewesen dort waren wie elektrisiert. Pflanzen öffneten ihre Knospen, Nagetiere huschten durch ihre weitverzweigten Städte im Fels — der Strom der Magie glitt vorüber, die Vögel auf den tieferen Ebenen huben an zu singen und verstummten wieder ehrfürchtig. Auch die Pferdeherden wurden aufgescheucht und rasten erschreckt über die dunklen Weiden. Der magische Strom erreichte den Talgrund, sickerte in den Boden, wo er Würmer und Käfer in Staunen versetzte, und versiegte.

Hoch oben auf dem Plateau füllte sich jedoch der magische See, durch seine Strömungen sprengte im Galopp die schwarze Stute, ohne sich befreien zu können, der schwarze Adler stieß auf sie herab — und auf ein letztes Wort des Vazdru hin wurden sie eins.

Der Stute mag es vielleicht so vorgekommen sein, als paare sie sich mit dem stürmischen, ebenholzschwarzen, mitternächtlichen Wind. Und auch dem Adler schien es wohl, als paare er sich mit jener rauschenden Kraft, die den ganzen Tag über seine breiten Schwingen füllen und ihn nach oben tragen würde. Doch für Hazrond, der bei der Vereinigung zusah, waren sie ein einziges Wesen, vierbeinige, schwarze Schnelligkeit, getragen von zwei schwarzen, fächelnden, schlagenden

Flammen. Ein Sinnbild für das, was daraus entstehen sollte: Ein Pferd mit Flügeln.

Das große Plateau, mit Pfählen und vielfach verschlungenen, von den Drin geschmiedeten Ketten eingezäunt, war die Koppel der Stute. Das Gras wuchs dicht, sahniger Klee sprießte für sie, Obstbäume ließen vor der Zeit ihre Früchte herabfallen, um ihr samtenes Maul zu reizen. Eshva-Frauen waren die Zofen dieser Götterprinzessin unter den Pferden. Sie streichelten sie und schenkten ihr ihre von keinen Zwängen eingeschränkte Liebe; sie hängten ihr violette Gänseblümchen um, und wenn sie es zuließ, flochten sie ihr liebestrunkene Silberschlangen, ihre Schoßtiere, die sie in ihrem schwarzen Haar trugen, in die Mähne.

Wenn die Eshva tief ins Innere der Stute blickten, konnten sie unter der Haut, im Becken ein Symbol erkennen, das wie mit Sternenlicht auf die Rose ihres Schoßes geschrieben war. Durch Zauberei war sie befruchtet worden, und durch Zauberei mußte ihr Körper dazu gebracht werden, das widernatürliche Wunder, das hier vor sich ging, zu halten und ihm das Leben zu schenken.

Wochen vergingen. Wie langsam sich die Stute jetzt bewegte, wie unsicher sie sich selbst gegenüber geworden schien.

Ihr Leib wurde schwer. Sie lag auf der Seite unter den Bäumen, witterte das Nahen des Schmerzes, dieses Tigers, starrte hierhin und dorthin. Der Nachmittag verging in lodernden Flammen. Die Sonne blutete. Dämmerlicht löschte den Himmel, und als die ersten Sterne hervortraten, standen die Eshva wie weiße Sterne auf dem Plateau. Sie hauchten ihren duftenden Atem in die Nüstern der in Wehen liegenden Stute und legten ihr die blätterleichten Hände über die Augen. Sie schlief ein und spürte keinen Schmerz, und bald kam ganz mühelos ein schreckliches Ding aus dem Labyrinth ihres Körpers geglitten. Es war ein riesiges ovales Ei von der Farbe polierten Schiefers, glatt wie Marmor, und es fühlte sich so heiß an wie brennende Kohle.

Zwei Drin kamen das Plateau heruntergewatschelt, ihr widerwärtiges Aussehen wurde umrahmt von der schwarzen Schönheit ihres Lockenhaares, und sie hatten sich mit goldenen Bändern und unglaublich kunstvollem Zierat geschmückt. In einem Sack schleppten sie den ausgegrabenen Zaun daher. Außerdem trugen sie ein Gitter aus schwarzem Stahl, mit schwarzen Diamanten besetzt.

Die Eshva traten zur Seite, lehnten sich aneinander wie schwache Stengel und blickten sich gegenseitig in die Augen, um die abscheulichen Drin nicht sehen zu müssen.

Die Drin schmatzten mit den Lippen, mehr nicht. Alle waren mit Hazronds Vazdru-Auftrag beschäftigt. Die beiden Zwerge packten das Ei, legten es vorsichtig in das Gitter und richteten es genau aus, obwohl es ihnen die Hände verbrannte. Dann verschwanden sie damit vom Plateau in die Erde hinein. Das Ei, durch Magie geschaffen, mit Hazronds Siegel als sein Eigentum gekennzeichnet, konnte mit ihnen die Schranken der Erde und die psychischen Barrieren durchdringen und sank hinab und immer weiter hinab.

Die Eshva blieben zurück, um die schlafende Stute zu trösten, ihr die Mähne zu striegeln, sie mit ihren Berührungen und durch ihre Anwesenheit zu heilen. Wenn die Sonne aufging, würden auch sie verschwunden sein, und das Tier würde sich ungehindert erheben, sich schütteln, von einem Ende des Plateaus zum anderen laufen und sich im welkenden Klee wälzen wie ein Fohlen. Danach würde es sich einen Weg hinab ins Tal suchen und nach den Pferdeherden Ausschau halten. Dort würde man die Stute trotz — oder wegen — des dämonischen Quecksilbergeruchs aufnehmen, den sie an sich hatte. Sie würde wieder ein Tropfen im Ozean der Herden werden, der in großen Wellen durch endlose Graskanäle über die Erde wogte. Sie würde den Druck von Hengsten kennenlernen, die Gemeinschaft mit ihresgleichen, die unterschiedlichen Zeiten des Jahres und des Alters. Und sie würde auf immer unfruchtbar sein.

In einer Platinpagode unterhalb von Hazronds Hof mit den achatfarbenen Bäumen ruhte das Stutenei in seiner Wiege aus Stahl. Manchmal schaukelte es ein wenig. Ständig gab es Wärme ab, die mit jeder zeitlosen Sekunde, die verging, intensiver wurde. Alles in seiner Umgebung knisterte und leuchtete.

Die Drin betreuten es mit Unbehagen, wenn nicht mit Entsetzen. Sie hatten Angst vor seinem Inhalt, befürchteten, daß das, was sich darin befand, Hazrond vielleicht mißfallen könnte. Er kam immer wieder, stellte ihnen Fragen, brachte Stäbe aus Jett und Elfenbein und blauem Eisen mit und klopfte damit auf die Schale. Einmal hatte er sogar einen Stab mit goldener Spitze dabei, den er in aufbrausendem Zorn von sich schleuderte, als er seinen Zweck erfüllt hatte.

Die Drin beobachteten das Ei, umschmeichelten es, beschimpften sich gegenseitig, und jeder legte sich eine Ausrede über die Nachlässigkeit des anderen Drin-Wächters zurecht, falls das Wesen im Ei tot geboren werden sollte.

Inzwischen traf sich in der Dämonenstadt eine bestimmte Clique von acht Fürsten in einem Onyxgarten, und Hazrond und sein Geheimnis wurden mit scharfen Worten kritisiert. »Er ist ein Narr. Er sollte aus unserem Beispiel lernen, der Schönling.« »Auch Azhrarn der Schöne«, murmelte ein anderer, »läßt es an Urteilsvermögen mangeln.« Zu jener Zeit herrschte nämlich unter den Vazdru Verärgerung über Azhrarn, der von seinen Beziehungen zu den Sterblichen so besessen war. Doch als die Worte ausgesprochen wurden, krümmten sich die

Onyxbüsche und drückten sich flach auf den Rasen, die Fürsten hüllten sich in ihre Mäntel, trennten sich und schritten davon.

Eines Morgens (jedenfalls war es oben in der Welt Morgen) bekam das Ei einen Sprung — und explodierte! Scherben flogen nach allen Seiten, trafen die Drin und verletzten sie, und sie duckten sich kreischend unter die Platinbänke.

Als die letzten Geräusche der fallenden Eierschalen verstummt waren, kamen die Drin wieder herausgekrochen. Fürst Hazrond stand in der Tür und starrte mit weit aufgerissenen Augen in den Raum.

Böses ahnend, richteten die Drin den Blick auf dieselbe Stelle.

Trotz der Explosion war eine Hälfte der Eierschale ganz geblieben und lag in dem Stahlgitter, und soeben war ein Wesen ausgeschlüpft, das nicht größer war als ein Kätzchen. Es war ein winziges Miniaturfohlen, vollkommen ausgebildet — jedoch mit einer silbernen Haut über den Augen, denn wie jedes neugeborene Pferd war es noch blind. Auf dem Rücken hatte es, ähnlich den Daunenstummeln eines frisch geschlüpften Kükens, zwei feuchte, kleine Flügel.

Hazrond lächelte, und dieses Lächeln erfüllte die Pagode wie Mondschein oder wie Musik.

Die Drin rannten herbei, legten das Wunderwesen auf ein Kissen und brachten es zu Hazrond. Er strich mit einem Finger darüber. Das kleine Geschöpf erzitterte, ein merkwürdiger, unsichtbarer Schein entströmte seinem Körper. Der Dämon spürte seine pulsierende Wärme. Sehr zufrieden ging er durch die Reihen der speichelleckerischen Drin und verließ die Pagode.

Als die Drin-Ammen das Kleine dann in einer Silberschale badeten und dabei wie stolze Eltern aufgeregt schnatterten, hörten sie hinter sich von der halben Eierschale her ein unheimliches Scharren.

»Da ist noch etwas.«

»Ist es möglich, daß es zwei sind? Eine doppelte Sensation für den fürstlichen Hazrond.«

Sie stürzten hin, um nachzusehen.

Und sahen — dies: Auf dem Boden der zerbrochenen Schale, teilweise von Scherben verdeckt, zappelte ein abscheuliches kleines Alptraumwesen. Die schwarze Stute hatte Zwillinge geboren, aber sie waren einander nicht gleich. Das erste Kind war so, wie Hazrond es gewünscht hatte. Das zweite war eine gräßliche Parodie, die der Körper der Stute auf diesen Wunsch gemacht hatte.

Seine Schwärze war das einzige, was Anspruch auf Schönheit erheben konnte. Auch dieses Wesen war winzig, eine schwarze Bestie. Es sah aus wie ein Pferd ohne Schweif und hatte vier klauenbewehrte gefiederte Beine, die eher denen eines Huhns als denen eines Adlers ähnelten. Aber es hatte den Kopf eines Adlers und einen Schnabel, den es nun öffnete, um ein schwaches, meckerndes Wiehern auszustoßen.

Entsetzt sprangen die Drin zurück. Sie waren selbst häßlich genug, um Häßlichkeit bei anderen äußerst widerwärtig zu finden.

»Sollen wir es töten, ehe *er* es sieht?«

Hazrond war schön genug, um Häßlichkeit fast ebenso widerwärtig zu finden wie sie.

»Hier kann nichts sterben. Unmöglich.«

»Dann bringt es fort. Werft es in irgendeinen Abgrund.«

Alle stimmten zu, und sie losten aus, wem diese lästige Pflicht zufallen sollte. Dann kam es zum Streit, weil der Verlierer sich weigerte. Endlich trat einer vor, hob das meckernde Scheusal mit Daumen und Zeigefinger auf, schob es, ohne auf seine Schreie zu achten, in einen Beutel und eilte davon, um es los zu werden.

Dieser Aufgabe entledigte er sich irgendwo außerhalb der Stadt Druhim Vanashta in einem alten Steinbruch, wo die Drin manchmal nach Diamanten suchten.

Das Untier wurde in einen ausgebeuteten Schacht gestoßen und maunzend, mit Schnabel und Klauen schwächlich an den Steinen kratzend, zurückgelassen.

Unter der Erde verging die Zeit, und in Hazronds geheimen Höfen wuchs das geflügelte Pferd heran. Es hatte kein Geschlecht, denn als magisches, widernatürliches Wesen erfüllte es die gleiche Aufgabe wie alle anderen, unwirklichen Dinge und hatte es nicht nötig, sich fortzupflanzen. Doch es war von so magischer Schönheit, daß seine Aura über Hazronds Haus hinausdrang. Und manchmal hörte man dort, hoch am himmellosen Himmel, aus einer unsichtbaren Wolke ein Rauschen wie von tausend Federn.

Doch in dem Steinbruch außerhalb der Dämonenstadt hauste, ohne daß jemand davon wußte, das andere Tier, der zweite Zwilling aus dem Ei. Es aß den Staub und trank die Feuchtigkeit der Steine. Da das ganze Land verzaubert war, genügte ihm das als Nahrung. Aber es wuchs nicht. Sein Herz war eingeschrumpft und hatte das Wachstum eingestellt. Es hatte auch keinerlei Gesellschaft. Einmal ließ sich ein glitzerndes Insekt nieder, aber als es entdeckte, daß es von einem Ungeheuer beobachtet wurde, flog es hastig wieder davon.

Igendwann kamen ein paar Drindra an diesen Ort, aus welchem Grund, ist nicht bekannt, vielleicht hatten sie auch gar keinen Grund, denn die Drindra, die niedrigsten der Drin, handelten im allgemeinen stets unvernünftig. Als sie durch den Steinbruch polterten, stießen sie unversehens auf die kleine, schwarze Bestie.

»Oh«, sagten die Drindra, schlugen mit ihren Schwänzen und starrte sie aus ihren Hunde- oder Froschaugen an, »es ist von unserer Art.« Denn sie nahmen gern die Gestalt aller möglichen chimärischen Mischwesen an, bestehend aus diesem oder jenem Tier, menschliche Wesen nicht ausgeschlossen. Folglich packten sie das Ungeheuer — es hatte wegzulaufen versucht, weil es sich vor ihnen fürchtete — und betasteten, stupsten und hätschelten es, bis es vor Schreck fast tot war. Dann nahmen sie, da sie auf dem Weg hinauf in die Welt waren, um dort als Sklaven eines Magiers allen möglichen Unfug zu treiben, ihren Fund mit sich.

So wurde das Wesen unter Getöse in einer magischen Dampfwolke auf die Erde hinaufbefördert — und als die Drindra schwatzend an einem Berghang vorüberkamen, ließen sie es fallen.

Das zweite Kind der Stute stürzte zwischen die hoch aufragenden Dornen der Welt. Der Mond hieb wie ein Schwert darauf ein. Es lag in einem Tal voller Schatten zwischen riesigen Steinen. Eine Eule zog durch die Nacht wie ein weißer Wogenrand. Das Ungeheuer versteckte sich.

Der Viertelmond leuchtete grell, und die weißen Eulen jagten die ganze Nacht, bis der Mond unterging. Dann wurde der Himmel durchsichtig. Die Sonne begann zu brennen. Falken erfüllten den Äther.

Die Steine der Welt waren nicht nahrhaft, und die Flüssigkeit der Dornen ergab nur einen ungenießbaren Trank.

Schließlich bedeckte sich der Himmel, das Licht und die Falken zogen ab.

Das Ungeheuer kam zwischen den Dornen hervor. Die Landschaft war so gewaltig, daß sie gar nichts bedeutete, doch ein Traum von Wasser hing in der Luft. Nun war der Himmel schwarz. Tau träufelte in den trokkenen kleinen Schnabel.

Eine Eule schwebte herab, aber sie drehte ab, hielt das kleine, plumpe Ding wohl nicht für eine lohnende Beute. In einem Dickicht schnappte ein Fuchs zu, wandte dann aber angewidert die Schnauze ab: Nicht schmackhaft genug für ein Abendessen, dieses Huhn mit dem Pferdegeruch.

Dann fand das Ungeheuer einen Teich von der Größe eines Ozeans. Als es seinen Schnabel hineintauchte, stieg ein schwarzer Karpfen an die Oberfläche und glotzte es an. Am Ufer lagen ein paar Getreidekörner im Schlamm. Die fraß es.

Dann lag es benommen da, ohne sich Rechenschaft darüber abzugeben, ob es zufrieden war oder nicht. Es hatte keine Philosophie.

Am Morgen kamen die braunen Gänse an den Teich marschiert, blieben stehen und betrachteten das Stutenkind.

»Was ist das für eine Ente?«

»Das ist keine Ente. Dieser ehrenwerten Gesellschaft kann es sich nicht zurechnen.«

»Hackt auf es ein! Jagt es fort!«

In diesem Augenblick kam das blinde Mädchen, dem die Gänse gehörten, mit seinem Korb, um sie zu füttern.

»Still! Was für ein Gezänk! Schämt ihr euch nicht?«

Die Gänse schämten sich zwar nicht, aber aus Höflichkeit taten sie so. Inzwischen verstanden sie ziemlich viel von der menschlichen Sprache, die sie schließlich ihr ganzes Leben lang gehört hatten, aber sie wußten sehr wohl, daß ihre blinde Herrin kaum ein Wort von dem begriff, was sie sagten. Immerhin gab sie ihnen Futter.

»Was mag das sein? Was habt ihr da gefunden?«

Das blinde Mädchen kniete nieder und legte die Hände um das Stutenkind, ehe es flüchten konnte.

»Es ist ein Vogel, ein *merkwürdiger* Vogel — er hat keine Flügel. Ach, du armer Vogel!«

Freilich hatte das blinde Mädchen niemals einen Vogel oder sonst etwas von der Welt gesehen, denn sie war ohne Augenlicht geboren worden. Doch ihr Vater und ihre Mutter hatten ihr vor ihrem Tod so viel erklärt, wie sie nur konnten, und aus ihren Beschreibungen kannte sie viele Dinge. Hätte man ihr zum Beispiel erlaubt, mit den Händen einen Elefanten zu befühlen, dann hätte sie ihn bald als Elefanten benennen können. Weil sie blind, nicht reich und außerdem unscheinbar und wenig reizvoll war, hatte sie nicht geheiratet, aber ihre Eltern hatten gut für sie gesorgt, sie hatte ein Dach über dem Kopf, ein Bett, drei Obstbäume, einen Kräutergarten, eine Ziege und den Gänseteich.

»Armer Vogel. Was bist du doch für ein merkwürdiger Vogel«, sagte das blinde Mädchen, nahm das Ungeheuer in die Arme und streichelte den kleinen Körper mit der rauhen Haut und dem weichen, gefiederten Kopf. Die scharfen kleinen Klauen lagen brav auf ihrer Hand, ohne zu kratzen, und der Hornschnabel öffnete sich nur, um das alberne, kleine Wiehern auszustoßen. »Und was für eine sonderbare Stimme du hast!« Aber sie nahm das Stutenkind mit ins Haus, machte ihm am Feuer ein Nest aus trockenem Schilf und fütterte es mit Gänsefutter in warmer Milch. »Du sollst mein Hausvogel sein und mich beschützen«, sagte sie, denn sie hatte immer einen klugen Scherz auf den Lippen und außerdem ein liebevolles Herz. »Du darfst auf meinem Kissen schlafen, aber wenn du dich mit deinen Klauen nicht anständig benimmst, bekommen wir Streit. Und ich werde dich ›Birdy‹ nennen.«

So wurde es vereinbart, und so wurde das häßliche Kind der Stute zu Birdy, dem Hausvogel, es schlief auf dem Kissen des blinden Mädchens, trottete hinter ihr her durch die Hütte und folgte ihr, wenn sie die Gänse fütterte oder die Ziege molk. Auf diese Weise fanden sich die anderen Tiere mit ihm ab, und sogar die Gänse sagten: »Da ist Birdy« und zischten es nicht mehr an.

So ging es einige Monate lang.

Im Land wurde es inzwischen Winter; kalte Winde bliesen, der Frost nagte die Blätter von den Bäumen. Die Gänse schlitterten über den zugefrorenen Teich, landeten mit dem Kopf nach unten und mit dem Sterz nach oben und taten so, als hätten sie das beabsichtigt, bis das Mädchen schließlich hinausging, um das Eis aufzubrechen. Als sie eines Morgens damit beschäftigt war, schlich sich ein Mann an die Hütte heran.

Er war ein Streuner, aber er hatte gehört, daß es in

dieser Gegend eine blinde Frau gab, die allein lebte, und dachte, damit ließe sich etwas anfangen.

So war er schon in der Hütte und sah sich um, als das Mädchen, dicht gefolgt von Birdy, wieder hereinkam.

»Wer ist da?« fragte sie.

»Nur ich«, antwortete er.

Das Mädchen zuckte zusammen. Sie hatte bisher nur die Stimme eines Mannes in diesem Haus gehört, und das war die ihres Vaters gewesen. Dieser Mann hörte sich ganz anders an.

»Was willst du hier?« fragte sie.

»Nun, das kommt darauf an«, sagte er, »was du mir gibst.«

»Ich habe nicht viel, aber wenn du in Not bist ...«

»Ja, das bin ich. Ich habe schon deine ganze Milch ausgetrunken, so groß ist die Not. Den Käse und das Brot habe ich hier in meinen Sack gesteckt, als Mittel gegen künftige Not. An Äpfeln und Quitten liegt mir nichts, die kannst du behalten. Aber am meisten und dringendsten brauche ich ein nettes, freundliches Mädchen. Ich weiß, daß du nicht sehen kannst, aber ich bin ein munterer Bursche. Ich habe schon hübschere Mädels gehabt als dich, aber im Augenblick bist du mir gut genug.«

Die Kälte des Tages schien das Mädchen zu durchdringen, und ihr Herz hörte auf zu schlagen. Aber sie hatte keine Waffe zur Hand, nicht einmal ein Paar Augen, die ihr hätten helfen können. Sie wußte recht gut, daß er mit ihr tun konnte, was er wollte, und daß er sie, falls sie versuchte, sich zu wehren, außerdem verstümmeln oder gar töten konnte. Unwillkürlich stieß sie einen kleinen Schrei aus, in dem ihre ganze Angst und ihr ganzer Zorn enthalten waren, und die Luft ringsum schien zu knistern.

»Was hast du da bei deinen Füßen?« fragte der Mann, als er seinen Gürtel löste. »Eine schwarze Henne? Ich habe eine Abneigung gegen Geflügel, außer, wenn es auf dem Teller liegt. Schick das Vieh weg. Wenn ich gehe, nehme ich mir statt dessen eine oder zwei Gänse mit. Und jetzt auf das Bett mit dir.«

»Nicht auf das Bett«, bat sie, und die Tränen flossen aus ihren blinden Augen. »Mein Vater hat es gebaut, und meine Mutter ist darin gestorben. Wenn es denn sein muß, dann hier auf dem Boden.« Und sie legte sich nieder und wandte den Kopf ab, obwohl das gar nicht nötig war. In diesem Augenblick hörte sie plötzlich einen Fluch, einen Aufschrei ...

Sie lag da und lauschte, denn sein Keuchen und Murmeln schien jetzt weit von ihr entfernt.

»Was ist los?« fragte sie. »Wenn du mir Gewalt antun mußt, dann tue es gleich.«

Aber das Würgen und Keuchen ging weiter, und dann spürte sie einen scharfen, feurigen Geruch, der die ganze Hütte zu durchtränken und zu erschüttern schien. Gleich darauf war ein lautes *Klack* zu hören, als schlüge Eisen auf dem Boden auf. Und dann — und dann vernahm sie ein so unirdisches, heiseres Kreischen — wie das Trompeten eines Hengstes, der Schrei eines kämpfenden Adlers —, daß sie sich in die Ecke neben dem Kamin flüchtete und sich dort zusammenkauerte.

Doch der Besucher war fort. Er hatte seinen Sack, seinen Gürtel und seine Hosen zurückgelassen und rannte, vor Angst abwechselnd schreiend und schnatternd, so schnell er konnte über den gefrorenen Schlamm und unter den Obstbäumen hindurch, scheuchte die Gänse auseinander, ohne ihnen einen Blick zu gönnen, und floh immer weiter und weiter, bis nur noch seine nackten gelben Hinterbacken in der Ferne blinkten.

Die Gänse und die Ziege drängten sich mit dem Kükken zum Teich dicht zusammen und schauten ihm nicht nach, sondern starrten in die entgegengesetzte Richtung, zum Haus hinauf.

Ist das Birdy?

Denn dort in der Tür der Hütte, die jetzt zu klein dafür war, stand ein riesiges schreckliches Wesen, ein schwarzes Pferd, etwa zwanzig Handspannen hoch, auf den Beinen von zwei schwarzen Riesenadlern, mit dem Kopf eines Riesenadlers; und zwei Glutöfen anstelle von Augen funkelten die Tiere an. Aus seinem Schnabel hing eine Strähne Männerhaar — das Haar des Diebes —, und die spuckte es jetzt genau in eine Pfütze.

Dann vermischten sich Licht und Schatten in der Tür. Das grausige Wesen war verschwunden. Nur Birdy trottete über den Fußboden der Hütte.

Das zweite Kind der Stute hatte seine eigene Magie entdeckt. Sein eingeschrumpftes Herz war aufgeblüht. Es konnte wachsen, es konnte — in einem einzigen Augenblick — groß, und gleich darauf wieder klein werden.

Es rieb seinen kleinen gefiederten Kopf an der Hand des blinden Mädchens. Sie zog es auf ihren Schoß und ließ ihre Tränen auf seinen Rücken tropfen. Birdy ließ sich das gefallen, obwohl es mit den Klauen vorwurfsvoll gegen ihren Rock klopfte: Warum weinst du? Ich habe dich doch gerettet.

Aber: »Was mag geschehen sein?« fragte das Mädchen Birdy, den Raum, die ganze Welt. »Hat mir mein Vater irgendeinen Schutz hinterlassen? Ist das möglich? Oder hatten die Götter Mitleid?«

Birdy machte sich aus dem Rock ein Nest, steckte den Kopf unter einen nicht vorhandenen Flügel und schlief in dem Bewußtsein, ein gutes Werk getan zu haben, ein.

2 REITE NIE AUF EINEM PFERD MIT FLÜGELN

Über der Stadt der Göttin auf Erden ging die Sonne unter. Dort war die Sonne blau, der Sonnenuntergang flieder- und nicht rosenfarben. Dann gingen die sieben Monde der Stadt auf und begannen, im Äther ihre klingenden Muster zu weben.

Ein achter Mond, ein silbernes Rad, war schon an seinen nächtlichen Platz über dem höchsten Turm des Palastes von Azhriaz, der Göttin, gerollt. An dem Rad hing eine winzige Gestalt, die mit dünner Stimme unaufhörlich schrie. Diese Schreie waren so oft zu hören, daß sogar die Bürger sie inzwischen mit der Klage eines Nachtvogels verwechselten.

Azhriaz saß auf dem Turmdach in einem Stuhl aus Kristall, flankiert von weißen Steinkatzen, die sich beide bewegten; eine davon putzte sich jetzt sogar.

Gleich daneben standen Soldaten der Leibwache der Göttin, Angehörige ihres Hofes und phantastische Wesen, die vielleicht gar nicht wirklich waren.

Azhriaz starrte in den merkwürdigen Himmel hinauf. Sie war in dunkles Rot und in ihre Schönheit gekleidet. Das war genug.

Plötzlich explodierte ein paar Fuß über dem Dach ein Stern. Nach dem weißen Blitz blieb ein eingebrannter, schwarzer Schatten zurück, der sich nun zu öffnen begann. Wenn überhaupt jemand erstaunt war, Azhriaz schien es nicht zu sein. Man darf nicht vergessen, daß sie schon achtmal von den Vazdru umworben worden war.

Hazrond (von beinahe unvergleichlicher Schönheit und in fast die ganze Pracht der Nacht gekleidet) trat aus der Luft auf das Dach. An einem silbernen Seil führte er ein herrliches Tier. Es war ein Pferd von genau den richtigen Proportionen, schwarz wie schwarzer Atlas, Mähne und Schweif, wie wallendes schwarzes Wasser, waren mit großen runden Perlen und durchsichtigen Saphiren durchflochten. Am Widerrist ging der Atlas in weiche Daunen über. Als das Tier herankam, breiteten sich schwarze Federn zu einem Paar fächelnder, mitternachtsschwarzer Schwingen aus.

Hazrond blieb vor Azhriaz stehen.

»Die ganze Welt spricht von deiner Schönheit«, sagte er, »aber sie sagt noch nicht genug.«

»Du bist zu gütig«, sagte sie.

»Nein, ich bin niemals gütig. Aber ich bin hier, und dort ist mein Geschenk für dich.«

Azhriaz betrachtete das Geschöpf, das ganz ruhig am Nachthimmel schwebte.

Endlich sagte sie: »Du hast mir also einen Vogel mit dem Körper eines Pferdes gebracht.«

Hazrond lächelte.

»Ja, Azhriaz, du Schönheit der Nacht. Einen Vogel mit dem Körper und dem Kopf, den Gliedern, den Hufen, der Mähne und dem Schweif eines Pferdes. Vielleicht ... ein Pferd mit Flügeln.« Und er drehte sich um und löste das Führungsseil. »Erhebe dich und fliege«, sagte er zum ersten Kind der Stute.

Da scharrte das Pferd mit seinen zarten stählernen Füßen auf dem Dach und erhob sich mit einem Sprung, mit einem Schlag seiner Schwingen wie mit unsichtbaren Ketten hochgezogen in die Lüfte. Es kreiste über ihnen, das Licht der Monde funkelte auf ihm und ließ seine Konturen schimmern. Dann wirbelte es unter dem silbernen Rad vorbei.

(»Was ist das, was dort schreit?« wollte Hazrond wissen. »Die Tochter dessen, der vor mir König in diesem Land war«, erwiderte Azhriaz.)

Das geflügelte Pferd flog hin und her wie ein gezückter Dolch, ein südlicher Wind. Dann schwebte es wie eine schwarze Feder auf das Dach herab.

»Möchtest du nicht«, fragte Hazrond Azhriaz, »das Pferd besteigen und über den Himmel reiten?«

»Wenn ich den Wunsch nach einer solchen Reise verspüre, stehen mir andere Mittel zur Verfügung.«

»Azhriaz«, sagte Hazrond zärtlich und hatte sich schon neben ihr Knie gesetzt, »welche Mittel du auch immer haben magst, mit diesem Pferd können sie es nicht aufnehmen. Denn es wurde geboren, auch wenn ich es aus meiner Bewunderung und Sehnsucht heraus geschaffen habe. Es hat von allen Zuständen und Formen das Beste, denn es ist gleichzeitig irdisch und magisch. Seine Pracht rundet deine Schönheit ab. Deine Schwärze und deine silbrige Blässe würden sich von seinem dunklen Fell abheben wie schwarze und weiße Lilien von einem mondbeschienenen Fluß. Niemand hat das Pferd je geritten. Nicht einmal ich. Mache du den Jungfernritt und nimm das Geschöpf in deinen Besitz.«

Azhriaz erhob sich. Düfte entströmten ihrem Gewand und ihrem Haar. Sie trat an das Pferd heran und berührte seine Schnauze. Die in der Mähne eingeflochtenen Edelsteine schwangen herum und legten sich auf ihr Haar, als das Tier seinen Kopf zu ihrer Stirn neigte. »Du schönes Ding«, murmelte sie, »gehörtest du nur dir selbst, dann könntest du mein werden. Aber du bist *sein*. Deshalb kannst du nicht mein sein.«

Auch Hazrond erhob sich. Die weißen Steinkatzen knurrten leise.

»Herrin«, sagte Hazrond, »kann es sein, daß du mein Geschenk verschmahst?«

»Du bist es, den ich verschmähe. Daraus ergibt sich alles übrige.«

Hazrond faltete seinen Umhang um sich wie eine Tintenwelle. In seinen Augen standen Dinge, die besser unausgesprochen blieben. Er hatte diese Stunde so mit

Macht und Willen durchtränkt und eingefaßt, daß das Zauberpferd davon dampfte, die Nacht davon strotzte und vibrierte. Und doch sagte sie wieder *nein*. Sein eigener Wille, dem sie sich entzogen hatte, sauste wie ein Peitschenhieb auf Hazrond zurück.

»Du kokettierst mit zuviel Ernst«, sagte er, »ich könnte dir glauben.«

»Dann tue es.«

»Du bestrafst dich nur selbst, Azhriaz, wenn du deinem Zorn freien Lauf läßt. Und du betrügst dich selbst.«

»Ich erinnere mich an ein Sprichwort, das etwa folgendermaßen lautet: Reite nie auf einem Pferd mit Flügeln, es wird deine Hoffnungen enttäuschen.«

Hazrond runzelte die Stirn. (Das Dach war merkwürdig leer, die Steinkatzen kauerten sich zusammen, Funken sprühten aus ihren Mäulern.)

»Die Redensart lautet nicht so, wie du sagst«, widersprach Hazrond.

»Ach, wirklich nicht, mein dunkler Herrscher?« sagte Azhriaz, und jetzt lächelte sie ihn an. Es war ein Lächeln, das jede Blüte der Liebe mit tödlichem Rauhreif überzogen hätte.

Und Azhriaz berührte das schwarze Lilienblatt des Pferdeohres mit ihren Lippen. »*Niemandem* sollst du gehören.«

Um den Vazdru-Fürsten zu verspotten, erhob sich Azhriaz — jetzt ein schwarzer Schwan — mühelos auf ihren Schwingen vom Dach und flog über den Himmel davon.

Hazrond stieß einen Fluch aus, die Luft zuckte zurück, feuriger Hagel prasselte hernieder.

Hazrond schnippte mit den Fingern und verschwand zusammen mit seinem Geschenk.

Die Steinkatzen saßen wie erstarrt, nur ihre steinernen Schwänze peitschten mit einem kratzenden Geräusch durch die Luft.

Oben am Himmel schrie die Königstochter auf dem Rad, besessen von sich selbst, mit dünner Stimme unablässig weiter.

Am Rand des Reiches von Azhriaz, der Göttin, lag ein Land, und wie es in solchen Ländern üblich war, hatte die Nähe zu ihrem Reich es merkwürdig verändert. Einen Berg gab es dort, der in der Mitte so dünn geworden war wie ein Stengel; er war so schmal, daß zwanzig Männer, wenn sie sich an den Händen faßten, ihn hätten umspannen können — doch dieser Stengel ragte viele hundert Fuß hoch auf. Am Gipfel quoll der Stein des Berges statisch über und bildete einen großen Sonnenschirm aus Granit, der tief unten einen großen Schatten auf den Boden warf. In diesem Schatten wurde es nur zögernd Sommer, und die Strahlen der Mittagssonne fanden keinen Zugang.

Am Fuß des Bergstengels lag eine steinerne Stadt. Sie hatte eine breite Straße, die von einem blau bemalten Tempel der Göttin beherrscht wurde. Nacht für Nacht kam im erstickenden braunen Schatten des Berges ein junger Priester auf das Tempeldach, um zu meditieren. Er starrte den sternenlosen Steinhimmel über sich an. »So hängt auch die Bedrohung der freilich gleichgültigen Götter über uns«, bemerkte Pereban, der junge Priester — ein Zitat aus den Lehren des Tempels. Dann spähte er unter dem Schirm des Berges hervor auf den Horizont. »Ebenso ist es mit den falschen Hoffnungen, mit denen die Menschen sich selbst täuschen«, schloß er pflichtbewußt.

Obwohl Pereban ein Sterblicher war, war er schön, und sein Haar war von reinstem Gold, fast wie der Mond. Doch unter der geistigen Wolkendecke, die über der Stadt hing, blieben solche Dinge strikt unbeachtet und wurden höchstens in ihrer Bedeutungslosigkeit zur Kenntnis genommen. Denn das Leben war nichts als eine Reihe von Fallen, zu genießen oder gar zu feiern gab es nichts. Die Götter bestraften jede Freude und ignorierten das Leid.

Pereban war von einer tiefen Sehnsucht erfüllt gewesen, die er für Frömmigkeit gehalten hatte. Er trat in den Tempel ein und weihte sich der Anbetung der Göttin. Von da an enttäuschte ihn ihre Statue — ein grob behauener Felsblock mit aufgemalten Klecksen anstelle von Augen und schwarzer Wolle anstelle von Haaren — so sehr, daß er regelmäßig jeden Morgen davor niederkniete und sich selbst geißelte.

Doch jetzt war es Nacht, und der einzige Mond der Erde war soeben im Westen jenseits des grimmigen Sonnenschirms des Berges aufgegangen.

»Die Göttin in der Stadt«, fuhr der junge Priester fort, denn er sprach oft mit sich selbst — wer hätte ihm sonst auch zugehört? — »Ist sie nicht eine Tochter des Mondes? Oder ein Kind des Mondes und der Sonne ... Natürlich ist *sie* schöner als jede Statue. Vielleicht wird sie zum Mond selbst. Vielleicht ist das, was da so fern zwischen den Sternen hängt, ihr Gesicht — Azhriaz in dunklem Gewand, auf einem geflügelten Tier über den Himmel reitend — Ah!« Überwältigt von Abscheu vor seinen unerträglichen Träumen warf er seine Robe ab und griff nach einem Bündel Dornen, um sich wieder zu geißeln — doch dabei wurde er unterbrochen.

Hazrond hatte gerade ein Zwischenreich der Welt und Untererde durchquert, als er mit dem scharfen Bewußtsein seiner Gattung auf psychische Weise die Worte des Priesters belauschte. Sie waren so passend und wirkten, sagen wir es ruhig, so ironisch, daß sie Hazrond wie ein Schlag ins Gesicht trafen. In der nächsten Sekunde schoß er aus dem Zwischenreich hervor, stand, selbst wie eine freilich vollendet gemeißelte Statue, auf dem Tempeldach unter dem Berg und blickte den Sprecher dieser Worte mit zwei hell und haßerfüllt brennenden Augen an.

Pereban ließ prompt seine Dornengeißel fallen.

»Was hast du eben gesagt?« fragte Hazrond, und aus seiner Stimme klang pure Mordlust.

»Ich ... habe ... es ... vergessen ...«, sagte der Priester, und das war die Wahrheit. Er sank auf die Knie und fügte hinzu: »Du bist einer von den Göttern. Es kann nicht anders sein. Zweifellos hast du vor, mich zu töten. Ich werde verzückt sterben, nachdem ich dich gesehen habe.«

Denn obwohl man Pereban zum Stumpfsinn erzogen hatte, besaß er eine natürliche Gewitztheit. Außerdem hätte es mehr als eines geistigen Schattens bedurft, um den Glanz eines Vazdru zu dämpfen.

Was nun Hazrond anging, so war er nicht unzufrieden. Für Schmeicheleien und Schönheit empfänglich (wie jeder Dämon), blickte er den ehrfürchtigen jungen Priester an, der in elfenbeinfarbener Nacktheit, nur von seinem goldenen Haar und ein paar silbernen Narben von früheren Geißelhieben bedeckt, vor ihm stand, und bemerkte: »Ja, du solltest deine Worte lieber vergessen. Wie ich sehe, bist du ein Sivesh oder ein Simmu.* Du bist so ungebildet, daß du diese Namen nicht kennst. Mach dir nichts daraus. Du hältst mich für einen Gott. Ich werde dir sagen«, sagte Hazrond und streichelte müßig über das goldene Haar, »daß soeben eine Viper ihre Zähne in mich geschlagen und eine Wespe mich gestochen hat. Bist du die Blüte, die diese vergifteten Wunden heilen kann?« Der junge Priester hatte bei der Liebkosung des Vazdru die Augen geschlossen. In seinem ganzen Leben hatte ihn die Religion noch nie so tief berührt. Aber dann sagte Hazrond, ein wenig bedauernd vielleicht: »Nein. Du bist nicht stark genug, Erdgeborener, um mich zu heilen. Nicht du. Noch einmal, mach dir nichts daraus. Du hast mich einen Augen-

---

* Ehemalige sterbliche Liebhaber von Azhrarn, dem Dämonenfürsten.

blick lang vom tobenden Schmerz des Giftes abgelenkt. Dafür will ich dich belohnen. Was ist dein Wunsch?«

Als Antwort auf diese Frage hob Pereban die Augen, die in einem Überschwang von Gefühlen glänzten, und versank in Hazronds Blick. In diesem Augenblick konnte der Sterbliche nicht sprechen, konnte nichts *sagen*.

»Schön«, erklärte Hazrond. »Ich werde dich mit dem beschenken, was du dir am meisten wünschst, obwohl du gar nicht weißt, daß du es begehrst. Doch die Worte, die du riefst, drückten dein Verlangen aus und erregten meine Aufmerksamkeit. Wahrlich ein Paradoxon. Das Geschenk ist gefährlich, aber auch die Gefahr hast du dir verdient.«

Dann trat Hazrond beiseite, warf nur einen einzigen Blick in die Dunkelheit, und von einem zittrigen weißen Strahlen umgeben trabte das geflügelte Pferd heran.

»Mein Geschenk für dich«, wiederholte Hazrond, während der junge Mann einmal den Fürsten und einmal das magische Geschöpf anstarrte.

Hazrond hatte nicht — oder vielleicht doch — gehört, wie sie dem Wesen ins Ohr flüsterte: *Niemandem sollst du gehören.*

Pereban hatte es sicher nicht vernommen.

Wie in einem Traum erhob er sich und ging auf das Pferd zu, und das Glitzerwesen aus Ebenholz und Schlacke gestattete es. Das Pferd war sanftmütig, jedenfalls wirkte es nach außen hin völlig unschuldig, ähnlich wie ein Tiger. Über Begriffe wie Sünde oder Rechtschaffenheit war es erhaben, es kannte sie nicht.

Pereban drehte sich um und wollte dem Gott, der ihn so reich beschenkt hatte, Lob und Dank sagen. Doch Hazrond war schon meilenweit fort, er befand sich — doch das wußte Pereban nicht — direkt unter seinen Füßen in den Gassen des ewig strahlenden Druhim Vanashta.

Der Priester mußte sich also mit einem Gebet begnügen, und noch dazu mit einem sehr eiligen, denn es drängte ihn, das geflügelte Pferd sofort zu besteigen. Er war wie von einem Wahn erfaßt, der teilweise durch die Berührung des Vazdru ausgelöst, aber auch aus einer alten, unbestimmten Sehnsucht entstanden war, die jetzt zum erstenmal eine Chance auf Verwirklichung bekam. *Freiheit.*

Als Kind hatte Pereban manchmal die Maultiere auf der Farm seines Vaters geritten. Daher bildete er sich ein, mit dem Pferd umgehen zu können, und nachdem er es eine Minute lang gestreichelt und ihm schöngetan hatte, griff er in die edelsteinbesetzte Mähne, stemmte den Fuß gegen die Atlasflanke und schwang sich auf seinen Rücken. Einen Augenblick lang fühlte er sich unsicher, denn wo normalerweise der Reiter saß, waren bei diesem Tier die Flügel angesetzt. Das Pferd wehrte sich jedoch nicht gegen ihn, sondern stand fügsam und hilfsbereit still, als Pereban sich ein Stück weiter auf den Widerrist hinaufzog. Dieser war dank der starken Flügelmuskeln, die zusammen mit den Daunenfedern von dieser Stelle ausgingen, ohne Zweifel kräftig genug, um ihn zu tragen. Er spürte, wie sich die Muskeln unter seinen Schenkeln bewegten, als sich die Flügel so ruhig wie zwei höfische Fächer in Bewegung setzten.

Nun legte er die Arme liebevoll um den Hals des Pferdes.

»Mein Liebes — fort mit uns!«

Nur mit diesen wenigen Worten wollte sich Pereban hinwegheben, nachdem er sein bisher unerkanntes Bedürfnis entdeckt hatte.

Das geflügelte Roß vernahm den aufrichtigen Klang in seiner Stimme und gehorchte.

Wie ein Vogel aus schwarzem Feuer, wie ein Lichtspeer — so schossen sie in die Lüfte hinauf.

Pereban schrie auf, aber er klammerte sich fest an das Pferd, die Finger in die Mähne gekrallt, die Beine an beide Seiten des Halses gedrückt. Obwohl er glaubte, Herr über das Wesen zu sein, erfaßte ihn doch ein heilloser

Schrecken, denn sie waren bereits so weit vom Boden entfernt, als befänden sie sich auf der Spitze mehrerer hoher, aufeinandergestellter Türme. Schon bald näherten sie sich dem schirmförmigen Gipfel des Berges, und Pereban konnte seine Unterseite sehen und die Adern und die seltsamen Kristallformationen erkennen. Die Gebäude der Stadt lagen, klein wie Puppenhäuser, tief unter ihnen. Von nun an verspürte er nur noch ein Gefühl des Triumphes.

Das Pferd wurde von den gewaltigen wirbelnden Schlägen seiner Adlerschwingen vorangetrieben, sie rasten also in einem selbst erzeugten Wirbelwind dahin. Schließlich blieb der Berg hinter ihnen zurück, und dann waren sie im Himmel.

Wie riesig dieser Himmel war! Nach der Gefangenschaft in der engen Stadt kam es Pereban vor, als sei er gestorben und habe alles Schwere, Fleischliche abgestreift, als seien er und das Pferd eins, und dieses eine sei seine eigene Seele. Nicht mehr schwarz war nun der Himmel, sondern von durchsichtigem Indigo und voller Wellen und Strömungen wie die See. Wolken zogen vorbei, mondförmige Tüllstreifen, vom Mond beleuchtet. Jede Wolke roch anders, einige nach Regen, andere nach den Ländern, aus denen sie aufgestiegen waren, wieder andere nach Energie oder nach den Sternen. Die Sterne selbst schienen den rasenden Flug des Pferdes mitzumachen, manchmal strömten sie hinterher wie Diamantschnüre, oder sie hielten Schritt und standen doch still wie Wasserperlen auf dem Dach des Himmels.

Die Erde unter ihnen war schnell verschwunden. Jetzt war sie in ihrer Gesamtheit ebenso geheimnisvoll wie der Himmel, verborgen unter Dampfschwaden und Dunkelheit. Hier und dort warfen die Lichter der Städte einen rötlichbleichen Schein nach oben. Hier und dort sträubte ein gestaltloser Drache mürrisch seine Schuppen — ein mächtiger, von seinen Gezeiten geschüttelter Ozean.

»Lauf weiter, mein Liebes«, schrie Pereban dem Pferd zu, trunken war er jetzt und fürchtete nichts. »Streife die Sterne mit deinen Schwingen.«

Gehorsam, wenn auch nicht unbedingt seinem Willen gehorchend, stürmte das fliegende Pferd immer höher und höher, schneller als jedes Tier, jeder Vogel der Welt.

Nun gelangten sie in jenen Teil des Himmels, den der Mond auf seinem Weg nach Westen durchquerte. Hoch über ihnen erstreckte sich der endlose Teppich der Sterne, aber der Mond war der Erde näher als sie, und er war im Gegensatz zu ihnen in Bewegung. Auch war er fast voll. Seine Scheibe erschien riesig, sie erfüllte ein Viertel des oberen Himmels, brannte mit weißem Glanz auf Roß und Reiter herab und strahlte auch große Hitze aus.

In Perebans Vorstellung war der Mond niemals in irgendeiner Weise heiß gewesen, sondern immer nur kühl oder sogar kalt. In seinen poetischen Träumen hatte er ihn mit dem zarten Antlitz der Göttin verglichen — nun entdeckte er, daß er eine gewaltige Kugel war, sein Schein trieb ihm die Tränen in die Augen, und die unerbittlich heißen, bleichen Strahlen übten eine sonderbare Wirkung auf ihn aus.

Denn als sie darunter vorbeiflogen, als sich die Schwingen des Pferdes im Takt mit den Herzschlägen des jungen Mannes schneller und immer schneller bewegten und die runden Muskeln im Rücken, im Widerrist und im Hals unter seinen Schenkeln arbeiteten, überkam den Reiter unversehens ein anderes Gefühl. Mit jedem Herz- und Flügelschlag, je weiter die Welt unter ihnen zurückfiel, je mehr das Leuchten des Mondes sie einhüllte, verstärkte es sich. Wäre Pereban in seinem Tempel gewesen, als dieses Gefühl ihn überwältigte, dann hätte er nach seiner Dornengeißel gegriffen, denn er hatte sich immer streng an das Gebot der Keuschheit gehalten. Aber jetzt hatte er keine Geißel zur Hand. Nur die seidige lebendige Haut und das unablässige Fächeln der Schwingen spürte er — und hin und wieder berührte, sanft wie ein neckender Kuß, eine Federspitze seine Schultern, seinen Rücken oder seine Seite.

Pereban setzte sich also zurecht, so gut er konnte, und beschloß, sich nur auf das Wunder dieser Nacht und dieses Abenteuers zu konzentrieren.

Doch er hatte die Liebkosung eines Vazdru erfahren, der Mond brannte weiß auf ihn herab und brachte sein Blut ebenso in Wallung wie die Gezeiten des Meeres, trieb es auf und ab und im Kreise herum. Außerdem war das Pferd, was er freilich nicht wußte, so durchtränkt von einem die Sinnenlust erregenden Zauber, daß er bisher nur dank seiner Naivität und dank der Ungewöhnlichkeit der Ereignisse verschont geblieben war. Damit war es jetzt vorbei.

Es half nichts, daß er die Sterne oder die gestaltlose Erde anstarrte. So sehr er sich auch bemühte, er konnte nicht verdrängen, wie diese Maschine von einem Pferd pulsierte und sich gegen ihn drängte, wie die Schwingen ihn streiften und streichelten. Abzusteigen war jedenfalls unmöglich — sie befanden sich offenbar in vielen Meilen Höhe, und die Sterne schossen vorbei —

Dann lag Pereban nur noch auf dem Hals des Pferds, krallte die Hände in die Mädchenhaarmähne und seufzte, stöhnte und seufzte wieder. Bald durchlief ihn ein Zittern, und seine Augen schlossen sich. Und nicht lange danach streckte er sich und begann laut zu singen, worüber der Himmel vielleicht erstaunt war.

Doch in dieser Sekunde schüttelte sich das geflügelte Pferd, das, man sollte es nicht vergessen, von einem Dämon geschaffen worden war, wie ein Tiger. Es war ein schönes, ein *gründliches* Schütteln.

Pereban, immer noch erstarrt in seiner Lust, merkte nichts davon, daß er in den Weltraum geschleudert wurde.

Und dann stürzte er ...

3 KALTE KÜSTEN UND LEUCHTENDE STADT

Als Pereban stürzte, stieß er nun doch einen Schrei des Entsetzens aus. Die Luft war so dünn, daß er zu erstikken glaubte. Die Sinne schwanden ihm. Dann bekam er einen gewaltigen Schlag, der ihn wieder zu sich brachte.

Keuchend lag er da, mit Prellungen übersät; der Aufprall hatte ihn bis ins Mark erschüttert. Doch unter ihm war etwas, das ihn trug. Er stürzte nicht mehr, und er schien auch nicht tot zu sein.

In plötzlicher Trauer dachte Pereban: Es war alles nur ein Traum. Der Gott. Das geflügelte Pferd und der Flug in den Himmel. *Und in diesem Traum habe ich gesündigt.* Nun war er also von seinem Strohsack auf den Boden gerollt. Er öffnete die Augen und stellte fest, daß der Boden blendend weiß war und ein grelles Licht ausstrahlte, und daß er sich in einem dichten, sich bewegenden weißen Nebel befand, der alles verhüllte ... Außerdem war der Boden so heiß wie eine Ofenplatte. Pereban nahm seine Kräfte zusammen und erhob sich, damit wenigstens nur seine Fußsohlen versengt wurden. War es möglich? Anstatt meilenweit abzustürzen und auf den Hügeln der Erde zerschmettert zu werden, war er nur eine wesentlich geringere Strecke gefallen und auf dem Mond gelandet. Er mußte also *nach oben* gefallen sein, sein Leben oder sein Fleisch war vom Mond aus irgendeinem Grund magnetisch angezogen worden.

Der junge Mann stand da, trat von einem Fuß auf den anderen, um seine Sohlen zu schonen, und rang vor Schreck und in der dünnen Atmosphäre nach Luft, während ihn der gespenstische Nebel ständig umwallte.

Ja, er stand in der Tat auf dem Mond. Er war nicht tot, aber welche Hoffnung hatte er jetzt noch? Die Scheibe war zwar riesig genug, daß er sich hier aufhalten und sich braten lassen konnte, was allerdings nicht sehr angenehm war, aber hier konnte doch wohl kein Leben gedeihen? Das Pferd hatte ihn und seine noch unausgegorenen Hoffnungen enttäuscht — zweifellos trieb es sich nun weiter unten herum und würde in den Ländern der Menschen bald zu einer Legende werden ... Er hatte jedoch seine Strafe für die Sünde der Fleischeslust bekommen. Er würde sterben und zwar langsam, würde verbrennen, verhungern, nach Atem ringen. Es wäre besser gewesen, am Busen seiner Mutter, der Welt, zu zerschellen.

Trotzdem lief Pereban los, denn es war unmöglich, auf dieser glühend heißen Oberfläche an einem Fleck stehenzubleiben. Er hatte keinerlei Hinweis, keine Ahnung, in welche Richtung er gehen sollte, er war auf allen Seiten von Nebel umgeben, und dahinter lag der grenzenlose Himmel. Vielleicht eilte er auch in Kreisen seinem Tod entgegen. Vielleicht trieb sich hier sogar irgendein Teufelswesen herum, ein Mondbewohner, der sich plötzlich erhob und ihn angriff ...

Pereban hielt unvermittelt an, obwohl ihm die Fußsohlen brannten. Vor ihm im Nebel hatte sich eine Gestalt erhoben. Sie war halb so groß wie er und bewegte sich nicht, vielleicht hatte sie sich auch nur zum Sprung geduckt.

»Wer bist du?« fragte Pereban. »Ich habe nichts als meine Hände und Füße, aber die werde ich zu gebrauchen wissen.«

Die Gestalt antwortete nicht.

Während Pereban von einem Fuß auf den anderen hüpfte, glaubte er zu spüren, daß von der Gestalt seines Gegners ein schwacher, kühler Hauch ausging. Todesmutig marschierte Pereban los, und gleich darauf stieß er sich an der untersten Extremität des Wesens die Zehen und erkannte, daß es nur ein Buckel war, der aus der weißen Oberfläche herausragte. In den Gipfel der

Erhebung war ein Teller aus einem durchscheinenden Material ähnlich wie Porzellan eingelassen. Von diesem Teller kam der kühle Lufthauch, deshalb sprang Pereban darauf, ohne zu überlegen. Kaum hatte er das getan, da kippte der Teller, und er wurde nach innen und nach unten geschleudert. Der Mond hatte ihn verschluckt.

Und dann entdeckte er, daß er in einer silbrigen Dämmerung schwebte, die ihm Auftrieb gab wie das Wasser eines Flusses. Ein Stück entfernt leuchtete ein klares Feuer in unirdischer Helligkeit wie eine Wintersonne, bleich wie eine Narzisse. Darunter erstreckte sich ein Spiegel aus Onyx mit einem Muster aus schwarzen und weißen Wogenkämmen. Aber Pereban war es jetzt unerträglich kalt, und während er sich langsam in der Luft drehte und nach unten sank, vereiste er durch und durch. Hin und wieder betete er noch voll Vertrauen darum, daß dies ein Traum sein möge, aus dem er bald erwachen würde.

Doch es war kein Traum, obwohl die Ähnlichkeit mit einem solchen in der Tat groß war. Die Luft war hier gehaltvoller als draußen, und wenn die Kälte nicht gewesen wäre, hätte der stürzende Abenteurer mühelos atmen können. Trotzdem hatte die Luft eine gewisse Dichte, die ihn nur langsam hinabsinken ließ, wobei er so oft herumgedreht und hin- und hergestoßen wurde wie ein Stück Fleisch in einem Eintopf.

In weiter Ferne leuchtete noch immer die Lichtnarzisse, aber je tiefer er sank, desto bleicher wurde sie und desto weiter entfernte sie sich. Die Dämmerung hatte, wie es ihm vorkam, ihren ganz eigenen Schein.

Fast ohne sich dessen in seinem Unbehagen und seiner Angst bewußt zu sein, registrierte Pereban diese Dinge und schließlich auch das Gelände unter sich, auf dem er gleich landen würde.

Jetzt, da er viel näher war, bemerkte er etwas, das

aussah wie ein großes Meer und sich so langsam und träge bewegte wie Sahne. Es bestand aus zwei Farben, Tintenschwarz und Milchweiß, die aufeinandertrafen und sich wieder voneinander lösten, sich aber niemals mischten und ein Grau ergaben. Langgezogen und zähflüssig strömten diese Tinten- und Milchwellen auf eine Landmasse zu, die ihrerseits in trübem Weiß leuchtete und trübschwarze Schatten aufwies, welche hauptsächlich von einer Gebirgskette geworfen wurden.

Pereban betrachtete diese Berge gerade etwas unsicher, denn sie waren so glatt und glänzend, als seien sie künstlich bearbeitet worden, als er direkt unter sich ein Rauschen vernahm und seinen Blick dorthin richtete. Tatsächlich, aus den Tiefen des Meeres stieg ein perlmuttfarbenes Seeungeheuer auf. Es hatte zwei riesige, durchbrochene Flossen oder Schwingen, mit denen es wedelte, und einen durchbrochenen, fächerförmigen Schwanz, der, als es wieder hinabsank, einen Sprühnebel von Tropfen größer als eine Männerhand aufwirbelte. Diese Tropfen trafen Pereban wie merkwürdig weiche Steine. Doch einen Augenblick später hatte ihn die Luft noch einmal herumgedreht und setzte ihn ab — auf einem langen, weißen Strand.

Es war in der Tat ein fremdartiger Ort. Der Boden bestand aus dem gleichen Material wie die Berge, er war vollkommen glatt, nur hie und da gab es unscharfe Rinnen, wo die Wasser des Meeres im Laufe von Jahrhunderten das Gestein ausgewaschen hatten wie eine abgeschliffene Kamee. Diese Ebene erstreckte sich auf beiden Seiten meilenweit bis zum Horizont, auf der dritten Seite befand sich das Meer und auf der vierten landeinwärts das Gebirge. Die Narzissensonne, wenn es eine Sonne war, stand jetzt neben der Bergkette und ließ die Gipfel in ganz zartem, blassem Gold aufstrahlen.

Pereban hatte jedoch für dies alles kaum einen Blick, als er frierend auf dem kalten Strand lag, und es beunruhigte ihn auch nicht weiter, als ihn wieder die wäßrigen Steine trafen und anzeigten, daß sich nun eine größere Anzahl der Waltiere ganz dicht am Ufer in den Tinten- und Milchgewässern tummelte.

Doch dann hörte er in der Ferne einen langgezogenen dröhnenden Ton, der sich ständig wiederholte und dabei immer lauter wurde. Und er spürte Schwingungen in der Luft, die er bald als Schläge mehrerer großer Trommeln erkannte. Pereban glaubte, das alles spiele sich in seinem Kopf ab, sei eine Folge seiner Schwäche oder eine Halluzination des nahenden Todes. Diese Gedanken leiteten über zu einer theosophischen Meditation darüber, ob er nicht vielleicht bereits tot sei, ob ihn die Götter nicht zur Strafe auf diese fremde Welt geschleudert hätten. So vertieft war er in diese in halber Ohnmacht angestellten Überlegungen, daß er die gewaltige Prozession, die über die Ebene zum Ufer gefegt kam, erst bemerkte, als sie ihn schon fast erreicht hatte. Aber dann verstummte das Schmettern der Trompeten und das Dröhnen der Trommeln mit einem Schlag, und das erregte Perebans Aufmerksamkeit. Er hob die Lider und sah folgendes:

Hunderte von blonden Kriegern in weißer Rüstung, mit Stahlschwertern umgürtet, schienen direkt aus dem Boden hervorgebrochen zu sein, und mit ihnen viele niedrige, silberne Wagen, die von Meuten von weißen Hunden gezogen wurden. Auch Elfenbeinstücke waren aus der Erde geschossen und zu weißen, mit Mustern aus hellstem Azur und blutleerem Gelb bestickten Fahnen geworden. Trompeter mit grauen Seidenturbanen, aus denen Federbüsche wie Rauchwolken quollen, hatten dunkle Silbertrompeten in den Händen. In hellerem Silber leuchteten die Trommeln und die Trommler mit aschgrau gefleckter Haut. Und schließlich waren aus der weißen Landschaft drei gewaltige schneeweiße Bären erblüht, die auf allen vieren gingen und auf dem Rücken je einen Sitz aus weißem Gold und darüber einen Sonnenschirm trugen, der aussah wie eine blaue Mohnblume. Auf diesen Sitzen thronten würdevoll drei Personen, und die erste stieg nun mittels einer Leiter herab. Wie der Bär trug auch sie ein weißes Pelzgewand, und auf ihrem Haupt und von ihrem Kinn wallte ehrwürdig weißes Haar, nur eine Nuance weißer als das der kindlichen Pagen, die ihr beim Abstieg behilflich waren, und der blonden jungen Hauptleute. Noch deutlicher zeigten die Runzeln und Furchen in ihrem Gesicht, daß es sich um einen alten Mann handelte, und zwar um einen, der gewohnt war, sich ins rechte Licht zu setzen. Auf dem Kopf trug er ein Diadem aus strahlendem Narzissengold. (Im Gegensatz zu ihm waren die beiden anderen Würdenträger auf dem zweiten und dem dritten Bären in perlgraue Pelze gekleidet und trugen auf ihren ehrwürdigen Köpfen nur Diademe aus dem allgegenwärtigen Silber.)

Der alte Mann mit dem Goldschmuck kam über das Marmorufer geschritten, bis er mit seinen Schuhen beinahe Perebans Rippen berührte. Er verneigte sich und legte mit feierlicher Geste die Hände vor sein Gesicht. Dann beugte er sich noch tiefer herab und berührte leicht Perebans Ohrläppchen und seine Lippen. »Herr, Ihr seid aus der Sonne gestürzt, wie man es uns geweissagt hat.«

Pereban hatte inzwischen ein Stadium wirrer Unvernunft erreicht und glaubte, an allem herumnörgeln zu müssen.

»Keineswegs«, sagte er.

»Ihr seid beobachtet worden, Herr«, berichtigte der Alte streng. »Man hat Euch wie einen Feuerfunken herabschweben sehen. Außerdem seid Ihr an Eurem goldenen Haar zu erkennen.«

Pereban wollte noch weiter streiten, aber jetzt zitterte er nur noch. Seine Zähne schlugen so heftig aufeinander, daß ein paar von den Wagenhunden offenbar glaubten, er fauche sie an, und als Antwort zu knurren begannen.

»Sonnenfürst«, sagte der Alte, »seht doch, wie es Euch ergeht, und dabei haben wir heute schon beinahe Sommer. Was könnt Ihr anderes sein als ein Wesen von der Sonne?« Und er winkte zwei Pagen heran, die sofort gelaufen kamen und Pereban eine Robe aus Pelz und Goldgewebe reichten. Als man dem jungen Mann hineingeholfen hatte, hielt man ihm eine Mondsteinflasche mit einem Stärkungsmittel an die Lippen, und er trank. Obwohl das Mittel wässerig schmeckte, erquickte es ihn sofort auf ganz außerordentliche Weise, belebende Wärme strömte durch seine Adern, und er öffnete die Augen weit und starrte die Versammlung mit einer Mischung aus Bestürzung und Ungläubigkeit an.

»Ich bin wieder im Vollbesitz meiner Kräfte, aber ich träume noch immer. Doch das ist kein Traum.«

»O nein. Ihr seid hier, um zu erfüllen, was uns geweissagt wurde«, kläffte ihn der Alte vorwurfsvoll an.

Man streifte Pereban samtenes Schuhwerk über die Füße und Samthandschuhe über die Hände.

»Wo ist meine Krone?« fragte Pereban mit einem Blick auf den Kopfschmuck des alten Mannes; ihm kamen nun wieder alle Mythen in den Sinn, die er als Priester jemals gehört hatte, und dementsprechend verhielt er sich. Wenn irgendein Omen seine Ankunft hier vorhergesagt hatte, konnte er das Beste erwarten.

»Später wird man Euch zum König salben. Wollt Ihr geruhen, Herr, mit mir den Sitz auf diesem Tier zu teilen?«

Pereban geruhte und stieg, nachdem er einen weiteren Schluck von dem Stärkungsmittel genommen hatte, flink auf den Bären hinauf. Der Alte schleppte sich mühsam hinterher.

»Welches Glück«, sagte Pereban, »daß wir die gleiche Sprache sprechen!«

»Keineswegs«, sagte der Alte. »Das wurde durch einen Zauber bewirkt, als ich Eure Ohren und Euren Mund berührte.«

Die Stufenleiter wurde entfernt. Der Bär tapste brummend, mit schwankendem Schritt am Ufer entlang zurück. Die Trommeln und die Trompeten setzten wieder ein. Die Wale tauchten in das Meer aus Tinte und Milch hinab.

»Wohin nun?« fragte Pereban vergnügt.

»Zur Leuchtenden Stadt.«

»Nur zu! Nur zu!« schrie Pereban, betrunken vom Mondwein, und irritierte den Mondbären, indem er mit den Armen wedelte und lächelnd um sich blickte.

Der alte Mann mit dem Golddiadem, der den Titel Lord Eins trug, erwies sich als große Autorität auf allen Gebieten, und während der ganzen Reise, die nach irdischer Zeitrechnung vielleicht ein paar Stunden dauerte, redete er in einem fort. Hin und wieder riefen Lord Zwei oder Lord Drei (die beiden alten Männer auf den nachfolgenden Bären) mit zittriger Stimme mürrisch eine Anweisung oder eine Anekdote nach vorne. »Achtet nicht auf sie«, empfahl Lord Eins. »Sie sind beide senil. Ich bin zwar älter und habe schon mein tausendstes Jahr erreicht, befinde mich jedoch, wie Ihr seht, in der Blüte meiner Jahre.«

Dieser Beteuerung schenkte Pereban keinen Glauben. Lord Eins zählte auf keinen Fall mehr als neunzig Jahre, und die anderen Tattergreise schienen kaum älter, wahrscheinlich sogar jünger zu sein.

Inzwischen war die Prozession mit den weißen Bären an der Spitze einen terrassierten Hang hinaufgestiegen, der mit den gleichen Riesenwerkzeugen geschaffen schien, mit denen auch alles andere behauen und poliert worden war, und nun bewegte man sich in einen Hohlweg zwischen den Bergen hinein.

Durch den Hohlweg pfiff der Wind, es klang wie eine Flöte, und die höchsten Berggipfel schienen zu rauchen. Lord Eins erklärte Pereban, dort würde der trockene Rauhreif weggeblasen, der sich im Winter und im Frühling sammelte. »Im Sommer kommt eine große Hitze«, sagte er. »Wie Ihr feststellen werdet, gehen wir zu dieser Jahreszeit fast nackt, nur mit einer einzigen Pelzrobe bekleidet.«

»Die Außenseite der Scheibe«, sagte Pereban, der dafür gesorgt hatte, daß die Mondsteinflasche mit dem Stärkungsmittel ständig in seiner Reichweite war, »ist jedoch glühend heiß. Wie kommt das?«

»Von welcher Scheibe sprecht Ihr?«

»Von der Mondscheibe, in deren Inneren wir uns nun befinden.«

»Welch ein Unsinn«, sagte Lord Eins. »Es kann keine *Außenseite* geben. Ich sehe schon, Ihr wollt mich auf die Probe stellen. Es gibt nur dieses Land, dieses Meer und die Sonnenkugel, die Eure Heimat war, ehe Ihr herabgestürzt seid.«

»Wie Ihr meint«, sagte Pereban. Während seiner Zeit als Priester im Tempel hatte er gelernt, daß es weniger anstrengend war, irgendwelchen dummen Geschwätzen nicht zu widersprechen.

»Das Land, wo Ihr gelandet seid oder wo man Euch absetzte, ist das Land Dooniveh. Es ist umgeben vom Meer von Dooniveh. Und nachdem wir den Ring der Berge von Dooniveh passiert haben, werdet Ihr bald die Leuchtende Stadt Dooniveh erreichen.«

»Um dort zum König von Dooniveh gekrönt zu werden?« ergänzte ihn Pereban.

»Vorausgesetzt, Ihr erfüllt die Bedingungen«, sagte Lord Eins.

»Welche Bedingungen?«

»Darüber will ich im Augenblick noch schweigen«, sagte Lord Eins. Doch zu allen anderen nur denkbaren Themen äußerte er sich weiterhin in größter Ausführlichkeit. Pereban bemühte ich, dem Wortschwall einige Tatsachen zu entnehmen.

Dooniveh — die Welt im Inneren des Mondes — umfaßte einen Ozean und eine einzige Landmasse, auf der sie im Augenblick unterwegs waren. Am schillernden grauen Himmel Doonivehs gab es einen einzigen Himmelskörper — seine Sonne. Diese umwanderte Land und Meer auf einer schrägen Kreisbahn. Sie nahm niemals zu oder ab und bewegte sich niemals quer über oder unter dem Gebiet fort, so daß sie unter- oder aufgegangen wäre wie die Satelliten der Flachen Erde (und wie übrigens auch dieser Mond).

Aber die Sonne des Mondes war nach Perebans Ansicht eine schwächliche Blüte. Auf ihrem Weg am Land *vorbei* gelangte sie irgendwann neben die Berggipfel und damit über die Stadt in ihrer Mitte, und dann wurde der Sommer ausgerufen, die Einheimischen warfen alle Kleidung bis auf eine dicke Pelzrobe und etwa zehn Untergewänder ab und priesen das wohltuend warme Wetter.

Ein Jahr dauerte in Dooniveh einen Monat, und jedes Jahr hatte vier Jahreszeiten.

Der Sommer dauerte sieben Tage, und zwar Tage ohne eine Nacht dazwischen. Ihm ging ein siebentägiger Frühling voran, in dem die Sonne über den Ozean und danach landeinwärts zog, dem Sommer folgte ein siebentägiger Herbst, in dem die Sonne weiter über Land und schließlich wieder auf das Meer hinaus wanderte. Im Winter, einer Zeitspanne von etwas mehr als sieben Tagen, befand sich die Sonne am weitesten von der Landmasse entfernt und bewegte sich auf ihrer Bahn über die Wasserwüste, von der Küste war sie dann nur als flackerndes Pünktchen in der Dunkelheit zu erkennen, denn zu dieser Zeit herrschte ständige Nacht und eisige Kälte.

Nun kam Pereban der Gedanke, daß zwar das Zeitmaß sehr anders war und man die beobachteten Auswirkungen nicht gerade als ähnlich bezeichnen konnte, daß aber dieser innere Weg der Sonne für die Veränderungen der Gestalt des Mondes verantwortlich war, wie man sie von der Erde aus wahrnehmen konnte. In Doonivehs Sommer war Vollmond, und die letzten Tage des Frühlings und die ersten des Herbstes — wenn sich die Sonne immer weiter näherte oder entfernte — mußten dem Neumond, dem Viertelmond und dem Halbmond entsprechen. Die irdischen Nächte, in denen kein Mond schien, fielen zusammen mit Doonivehs Winter-Nadir; dann befand sich die Mondsonne auf der anderen Seite des Meeres, also im Inneren an der *Rückseite* der Mondscheibe. (Mit anderen Worten, der Mond war zwar noch am irdischen Himmel vorhanden, aber praktisch ohne Licht.)

Offensichtlich besaß die äußere Oberfläche des Mondes irgendeine magische Eigenschaft, die das kühle, schwache Licht aus dem Inneren als glühende Hitze nach außen zur Erde hinableitete ...

Wenn sich die Mondbewohner ihrer Lage nur besser bewußt gewesen wären, über wie viele merkwürdige metaphysische und lunagraphische Erscheinungen hätten sie mit ihrem Besucher sprechen können!

Ein Buch in Perebans Tempel erklärte zum Beispiel, daß an jedem Morgen der Welt der Mond in das Meer des Chaos hinabtauchte und in jeder Nacht der Welt mit frischen Kräften wieder von dort aufstieg. Vielleicht war das Bad im Chaos der Grund, warum die Außenseite des Mondes so blank poliert war. Aber bei der Vorstellung, daß die Kugel, in der er sich jetzt befand, über den Himmel der Erde hinabglitt, wie sie es jetzt wohl gerade tat, und dann in den Abgrund stürzte, ergriff Pereban ein Schwindel. Im gleichen Zusammenhang hatte das Buch behauptet, das Chaos sei der Feind aller wahren Materie — wie konnte man also diesen Sturz überleben?

In diesem Augenblick zog die Prozession zwischen zwei kegelförmigen Gipfeln hindurch und erreichte das Ende des Hohlwegs, und unter ihnen lag Doonivehs Leuchtende Stadt unter seiner Sonne, wodurch Pereban glücklicherweise abgelenkt wurde.

Die Stadt schien aus Eis zu bestehen, wie es Pereban gelegentlich auch oben auf dem Schirmberg über seiner Heimatstadt gesehen hatte. Die glatten, weißen Terrassen und Türme waren halb durchsichtig und schillerten in schwachen Pastellfarben. Das Sonnenlicht bewirkte, daß die Stadt in der Tat auf eine kalte, glitschige Art leuchtete. Pereban hatte sofort instinktiv den Eindruck, daß hier große künstlerische Leistungen zu finden waren, aber daß es schwierig sein würde, sich jemals zu erwärmen.

Das ist der Lohn für meine hitzige, unkünstlerische Sünde, dachte er mit etwas unbehaglicher Selbstgefälligkeit.

Eine frostige Straße führte zu den Stadtmauern. Trompetend und trommelnd zogen sie auf ihr entlang, gespiegelt wie in einem gefrorenen See, und marschierten schließlich durch einen großen Torbogen.

Den ganzen Weg entlang blickten vornehme Damen mit bleichem Haar und Opalaugen von eisigen Balkonen auf Pereban herab. Sie reizten ihn nicht, obwohl ihre Schönheit groß war.

Die Straßen der Stadt waren breit, und oft verlief daneben ein Kanal mit trägem schwarzen oder weißen Wasser, in das seltsame Fische eingebettet waren und darauf warteten, daß die erstarrte Flüssigkeit sie freigab.

Was die Gebäude der Stadt anging, so schienen sie eigentlich alle ein einziges Bauwerk zu sein, das von Kanälen, Straßen und Plätzen in Blöcke und Scheiben zerschnitten wurde. Endlich schlängelte sich die Prozession in einen riesigen Hof, in dem einige hohe dünne Bäume ohne Äste standen, wie Pereban sie noch nie gesehen hatte, doch aus den stangenähnlichen Stämmen wuchsen Trauben von schimmernden, goldenen Früchten. An den Hof schloß sich eine weitere Scheibe der Stadt an. Lord Eins, der die ganze Zeit über nicht zu reden aufgehört und jedes Thema mit philosophischen Exkursen und Aphorismen breit ausgewalzt hatte, zeigte auf zwei blaue Türen. »Der Palast. Wir sind da.«

In diesem Augenblick, als die Trommler und Trompeter, die dahinrollenden Wagen, die Tiere — und Lord Eins — alle gleichzeitig aufhörten, Geräusche von sich zu geben, schien die Stadt völlig stumm zu sein. Kein Laut war zu hören, nur das Flöten des Bergwindes und hin und wieder ein merkwürdiges, leises *Plink!*, wenn die Früchte an den Bäumen gegeneinanderschlugen.

Die abenteuerliche Stimmung und die Angst verschwanden, die Wirkung des Weines war verflogen. Beklommen stieg Pereban von dem Riesenbären und wurde in den Palast geführt.

Man bereitete ihm einen Diwan aus bleicher Seide in einer Eishöhle von einem Raum, der von aschblauen Feuern erwärmt wurde. In Dooniveh war es Mode, die kuschelige Mittsommerkälte nachzuahmen. Hinter den Fenstern aus dünnem Silber jaulte und heulte der rauhreifbeladene Sommerwind wie zwei kämpfende Katzen.

Bläßliche, wenn auch reizende Dienerinnen brachten Pereban auf fast unsichtbaren Glasbrettern wäßrige Mondspeisen und in ganz ähnlichen Bechern ganz ähnliche Mondweine. Auch eine Schüssel mit Mondaprikosen von den Stangenbäumen draußen setzte man ihm vor. Die gelben Früchte bestanden offenbar aus Metall, und nachdem Pereban vergeblich versucht hatte, in sie einzudringen oder sie zu schälen, ließ er es sein, und schob sich nur eine davon in die Schärpe seiner Robe, für den Fall, daß sie noch einmal nützlich werden könnte.

Lord Drei, Zwei und Eins hockten ganz in der Nähe.

Als Pereban sein unbefriedigendes Mahl beendet hatte, saß er vor seinem gefüllten Weinbecher und grübelte wieder über die Nähe des Chaos nach, als ihn Lord Eins unterbrach.

»Erzählt uns doch bitte etwas von Eurem Land, unserer Sonne!«

Pereban antwortete: »Wißt Ihr denn nichts von diesem Ort?«

»Nicht das mindeste.«

»Dann ergeht es uns in diesem Punkte allen gleich.«

»Wie ist das möglich?«

»Als ich herabstürzte«, sagte Pereban vorsichtig, »verlor ich jede Erinnerung an meine Anfänge und weiß nun überhaupt nichts mehr von meiner Heimat.« (Hier warfen sich Lord Zwei und Lord Drei verstohlene Blicke zu.)

Lord Eins öffnete den Mund, um zu einem neuen Monolog anzusetzen.

Aber in diesem Augenblick stießen Lord Zwei und Drei, die bisher so verschwiegen gewesen waren, schrille Schreie aus.

Lord Eins hob die Hand und bat um Ruhe.

»Sie tadeln mich«, sagte er, »weil ich Euch die Bedingungen für die Erlangung der Königswürde noch nicht erklärt habe. Ich tue das nur ungern, weil es meine Ehre verletzt. Und das würde auch für sie gelten, wenn sie nicht so vertrocknet wären, daß jedes Gefühl in ihnen zerstört ist.«

Diese hochfahrenden Worte lösten einen Streit aus. Einen Augenblick später wurden jedoch die Türen des Saales geöffnet, und sieben Diener in weißen, goldgesäumten Gewändern traten ein. Die drei Lords verstummten sofort und wandten die Gesichter ab.

»Sonnenfürst«, sagte der erste Diener zu Pereban, »Ihr müßt nun mit uns kommen.«

Pereban leerte seinen Becher und erhob sich. Wieder kamen ihm die alten Legenden und Mythen in den Sinn. Bestimmt würde jetzt irgendeine Prüfung folgen, und danach würden diese Leute entscheiden, ob er das Recht hatte, über Dooniveh zu herrschen. Das wollte er zwar ohnehin nicht, aber da er nicht wußte, was er sonst tun sollte, erklärte er sich bereit.

Diesmal führte der Weg nach unten. Die Korridore waren aus Stein und wurden von Lampen erhellt, die wie Eisdolche aussahen.

»Welch ein herrlicher Sommertag«, bemerkte Pereban, dem vor Kälte schon ganz schwindlig war. Die Diener schenkten seinem Scherz keine Beachtung.

Endlich erreichten sie eine große Eisentür, und hier blieben sie stehen. Der erste Diener verneigte sich und bedeckte sein Gesicht mit den Händen.

»Sonnenfürst, Ihr müßt diese Tür öffnen und den Raum betreten, der dahinter liegt. Dort schläft, bewacht von einer schrecklichen Bestie, seit etwa siebenhundert Jahren die Königin dieser Stadt. Überwältigt die Bestie, weckt die Dame, und sie wird Euch gehören, und mit ihr die Leuchtende Stadt Dooniveh.«

»So etwa habe ich mir das vorgestellt«, murmelte Pereban. »Und wenn ich eine Wahl hatte, könnten sie sich ihre Türen, ihre Bestien und ihre schlafende, königliche Dame als Girlande um den Hals hängen. Aber wie die Dinge liegen ...«, sagte Pereban, »ergebe ich mich in mein Schicksal.«

Die Diener verneigten sich und zogen sich zurück.

4 DAS SCHLAFENDE HERZ

Die Tür war etwa dreizehn Fuß hoch und hatte weder eine Klinke, noch war ein Schloß oder ein Schlüsselloch zu sehen. Trotzdem ging Pereban dicht heran, drückte und schob und versetzte ihr ein paar kräftige Schläge, worauf sie laut ertönte wie ein Gong. Als er sich von dem Dröhnen erholt hatte, packte er die schweren Platten und versuchte, sie zu bewegen, doch ohne Erfolg. Nun trat er zurück, rief sich ein paar magische Worte aus seiner Priesterausbildung ins Gedächtnis, mit denen man sich Einlaß verschaffen konnte, und sprach sie. Die Tür bebte nicht einmal. Da trat Pereban mit dem Fuß dagegen.

»Das ist eine Strafe«, sagte er schließlich. »Ich habe mich nicht genug mit den Dornen gegeißelt. Ich wollte dem engen Gebirgstempel entfliehen, und jetzt bin ich in einem Mond eingeschlossen.«

Dann warf er das Pelzgewand ab, nahm die Schärpe mit der Aprikose darin und begann sich zu schlagen.

Die gewohnte Züchtigung beruhigte ihn. Obwohl er wußte, daß die Götter gleichgültig waren, war er doch zu der Überzeugung gelangt, daß sie solche Praktiken bei den Sterblichen immer noch für angebracht hielten. Außerdem wurde ihm durch die Bewegung warm, was die Robe allein nicht bewirkt hatte. Inzwischen waren ihm auch wieder die alten Lehren des Tempels in den Sinn gekommen. Besonders an einen Spruch mußte er immer wieder denken, er stammte aus einem alten Buch, das noch vor den Enthüllungen der Göttin verfaßt worden war, und lautete folgendermaßen:

»Wer etwas anstrebt und es nicht wahrhaft begehrt, wird es nicht finden, selbst wenn es ihm in die Hand gegeben würde. Doch wenn er wahrhaft nach etwas verlangt, und sei es auch das seltenste Ding der Welt, so wird er es entdecken, und läge es unter einem Berg verborgen.«

(*Schön und gut,* sagte sich Pereban und schlug sich noch heftiger.)

»Ebenso werden viele an eine Tür kommen und sie verschlossen finden. Doch wer wahrhaft eintreten will, braucht nur anzuklopfen, und sie wird ihm geöffnet werden.«

Als diese Sprüche ihm genügend oft durch den Kopf gegangen waren und als ihm genügend warm und sein Arm müde geworden war, legte Pereban sein Gewand wieder an, band sich die Schärpe um, verstaute die Aprikose und wandte sich von neuem der Tür zu.

»Will ich denn wahrhaft eintreten?« fragte er sich. »Ob Strafe oder Schicksal, ich muß es versuchen, soviel habe ich verstanden.« Und dann klopfte er leicht an die Tür und sagte: »Öffne dich bitte!«

Und die Tür ging auf.

Ein anderer wäre vielleicht in schallendes Gelächter ausgebrochen oder hätte zu fluchen begonnen, aber der junge Priester hatte sich inzwischen gefaßt. Er trat mit ruhigem Schritt durch das eiserne Portal und blickte sich um.

Er stand in einem langgestreckten, mit Kristallfliesen ausgelegten Raum, in dem schwache Lampen flackerten. Die Beleuchtung wirkte so unwirklich und gespenstisch, als wäre der Raum mit Wasser gefüllt. Pereban ging dennoch weiter und erreichte bald eine Allee von weißen Säulen. An ihrem Ende stand ein Becken mit tintenschwarzer Flüssigkeit. Dahinter befand sich ein mit Silber drapiertes und von goldenen Vorhängen umgebenes Lager. Schlief hier jemand? Noch während sich Pereban bemühte, dies festzustellen, erbebte der Boden zwischen dem Becken und der Liege, und vor ihm stand, wie verheißen, eine gräßliche Bestie, ein riesiger weißer Hund größer als ein Löwe, mit den Hörnern ei-

nes Stiers, Augen wie Feuerrädern und Zähnen wie ein Krokodil. Als das Untier Pereban bemerkte, begann es zu geifern und zu knurren und kam auf ihn zu.

Pereban, der nichts hatte, um sich zu verteidigen, sah den Hund stirnrunzelnd an und dachte wieder an das Verfahren mit der Tür.

»Ich muß die Aufgabe erfüllen«, sagte Pereban, als der Hund mit Klauen wie die eines Leoparden auf dem Boden scharrte. »Deshalb muß ich wahrhaft den Wunsch haben, dieses Tier zu besiegen, und diesen Wunsch habe ich.« Der Hund tapste mit weit aufgerissenem Maul auf ihn zu. Pereban ging ihm entgegen. Der Hund zögerte, und im nächsten Augenblick hatte Pereban ihn erreicht, und ihre Köpfe befanden sich auf gleicher Höhe. Er starrte in die funkelnden Augen der Bestie. »Ganz gleich, wie groß und mit welchen Waffen du versehen bist«, sagte Pereban zu dem Tier, »du bist ein Hund. Gehorche mir!« Der Hund schien unschlüssig. Pereban dachte an die Aprikose, zog sie wieder aus seiner Schärpe und zeigte sie dem Hund, der nun vor allem überrascht aussah. Dann warf Pereban die Aprikose durch den Raum. »Herbringen!« schrie er. Der Hund drehte sich auf der Stelle um, sprang der Frucht nach und wedelte dabei entzückt mit dem Schwanz — einer Schlange, wie Pereban nicht entgangen war.

Jetzt trat Pereban an das Lager heran, zog die Vorhänge beiseite, schaute hinunter und erwartete, eine sehr gealterte Königin zu sehen. Denn obwohl siebenhundert Jahre in Dooniveh nur etwa sechzig Erdenjahren entsprachen, war auch das genug, um die Jugendblüte einer Frau zu zerstören.

Aber natürlich hielt sich das Abenteuer des Priesters auch hier wie in allen anderen Punkten getreulich an die Mythen. Denn der Schlaf, in dem die Herrscherin des Mondlandes befangen war, war ein Zauberschlaf, und vor Pereban lag ein Mädchen mit topasfarbenem Haar, so schlank und blaß wie eine weiße Iris. Sie trug ein violettes, mit gelben Diamanten besetztes Gewand, und auf ihrer Stirn ruhte eine goldene Tiara. In den Händen hielt die Schlafende ein kleines Kästchen aus dunklem Silber, das im gleichen Rhythmus, in dem sich ihre Brust beim Atmen hob und senkte, merkwürdig zu pulsieren schien.

Inzwischen hatte Pereban seine Lektion gelernt. Er berührte sie nicht, sonden beugte sich über sie und sprach ganz leise zu ihr. »Wach auf!« verlangte er. Und die schöne Königin von Dooniveh, die siebenhundert Mondjahre lang, etwa achtundfünfzig oder sechzig weltliche Jahre geschlafen hatte, erwachte.

Ihre Augen hatten die gleiche Farbe wie Doonivehs leuchtender Sommerhimmel, sie waren auch ebenso kühl und sehr viel leerer. Sie betrachtete Pereban ohne Erstaunen und sagte: »Du hast mich aus dem Schlaf geholt.«

»Das ist wahr.«

»Du bist nicht der erste. Das haben schon andere getan. Zu beiderseitigem Bedauern.«

Dies stimmte nun nicht mehr mit der Mythologie überein.

»So habe ich Euch gegen Euren Willen geweckt?«

»Ja«, sagte sie und blickte ihn mit kühlen, grausamen Augen an. »Denn du bist nicht der, der es hätte tun sollen, ebensowenig, wie die anderen es waren.«

»Dann werde ich mich zurückziehen. Ihr könnt Euren Schlaf fortsetzen.«

»Das ist nicht möglich. Noch nicht. Der Bann des Schlafes ist gebrochen, und ehe ich dafür nicht deinen Stolz und deinen Mut gebrochen und dich zum Narren gemacht habe, kann ich den Zauber nicht wieder erstehen lassen.«

Nachdem die Königin von Dooniveh diese nicht gerade tröstlichen Worte gesprochen hatte, erhob sie sich von ihrem Lager, trat an das Becken mit der schwarzen Flüssigkeit und schüttete etwas aus ihrem Kästchen hinein. Es sank tief hinab und sandte ein Zittern an die Oberfläche. Gleich darauf schien das Wasser selbst zu pulsieren, als habe es nun seinerseits zu atmen begonnen.

»Was habt Ihr da hineingeworfen?« fragte Pereban, weil er sonst im Augenblick nichts anderes zu sagen wußte.

»Mein Herz«, antwortete sie. »Denn weder du noch ich werden irgend etwas damit anfangen können.«

In diesem Augenblick kam der schreckliche Hund wieder dahergesprungen und legte Pereban vorsichtig die Aprikose zu Füßen.

»Kluger Hund, braver Hund«, sagte Pereban und kraulte das Scheusal zwischen den Hörnern. Der Hund lächelte und sabberte, und die Schlange wedelte.

»Ach«, sagte die Königin, und jetzt schien ihr Interesse ein wenig geweckt, »du bist doch nicht ganz so wie die anderen. Sie haben diesen Köter mit Zauberei und Tränken überwältigt und mich mit einem Kuß geweckt.«

»Ich bin Priester«, sagte Pereban und wich errötend dem Blick ihrer unfreundlichen Augen aus. »Ich kann nicht behaupten, daß ich niemals gesündigt hätte, aber ich habe mein Verlangen nie mit einem Mann oder einem Weib befriedigt.«

»Und die Tür aus Eisen — hast du hundert Krieger mitgebracht, um sie einzurennen, oder hast du sie mit einem magischen Feuer geschmolzen?«

»Nein. Ich habe geklopft und um Einlaß gebeten.«

Die Königin faltete die weißen Hände, ließ sich auf dem Rand des Beckens nieder und wandte ihre Augen dem pulsierenden Wasser zu.

»Ich heiße Idune«, sagte sie. »Ich werde dir meine kurze Geschichte erzählen, denn obwohl ich schon lange lebe, habe ich die meisten meiner Jahre im Schlaf verbracht. Und mein Herz dort im Teich schläft immer noch, denn der eine, von dem die Weissagung sprach, ist niemals gekommen, um es zu wecken. Es schlummert und träumt, derweilen ich herzlos bin. Aber du sollst alles hören.«

Dann erzählte sie ihm ihre Geschichte.

Sie hatte bis zu ihrem einhundertzweiundneunzigsten Jahr, also bis sie sechzehn Jahre alt war, allein über die Palast-Stadt und das öde Land geherrscht. Dann erklärte sie sich bereit zu heiraten und der Welt einen König zu geben, den sie aus ihrem Hofstaat unter den Prinzen und Soldaten, den Gelehrten und Magiern ausgewählt hatte. Er sah gut aus und war von edler Abstammung, alle billigten die Verbindung. Und wenn Idune den Mann auch nicht liebte, so empfand sie doch keine Abneigung gegen ihn. Der vierte, nachtlose Tag des Mittsommers, der Tag der Hochzeit, rückte heran. Doch als das königliche Paar Hand in Hand in der Halle stand, wo die vom Gesetz vorgeschriebenen Riten und Zeremonien abgehalten werden sollten, hörte man unten auf den Straßen einen panischen Aufschrei. Ein flammender Funke war aus der Sonne hervorgeschossen und raste nun mit einem Feuerschweif direkt auf den Palast zu. Mit großem Getöse und hell auflodernd schlug er in einem Hof unter dem Hochzeitssaal auf dem Boden auf. Als der Krach und die Erschütterung sich gelegt hatten, schrie eine Stimme folgende Worte: »Die Mondkönigin darf nur den Sonnenfürsten freien, den Goldenen König, auf den ihr Sonnenhaar hinweist. Nimmt sie ihn nicht, so mag sie sich in Schlaf versetzen und auf diese Weise die Zeit verbringen, denn in jeder anderen Verbindung wird sie nur Unglück und Unzufriedenheit finden. Das Herz wird ihr brechen, ihr Gatte wird in Schmach und Schande versinken.«

Dann verstummte die Stimme. Idune verschob die Hochzeitsfeier und rief ihre Magier zu sich.

Diese bemühten sich drei sommerliche Tag-und-Nacht-Tage lang, den Spruch zu deuten. Schließlich traten sie vor Idune und ihren Bräutigam hin und begannen zu flüstern.

Dem Volk von Dooniveh war die Welt seiner Sonne unverständlich, aber sein Leben wurde von dieser Sonne so stark beeinflußt, daß es ihre Launen kaum ignorieren konnte. Die Sonnenweissagung war gültig, darauf wiesen alle Zeichen hin. Die Königin der Mondwelt mußte den Fürsten der Sonne freien. Es wäre Wahnsinn, gegen die Vorzeichen zu handeln.

Daher verschob Idune ihre Hochzeit um dreißig (auf der Erde etwa zweieinhalb) Jahre, um dem Sonnenfürsten Gelegenheit zu geben, sich zu zeigen.

Die Stadt spürte schon, daß ihre Königin dem Untergang geweiht war. Aber da es dort so gut wie keine Regierung gab und die Menschen größtenteils ohne Ehrgeiz, melancholisch und ziellos waren, regte sich darüber niemand besonders auf.

Nachdem die dreißig Jahre vergangen waren, ohne daß sich ein Sonnenfürst gezeigt hätte, verkündete Idune öffentlich, daß sie nun doch den ehemals erwählten, mittlerweile sehr ungeduldigen Dooniveh-Prinzen heiraten würde.

Und das tat sie denn auch.

Die Ehe dauerte ein paar Jahreszeiten lang, und danach verkündete Idune öffentlich, es sei ein Fehler gewesen, gegen den Befehl der Sonne zu handeln. Die Verbindung war ohne Liebe, ohne Kinder, ohne Sinn und — was das schlimmste war — langweilig. Das wurde natürlich dem Zorn der verschmähten Sonne zugeschrieben.

Nachdem sich Idune von ihrem König getrennt hatte, zog sie sich in ein Gemach unter der Stadt vor der Welt zurück. Hier gelang es ihr, bewacht von einer magischen Bestie, ihr Herz — oder vielmehr sein innerstes, nichtkörperliches Wesen — herauszunehmen und es sicher in einem Kästchen zu verschließen. Sie hatte schon eine oder zwei Sprünge bemerkt und befürchtete, es würde ganz in Stücke gehen. Dann versetzte sie sich in den Zauberschlaf. Nur der vorgeschriebene Freier würde es wagen, sie zu wecken, nachdem er von der Sonne herabgestiegen war.

Inzwischen herrschte der geschiedene König weiter über Dooniveh, so gut es ihm eben möglich war und soweit man es ihm gestattete. Was den Titel anging, so wurde er nicht länger als König bezeichnet, sondern lediglich als Lord.

Die Zeit verging, und endlich, eines Sommertages, kam ein junger Mann mit goldenem oder jedenfalls mit intensiver blondem Haar als allgemein üblich in den Palast und sagte, er sei von der Sonnenkugel herabgestiegen, um die Königin zu freien und König von Dooniveh zu werden.

Man erklärte ihm, er müsse zuerst eine unpassierbare Tür überwinden, ein wildes Ungeheuer bezwingen und dann die Königin aus dem Zauberschlaf wecken. Das schien ihn nicht abzuschrecken, er wußte offenbar schon über alles Bescheid, obwohl ihm merkwürdigerweise bei seinem Sturz durch den Himmel alle Erinnerungen an seine Heimatwelt, die Sonne, abhanden gekommen waren. (Es gab sogar Leute, die behaupteten, dieser junge Mann habe große Ähnlichkeit mit einem der niederen Prinzen des Hofes, den man seit hundert Jahren nicht mehr in der Stadt gesehen habe, der jedoch gelegentlich von einer Gruppe von Bärenzüchtern in den Bergen beobachtet worden sein sollte, wenn er vor sich hinmurmelnd durch die Gegend streifte.)

Nun denn, diesem Freier mit dem schwach goldenen Haar gelang es, die Eisentür einzuschlagen, die Bestie zu überwältigen, indem er ihr ein betäubendes Mittel ins Maul goß, und Idune zu wecken, indem er über sie herfiel und sie schändete.

Da er nach allgemeinem Urteil auf diese Weise die Bedingungen erfüllt hatte, verließ Idune ihre Abgeschiedenheit und heiratete ihn. Der frühere König wurde abgesetzt, durfte jedoch den Titel ›Lord‹ behalten. Nun spielte der Neuankömmling den König in Dooniveh, bis die Königin nach einiger Zeit wieder an die Öffentlichkeit trat, um seine Schande zu verkünden.

Die Ehe war ebenso unglücklich verlaufen wie die erste. Ein Schwindler konnte er nicht sein, vielleicht gehörte er nur nicht ganz der richtigen Sonnenfamilie an.

Idune trennte sich von ihm. Dann herrschte er, zusammen mit Lord Eins, seinem königlichen Vorgänger, als Lord Zwei über Dooniveh (eine Verbindung, die nicht glücklicher war als die beiden Ehen). Idune zog sich wieder in den Zauberschlaf zurück.

Als nächstes folgte natürlich die Ankunft eines dritten Freiers von schwach gelblichem Haar. Er ging in fast jedem Punkt genauso vor, wie es Lord Zwei getan hatte. Und bald, nach der Sonnenamnesie, dem Aufschmelzen der Tür, dem Betäuben des Hundes, der labialen Vergewaltigung, der Hochzeit, dem Ehestreit und der Trennung, endete er genauso wie die beiden anderen und erhielt den Namen Lord Drei.

Danach kehrte für eine Weile Frieden ein, Königin Idune schlief weiter, und Lord Eins etablierte sich als — wenn auch nicht mehr ganz junges — Oberhaupt der Leuchtenden Stadt.

Schließlich, eines Nacht-Tages im Sommer, entdeckten Beobachter wieder ein glitzerndes Stäubchen, das durch die Luft flog. Die ganze Stadt lief, nun schon mit geringerer Begeisterung, zusammen. Eine Prozession formierte sich, zog hinaus und sammelte den vom Himmel gefallenen Pereban ein wie eine Muschel am Strand.

Welch gemischte Gefühle mußten nun Lord Eins erfüllt haben, von Lord Zwei oder Drei gar nicht zu sprechen. Eifersucht und Ehrfurcht, Mißtrauen und Aberglauben, Verbitterung, Beschämung, Verlegenheit und Pflichtbewußtsein.

Pereban, dem von der Geschichte der Kopf brummte, blickte die niedergeschlagene Königin an, das uralte Mädchen mit den rasiermesserscharfen Augen.

»Herrin«, sagte er, »habt keine Angst vor mir. Unter

solchen Umständen strebe ich nicht danach, Euer vierter Gemahl zu werden. Ich gebe offen zu, daß ich nicht von Eurer Sonne herabgestürzt kam, sondern von einer anderen Welt, von der ich nicht gerne Genaueres erzählen möchte.«

Idune blickte in den Teich, wo Perebans Spiegelbild trotz allem zitterte.

»Und doch bist du«, sagte sie, »von ungewöhnlicher Schönheit, und dein Haar hat sogar den richtigen Farbton. Vielleicht lügst du. Vielleicht bist du in Wahrheit der rechte, für mich bestimmte Liebhaber, und ich gefalle dir nur nicht.«

»Eure Schönheit raubt mir den Atem«, sagte Pereban.

»Aber du hast noch Atem genug, um mir das zu sagen. Und du erklärst, daß du mich nicht haben willst. Vielleicht hat dir Lord Eins erzählt, wie ich ihm, von meiner Qual überwältigt, das Ohrläppchen abbiß? Oder hat Lord Drei ausgeplaudert, daß ich ihm ein Mittel in seinen Wein schüttete, das die Blase reizte? Vielleicht hat auch Lord Zwei wieder die langweilige Episode mit den Glassplittern ausgegraben, die ich ihm in seine Unterwäsche streute?«

»Herrin«, sagte Pereban schnell, »Euch trifft keine Schuld. Wir Ihr mir sagtet, habt Ihr momentan kein Herz.«

»Das ist richtig. Und dabei fällt mir ein, daß du nicht der Sonnenfürst sein kannst, denn bei seinem Erscheinen würde mein Herz erwachen, ganz gleich, wo es ist. Es könnte keinen Zweifel geben.«

Da seufzte Idune, und Perebans Spiegelbild kräuselte sich und verschwand von der Wasserfläche.

»Was ist da zu tun?« fragte sie. »*Ich* gräme mich, auch wenn mein Herz weiterschläft.«

»Man lehrt uns, daß wir den Göttern gleichgültig sind«, sagte Pereban, der Priester. »Daher müssen wir in uns selbst Rat suchen.«

Idune hob die Augen. Einen Moment lang entdeckte er darin ein düsteres, seit langem ungestilltes Sehnen.

»Dann suche Rat«, sagte die Königin. »Du hast mich in meiner Ruhe gestört. Ich gebe dir die sieben Tage des Sommers Zeit, um eine Lösung für den Fluch der Sonne zu finden. Und wenn du scheiterst, lasse ich dich von den weißen Bären zerreißen, denn, wie du selbst festgestellt hast, bin ich momentan herzlos.«

Pereban erbat sich einen spärlich möblierten kleinen Raum, und dort ging er auf und ab, setzte sich auf den Boden, nahm kärgliche Mahlzeiten zu sich und schlug sich mit der Aprikose, und dabei dachte er die ganze Zeit nach. Nachdem er schon so viele unglaubliche Schwierigkeiten überstanden hatte, erschien es ihm unwahrscheinlich, daß er dem Tod noch einmal angeboten werden sollte. Folglich mußte ihm irgend etwas einfallen, um das Dilemma der herzlosen Königin Idune zu lösen. Und da er dessen so sicher war, fand sich die Lösung nach kurzer Zeit natürlich auch.

Nun stattete Pereban dem Hundemonster im unteren Palast einen zweiten Besuch ab und unterzog es einem langwierigen, aber lohnenden Training im Spiel des Apportierens.

Der letzte Tag des Sommers brach an. Rauhreif glitzerte auf den Zinnen der Leuchtenden Stadt und auf dem Boden des Raumes, den man Pereban zugewiesen hatte — er hatte nämlich aufgehört, sich zu verhätscheln, und war in fast allem wieder zur harten Lebensweise seines Tempels zurückgekehrt, was er als ungeheuere Erleichterung empfand.

Spät an diesem Tag, nach der Zeitrechnung der Erde wahrscheinlich erst gegen Mitternacht, kam Idune durch den Rauhreif hereingefegt, begleitet von allen drei Lords, mehreren Magiern und Gelehrten und dem obersten Bärenhüter, der Pereban traurig und voll Mitgefühl ansah.

»Deine Antwort«, wollte Idune ohne Einleitung wissen.

»Ihr habt eine Weissagung bezüglich Eures Schicksals erhalten«, sagte Pereban. »Und Ihr habt sie falsch gehört und auch falsch gedeutet.«

»Was!« schrie Idune. Ihr Hofstaat riß vor Staunen den Mund auf, und die Aufregung des Bärenhüters legte sich ein wenig.

»Wiederholt mir noch einmal«, verlangte Pereban, »die Botschaft, welche die Stimme an dem Tag verkündete, als die erste Hochzeit stattfinden sollte.«

Idune zeigte auf einen Gelehrten, der für sein gutes Gedächtnis berühmt war.

Gehorsam gab er die entscheidenden Worte wieder:

»Die Mondkönigin darf nur den Sonnenfürsten freien, den Goldenen König, auf den ihr Sonnenhaar hinweist.« (Hier stöhnte der ganze anwesende Hof, dies sei lediglich eine Tatsache, die Königin sei unvergleichlich und ihr gelbes Haar wunderschön. Idune blickte jedoch zornig um sich, und da schwiegen alle. Der Gelehrte fuhr fort:) »Nimmt sie ihn nicht, so mag sie sich in Schlaf versetzen und auf diese Weise die Zeit verbringen, denn in jeder anderen Verbindung wird sie nur Unglück und Unzufriedenheit finden. Das Herz wird ihr brechen, ihr Gatte wird in Schmach und Schande versinken.«

»Und deshalb«, sagte Pereban, »habt Ihr gewartet oder andere Männer genommen, die zwar Euren Schlaf beenden, aber nicht Euer Herz wecken konnten.«

»Das ist richtig«, sagte Idune mit schrecklicher Stimme. »Warum sagst du mir Dinge, die ich schon weiß? Ich bin hier, aber er ist nicht zu mir gekommen. Was ist daran neu? Hoffentlich hat man den königlichen Bären die Klauen auch ordentlich geschärft.«

Pereban lächelte bedeutungsvoll.

»Wo wird denn in dieser Botschaft gesagt«, fragte er mit großer Herablassung, »daß Euer Sonnenfürst zu Euch kommt?«

»Es heißt darin, daß ich nur ihn allein freien darf. Daß ich ihn nehmen muß oder der Verdammnis anheimfalle. Wie soll ich das denn befolgen, wenn er nicht die Absicht hat, um meine Hand anzuhalten?«

»Das heißt aber nicht, daß er dazu aus der Sonne fallen muß.«

Danach herrschte nun wirklich Schweigen.

Nach einer Weile trat Idune dicht an Pereban heran und starrte ihn mit weit geöffneten Winteraugen an.

»*Wie* dann?«

»Ihr seid doch offensichtlich eine Zauberin. Ihr müßt Euch mit Hilfe eines Zaubers in die Lüfte erheben. Denn ich glaube, anstatt hier unten auf Euren Gatten zu warten, müßt Ihr vielmehr zur Sonne aufsteigen, um ihn zu finden. Der Sinn des Spruches war, daß Ihr zu ihm kommen, nicht, daß Ihr ihn auf diesen kalten Felsen herabziehen sollt. Zweifellos hat er, nachdem er Euch eingeladen hat, auf Eure Ankunft in seinem Reich ebenso ängstlich und verzweifelt gewartet, wie Ihr hier unten geschmachtet habt. Hoffentlich ist seine Jugend ebenso dauerhaft wie die Eure, sonst habt Ihr Eure Chance für immer vertan.«

Idune stieß einen wilden Schrei aus. Dann wandte sie sich an ihren Hof und sagte ihm sehr unangenehme Dinge. Pereban mahnte: »Ihr solltet keine Sekunde mehr vergeuden. Wenn Ihr in der Lage seid, Euch auf diese Reise zu begeben, so tut es.«

»Du wirst mich begleiten«, sagte sie mit halb flehentlichem, halb giftigem Blick.

Pereban erhob keine Einwände.

»Holt einen Bären!« rief die Königin. Der Bärenhüter protestierte. »Doch nicht um ihn zu zerreißen, du Narr, zum Reiten!« schrie sie.

Der Bär wurde gebracht. Königin Idune und der junge Priester Pereban bestiegen ihn. Ohne weitere Vorkehrungen verließen sie die Stadt und zogen zum Strand hinter der wandernden Sonne her.

Am Ufer des Meeres, im schwächer werdenden Licht des Herbstes, hob Idune die bleichen Arme, so daß die violetten Ärmel zurückfielen, und rief die Wale aus der Tiefe.

Die phantastischen Wesen kamen auf ihren Flossenflügeln herauf, und jeder, der aufstieg, spie in einer Fontäne das Wasser des Mondes aus, bis der Himmel hinter einem Gespinst aus Tinte und Milch verborgen war.

Dann sprach Idune, die zweifellos eine Zauberin war (allerdings von einer Art, wie man sie auf der Erde nicht finden konnte), zu den Walen. Dazu benützte sie eine andere Sprache, einen hohen dünnen Singsang, und nach einer Weile taten Pereban die Ohren weh davon, und der weiße Bär brummte und entfernte sich zum Strand.

»Wag es ja nicht, mich allein zu lassen!« warnte die Königin Pereban. »Es wird einer kommen, um uns auf den Weg zu bringen, den du mir empfohlen hast.«

Pereban hatte jedoch nur die schwache Sonne betrachtet, die nun über der Küste hing. Nachdem er seine Meinung geäußert hatte, hatte er sich gefragt, ob das Sonnenfeuer nicht doch zu heiß wäre, als daß man sich ihm nahen könnte. Aber das schien nicht wahrscheinlich, die Scheibe wirkte so fahl. Was Idune anging, so hatte sie keine Einwände in bezug auf Feuer erhoben. Aber vielleicht war ihr schon alles gleich, und sie wollte nach einem Leben in frostigem Schlaf lieber brennen.

Die Wale sanken wieder unter die Wasseroberfläche. Einen Augenblick lang war alles still, so als gäbe es kein Leben im Ozean. Aber bald kam eine gewaltige Welle, so stark, daß sich noch eine Meile weit draußen die Wogenkämme vor dem Himmel abzeichneten und sich in der Nähe das Wasser über das Ufer ergoß und bis in Brust- oder Schulterhöhe an der Königin und Pereban vorüberspülte — Idune hatte jedoch eine magische Barriere errichtet, die verhinderte, daß sie von den zähen Massen fortgerissen wurden. Dann schien sich die ganze See zu teilen, und heraus stieg ein Wal, so riesig, daß er wie ein lebender, aus einer einzigen grauen Perle bestehender Berg aussah. Dieses Wesen drehte sich im Sprung, tauchte in einer vollkommenen Kurve wieder ein, versank jedoch nicht ganz, sondern präsentierte ihnen im Mahlstrom den Rücken wie eine Insel.

»Das ist unser Gefährt«, sagte Idune.

Und mit diesen Worten trat sie auf das Meer, das sie trug, und Pereban folgte ihr und stellte fest, daß auch er auf dem Wasser gehen konnte, so unnatürlich stark war der Auftrieb. Auf diese Weise erreichten sie den Rücken des Wales. Aus der Nähe sah man darauf Furchen und Schwielen, so breit wie Wege und Gassen, über diese Pfade stieg Idune hinauf, und Pereban tat es ihr nach. So gelangten sie auf den Walrücken und fanden dort eine Art Grat mit knochigen Auswüchsen, an denen sich Idune mit ihrem Diamantgürtel festband.

»Und du«, sagte sie zu Pereban, »faßt mich um die Taille und läßt unter keinen Umständen los, sonst ertrinkst du im Wasser oder wirst in die Luft geschleudert.«

»Seid Ihr denn schon einmal auf diese Weise gereist?«

»Ich nicht, aber eine Reihe meiner Vorfahren, doch du verdienst es nicht, ihre Geschichte zu hören.«

»Und haben sie, diese Vorfahren, dabei auch die Sonne besucht?«

Idune antwortete nicht. Sie pfiff dem Wal zu.

Auf dieses Zeichen hin stürzte er sich senkrecht hinab in den Ozean, und sie wurden mitgerissen.

Welch eine Fahrt! Der tosende Schrecken schien eine Stunde zu dauern, die unvermischten schwarzen und weißen Fluten rauschten vorbei, von formlosen, doch ständig wechselnden Mustern durchzogen. Idune hatte sich und Pereban mit einer magischen Schutzhülle umgeben, und Pereban umfaßte die Königin so fest, daß sie ihn deshalb schalt. Nach der Tauchfahrt — kam der Sprung. Der große Wal raste mit solcher Geschwindigkeit nach oben, daß das Meer nur noch eine blinde Wand war, dann brachen sie wieder aus dem Wasser und schossen wie ein Pfeil in den Himmel von Dooniveh hinauf, während die Wassertropfen immer noch zäh wie Sirup an ihnen hafteten.

Das Meer und das kalte Land blieben ebenso schnell hinter ihnen zurück, wie sie vorher auf sie zugekommen waren.

An der Spitze der gewaltigen Flugbahn des Wales trafen sie auf die Sonne.

Hitze und ein goldener Schein erfüllten die Luft, sie wurden alle drei zu Wesen aus Gold. Und Pereban erblickte Streifen aus feurigem Gas, die vom Angesicht der Sonnenscheibe aufschäumten.

»Was ist mit dem Feuer?« schrie er Idune zu.

Aber wieder gab sie keine Antwort, und er konnte nur ihren magischen Fähigkeiten vertrauen. In diesen Augenblicken erschienen ihm die Strahlungen nicht mehr so harmlos wie vorher.

Einen Augenblick später umgab sie eine Glut wie in einem Hochofen.

Der Wal drehte sich von dem Hitzeschwall ab. Idune packte ihren Brillantengürtel, zerriß ihn und verstreute die Steine in den Raum.

»Halt dich an mir fest!« kreischte sie über den Flugwind und das Zischen und Prasseln der Feuerdünste hinweg. Pereban hielt es für angebracht zu gehorchen. Als sich Idune daher vom Rücken des Wales abstieß, wurde er mitgerissen.

Das Meerestier stürzte schon von ihnen weg auf den tiefen Ozean zu. Sie hingegen fielen — durch Zauberei, durch die Kraft des Abstoßes oder durch solaren Magnetismus — immer noch nach oben und stürzten ins Herz der brennenden Sonne.

Eine Fahrt in die Tiefe, ein Sprung in den Himmel, ein Sturz durch das Feuer ...

Die Hitze war sehr stark geworden, aber Idune schrie weiter entschlossen ihre Zaubersprüche. Pereban stellte fest, daß er zwar angeröstet, aber nicht durchgebraten war und daß er diese Backofenluft atmen konnte. Sie stürzten mit hoher Geschwindigkeit durch feurige Luft und spritzende Lavasäulen in ein heißes, wogendes Wolkenbad. Und dann schwebten sie über einen orchideengelben Himmel.

»Wir werden sterben. Ich, die ich tausend Jahre und noch länger hätte leben können ...«

So lamentierte Idune und schlug auf Pereban ein, der sich an sie klammerte, während sie miteinander hinabstürzten.

»Schlafen heißt nicht leben«, berichtigte dieser. »Außerdem ist die Luft hier zwar weniger dicht als die Atmosphäre von Dooniveh, aber wir sinken nicht übermäßig schnell. Davon abgesehen — kennt Ihr keinen Zauber, um unsere Geschwindigkeit zu verringern?«

»Du könntest sie selbst verringern, wenn du die schweren, nutzlosen, hinderlichen Dinge aus deiner Tasche nehmen würdest, die ich darin klirren höre.«

»Ihr beliebt zu scherzen. Ich werde nichts wegwerfen.«

»Na schön. Aber was die Magie angeht, so bin ich in diesem Reich machtlos.«

Pereban hielt dies nicht für logisch, aber Idune war nicht umzustimmen. Inzwischen fielen sie weiter.

Plötzlich klärte sich unter ihnen der Himmel. Vor ihren Augen lag das Land der Mondsonnenwelt wie ein aufgerollter safrangefärbter Teppich.

Es war ein schönes und fremdartiges Land, während das Mondland zwar fremdartig, aber nicht schön gewesen war.

Pereban und Königin Idune starrten hinab.

Keine Berge waren zu sehen, statt dessen wogende, sanft gerundete Hügel und Täler. Hier und dort glitzerten Seen, als würde das Wasser in einem goldenen Löffel gehalten. Ein pfirsichfarbener Wald sonnte sich an den Ufern eines Weißweinflusses; stattlichere Bäume, von der Farbe her buttergelb wie Krokusse, scharten sich um ein imposantes Gemäuer.

»Ein Palast oder ein Tempel. Wir werden auf dem Dach zerschellen«, bemerkte Idune ungerührt.

In diesem Augenblick wurde ihr Sturz gebremst. Eine schwirrende Barriere hielt sie auf und schnellte sie wieder in die Luft, doch als sie unmittelbar darauf zurückfielen, blieben sie liegen. Zwischen den Bäumen war ein riesiges Netz gespannt worden, rätselhafterweise direkt unter dem Bereich, wo sie herunterkamen. Sie lagen darauf, alle viere von sich gestreckt, und wenn man von ihrer Würde einmal absah, waren sie unversehrt.

»Welch eine Hitze!« rief Idune schließlich aus, vielleicht spontan, vielleicht auch in dem Bemühen, ihr seelisches Gleichgewicht zu wahren.

Pereban erschienen die Temperaturen auf der Sonne des Mondes nicht höher als an einem idyllischen Nachmittag im Spätfrühling oder im Frühsommer auf der Erde. Er streckte sich matt und träge in dem Netz aus und vernahm das Gezwitscher von Vögeln — das in Dooniveh offenbar unbekannt gewesen war — und andere Tiergeräusche im Wald. Der Himmel lächelte in sanftem gleichbleibenden Licht auf sie herab. In diesem Land mußte es immer Tag sein. Wieder wurde Pereban von schmerzlichem Heimweh erfaßt; er mußte unvermittelt an die Erde denken, wo es auch Nacht gab, und wo Kälte und Wärme sich abwechselten. In diesem Augenblick hörte er ein paar hohe Trompetenstöße und dumpfe Trommelschläge.

»Eine Prozession kommt«, sagte Pereban zur Königin. »Man hat Eure Ankunft erwartet. Dieses rettende Netz ist der Beweis.«

»Aber ich bin ganz zerzaust«, protestierte Idune, und so war es in der Tat.

In diesem Augenblick begann sich das Netz zu senken, die Reisenden wurden auf den honigfarbenen Rasen hinuntergelassen und befanden sich vor dem Bauwerk, das sie vorher von oben betrachtet hatten. Ganz in der Nähe kam die Prozession aus dem Wald.

Die Teilnehmer waren ausnahmslos in Schwarz gekleidet, und obwohl Soldaten, Gelehrte, Musiker und Angehörige der herrschenden Schicht darunter sein mochten, ließen sie mit keiner Geste, keiner Miene erkennen, daß sie sich über die Ankunft der Fremden freuten. Sogar die Gesichter der großen gelben Salamander, auf denen viele ritten, waren ausdruckslos.

Inmitten der Menge befand sich ein Wagen aus Bronze, verhüllt mit dunklen Vorhängen, die mit Totenschädeln bestickt waren.

»Herrin …«, wagte Pereban zu flüstern.

»Wir kommen zu spät, wie du es vorausgesehen hast.« In ihrem aufgelösten Zustand wirkte sie reizend und bedauernswert, aber keine Trauer malte sich auf ihren Zügen, und jetzt drückte sich auch kein Zorn mehr darin aus.

Bald darauf kam ein würdig aussehender goldhaariger Mann auf einer der Echsen auf sie zugeritten.

»Herrin«, sagte er ohne Einleitung, »wenn Ihr die Weiße Königin aus dem Land unter uns seid, so muß ich Euch sagen, daß Ihr zu lange gezögert habt. Unser König Kurim hat lange auf Euch gewartet und seine Jugend und seine Kraft immer weiter aufrechterhalten. Euer eisiges ödes Land ist uns feindlich gesinnt, deshalb konnte er Euch dort nicht selbst aufsuchen, sondern mußte sich eines Boten bedienen. Als er von Euch keine Nachricht erhielt, nahm er schließlich an, Ihr wäret an dieser Verbindung nicht interessiert, obwohl sie vom Schicksal bestimmt war und keine andere Euch glücklich machen konnte. Da ließ er zu, daß sein Leben seinen königlichen Verlauf nahm, er wurde alt und starb erst vor dreißig Stunden. Nun tragen wir ihn zur Totenfeier in jenes Gebäude, das Ihr hier seht.«

Idune senkte den Kopf, doch das war alles.

Der Herr auf dem Salamander sagte zu ihr: »Aus Achtung vor Eurem Rang und wegen all dessen, was hätte sein können, gestatten wir Euch, dem Totenwagen zu folgen und mit uns Eure Tränen zu vergießen.«

»Das ist zwecklos«, sagte Idune. »Ich habe keine Tränen.«

Der Herr betrachtete sie mit Mißfallen. Dann gab er der Prozession ein Zeichen und führte sie zwischen den Krokusbäumen hindurch in das Säulengebäude.

Als die schwarzen Roben, die Echsen und die Trommeln nicht mehr zu sehen und zu hören waren, warf Idune Pereban einen schnellen Blick zu.

»Da hat es mich nun ohne meinen Rang, ohne meinen Gatten und ohne jegliche Zauberkräfte in ein fremdes Land verschlagen. Es ist deine Schuld, daß es so weit gekommen ist.«

Pereban sagte: »Ich habe es nicht anders verdient, als daß Ihr mich ungerecht behandelt. Auch das Leben selbst ist ungerecht und grausam. Aber jetzt will ich Euch das überreichen, was ich für Euch von unten mitgebracht habe — in Eurer Eile habt Ihr es nämlich vergessen —, und ich dachte, zu Eurer Hochzeit könntet Ihr es brauchen.« Damit zog er aus der Tasche seines Gewandes, über deren Klirren sie sich beklagt hatte, das silberne Kästchen, welches das schlafende Herz der Königin oder dessen innerstes Wesen enthielt. (Dies war es, was ihm der schreckliche Hund bei ihrem letzten Spiel aus dem Tintenteich *gebracht* hatte.)

»Mein Herz«, sagte Idune und blickte das Kästchen an. »Was kann mir das jetzt noch nützen? Wenn ich es mir wieder einsetze — denn dieser Zauber wäre sogar hier wirksam —, werde ich den Verlust als schrecklichen Schmerz empfinden, mein Herz wird erwachen und zerbrechen, und dann werde ich sterben.«

Pereban wollte das Kästchen wieder in die Tasche stecken, aber plötzlich streckte Idune die Hand aus.

»Gib es mir! Dann will ich eben sterben. Mein Leben ist ohnehin vertan.«

Pereban reichte ihr das Kästchen, das durch die unheimlichen Herzschläge in seinen Händen zu tanzen schien. Idune nahm es und öffnete es. Sie hob es an die Lippen, wandte sich ein wenig ab und schluckte verstohlen den Inhalt. Danach warf sie das silberne Gefäß weg. Erst stand sie da wie eine Statue, dann stieß sie leise einen Schrei aus. Der junge Priester rechnete jeden Moment damit, daß sie leblos auf den Rasen sänke.

Statt dessen fuhr sie mit fliegendem Haar und funkelnden Augen zu ihm herum.

»Mein Herz — o Pereban! —, mein Herz ist erwacht und spricht zu mir. Es sagt, wenn ich von Anfang an darauf gehört hätte, wäre alles nie so weit gekommen. Mein Herz ist zornig, Pereban.« Jetzt lachte sie. »Und jetzt sagt es mir: ›Geh in das Haus des Todes!‹«

Mit diesen Worten stürmte Idune durch die Bäume davon und verschwand zwischen zwei Säulen. Pereban folgte ihr gespannt.

5 FEUERWERK

Im Innern des Bauwerks hatte der Trauerzug für Kurim den Sonnenkönig einen Raum mit massiven Wänden betreten und sich dort aufgestellt.

Rings um den Saal reihten sich gewaltige Baumstämme, mit Schnitzwerk und Malereien verziert, ein Gewirr von Farben und Formen, doch die Bäume lebten noch, ihr elfenbeinfarbenes filigranartiges Blätterdach bildete die Decke des Raumes. Auf den Ästen saßen schlanke Vögel in kräftigerem Gelb mit übermäßig langen Schwänzen, und an vielen Stellen hingen dichte Büschel von traubenähnlichen goldenen Früchten.

Unten standen überall — außer direkt in der Mitte des Raumes — die Trauernden dicht an dicht. Alle trugen tiefstes Schwarz. Schwarzgekleidete Trommler ließen ihre schwarzen Trommeln wirbeln. Andere an der Totenklage Beteiligte schwangen sich halsbrecherisch an der Baumdecke von Ast zu Ast und schlugen dabei mit den Füßen auf Messinggongs. Mädchen, deren Haare glänzten wie frisch gemünztes Gold, wimmerten leise und schwangen das Sistrum. Die Höflinge und die Soldaten des toten Königs hatten stumm die Köpfe gesenkt.

Im Zentrum des Raumes stand der Katafalk. Gerüst und Sarg bestanden aus dem gleichen bemalten und geschnitzten Holz wie die Säulenbäume, alles war mit Blumen, Eßwaren und goldenen Gefäßen übersät. Schwarz gekleidete Bedienstete gossen Krüge voll Wein, Öl und Parfüm über den ganzen Aufbau.

Da Pereban ziemlich spät eingetreten war, konnte er nicht mehr durch die Menge gelangen. Trotz einiger Bedenken, ob dies nicht gegen die Pietät verstoße, kletterte er auf einen der verzierten Bäume, wobei er sich mit

Händen und Füßen an den Schultern, Ohren und Phallen der eingeschnitzten Bilder festhielt. Schon bald hatte er einen hohen Ast erreicht, entschuldigte sich bei dem dort hausenden Vogel, ließ sich nieder und schaute hinab.

Von hier aus hatte er einen guten Blick auf den offenen Sarg. König Kurim, ein betagter Mann, der nicht weniger als hundert Erdjahre alt zu sein schien, lag mit allen Abzeichen seiner Königswürde geschmückt darin, angetan mit Ringen, Armreifen und Halsketten und mit dem königlichen Diadem auf dem runzligen haarlosen Schädel.

(Im übrigen empfand Pereban den Prunk der Feierlichkeiten als störend. Er war an bescheidene, schüchterne Begräbniszeremonien gewöhnt, bei denen man die Götter um Verzeihung dafür bat, daß man die Tollkühnheit besessen hatte, überhaupt zu leben.)

Idune hatte sich inzwischen mit großer Mühe durch die Menge gedrängt und betrat in diesem Augenblick den freien Raum um den Katafalk. Sie blieb nicht unbemerkt.

Trotz ihres aufgelösten Zustandes von strahlender Schönheit, wartete sie schweigend, während die Trommelwirbel verklangen und das Klagegeheul verstummte. Der letzte Gong wurde geschlagen, sein Dröhnen verklang jammernd. Idune zerriß langsam ihr Gewand, und wieder verstreute sie dabei Diamanten. Dann rief sie mit klangvoller Stimme: »Laßt mich mit euch trauern! Auch ich habe meinen Herrn verloren.« Und plötzlich vergoß sie einen Regen von Tränen, weinte sich das ganze Leid von der Seele, das sich in den langen Monaten und Jahren ihres Schlafes angestaut hatte. So schön und leidenschaftlich, so von Herzen kommend war ihr Verhalten, daß sogar der Herr, den ihr ungehobeltes Benehmen auf dem Rasen abgestoßen hatte, nun herantrat, sie stützte und beiseite zog.

Pereban beobachtete dies alles mit ungläubigem Einverständnis, bis er — über den Geruch nach Balsam und Früchten hinweg — einen Hauch von Feuer spürte.

Männer und junge Frauen traten aus der Menge, sie hatten brennende Fackeln in den Händen und warfen sie auf die Totenbahre. Sie loderte auf. Jedes Körnchen Farbe, jeder Holzsplitter wurde vom Feuer erfaßt. Der Sarg und mit ihm die Leiche König Kurims wurden zu einer Feuerkugel.

Der gelbe Vogel neben Pereban stieß ein Quieken aus, und der junge Priester überlegte, ob er seinen Platz räumen sollte. Denn in einem solchen Raum voller Holz ein offenes Feuer anzuzünden, das hieß die Vorsehung, wenn nicht den Gebieter Schicksal selbst versuchen.

Im nächsten Augenblick gab es im Innersten des Scheiterhaufens eine gewaltige Erschütterung. Weißglühende Scherben und Funken stoben nach allen Seiten.

Doch ehe Pereban den Rückzug antreten konnte, wurde er von seinem Vorhaben völlig abgelenkt. Ein Wunder ereignete sich.

Aus dem zusammenbrechenden Scheiterhaufen schwebte eine strahlende Kugel aus goldenem Licht. Sie schickte pastellfarbene Strahlen und einen berauschenden Duft nach tausend Wohlgerüchen aus. Die heftige Entladung hatte nichts in Brand gesetzt — was an sich schon übernatürlich war. Dann fiel das Feuer in sich zusammen und erlosch, und nur noch die goldene Sonnenkugel verstrahlte ihren Schein.

Pereban starrte dieses ungewöhnliche Licht an, und sein Herz schlug schneller. Einen Augenblick lang schien es ihm, als sollten sie sich ihm nun alle Geheimnisse des Geistes und der Seele enthüllen. Er vergaß, wo er sich befand, vergaß diese andere Welt, in die seine Torheit ihn gebracht hatte. Das war nicht wichtig, denn alle Orte waren eins, waren überall und nirgendwo, und die vollkommene Wahrheit stand dicht vor ihm, nur durch einen schwachen Rauchschleier verborgen — Doch dann zerplatzte die goldene Kugelblase wie ein

Feuerwerk. Nur ein magisches Wunder spielte sich hier ab, und das hohe Ideal, nach dem Perebans priesterliche Seele sich sehnte, rückte wieder in unerreichbare Fernen.

Auf den schwelenden Trümmern des Scheiterhaufens, aus der Feuerkugel ausgeschlüpft wie ein Schmetterling aus seiner Puppe stand: ein junger Mann. Er strahlte wie zuvor das Licht in reinem Gold, er war schön, ein König. Er trug eine goldene Rüstung und einen goldenen, mit Hyazinthsteinen und Sonnenblumen aus Jaspis und Chrysopras bestickten Mantel. Auf seiner Brust lagen die Ketten und Abzeichen der Königswürde, auf seinem Feuerhaar saß das Diadem. Und Pereban begriff, daß dies niemand anderer war als der in den Flammen zerstörte Leichnam des alten Königs, der hier als kraftvoller junger Mann aus sich selbst wiedergeboren wurde …

Auf allen Seiten rissen die Höflinge ihre schwarzen Kleider ab, darunter wurden bunte Festgewänder sichtbar. Die Musiker ließen ihre Instrumente erklingen, die Mädchen stimmten einen fröhlichen Gesang an und schwenkten weiße Federbüsche. Die Vögel in den Bäumen putzten sich, und harte Trauben regneten herab wie Hagel.

Aus diesem Inferno trat der goldene König. Das Feuer hatte ganze Arbeit geleistet; nichts an ihm, das nicht blank gewesen wäre. Offenbar war auch sein Gedächtnis unversehrt wiedererstanden. Er ging schnurstracks zu der Stelle, wo Idune stand, das Topashaar zerzaust wie Distelwolle, die silbernen Augen so groß wie die einer Eule.

»Es ehrt mich, daß Ihr an meiner Totenfeier teilnehmt«, sagte Kurim, der Sonnenkönig. Idune antwortete nicht. Kurim nahm ihre Hand. »Ihr seid noch schöner, als ich gedacht hatte. Und obwohl man mich gewarnt hat, Ihr hättet kein Herz, sehe ich, daß dies ein Irrtum war.« Idune errötete wie die Dämmerung, eine

Erscheinung, die in ihrem wie in seinem Reich unbekannt war. König Kurim sagte: »Willigt Ihr ein, mein Weib zu werden und neben mir zu herrschen? Hier gibt es weder Traurigkeit noch Krankheit. Und wenn wir alt werden, können wir, wenn Ihr das wollt, gemeinsam ins Feuer gehen und wiedergeboren werden, wie Ihr es eben bei mir erlebt habt.« Darauf sagte Idune: »In Dooniveh habe ich nie geherrscht, ich habe nur geschlafen. Es kommt mir vor, als wäre ich erst wach, seit Ihr mich berührt habt.«

Da klatschte der Hof Beifall, die Trompeten schmetterten, die Vögel zwitscherten und flatterten umher. Und Pereban saß auf seinem Ast und überlegte, wie makellos passend doch der Schluß der mythischen Geschichte war, der da unten in Szene gesetzt wurde. Aber dann umarmten sich Kurim und Idune, und Pereban wandte den Blick ab und spürte eine große Ungeduld und eine tiefe Einsamkeit in sich aufsteigen.

Die Hochzeit des Goldenen Königs mit der Weißen Königin war, wie zu erwarten, sehr prunkvoll. Die sonnige Stadt dieser Welt hallte wider von den festlichen Melodien und vom Krachen der Feuerwerkskörper. Und den ganzen nachtlosen, winterlosen, zeitlich nicht meßbaren Tag lang, der nach dem irdischen Kalender drei Monate gedauert haben mag, erfreute man sich an Festessen und Theater, an Spielen und den verschiedensten Darbietungen. Aber da man sich in dieser Welt ohnehin nur sehr wenig mit ernsthaften Dingen oder mit Geschäften befaßte, waren diese Feiern, obwohl man die Hochzeit allgemein sehr genoß, gar nicht so außergewöhnlich.

Pereban, den Idune in ihrem Glück vollkommen vergessen hatte, ließ sich in der Menge mittreiben und merkte schon bald, daß er unter den Sonnenweltlern nicht auffiel. Das war eigentlich ziemlich lästig, denn da die Leute ihn für einen der ihren hielten, nahmen sie ganz selbstverständlich an, daß er alle ihre Bräuche kannte und außerdem über ihre Geschichte, ihre Anschauungen und über ihr Land und ihre Stadt in allen Einzelheiten Bescheid wußte. Glücklicherweise war die Sprache auf der Sonne des Mondes fast genau die gleiche wie die von Dooniveh, mit der ihn ja Lord Eins vertraut gemacht hatte. Trotzdem bereiteten Pereban seine Unwissenheit und das Erstaunen, die diese hin und wieder hervorrief, einiges Unbehagen. Als er nach einer Weile herausgefunden hatte, was hier üblich war, suchte er sich eine prächtige, leere Wohnung in der Stadt und richtete sich dort ein wie andere alleinstehende Sonnenherren auch.

Die Wohnung hatte viele Fenster aus goldgeädertem Kristall und war mit kostbaren Teppichen, Betten und anderem Hausrat ausgestattet. Außerdem fand Pereban Musikinstrumente und andere Dinge zur Zerstreuung vor, deren Zweck er größtenteils gar nicht verstand. Im Inneren der Häuser wie auch an den Außenwänden wuchsen Blumen, Vögel flogen ohne jede Scheu, mit lieblichem Gesang und ohne etwas zu beschmutzen, ein und aus. Wenn man Hunger oder Durst verspürte, brauchte man sich nur auf einen der öffentlichen Plätze oder einen der Säle der Stadt zu begeben, dort wurden stets und für jedermann erlesene Gerichte und Weine bereitgehalten. Die Speisen wurden herbeigezaubert, jedenfalls schien es so, denn obwohl gewisse Bürger es sich manchmal in den Kopf setzten, ihresgleichen zu bedienen, war dies offensichtlich nur eine Modeerscheinung. Auch hingen beständig Früchte an den Bäumen, die keinerlei Pflege verlangten, man brauchte sie höchstens lobend zu erwähnen und ganz nebenbei im Vorübergehen mitzunehmen. Es gab keinen Regen, das Wetter änderte sich nie. Die Blumen verwelkten nicht, nicht einmal, wenn man sie gepflückt hatte. Wenn einem Mädchen ihr Kranz nicht mehr gefiel, ließ sie ihn einfach auf die Erde fallen, wo er innerhalb einer halben Minute Wurzeln schlug. Die Sonnenbewohner waren ewig jung, wenn auch nicht unsterblich. In hohem Alter pflegten sie, scheinbar nur aus einem Übermaß an Erfahrung heraus, zu sterben. Pereban hatte nämlich bei ein oder zwei Trauerfeiern eine schöne, junge Leiche friedlich auf dem Katafalk liegen sehen — und geglaubt, der Tote sei zu früh abberufen worden. Doch als er sein Mitgefühl zum Ausdruck brachte, hatte man ihn nur verständnislos angestarrt. Dann teilte man ihm mit, wie viele Stunden der Verstorbene gelebt habe, wobei natürlich unzählige Milliarden zusammenkamen, da die Sonnenweltler als Zeitmaß *nur* die Stunde kannten. Besondere Uhren in den Häusern zählten die Stunden in Gruppen von jeweils hundert, und die Menschen führten peinlich genau Buch darüber. Jede Uhr blieb beim Tod ihres Besitzers von selbst stehen und wurde ihm oder ihr mit ins Grab gegeben.

Nur der König gelangte zur Reife und wurde alt (wofür man ihn hoch verehrte und achtete). Dann wurde er mit Hilfe des Feuers und der Magie erneuert und wiedergeboren. Auf diese Weise hatte es seit Menschengedenken keinen anderen König gegeben als Kurim. Aber niemand beklagte sich darüber. Soweit überhaupt ein König erforderlich war, erfüllte er seine Aufgabe ausgezeichnet. Außerdem setzte man große Hoffnungen in die Königin, da auf der Sonnenwelt seit mehreren Generationen keine Kinder mehr geboren worden waren.

Dieses mühelose, statische Leben, der unangefochtene, tatenlose Optimismus der Leute wurde für Pereban allmählich zur Qual, und bald ertrug er es nicht mehr. Er entstammte einer Welt voll Mühsal und Gefahren, wo unter Blut und Schmerzen regelmäßig Kinder hervorgebracht wurden, wo Menschen und Blumen verwelkten und dahingerafft wurden. Wenn das eisige Dooniveh ihn verstimmt hatte, so zermürbte ihn nun die Sonne des Mondes vollkommen.

Der Tag veränderte sich nie, und mit allem anderen war es ebenso.

Er gewöhnte sich an, durch die makellos sauberen Straßen zu schlendern, wo die Menschen dahinschwebten wie Kußhände. Dann wanderte er hinaus aufs Land, wo auf Feldern, in Obstgärten und auf Weinbergen alles von selbst wuchs und von unsichtbarer Hand geerntet wurde. In manchen Gegenden traf er auf Leute, welche die ländliche Idylle gegen das Leben in der Stadt eingetauscht hatten. Aber ihr Dasein verlief nicht viel anders. Sie waren jung und schön, kinderlos, langlebig, und auf ihren Tischen erschienen auf eine für Pereban verblüffende Weise Speisen und Getränke.

Eines Tages bei *Tag* — denn der Priester maß *seine* Zeit nach seinen Schlafperioden — gelangte er an ein Kristallhäuschen in einem Krokuswald, und dort saßen zwei alte Leute auf einer Bank. Daß sie alt waren, erkannte er an ihren matten Bewegungen, dem Aussehen nach wirkten sie ebenso jugendlich wie er, ja, frischer noch, denn sie waren nicht mit seinen Sorgen belastet.

Ein großer Salamander stolzierte auf der Lichtung umher, pflückte rosige Birnen von den Bäumen und verzehrte sie.

Pereban blieb stehen und begrüßte das Paar.

»Habt ihr«, erkundigte er sich, »von der Gemahlin des Königs, der Königin der Stadt erzählen hören?«

»O ja«, sagten sie höflich aber gelangweilt.

»Ich bin wie diese Frau ein Fremder hier.«

»Ach ja.«

»Ich kann eure Welt und eure Lebensweise nicht begreifen.«

»Das tut uns leid.«

»Wie kommt es«, fragte Pereban so gereizt, daß er am liebsten geschrien hätte, »daß ihr ohne jede Arbeit so wohlgenährt und gut gekleidet seid und im Überfluß lebt?«

»So könnte es allen Menschen ergehen«, sagte der alte Mann und streichelte den Salamander mit faltenlosen Händen, »wenn sie es nur wollten.«

Pereban starrte ihn wütend an. Erst wußte er nicht, woher sein Zorn rührte, aber schließlich wurde ihm klar, daß er, nachdem er nicht auf die wahre Erde zurück konnte, in ihrem Namen wütend war. Warum sollte die Menschheit leiden und sich plagen müssen, während diese Wesen hier wie nie verwelkende Lilien auf dem Felde lebten?

Die alte Frau schien seine Verwirrung und seinen Ingrimm zu spüren, und ihre glänzenden Augen unter den glatten Lidern beobachteten ihn.

»Fremder«, sagte sie, »man weiß hier, daß es andere Welten gibt, und du stammst offensichtlich von einer solchen. Ich will nicht behaupten, daß ich dir helfen kann, aber deine Frage werde ich beantworten. Einige wählen Not und Elend, um daraus zu lernen. Alle Menschen, auch die auf deiner Welt, könnten so leben wie wir, denn die Materie ist veränderbar, wie könnten die Magier sonst damit spielen? Wenn deine Welt rauh und unwirtlich ist, was ich annehme, so kannst du sicher sein, daß du und deine Brüder sich diesen dornenreichen Weg in irgendeiner Form ausgesucht, ja, ihn sogar erfunden haben. Hier sind wir untätig. Aber verachte uns nicht wegen unseres faulen Glücks. Im Augenblick ist dies das beste für uns. Doch wir wissen, daß unsere Seelen uns irgendwann verlassen und vielleicht in einer weniger angenehmen Umgebung wiedergeboren werden.«

Pereban sah sie böse an, doch dann schwand sein Zorn. Tränen liefen ihm aus den Augen, und er wandte den Kopf ab. Doch der Salamander trat heran und leckte ihm mit seiner sanften, nach Birnen duftenden Zunge die Tropfen vom Gesicht.

»Er weint. In den kalten Ländern dort unten tut man das«, sagte der alte Mann. »Aber ich glaube, die kalte Küste ist nicht seine Heimat. Ist es möglich, daß er von jener Erde kommt, von der die Geschichten erzählen, die flach wie ein Teller auf einem Chaos-Meer liegt?«

Pereban entzog sich den Tröstungen der Echse.

»So wißt ihr von der Erde?«

»Sicher«, sagte der alte Mann. Und die alte Frau fügte hinzu: »Ach, er ist krank, weil er sich so sehr danach sehnt, zurückzukehren.«

Pereban warf sich ihr zu Füßen. Die wunderschöne, junge alte Frau streichelte sein Haar.

»Still. Du mußt König Kurim aufsuchen. Er ist der Magier, denn er kann altern, sterben und durch das Feuer wiederkehren. Er wird sich deine Bitte anhören und ein Mittel finden, wie du unser Land verlassen kannst.«

Eine Stunde nach diesem Gespräch rannte Pereban durch die Wälder und über die Hügel auf die Stadt der Sonne zu.

Er war viel länger fortgewesen, als er gewußt hatte. Als er sich den Vororten näherte, sah er hübschen farbigen Rauch aufsteigen, und Glockengeläut, Schläge und Dröhnen erschütterten den Boden.

Idune die Königin hatte, durch magische Kräfte vor Schmerzen geschützt, Zwillinge geboren, einen Jungen und ein Mädchen. Diese Früchte der königlichen Liebe würden im Gegensatz zu den meisten Sonnenweltlern fortpflanzungsfähig sein. Schon drängten sich die Bittsteller zu Hunderten um den Palast und warteten auf eine Audienz, um Anspruch auf einen Beischlaf anzumelden, der erst unvorstellbar viele Stunden in der Zukunft stattfinden konnte. Inzwischen vertrieben sie sich die Zeit mit Singen und Essen.

Pereban kam nicht an ihnen vorbei.

Resigniert reihte er sich ganz hinten in die Schlange der Bittsteller ein. Stunden vergingen, siebenunddreißig davon.

»Willkommen. Wie ist dein Name?«

»Pereban, Herr.«

»So sag mir, aus welchem Grund du meine Tochter

freien willst und inwiefern du dich für geeignet hältst, der Vater ihrer Kinder zu werden.«

»Herr, das ist nicht mein Ziel.«

König Kurim und Königin Idune saßen in goldenen Stühlen an einem goldenen Teich, in dem Lotosblüten aus Hyazinth schwammen. Dicht daneben in einer Wiege schliefen die Zwillinge oder tändelten mit ihren Spielsachen. Sollten sie sich nicht eigentlich Sorgen machen, schließlich ging es hier um ihre künftige Ehe? Im Land der Sonne war alles Schönheit und Vergnügen; es war nicht nötig.

Pereban wandte sich an die Königin.

»Entsinnt Ihr Euch meiner nicht, Herrin?«

Idune betrachtete ihn mitfühlend, denn sie hatte jetzt ein Herz.

»Verzeih mir, aber ich erinnere mich nicht.«

Pereban seufzte tief auf. Er wandte sich wieder dem König zu und berichtete ihm sein ganzes Abenteuer einschließlich des Mißgeschicks mit dem geflügelten Pferd, denn jetzt hatte die Beschämung der Selbsterkenntnis Platz gemacht.

Als er zu Ende war, musterten ihn Kurim und Idune mit schrägen Blicken.

»Ich glaube mich zu erinnern, daß ein Mann mich auf meiner Reise begleitete«, murmelte Idune. »Und daß ich seinem Rat mein gegenwärtiges Glück verdanke. Verzeih mir, Pereban, daß ich dich einen Augenblick lang vergessen hatte!«

Pereban verneigte sich stirnrunzelnd und biß sich auf die Unterlippe.

König Kurim sagte: »Ich glaube schon lange an die Existenz einer Welt, wie Pereban sie beschreibt. Und er gesteht mir zu, daß ich ein Magier bin. Laß mir ein paar Stunden Zeit, um das Problem zu überdenken. Wenn es in meiner Macht steht, sollst du befreit werden.«

Er war auf einem geflügelten Pferd geritten und auf einem nach oben schießenden Mondwal. Diesmal sollte es eine goldene Echse sein.

Dieser Salamander war nicht wirklich. Er war in springender Haltung geschaffen worden, das spitze Gesicht ganz nach vorne geschoben, die Gliedmaßen angezogen, den Schwanz ausgestreckt. Auf seinem Rücken war mit breiten Metallstreifen ein Sitz befestigt, auf dem man Pereban festgebunden hatte.

»Die Kugel, in der unsere Welt eingeschlossen ist, reist in jeder eurer Zeiteinheiten einmal durch euer Chaos-Meer. Dieser Gedanke ist mir nicht neu«, hatte der König gesagt. »Wir haben Berechnungen angestellt und werden dich fortschicken, solange sich diese Kugel — die für dich, wie du sagst, der Mond deiner eigenen Welt ist — über dem Boden, in der Luft befindet. Der Salamander wird eines der Löcher in der Kugel suchen, die laut deiner Erklärung über dem Himmel von Dooniveh liegen und durch die du hier eingedrungen bist. Der Salamander wird dieses Loch mittels einer Zauberrune öffnen, die hier auf seiner Stirn geschrieben steht.«

Ganz in seine Träume von der Heimat versunken, nickte Pereban. Nun, da er an seinen Sitz geschnallt war und den wahnsinnigen Flug vor sich hatte, zweifelte er an allem — an den Berechnungen, mit denen das Chaos vermieden werden sollte, an der Öffnung des Mondlochs. Trotzdem war er trunken vor Sehnsucht. Er mußte es versuchen oder untergehen.

Weit unten auf der Erde der Sonne loderte und blitzte Feuer. Die Hitze stieg. Die Reitechse war nichts anderes als ein gewaltiger Feuerwerkskörper, der gezündet werden mußte. Kopfüber dahinrasend wie eine — hier unbekannte — Sternschnuppe, würde sie die Dämpfe der Sonne und die Nebel des kalten Dooniveh teilen und die Schale des Mondes durchdringen — oder auch nicht. Freiheit oder Tod.

Pereban der Priester warf den Kopf zurück. Er schloß

die Augen und betete, nicht zu irgendwelchen Göttern, sondern zu einem Teil des Universums oder seines eigenen Ichs, das ihn vielleicht hören und erhören würde. *Wie man will.*

Dann prasselte, zischte das Feuer. Rings um ihn loderte ein greller Schein auf. Der goldene Salamander machte einen Satz und stieß sich ab.

Nach oben.

Der Himmel war gelb, eine brodelnde Wolkenmasse — sie zerriß, loderte auf, zerfiel — Der Himmel war grau und blind, er stürzte vorbei und war gleichzeitig starr. Etwas Dunkles kam Pereban entgegen. Ein Dach, die Schale des Mondes. Wie ein Dolch raste die Echse auf irgendein Zeichen zu. Ein Aufprall. Maschine und Mensch zerschellten. *Ich bin tot!* O nein!

Nein, der Tod war ihm nicht beschieden. Ein kühles schwarzes Gewölbe, bestreut mit Millionen von Diamanten — es war der Himmel, der Himmel der Erde, und die Sterne auf seinem Antlitz funkelten wie Tränen der Liebe.

Pereban schrie laut auf, und die Echse drehte sich. Sie richtete ihre spitze Schnauze auf ein fernes Nichts, das unsichtbare Land, und sprang darauf zu.

»So werde ich nun doch auf den Felsen an der Brust der Erde sterben.«

Pereban lachte und weinte gleichzeitig. Und sein Sturz wurde immer langsamer. Bis der Salamander wie eine riesige zerbeulte Metallflasche, verbogen, zerdrückt, nicht mehr erkennbar in einem Ring von Zypressenbäumen neben einem Fluß landete. Er verfing sich in den Ästen, bebte noch einmal und regte sich nicht mehr.

Pereban roch die Zypressen, das Wasser, den Nachtwind und das Sternenlicht und sagte: »Meine geliebte Erde, welche Härten du mir auch immer auferlegst, ich werde sie gern tragen. Laß einen Tiger kommen und mich verschlingen, laß eine Schlange mich beißen, eine

Krankheit mich befallen, einen Menschen mir die Kehle durchschneiden, sie sind doch alle Bürger meiner Welt! Mit offenen Armen will ich sie alle empfangen, die Schönen und die Guten, die Häßlichen und die Schlechten. Ich bin zu Hause.«

Nun wird erzählt, daß er sich danach auf die Suche nach seiner Stadt unter dem schirmförmigen Berg machte. Aber inzwischen hatte die Göttin Azhriaz von den wirklichen Göttern einen Denkzettel erhalten, ihre Stadt und viele der umliegenden Gebiete, darunter auch Perebans Heimatort, waren zerstört. So begab er sich denn anderswohin, um sein irdisches Leben zu führen, er verläßt die Geschichte durch dieses Tor, und weiter ist nichts über ihn bekannt, nichts wird berichtet.

Andere hingegen behaupten, die Geschichte sei ohnehin zum größten Teil erlogen. Diese Quellen betonen, daß der Mond der Flachen Erde nicht eine eigene Welt gewesen sei, wie es in Perebans Erzählung berichtet wird, sondern nur eine silberne Scheibe, die ihre Gestalt mit dem sich wandelnden, reflektierten Schatten der Welt verändert habe. Und sie erklären, daß Pereban, nachdem er auf dem Rücken eines von den Vazdru gezüchteten, geflügelten Pferdes in den Himmel geritten war, jenen ersten Sturz in einem irdischen Ginsterbusch beendete. Den Rest der phantastischen Lügengeschichte, so sagen sie, erfand er später dazu, um seine Nacktheit und seine Verlegenheit zu verbergen. Aber alle Geschichtenerzähler sind Lügner, und heute ist die Welt rund und nicht mehr so, wie sie einst war. Wer kann es sagen?

SCHWARZ WIE EINE ROSE

Nach der Zerstörung ihrer Stadt flüchtete Azhriaz vor dem Zorn der Götter (falls diese überhaupt fähig waren zu zürnen). Dabei erlebte sie mancherlei. Eine Weile lebte sie auch als Kind unter der Obhut des priesterlichen Heilers und Lehrers Dathanja.

Schließlich verzichtete die Tochter des Dämons zugunsten des Wahren Lebens — des körperlichen Todes und des Fortbestandes der Seele — auf ihre Unsterblichkeit. Von da an wurde sie Atmeh, die ›Seelenflamme‹. Und nachdem sie Chuz, ihren Geliebten, wiedergefunden hatte, verbrachte sie, wie es heißt, eine Zeit ungetrübten Glücks.

Doch ihr Vater Azhrarn, der Fürst der Dämonen, war verärgert über das Scheitern seiner Pläne (und über andere Dinge), er sagte sich los von ihr und zugleich von der ganzen Menschheit und verkündete, er sei fertig damit, so oder so.

Doch wenn man bedenkt, wer er war, kann man nicht davon ausgehen, daß er alles Interesse an der Erde verlor.

Die Wüste lag hingestreckt wie ein riesiger schlafender Löwe, und bei Tag hatte ihre Haut die Farbe pulverisierten Kurkumas. Aber bei Nacht bleichte der Mond ihre Flanken zu Asche aus, zur Farbe toter Träume. In der Wüste konnte außer Sand sehr wenig gedeihen, doch der vermehrte sich ständig. Hier und dort mochte ein Brunnen mit schmutzigem Wasser, ein Baum mit dreizehn Blättern den gelegentlichen Wanderer anziehen. Lebewesen gab es nur wenige, und die wurden meist erst nach Sonnenuntergang munter.

Irgendwo im Westen dieses Ödlandes lag ein Schiff.

Wie es hierher gekommen war, mitten in den Sand, das wußten nicht einmal jene zu sagen, die es gesehen hatten. Die allgemeine Meinung ging dahin, daß das Schiff vor Jahrtausenden, als ein Meer, das damals dieses Gebiet bedeckte, durch Zauberei in der Tiefe versikkerte, hier gestrandet sei. Es war reich mit Schnitzereien und Gold verziert, es hatte einen lilienförmigen Bug, sein Heck war ein Fischschwanz, und es war mit zwei Masten und drei Reihen von Rudern versehen. Irgendeine merkwürdige Eigenschaft entweder des Zaubers oder des Schiffes selbst hatte, vielleicht zusammen mit dem Wüstenstaub, dazu geführt, daß der Rumpf einschließlich der beiden Segel vollständig mumifiziert und in eine Salzgaleere verwandelt wurde.

Darunter befand sich ein langer Teich mit klarem Wasser und einer Kolonnade von hohen Palmen, eingefaßt von einem Dickicht aus Johannisbrotbäumen, Feigenbäumen und Fliederbüschen.

An dieser Stelle hatten sich einst mehrere alte Wege und Straßen getroffen, aber der Sand hatte fast überall die Konturen verwischt. Oberhalb der Oase befand sich ein kleiner Schrein zu Ehren eines Steingottes. Zwischen dem Schrein und dem Salzschiff stand inmitten eines Gartens das grünäugige Haus von Jalasil.

Jalasils Mutter war eine Zauberin gewesen und hatte dieses Haus vor ihrem Tod auf vielerlei Weise geschützt, damit ihre einzige Tochter dort in Sicherheit leben konnte. Und das hatte Jalasil auch getan, bis sie zur jungen Frau herangewachsen war. Sie wurde von drei alten Dienstboten betreut, die schon bei ihrer Mutter gewesen waren, und sah nur selten ein anderes Wesen. Meist beschäftigte sie sich mit ihrer Bibliothek und mit dem Leben des Gartens. Am Abend saß sie jedoch manchmal stundenlang da und blickte einmal nach Osten, dann wieder nach Westen, Norden oder Süden durch die Turmalinscheiben. Jalasil hatte grüne Augen wie ihr Haus, sie war weder glücklich noch unglücklich, doch hin und wieder nahm sie, während sie hinausblickte, ihre Harfe auf und erfand kurze Lieder in Moll.

Ein Trupp junger Nomaden zog durch die Wüste.

Zu jener Zeit hatten die Lehren des Priestermagiers Dathanja in einigen Gebieten der Erde eine neue Bewegung entstehen lassen. Sein kosmisches und doch klar definiertes Glaubensbekenntnis war schlicht und flexibel, wurde jedoch von seinen Anhängern oder von jenen, die ein paar Schlagworte davon aufgenommen hatten, im allgemeinen bald in seiner Vielfältigkeit reduziert und kompliziert. Von den jungen Nomaden hatte kein einziger Dathanja jemals gesehen oder seine Gleichnisse aus seinem eigenen Munde vernommen. Die physische Ungebundenheit, die er verkündete, hatten sie begriffen, und sie verschrieben sich auch dem so gut wie besitzlosen Wanderleben, das er verkörperte. Sie verfügten über ein gewisses Maß an Güte, schöpferischen Fähigkeiten und heilender Kraft und gaben diese Dinge auch weiter, doch keiner von ihnen hatte jemals Böses getan oder — was noch wichtiger war — jemals das Böse gefürchtet. Ihre Seelen waren jünger als die Seele Dathanjas, der noch dazu zwei Leben in einem gelebt hatte.

Der Anführer dieser Gruppe war ein Mann mit Namen Zhoreb. Wie Dathanja selbst hatte er dunkles Haar und dunkle Haut, eine Tatsache, die ihm nicht entgangen war. Außerdem war er von der Sonne gebräunt, und seine Augen hatten die Farbe eines alles überschwemmenden Flusses. Die Haltung verriet Kühnheit und Stolz, wie sie Gesundheit und Intelligenz zu verleihen vermögen, und seine Gefährten folgten ihm freudig und waren von seinen Vorzügen ebenso angetan wie von ihren eigenen.

Sie gingen, wohin das Land sie führte. Wenn sie einen Hügel fanden, so kletterten sie hinauf, trafen sie auf ein Tal, so stiegen sie hinab. Entdeckten sie im Sand die Reste einer Straße, so folgten sie ihr.

Bei Tag wanderten sie und machten nur in der größten Mittagshitze Rast, wenn es möglich war, suchten sie dazu den Schatten eines Felsens oder eines Baumes auf, sonst schützten sie sich mit ihren Mänteln.

Wenn die Nacht Erde und Himmel zudeckte, entzündeten sie ein Feuer, denn sie sammelten trockene Pflanzen und Schalen, wo immer sie welche finden konnten, und dann saßen sie unter dem riesigen Gewölbe des dicht mit den reifenden Sternen besetzten Wüstenhimmels und unter dem Mond, der so nahe und riesig wirkte wie ein Wagenrad, aber dunkle Schatten hatte wie ein Totenschädel. Hier tranken sie das aufgesparte Wasser und aßen, was sie hatten finden können, während die unheimlichen Gesänge der Tiere von allen Seiten meilenweit zu hören waren. Sie erzählten sich Geschichten und sannen nach über die Wirklichkeit des Lebens und der Welt (oder das Gegenteil). Und manchmal, sie waren schließlich jung und übermütig, rannten sie um die Wette, vollführten halsbrecherische Kunststücke oder wetteiferten in anderen körperlichen oder geistigen Dingen miteinander.

Als in der Wüste zum drittenmal die Nacht hereinbrach und sie sich gerade neben der verfallenen Straße unter einem Baum mit nur sieben Blättern niederlassen wollten, bemerkte einer aus der Gesellschaft: »Sieh nur, Zhoreb, wir haben einen Reisegefährten.«

Da stand Zhoreb wieder auf und blickte über die aschgrauen Dünen hinweg. Und tatsächlich, vor dem aufgehenden Mond kam jemand auf sie zu.

»Er ist ganz in Schwarz gekleidet. Aber«, erklärte der junge Mann, der schon vorher gesprochen hatte, »wie ein Priester sieht er nicht aus.«

»Sein Haar ist schwärzer als die Nacht. Haben sich in seinem Umhang die Sterne selbst verfangen?«

»Der Umhang bewegt sich langsam wie zwei Adlerschwingen.«

»Vielleicht«, sagte Zhoreb, »ist es ein Magier.«

»Und *hört nur*«, flüsterte ein anderer, »wie still die Wüste geworden ist! Als hielten die Vielfraße und die Schakale den Atem an, um zu lauschen ...«

»Herr«, rief Zhoreb kühn, »wir heißen Euch an unserem Feuer willkommen! Zu essen gibt es zwar nicht viel, aber was wir haben, teilen wir gern mit Euch.«

Die Gestalt blieb ein kleines Stück von der Straße entfernt stehen. Der Mond stand jetzt hinter ihrem Kopf, dadurch war das Gesicht schwer zu erkennen, nur zwei schwarze Augen sah man düster aufblitzen. Schwarz wie die Augen Dathanjas waren sie, viel schwärzer noch.

»Da ihr mich so freundlich auffordert«, sagte der Fremde, »will ich mich zu euch setzen. Was das Essen angeht, so erwartet mich dort, wo ich noch vor Sonnenaufgang hingehen werde, ein Festmahl. Laßt Euch daher von mir nicht stören.«

Seine Stimme war so erregend, so melodisch und von so ungewöhnlicher Kraft, daß sogar Zhoreb zögerte. Aber einer aus der Gruppe, der jüngste vielleicht, brach in fröhliches Gelächter aus. »Das ist mir vielleicht ein

Prahlhans! Erklärt mir doch bitte, Herr, wo hier, mitten in der Nacht und in der Wildnis, ein *Festmahl* herkommen soll?«

In diesem Augenblick bewegte sich der Fremde und trat auf die Straße. Der Feuerschein ließ ihn aufleuchten wie ein goldenes Glas. Er war so schön und von so edler Haltung wie ein König oder wie ein König sein sollte. Und die ganze Nacht gehörte ihm, kein Wunder, wenn sie verstummte, sobald er kam, oder sich bemühte, ihm ein Festmahl zu bereiten.

»Wo?« fragte er und lächelte ein wenig auf den jüngsten herab, der von Prahlerei gesprochen hatte, worauf der Knabe die Farbe des Mondes annahm. »Nun, *unter euren Füßen.*«

Dann ging er weiter und ließ sich gegenüber von Zhoreb auf der anderen Seite des Feuers nieder. Auch Zhoreb setzte sich ziemlich hastig. Danach war es eine Weile still, und das Prasseln der Flammen hörte sich an wie brechende Knochen.

Der Fremde drehte die Ringe — wahrhaftig prächtige Stücke — an seinen edlen Händen mit den langen, eckigen, silbrig glänzenden Nägeln hin und her, blickte in die Wüste hinaus und sagte einschmeichelnd: »Fahrt fort mit eurer Musik, meine Kinder.«

Bei diesen Worten erhob sich im Umkreis von dreißig oder sechzig Meilen ein solcher Sturm von nächtlichem Heulen, Kreischen, Pfeifen und Zwitschern aus dem Sand, daß jeder einzelne von Zhorebs Priestergruppe erschrocken zusammenzuckte und in der Tat fast aus der Haut gefahren wäre.

»Und nun«, sagte der Fremde wieder an Zhoreb gewandt, »möchte ich mich an eurer philosophischen Diskussion ergötzen.«

»Herr«, sagte Zhoreb, der weder das Böse kannte noch die Angst davor, doch beides hier zu entdecken glaubte, »Ihr seid uns, Eurem Aussehen und Eurem Stande nach zu urteilen, an Wissen sicherlich überlegen. Wie könnten wir es wagen? Wir wollen lieber Euch zuhören, Herr, oder stumm bleiben.«

Da lachte der Mann. (Ein samtenes Rieseln, das Stahl durchschneiden konnte.)

»Du bist ein weiser Mann, Zhoreb. Kommt das von den Lehren deines Mentors?«

»Die Lehren Dathanjas sind uns nur unvollkommen bekannt. Doch sein Beispiel halten wir in Ehren.«

»In der Tat? Und doch war er in seinen Anfängen ein Einfaltspinsel und hat große Missetaten begangen. Zweifellos ist euch auch das bekannt.«

»Es fügt sich ein in das, was er verkündet.«

»Und das wäre?«

»Herr«, sagte Zhoreb und senkte seine Flußwasseraugen vor den Augen des Fremden, die eigentlich gar nicht wie Augen waren, sondern schwärzer und strahlender, wie der Himmel oder wie ein Ort jenseits des Himmels. »Herr, ich bitte Euch, erspart es mir, die alles umfassenden, die Welt verbessernden Aussagen dieses Mannes unvollkommen wiederzugeben.«

»Aber anderen hast du sie erläutert.«

Zhoreb wurde hin und her gerissen zwischen seinem Glauben und seiner Gewitztheit und beging einen Fehler. Er wählte den Glauben und sagte: »Die Grundlage der Lehre ist einfach folgende. Wir legen uns selbst in Ketten. Sogar in Eisenfesseln könnten wir frei sein, aber in Spinnweben verstrickt belasten wir uns nur allzu oft selbst, stechen uns die Augen aus, brechen uns das Rückgrat. Dathanja hatte zwar Böses getan, aber er war doch fähig, seine eigenen Sünden abzuwerfen, sich von ihnen frei zu machen und daher nicht mehr zu sündigen, da er die Freiheit hatte, Gutes zu tun. Es gibt niemanden, der sich nicht wandeln kann, was immer er getan hat, geworden ist oder ist.«

»So ist das also?« fragte der Fremde. »Du setzt mich in Erstaunen.«

Und wieder herrschte Schweigen — und es schien die

ganze Wüste zu erfassen, als wäre jedes Wesen, jedes Sandkorn zu Granit erstarrt.

Dann machte Azhrarn (inzwischen hatte jeder von ihnen, sie waren ja nicht ungebildet, erkannt, daß dies Azhrarn war) eine sanfte Bewegung zum Feuer hin, und das erstrahlte in blendendem Weiß, als züngelten und loderten dort Flammen aus Eis.

Die jungen Männer wichen zurück, aber Azhrarn tat so, als sei nichts geschehen und sagte: »Zum Dank für dein offenes Bekenntnis zum Glauben, eine verwegene, tapfere Tat, die dir zur Ehre gereicht, will nun auch ich dir ein Gleichnis erzählen.«

»Angenommen«, fuhr Azhrarn fort, »ein Mann findet mitten in der Wüste ein Schiff. Wahrscheinlich denkt er dann sofort bei sich: ›Sieh an, hier auf diesem Land gab es einst einen Ozean, den das Seevolk, das sich auf Zauberei versteht, verschwinden ließ, um irgend jemandem einen Streich zu spielen. Alles wurde zerstört, bis auf dieses eine Schiff. Es ist hier gestrandet, zu Stein geworden und bietet immer noch Anlaß zum Staunen, ein sichtbares Traktat über die Vergänglichkeit aller Dinge.‹

Doch nehmen wir weiter an«, murmelte Azhrarn, »daß in Wahrheit ein Magier das Schiff aus einer Laune heraus in die Wüste stellte, es dort vor Sand und Wind schützte und ihm außerdem den Anschein hohen Alters verlieh. Und daß er dies aus keinem besonderen Grunde tat, sondern vielleicht nur, damit ein anderer, der sein Werk betrachtete, sich vom Schein trügen lassen und einen falschen Schluß ziehen sollte.«

Das Feuer flackerte, wurde dunkler, bekam wieder seine gewohnte Farbe. Weit entfernt in den Dünen maunzte eine jagende Eule den Mond an.

Niemand wagte etwas zu sagen, nachdem Azhrarn gesprochen hatte, bis auf Zhoreb, doch auch der schwieg noch ein paar Minuten lang. Als er dann den Blick des Dämons auf sich ruhen fühlte, erklärte er: »Eure Unterweisung, mein Herr, werden wir wohl beherzigen. Um so mehr, da Ihr sie uns persönlich erteilt habt.«

»Und was hast du zu meiner Unterweisung zu bemerken, o Schüler Dathanjas, des Priesters?«

Zhoreb überlegte. Dann antwortete er: »Im Land meiner Kindheit gab es folgende Redensart: ›Die schwarze Rose wächst nirgendwo. Laßt uns daher kühn daran glauben, daß die schwarze Rose blüht.‹«

Azhrarn hatte sich ein Stück entfernt. Die Schwingen seines Mantels bewegten sich langsam, in seinen Fäden oder Federn hingen die Sterne.

»Dort, wo ich bald speisen werde«, sagte Azhrarn, »flicht man schwarze Rosen in die Kränze. Klär also das Volk im Land deiner Kindheit auf: Die schwarze Rose blüht. Glaubt nicht länger an die schwarze Rose.«

Mit diesen Worten verschwand Azhrarn, nur eine dunkel lodernde Wolke war noch zu sehen, die sofort in der Erde versank.

Nun endlich fuhr Zhorebs Gruppe in die Höhe und rannte kopflos umher. Zhoreb hingegen blieb ruhig sitzen und warf drei Zweige ins Feuer.

»Zhoreb — was sollen wir tun?«

»Da gibt es nichts zu tun. Dämonen existieren.« Und dann lächelte Zhoreb und fügte leise hinzu: »Deshalb brauchen wir nicht an sie zu glauben.«

Da Jalasil lange durch die mondbeschienenen Turmalinfenster geblickt hatte, schlief sie bis in den hellen Morgen hinein.

Die ältere Frau, die jetzt ihre Kammerzofe war, trat ein und verkündete, während sie begann, die Kleidung ihrer Herrin bereitzulegen: »Als meine kleine Schwester am Brunnen Wasser holen wollte, fand sie eine Gruppe von jungen Aposteln in der Oase.«

»Sie sind willkommen«, sagte Jalasil teilnahmslos, denn sie hatte bei Sonnenaufgang merkwürdige Träume gehabt.

»Meine kleine Schwester sagt, es sind lauter nette, junge Männer. Sie bestaunten gerade das Salzschiff und hatten das Haus hinter den Johannisbrotbäumen noch gar nicht bemerkt.«

Jalasils Kammerzofe war eine würdige Dame in den Achtzigern, und ihre kleine Schwester war erst dreiundsiebzig.

»Herrin«, fügte die große Schwester hinzu, »ist es Euch recht, wenn wir diesen wackeren Burschen etwas zu essen schicken, oder, noch besser, wenn wir ihnen in der Küche eine Mahlzeit servieren? Es sind heilige Männer, und es ist sehr lange her, seit zum letztenmal Prediger und Geschichtenerzähler hierher gekommen sind.«

»Ja«, sagte Jalasil, immer noch unter dem Eindruck ihrer schweren Träume, während die Frau ihr mit einem Kamm aus Sandelholz das helle Haar strählte, das so fein war wie ausgefranste Seide. »Drei Jahre sind vergangen, seit jemand des Weges kam. Und ich weiß gar nicht mehr, wer das war.«

»Nur ein elender Kaufmann mit seinen armen Sklaven. Und davor zwei Kesselflicker, die dann mit dem Jungen in Streit gerieten.« (Der Junge war der Pförtner, ein Halbwüchsiger von neunundsechzig Lenzen.)

Bald wurde über einem Tablett mit Schmuck — den Jalasil samt und sonders verschmähte — vereinbart, daß die große und die kleine Schwester und, wenn er wollte, auch der Junge, die Reisenden zu einem Abendessen bitten sollten.

Später erfuhr Jalasil, daß sich dieses gesellschaftliche Ereignis im Freien abspielen würde, denn obwohl die priesterlichen Reisenden die Annehmlichkeiten eines Hauses nicht grundsätzlich ablehnten, verzichteten sie doch darauf, wo immer es möglich war.

Folglich gingen bei Sonnenuntergang die beiden alten Frauen, verschleiert, wie man es entweder in dieser Gegend oder in ihrer Jugend für schicklich hielt, und der

Junge, auf seinen Stock gestützt, den Weg zum Teich hinunter.

Jalasil, die sich um die Angelegenheit kaum gekümmert hatte, freute sich, daß die anderen ein wenig Zerstreuung bekommen sollten.

Doch als im Laufe des Abends die Sterne aus ihren Gefängnissen ausbrachen und Lampenschein und Glühwürmchen im dichten Unterholz funkelten, wurde Jalasil unruhig. Schließlich warf sie sich einen Schleier über, verließ ihr Haus und stieg ebenfalls hinab.

Alles war still, die Luft geschwängert mit den Düften der Wüste und der Salatfrische der Oase und ihres Wassers. Die Glühwürmchen flackerten in goldenen Ketten, wie sie auch manchmal zwischen den Blumen in Jalasils Garten hingen und in ihr eine Sehnsucht weckten, für die sie keinen Namen hatte. Im Teich, der jetzt zwischen den Feigenbäumen sichtbar wurde, spiegelte sich der Schein von vier oder fünf Lampen.

Der gesichtslose steinerne Gott in seinem Schrein stand jedoch stumm im Gezirpe der Grillen, er äußerte sich nicht, und die junge Frau schenkte ihm keine Beachtung.

Sie schlich sich an die dunkelste Stelle am Rand des Wassers. Da sie von Natur aus zurückhaltend war, kam es ihr gar nicht in den Sinn, sich als die Besitzerin des Hauses aufzuspielen. Statt dessen bezog sie Posten zwischen den Fliederbüschen, wo eine Quelle aus einem Felsen sprudelte, zwang sich zur Ruhe und betrachtete die Szene.

Die Wanderpriester saßen bei den alten Leuten des Hauses, aßen und tranken und tauschten Liebenswürdigkeiten aus, als gehörten sie alle zu einer Familie. (Was die Lehren der Nomaden vielleicht ohnehin behauptet hätten.) Hin und wieder erzählte einer der jungen Männer eine Geschichte oder eine Anekdote mit oder ohne religiösen Sinn. Als Jalasil sich an die Quelle stellte, war gerade Zhoreb an der Reihe.

Als er zu sprechen begann, sah ihn Jalasil mit gespannter Aufmerksamkeit an. Im Licht der Lampen leuchtete er, als sei er aus Gold, und die Schatten auf seinem Haar, in seinen Augen und auf seiner Kleidung brachten das Gold noch vorteilhafter zur Geltung. Jalasil kam es so vor, als habe sie ihn schon oft gesehen. Das beunruhigte sie, denn außer mit ihren Dienstboten kam sie kaum mit anderen Menschen zusammen, und von den Fremden, die gelegentlich durch die Oase zogen, war ihr keiner, den sie erblickt hatte, besonders in Erinnerung geblieben. Sie konnte sich also nicht vorstellen, wo sie ihn je gesehen oder seine Stimme vernommen haben sollte, die nun die Geschichte von Dathanja erzählte, wie er selbst sie als Kind gehört hatte. Und schließlich kam es ihr in den Sinn, daß sie ihm vielleicht im Schlaf begegnet war, daß er ihr in ihren Träumen erschienen sein könnte.

In diesem Augenblick beendete Zhoreb die ungewöhnliche Geschichte von Dathanja, blickte sich unter seinen Zuhörern um und fügte hinzu: »Und nach diesem Ideal streben wir, doch selbst das nicht allzu angestrengt. Denn auch die Frömmigkeit kann dazu dienen, eine Kette um die Seele zu legen.«

»Bedeutet dies denn nicht, daß ihr euch mit Frauen oder Männern vergnügen könnt, wenn euch der Sinn danach steht?« erkundigte sich die kleine Schwester von dreiundsiebzig, die immer ein wenig vorwitzig war.

Aber Zhoreb lachte. »Meine Dame«, sagte er, »in der Liebe gibt es kein Verbot.«

Und als er auf diese Weise antwortete und dabei lächelnd in die Runde blickte, schien Jalasils Herz in ihr aufzuschreien: *Ach! Ich könnte dir sagen ...*

»Denn die Liebe«, fuhr Zhoreb fort, »ist der Schlüssel zu allem Leben, zum Leben des Körpers wie zu dem des Geistes.«

Als er das sagte, schienen seine Augen die Fliederbüsche zu durchdringen. Sie schienen Jalasils Augen zu begegnen und leuchteten auf, so daß sie ihre Farbe sehen konnte, grün wie ihre eigenen, und auch braun und silbern wie das Wasser eines Flusses, dessen Farben, wenn es über die Ufer trat, eine Wüste befeuchten und zum Blühen bringen würden.

Angst stieg in Jalasil auf. Ihr Herz schlug heftig, ihre Glieder waren schwer wie Blei. Dennoch schlich sie gleich darauf geräuschlos wie ein Geist davon.

Früh am nächsten Morgen, gleich bei Tagesanbruch, rief Jalasil — sie hatte die ganze Nacht kein Auge zugetan — ihre Kammerzofe zu sich.

»Nun, haben euch die Reisenden begeistert?«

»Herrin, es war wirklich ein Genuß.« Und dann beschrieb die Dienerin ein paar Minuten lang, welch einen interessanten Abend sie, ihre Schwester und der Junge verlebt und wieviel sie davon profitiert hatten.

»Das freut mich für euch, es tut mir nur leid, daß das Vergnügen nicht länger als einen Abend gedauert hat.«

»Nein, Herrin, das ist ein Irrtum. Die guten Männer haben sich nämlich bereit erklärt, noch einen Tag und eine Nacht am Teich zu bleiben, da sie von der Wüste ganz ausgedörrt sind.«

»Dann sind sie noch nicht fort«, sagte Jalasil.

Kurz nach Mittag, als drei Viertel der Hausbewohner schnarchten, begann Jalasil ruhelos in den Zimmern umherzuwandern, und sie sagte zu sich: *Ich habe diesen Mann noch nie gesehen, er bedeutet mir nichts. Warum soll ich mich also nicht hinunterschleichen, sie werden unter den Bäumen schlafen. Wahrscheinlich werde ich die jungen Männer gar nicht voneinander unterscheiden können.*

Und als sie dies überlegte, wurde ihr sehr unbehaglich zumute, es widerstrebte ihr zu gehen, und ihre Glieder fühlten sich schwerer an als Blei und Eisen zusammen. Trotzdem machte sie sich auf den Weg. Wie ein Dieb schlich Jalasil, in ihren Schleier gehüllt, den Weg vom Haus zum Teich hinunter.

Die meisten Mitglieder der Gemeinschaft lagen im Schatten unter den Johannisbrotbäumen, drei von ihnen, darunter Zhoreb, hatten sich jedoch ans untere Ende des Teiches begeben, um zu baden und zu schwimmen. Es war normalerweise eine geschützte Stelle, ringsum von Bäumen und dichtem Schilf abgeschirmt. Jalasil pirschte sich an wie eine Löwin. Und ehe sie wußte, was sie tat, spähte sie durch die Pflanzenwand.

So erblickte sie Zhoreb, er stand bis zu den Schenkeln im seichten Wasser und war nackt.

Sein nasses Haar klebte in kohlschwarzen Locken an seinem Gesicht und seinem Hals. Die Wassertropfen hingen an seinem gebräunten Körper wie Perlen auf dunklem Elfenbein. Die Edelsteine auf seiner Brust leuchteten wie Zinnober. Von den Schultern bis zur Taille wirkte er wie gemeißelt, so makellos war er gebaut. Seine Hüften fielen so gerade ab, als sei das Fleisch mit dem Lineal ausgerichtet worden, und im schwarzen Haar seiner Lenden verborgen lag die Schlange seiner Männlichkeit, blind, unschuldig und schlafend. In diesem Augenblick drehte er sich um, ohne zu ahnen, daß er beobachtet wurde, und pflückte von einem Ast über sich eine Schote. Auf seinem Rücken bewegten sich Wirbel und Rippen unter der Haut wie ein Fluß unter einer Elfenbeinschicht.

Jalasil flüchtete.

»Was du mir von diesen heiligen Männern erzählt hast, hat großen Eindruck auf mich gemacht«, sagte Jalasil zu ihrer älteren Dienerin. »Du hast gesagt, einer habe über das Leben ihres Lehrers berichtet — schicke deine Schwester zu ihm, sie soll ihn bei Sonnenuntergang hierher bringen. Ich möchte die Geschichte auch hören.«

»Wie Ihr wollt, Herrin«, sagte die Frau und fühlte sich geschmeichelt, daß ihr Lob solchen Einfluß hatte.

Doch dann schien ihre Herrin von einem plötzlichen

Unwohlsein befallen zu werden, sie erbleichte und begann zu zittern. Trotzdem badete sie und ließ sich das Haar mit dem Sandelholzkamm strählen. Sie legte Malachit auf ihre Augenlider, tauchte ihre Nägel in rosigen Lack, und da sie einen Mann in seiner Nacktheit gesehen hatte, legte sie für ihn ein Gewand an, das so zart war wie Schmetterlingsflügel.

Zhoreb betrat ein Zimmer des grünäugigen Hauses, aus dem man auf einen Garten hinaussah, in dem Kletterpflanzen und Rosen wuchsen und Fliederbüsche wie in der Oase, allerdings gestutzt. In der Luft hing ein lieblicher Duft nach Blumen und anderen Essenzen.

Auf einem Diwan saß, ein wenig von ihm abgewandt, die Herrin des Hauses und schien in einem Buch mit einem Einband aus dünner Jade zu lesen.

»Herrin«, sagte Zhoreb, »ich und meine Gefährten danken Euch, daß Ihr uns so großzügig aus Eurer Küche verköstigt und uns gestattet habt, uns mit Wasser zu versorgen. Wie kann ich mich dafür erkenntlich zeigen?«

Jalasil legte ihr Buch offenbar widerstrebend beiseite — sie löste nämlich den Blick nicht davon. »Ich möchte etwas von deiner Philosophie hören.«

Also nahm Zhoreb auf ihre Aufforderung hin auf dem Diwan Platz, der dem ihren gegenüberstand, und begann von all den Dingen zu sprechen, die zu seinem Glauben gehörten. Er war sehr beredt und gab sich außerdem, da er es mit einer gleichzeitig hochmütigen und schüchternen Frau zu tun hatte, taktvoll und milde. Aber er umwarb sie auch mit seinen Worten und bemühte sich nach Kräften, das Licht der Lehre in ihr Herz dringen zu lassen. Wie viele, die glauben, den einen, wahren Schlüssel zum Leben gefunden zu haben, wollte er ihn der ganzen Welt zugänglich machen.

Während er sprach, stellte er erfreut fest, daß Jalasils Interesse erwachte. Sie begann ihn anzusehen, zuerst unsicher, dann forschend und schließlich recht eindringlich. Wenn er humorvolle Anspielungen machte, lachte sie entzückt wie ein Kind. Und wenn er sich über die dunkleren Aspekte ausließ, ängstigte sie sich. Zwei- oder dreimal füllten sich ihre Augen mit Tränen. Zhoreb glaubte, er habe sie bewegt, was auch der Fall war, und ihr damit geholfen — was nicht zutraf. Unglücklicherweise bekam sie, als er sie in dem Glauben, sie zur Erkenntnis zu führen, so gewinnend drängte, den Eindruck, er gebe sich nur deshalb so viel Mühe, weil er in ihr etwas entdeckt hatte, was ihn anzog. Seine klare Sprache und sein durchdringender Verstand schienen aus der selben wilden Quelle zu sprudeln, aus der auch sie ihr Licht bezog. Ein Austausch von Energien ließ zwischen ihnen ein feuriges Netz entstehen. Nun konnte Jalasil seinem Blick begegnen, ihre Augen ohne Angst, aber in schrecklicher Erregung in die seinen dringen lassen. Mittlerweile hatte sie seine seelische und geistige Kraft gespürt und sah ihn nicht mehr nur als stattlichen Menschen und als Gegenstand ihres Begehrens, sondern bewunderte ihn als Lehrer, der ihrer Unwissenheit abhelfen konnte. Kurz, sie verliebte sich heftig in ihn. Aber darüber ging der Morgen hin, der Mittag wurde überschritten, der Nachmittag senkte sich herab, und Zhoreb begann unter diesem unerbittlich forschenden Blick ziemlich müde zu werden, obwohl er sich mit Früchten, Naschwerk und Wein stärkte.

»Herrin«, sagte er, »ich muß Euch nun verlassen. Der Tag neigt sich dem Ende zu.«

Jalasil stürzte unvermittelt aus ihrer schwindelnden Höhe in eisige Tiefen.

»Bitte bleib noch und iß mit mir! Ich muß dir deine Güte und deine Belehrungen doch angemessen vergelten. Ich werde sie nämlich hüten wie einen Schatz.«

Bei diesen Worten schien Zhoreb, dem, das muß gesagt werden, ihre Aufmerksamkeit und sein Erfolg geschmeichelt hatten, ein wenig zu zögern, so als habe er auf dem Fliesenboden, unter einem Tuch verborgen, plötzlich eine Fallgrube entdeckt.

»Leider, Herrin«, sagte Zhoreb, »ist es in meiner Gemeinschaft Brauch, das Abendmahl stets gemeinsam einzunehmen.« Das war eine Lüge. Er sprach sie nicht gerne aus und nahm ihr auch sofort übel, daß sie ihn dazu gezwungen hatte.

Jalasil war sich ihres Fehlers nicht bewußt, spürte aber seine Kühle, und so wandte sie wieder die Augen ab und sagte: »Vielleicht möchtest du dann später am Abend noch einmal kommen, zu einer Stunde, die dir genehm ist. Ich weiß, daß du meine Bitte verstehen wirst. Du hast sicher schon bemerkt, daß wir hier nach gebildeter Unterhaltung lechzen.«

Da erkannte Zhoreb die Falle und zuckte zurück. Er spürte einen dumpfen Zorn, denn er hatte das Gefühl, als habe sie ein Spiel mit ihm getrieben, ihn zum Narren gehalten. Diese müßige, törichte Frau verlangte es nicht nach der Wahrheit über das Leben.

»Ich werde wiederkommen, wenn Ihr das wünscht«, sagte er sehr abweisend. »Aber dann kann ich nicht lange bleiben. Morgen bei Tagesanbruch müssen wir schon auf dem Weg sein, meine Brüder und ich.«

Jalasils Herz machte einen Satz, und sie verlor allen Mut. Im gleichen Augenblick spürte sie seinen stechenden Blick, dem sie nun nicht mehr zu begegnen vermochte. Ihre Wangen brannten. Sie dachte: *Er glaubt, ich habe mich ihm aufgedrängt.* So wandte sie das Gesicht ganz ab und sagte hochmütig: »Dann ist es nicht nötig, daß du dich noch einmal hierherbemühst. Du kannst gehen, wie und wann du willst. Soll ich dir durch den Diener Geld schicken lassen?«

»Wir nehmen kein Geld«, sagte Zhoreb mit einer Stimme wie ein Peitschenschlag.

»Ach, dann muß man euch in Naturalien entlohnen?« fragt Jalasil. »Zum Beispiel mit Essen.« Sie war jetzt so verletzt, daß sie zurückschlagen mußte.

Aber Zhoreb sagte mit einer Stimme wie ein Skorpionstich: »Herrin, ich bitte Euch, laßt uns heute abend keine Speisen und Getränke servieren. Wir haben den Gelüsten des Körpers, die uns nur Ketten anlegen, schon zu sehr nachgegeben. Die Feigen von den Bäumen und das Wasser aus dem Teich sind genug, und sie kosten Euch nichts.«

Und nach diesem Abschied verließ er sie.

Die Nacht bedeckte die Welt, in Jalasils Garten waren Flieder und Myrthen grau und jedes Blütenblatt der leuchtend roten Rosen — schwarz.

Erwacht, sagte die Nacht zu vielen Wüstenwesen, zu den gespenstischen Eulen und den wolfsgesichtigen Füchsen. Doch, *Schlaft,* sagte sie zu den Menschen, wenn sie in ihren Sandhütten, an Felsen und Brunnen oder in ihren Betten mit Seidenvorhängen über sie kam.

»Ich kann nicht schlafen«, klagte Jalasil. »Die Nacht ist zu unruhig. Sie ist erfüllt von unhörbaren Geräuschen. Sie flüstert mir Worte ins Ohr, an die ich mich nicht erinnern kann. Der Mond gafft mich an. Die Schatten sind so dicht. Unter meinen Lidern wallen Farben auf und verblassen. Alles schmerzt mich. Ich kann nicht still liegen. Nie wieder kann ich schlafen.«

Dann schlief sie doch ein und träumte, Zhoreb läge neben ihr und starre sie mit seinen Flußwasseraugen an.

Sie erwachte weinend und fand keinen Schlaf mehr.

Vor Sonnenaufgang, sagte die kleine Schwester, hätten die jungen Männer die Oase verlassen. Als sie hinunterging, um Wasser von der Quelle zu holen, war keine Spur mehr von ihnen zu sehen gewesen. Welch ein Jammer. In *diese* Richtung würden sie ziehen, sagte die große Schwester. Das hatte ihr der Anführer erzählt. Dort lag eine Stadt, die zweifellos reif für sie war.

»Unsere Herrin benimmt sich sonderbar«, vertraute

die große Schwester später der kleinen an. »Ich weiß nicht, was ich davon halten soll. Sie will nichts essen, nimmt nur Wein und Wasser zu sich. Sie sitzt da und hat die Harfe im Arm, aber sie macht keine Musik.«

Mittags, als die Sonne wie ein Dorn vom Himmel auf die Erde herunterstach, schnarchten drei Viertel der Hausbewohner. Das letzte Viertel, Jalasil, warf sich den Schleier über den Kopf, trat durch das Tor und folgte dem undeutlich erkennbaren Pfad, der zur fernen Stadt führte.

Die Sonne brannte herab, der Sand blendete sie und versengte ihr die Füße, sie fröstelte.

Ich muß zu ihm gehen und ihn um Verzeihung bitten. Gewiß habe ich ihn gekränkt und unfreundlich mit ihm gesprochen. Das war der Fehler. Ich will ihn wiedergutmachen.

Nun hatte es zwischen den jungen Männern zum erstenmal eine kleine Meinungsverschiedenheit gegeben. Die meisten hatten den Aufenthalt an der Oase mit dem Schiff und das gute Essen in dem grünäugigen Haus genossen. »Fasten und Enthaltsamkeit können ebenfalls Fesseln sein«, hielten sie Zhoreb vor. Aber er ließ sich nicht von seinem Entschluß abbringen. Sie verzichteten auf das Abendessen, und sobald der Morgen graute, erhoben sie sich und verließen diesen Ort.

Vor der Hitze des Tages flüchteten sie sich jedoch in einen Graben neben der Straße, der nur wenige Meilen von der Oase entfernt war, durch den Streit waren sie nämlich recht langsam vorangekommen. Hier wurden sie durch einen der brackigen Brunnen erneut schmerzlich an das reine Wasser des Teiches erinnert. Und wieder begannen sie gegen Zhorab zu murren, bis dieser schließlich die Geduld verlor.

»Kehrt doch um, wenn ihr wollt«, sagte er. »Ich komme jedenfalls nicht mit.«

Nun wollten sie wissen, warum.

Nach einigem Zureden sagte er es ihnen.

»Die Frau dort hatte nichts Besseres zu tun, als mit

mir ihre Liebesspielchen zu treiben. Das ist keine Prahlerei. Mir war die Sache sehr peinlich.«

Zhorebs Gefährten blickten ihn von unten herauf an.

»Na schön«, sagte einer, »aber du hast doch Frauen bisher nicht völlig abgelehnt.«

Zufällig, wie ein Stein fällt oder ein Blatt, erreichte Jalasil gerade in diesem Augenblick diesen Teil des Pfades. Sie kannte den Graben und hatte sogar ganz bewußt den Weg dorthin eingeschlagen, denn es dürstete sie, aber sie wußte nicht so recht, wonach. Dann hatte sie das Stimmengemurmel vernommen, und war näher getreten, um Zhorebs Stimme zu hören, ein Trank, den sie mehr begehrte als jedes Wasser.

Und so beobachtete sie ihn ein drittes Mal, ohne daß er sie sah, und hörte folgendes:

»Ich habe Frauen gehabt und habe es nicht bereut, aber ich habe sie mir selbst ausgesucht. Sie hält mich für eine Frucht an einem Baum, nach der sie nur die Hand auszustrecken braucht.«

»Aber Zhoreb«, rief ein anderer aus der Gruppe, »war sie denn so häßlich?«

»Weder besonders häßlich, noch überwältigend schön. Bestimmt nicht so schön, daß sie sich damit rechtfertigen könnte. Sie hat blaßgrüne Augen wie eine Katze, und weiter keine besonderen Merkmale. Aber was das schlimmste ist, mit diesen Augen starrt sie einen an wie ein hungriger Vampir. Ihr kennt diese Sorte von Frauen, die einem noch die Knochen spalten würden, um ans Mark zu gelangen.« Darüber lachten sie alle, und er lachte mit. »Also laßt uns weitergehen, wenn die Sonne nicht mehr so hoch steht!«

»Hast du Angst, sie könnte dich verfolgen?«

»Still!« bat Zhoreb, obwohl er noch immer lachte. »Ich habe schon zu viel geredet.«

»Keineswegs«, sagte Jalasil, wenn auch nur zu sich selbst. »Es ist gut, daß du solche Dinge sagst, sie sind sehr heilsam für mich.«

Aber sie war nicht geheilt. Sie wanderte ziellos durch den Sand, bis sie weit von der Stelle entfernt war, dann setzte sie sich in den Schatten eines einzelnen Felsblocks.

»Zhoreb«, sagte sie, »ich habe dich geliebt, und ich liebe dich immer noch. Die Frau, der du begegnet bist, wie du sagtest, war nicht Jalasil. Denn wärst du ihr begegnet, dann hättest du sie wenigstens nicht verachtet. Du hast eine andere kennengelernt, die in meiner Haut steckte, und ich einen anderen Mann in der Haut von Zhoreb, der gütiger und großmütiger war als jener.«

Die Zeit verstrich, sie wußte, daß die jungen Männer inzwischen den Graben verlassen hatten und überlegte, ob sie zum Pfad und zu ihrem Haus zurückkehren sollte. Aber dann dachte sie: *Jetzt sind alle Orte für mich gleich, denn Liebe und Glück finde ich nirgendwo.*

Und sie dachte: *Selbst wenn er Zurückhaltung geübt hätte, aber doch mein Freund geworden wäre, hätte mir das genügt.*

Aber dann dachte sie wieder: *Nein, ich wollte seine Liebe.*

Bald wurde der Himmel rot und röter, und schließlich wurde er schwarz, und der Mond ging auf.

Wie kalt es ist, dachte Jalasil. *Wie der Wind in den Felsen pfeift und heult.*

Endlich ging sie doch auf dem Pfad durch die Dunkelheit nach Hause zurück. Einmal kreuzte ein Vielfraß ihren Weg. Sie lächelte ihn traurig an. *Warum haben die Götter mich als Frau geschaffen? Was weiß ein solches Tier von Liebe?*

Zu Hause wurde Jalasil mit einiger Entrüstung empfangen, aber sie kümmerte sich nicht darum. Sie ging in ihr Schlafgemach und legte sich im Dunkeln nieder. Eine Lampe konnte sie nicht ertragen, denn ihre Augen waren von der Sonne geblendet. Selbst im Dunkeln tanzten rote Blütenblätter vor ihrem Blick. Und sie hörte ständig das Winseln des Windes im Felsen, aber jetzt war es in ihrem Kopf; sie konnte ihm nicht entgehen.

Sie sehnte sich nach dem Tod, hatte aber nicht den Mut, das Erforderliche zu tun. Sie sehnte sich nach dem *Leben,* wußte aber, daß ihr das verwehrt war.

Meine Tage sollen nur ihm gehören. Das wußte ich vorher nicht. (Sie hatte nämlich erkannt, daß sie die ganze Zeit eine leise Hoffnung auf Veränderung gehegt hatte.) *Er ist die ganze Welt, und die Welt verläßt mich.*

Doch irgendwann in der Nacht kam ihr über die unruhigen Lichter und Geräusche hinweg der Gedanke, daß irgendwann einmal auch ihre Liebe ausgebrannt sein würde, und dann würde sie so kalt und verbittert sein wie der Mond. Wie die Wüste würde sie sein, nichts als Sand und Asche.

Die Tage vergingen, einen Monat oder auch zwei trugen sie auf dem Rücken davon.

In dem grünäugigen Haus war Stille eingekehrt. Ein lärmendes Haus war es nie gewesen, aber doch von Leben erfüllt. Jetzt saß der alte Pförtnerjunge schmollend in seinem Häuschen, die beiden alten Schwestern stolperten unsicher herum oder lehnten wie zwei Stöcke an einer Wand. Das jüngste Wesen im Haus hatte angefangen zu schrumpfen und dahinzuwelken. Die früher so warmherzige, lebendige, mit Arbeit und Vergnügen ausgefüllte Jalasil konnte den anderen keine Stütze mehr sein. Sie sahen, daß sie ein untätiges, hohläugiges, trauerndes, altes Weib geworden war, daß auf ihrer Stirn nun ganz plötzlich eine einzelne, senkrechte Falte zwischen den Brauen erschien, daß ihr Schritt seine Leichtigkeit verloren hatte und daß sie unter all den Beschwerden litt, die einer zweimal so alten Frau zugestanden hätten — Schmerzen und Kribbeln in den Gelenken, Flimmern vor den Augen, Hören von nicht existierenden Geräuschen, Schlaflosigkeit, Appetitlosigkeit — und als die anderen dies feststellten und sie nicht länger für ein Kind halten konnten, wurde ihnen wiederum bewußt, daß zwangsläufig auch sie gealtert sein mußten. Es schien im Laufe von drei Nächten geschehen zu sein. Ein böser Zauber.

»Was ist da zu tun?« fragten die Schwestern. »Wenn nur ihre Mutter hier wäre.« Und dann sprachen sie von Jalasils Mutter, mit deren Hilfe sie sich jünger erhalten hatten, als es ihren Jahren entsprach, und verdrängten Jalasil, ihre Krankheit und ihre Traurigkeit aus ihren Gedanken.

Überall im Garten vergossen die Rosen ihr Blut.

Kurz vor Tagesanbruch ging die alte kleine Schwester, noch ziemlich verärgert über einen Traum, schon früh zum Wasserholen. Als sie die Oase erreichte, sah sie am Schrein des Steingottes eine Frau stehen.

Die Frau war groß und auf eine nicht genau zu bestimmende Weise merkwürdig anzusehen. Sie trug nur ein grobes Gewand, und ihre Füße waren nackt. Doch eine Woge von schwarzem Haar umgab sie, glänzend wie die Locken einer Kaiserin. Und die langen Nägel an ihren Fingern waren mit Silber bemalt.

»Nun, was willst du?« fragte die kleine Schwester unwirsch. »Wenn du betteln willst, mußt du eine Stunde nach Sonnenaufgang in den Küchenhof kommen. Vielleicht haben wir ein paar Reste für dich.«

Die Frau lachte. Die kleine Schwester hätte vor Schreck fast ihren Krug fallen lassen.

»Du hältst mich also für eine Bettlerin?«

Die kleine Schwester runzelte die Stirn und blinzelte die Frau an. Die schwarzen Augen blickten so hochmütig wie die eines Königs. Diese Frau hatte nichts von der Bescheidenheit und der passiven Höflichkeit ihres Geschlechts.

»Was immer du bist«, stammelte die kleine Schwester. »Ich habe keine Zeit, hier herumzustehen und zu schwatzen.«

»Ich wahrhaftig auch nicht«, sagte sie Frau. »Siehst du diesen häßlichen, grellen Schein da im Osten?«

3·89·3

Die kleine Schwester sah hin und erkannte die ersten Anzeichen der Dämmerung.

Als sie sich umdrehte, um dies der Frau zu sagen, stand außer dem alten Stein über seinem Altar niemand mehr da.

»Die Götter mögen mich beschützen. Das war ein Dämon!« rief die kluge kleine Schwester aus. Sie spuckte auf die Erde, rieb den Speichel mit den Zehen ein, machte verschiedene Zeichen und plapperte ein paar sinnlose Worte, die sie als kleines Kind gelernt hatte.

Die Erscheinung eines Dämons in der Oase bescherte den Schwestern — und dem Pförtner, der nicht an die Geschichte glaubte und die beiden begeistert beschimpfte — einen arbeitsreichen, ausgefüllten Tag. Die beiden alten Frauen gingen durch das ganze Haus, verstreuten bestimmte Kräuter und legten da und dort einen Talisman aus. Jede Öffnung des Hauses, alle Türen und die Turmalinfenster besprengten sie mit gräßlichen Mixturen. Sogar um die Scheiben im Zimmer ihrer Herrin kümmerten sie sich. (Jalasil saß da, als sei sie blind und taub und schien es nicht zu bemerken.) »Ein Segen, daß ihre Mutter eine Hexe war«, sagten sie zueinander, »und uns einiges beigebracht hat.«

»Pah!« schrie der Junge und schwenkte seinen Stock.

»Typisch Mann«, sagten die beiden. »Auf diesen Rohling achten wir gar nicht.«

Alles in allem hatten die drei an diesem Tag viel harmlosen Spaß, und als die Sonne nach Westen sank, kauerten sich die Schwestern in einem Raum über der Küche zusammen und spähten, zwischen ängstlicher Erregung und Selbstzufriedenheit schwankend, durch die Fenster. »An den Schutzvorrichtungen kommt es nicht vorbei, falls es überhaupt auftaucht. Es wird versuchen, mit uns zu verhandeln. Wir dürfen auf keinen Fall damit sprechen. Ich kann mich an die Geschichte von einer alten Frau erinnern, die einen Dämon bat, er möge sie wieder jung machen. Und der Dämon sagte:

›Das werde ich nicht tun, aber älter sollst du nicht werden.‹ Und damit schlug er sie tot.«

»Aber ich erinnere mich an die Geschichte von einer Häßlichen, die der Dämon in eine solche Schönheit verwandelte, daß alle Welt bei ihrem Anblick vor Liebe den Verstand verlor«, sagte die kleine Schwester. »Sogar Löwen und Tiger«, fügte sie hinzu, vorwitzig wie immer.

»Quasselt doch nicht so viel«, raunzte von unten der Pförtner. Er hatte das Tor verlassen und sich in die Küche begeben, bestritt aber, daß dies wegen des Dämons geschah.

Endlich ging die Sonne unter. Der Himmel leuchtete wie Wein in einer goldenen Schale, dann wurde er blaß wie rosa Tinte in einer Platinschale. Und schließlich hatte er die Farbe von Lavendelessenz, und eine kühle Brise strich leicht wie eine Katze durch den Garten und bewegte die matten Köpfe der Blumen.

»*Oh!* Oh, sieh doch nur!« schrie die kleine Schwester.

Da, eindeutig *innerhalb* der Schutzvorrichtungen, im Garten, stand die schwarzhaarige Frau, der Dämon, in einen Mantel gehüllt, an dem gerade, genau wie am Himmel, die Sterne aufgingen.

»Öffnet euer Fenster«, sagte der Dämon zu den Schwestern, wenn auch vielleicht nicht mit Worten. (Sie spürten eine wundersame, lautlose Musik.)

»Keinesfalls«, sagte die ältere, »wird das Fenster geöffnet.«

Sie öffneten es und lehnten sich schnatternd hinaus.

Die Frau blickte zu ihnen auf, ihre weißen Hände und ihr Gesicht schienen in der zunehmenden Dunkelheit zu glühen und zu schweben wie die weißen Blüten im Garten.

»Hört gut zu«, sagte sie. »Ihr werdet mich auf der Stelle zu eurer Herrin Jalasil führen, die im Augenblick in tiefer Verzweiflung auf ihrem Bett liegt.«

»Was willst du von unserem armen Kind?« piepsten die Schwestern.

»Ich will ihr«, sagte der Dämon, »ihren Herzenswunsch erfüllen.«

»Das ist ein Trick«, sagten die Schwestern. »Wir dürfen diesen Einflüsterungen nicht nachgeben. Wir dürfen uns nicht von der Stelle rühren.«

Und sie liefen hastig hinunter, und die kleine Schwester führte das Dämonenwesen ins Haus und hinauf in Jalasils Zimmer, während die große Schwester voranging, um den Besuch anzumelden.

Jalasil lag wie vorhergesagt auf ihrem Diwan und wälzte sich in einem kalten Fieber.

»Herrin«, sagte die große Schwester, »jemand ist gekommen, um Euch zu trösten.«

Die Frau mit dem Nachthaar und den Königsaugen betrat den Raum. Wo sie stand, schienen Sternenlicht und Mondlicht zu einem Kristallvorhang zu verschmelzen.

Geht jetzt! Fort mich euch!

Die Schwestern gingen hinaus, fort waren sie. Hinunter in die Küche und zum Pförtner, wo sie sich zwischen die Töpfe kauerten, mit Amuletten klapperten und leise vor sich hinmurmelten.

Die Frau stand in ihrem Kristallgewand da und winkte Jalasil über alle Hügel des Vergessens hinweg zu.

»Kehre auf die Erde zurück«, sagte Azhrarn. (Er konnte jede Gestalt annehmen und hatte diese gewählt.) »Komm her, du verirrtes, mattes Herz. Laß mich nicht warten, sonst werde ich ungeduldig.«

Da schien Jalasils Wesen in sie einzuströmen wie Wasser. Es stieg bis an ihre Augen, und sie öffnete sie und konnte sehen; sie öffnete ihre Ohren und konnte hören. Sie richtete sich auf ihrem Diwan auf, starrte um sich, wußte nicht, wo sie gewesen, wohin sie zurückgekehrt, wer da bei ihr war und konnte sich übrigens auch kaum erinnern, wer sie selbst war.

»Jalasil«, sagte Azhrarn mit der Stimme der Frau.

Da fiel Jalasil alles wieder ein. Ihr Gesicht verzerrte sich zu einem Schmerzenstuch.

»Ja«, sagte der Dämon sinnend und sah sie an. »Dies sind die wahren Lektionen, die die Liebe lehrt. Verzweiflung, Qual und Elend. Hast du sie dir gut eingeprägt, Grünauge?«

Jalasil konnte nicht sprechen. Sie stöhnte. Tausend Reden, zehntausend Lieder waren in diesem einen Ton enthalten.

»Nun denn«, sagte Azhrarn. »Welche Belohnung verdienst du deiner Ansicht nach dafür, daß du in dieser Schule ein so guter Schüler geworden bist?«

Da antwortete sie weinend: »Er wird niemals Liebe für mich empfinden, und ich liebe nur ihn und das auf ewig. Er ist alles, was ich will, und alles, was ich nicht haben kann. Dieser Schmerz schwindet nie. Er frißt mich auf. Er vergiftet mich. Wenn er mich nur geliebt hätte!«

»Er wird es tun.«

Schweigen.

Dann bat sie: »Verspotte mich nicht.« Und doch glühten ihre Augen plötzlich auf. Azhrarn blieb eben auch in Verkleidung der, der er war. Sie glaubte ihm. Niemand hätte zweifeln können, der ihn mit dieser schönen, erschreckenden Stimme antworten hörte.

»Du verfügst über einige Zauberkräfte«, sagte Azhrarn, »ein Erbe deiner Mutter. Ich habe dir einen Zauber entworfen, der diesen Mann zu dir führen wird wie den Hund zur Hündin. Seine Lenden und sein Herz, sein Fleisch und sein Geist — alles wird dir gehören. Zhoreb wird an deiner Angel zappeln.«

Jalasil stieß nur die Luft aus. Mit diesem Hauch schienen sie die letzten Kräfte zu verlassen. Ihr Kopf sank herab wie die Köpfe der Blumen, ehe sie abfallen.

»Gib mir diesen Zauber, wenn du kannst. Was willst du dafür? Willst du meine Seele? Sie ist dein.«

»Deine Seele. Wenn du eine Möglichkeit findest, sie in ein handliches Kästchen zu legen, nehme ich sie mit.«

»Was dann?«

»Dir zu helfen«, sagte Azhrarn, »ist mir Lohn genug.«

»Ja«, sagte Jalasil. Ihre Erregung war so groß, daß sie nicht mehr nur mit den Augen sah. »Es ist frevelhaft, sich den Willen eines anderen untertan zu machen. Und du bist Verworfenheit, nicht wahr?«

Die Frau äußerte sich nicht dazu, sie sagte nur: »Ich werde dir erklären, mit welchem Zauber du dir deinen Herzenswunsch erfüllen kannst.«

Jalasil wartete erschöpft, bleich und ernst auf ihre Worte.

»Geh hinab in den Garten. Suche dort die letzte Rose des Jahres. Schneide sie ab. Dann schneide dich in einen Finger deiner linken Hand. Gib das Blut der Rose zu trinken und sprich diese Worte: In Zhoreb ist keine Liebe zu Jalasil. Glaube daher an Zhorebs Liebe zu Jalasil.«

Wieder Schweigen.

»Und das ist alles?« fragte Jalasil.

»Was willst du noch mehr? Nimm die Rose mit in dein Zimmer. Lege sie auf dein Kissen. Du wirst eine Veränderung wahrnehmen. In sieben Tagen steht er vor deinem Tor.«

»Und was ist, wenn du lügst?«

»Du glaubst nicht, daß ich lüge. Wiederhole den Zauber. Wir wollen sichergehen, daß du alles genau verstanden hast.«

»Die letzte Rose aus dem Garten. Ich schneide sie ab, dann schneide ich mich selbst in einen Finger der linken Hand. Ich gebe der Rose mein Blut zu trinken und sage: ›In Zhoreb ist keine Liebe zu Jalasil. Glaube daher an Zhorebs Liebe zu Jalasil.‹« Das Fieber war von ihr gewichen. Sie fügte mit schrecklicher Stimme hinzu: »Ja, du lügst nicht.«

Doch außer ihr war niemand mehr im Zimmer.

Bald darauf verließ Jalasil ihr Gemach. Sie stieg hinab in ihren Garten und streifte umher wie ein Gespenst. Jetzt war der Himmel dunkel, der Mond hinter einer Wolke verborgen. Sie erkannte die Rose nicht an ihrer

Gestalt oder ihrer Farbe, sondern an ihrem Duft. Sie schnitt erst die Blume, dann ihren Finger und ließ die Rose vom Gift der Liebe trinken. Dann sprach sie die Worte.

Sie kehrte in ihr Bett zurück und ließ die Rose auf ihrem Kissen liegen. Gleich darauf fiel sie in tiefen Schlaf, schlief wie eine Tote und erwachte bei Sonnenaufgang. Auf dem Kissen lag die Rose, sie war nicht verwelkt, sondern schwarz wie Kohle.

Wo er konnte, rannte er; wo das Gelände das Laufen nicht gestattete, ging er mit großen Schritten. Beim Gehen warf er den Kopf zurück und sang oder pfiff in den jaulenden Tönen des Wüstenwindes über sich. Sogar bei Nacht ging er weiter, wo es möglich war. Die Tiere der Wüste flohen vor ihm oder versteckten sich. Wenn er sich erschöpft auf dem Aschensand ausstreckte, träumte er von ihr. Die Dünen wurden zu ihrem Körper, der feine Staub glitt so silbern durch seine Finger wie ihr Haar. In jedem Brunnen sah er, schlafend oder wachend, ihre Augen. *Wo er konnte, rannte er.*

Er war in einer Stadt gewesen — irgendeine Ansammlung von Gebäuden — er und seine Gruppe von jungen Männern hatten dort Halt gemacht. Dann war es zu Streitigkeiten und Reibereien gekommen. Einige erlahmten in ihrem Eifer, und Zhoreb beobachtete, wie sie den Versuchungen der Stadt erlagen und sich in den Dienst von Herren stellten, die sie aufnahmen, ihnen zu essen gaben, ihnen berauschende Getränke verabreichten und ihre Fähigkeiten ausbeuteten, als wären sie Straßenmagier.

Andere Mitglieder der Gemeinschaft vertraten ihre Ansichten gegenüber den dort ansässigen Priestern zu rigoros, man drohte ihnen an, sie zu steinigen, und sie flohen. Zhoreb ging ruhig seinen Geschäften nach, wie er es für richtig hielt. Er heilte und sprach auf dem Markt zu den Menschen, sagte aber nichts gegen den

Tempel der Stadt, der weniger korrupt war als andere, die er kennengelernt hatte. Er sah zu, während die anderen stritten, sich verführen ließen und davonliefen. Ein Lehrer zwang seine Hilfe niemandem auf. Zhoreb wartete ab, ob sich ein paar von den Brüdern wieder zusammenfinden würden. Er selbst wollte nicht leugnen, denn Leugnen war an sich schon eine Falle, daß er nicht länger unbeschwert, sondern lediglich rastlos war. Immer wieder spürte er ein merkwürdiges Unbehagen, als hätte er irgendeine wichtige Handlung unvollendet gelassen. Als Zhoreb seine Hände auf die Schultern eines alten Mannes legte, um dessen Rheumatismus zu lindern, erkannte er auf einmal, wie schrecklich eine Welt war, deren Schönheit und Häßlichkeit, deren Freuden, Triumphe und Leiden nichts als Schöpfungen der Unwahrheit waren. Nichts war wirklich, und aus diesem Grund war die Illusion selbst zu Granit geworden, um besser vorzutäuschen, was sie nicht war. Diese Granitblöcke, wie etwa Krankheit oder Schmerz, wegzurücken war einfach — aber dann sah man den gestaltlosen Abgrund offen zu seinen Füßen. Als der Krüppel die Arme ausstreckte und rief, er spüre Wärme und dann, der Schmerz sei von ihm gewichen, empfand Zhoreb eine Sekunde lang das Entsetzen eines Menschen, der orientierungslos im leeren Raum schwebt. *Ich war ein Kind, das mit dem Feuer spielte,* sagte eine Stimme in seinem Inneren. *Nun sehe ich, wie es brennt, wie kann ich es noch wagen?*

Aber er blieb in der Stadt, an ihrem Rand, an den sich der Saum der Wüste anschloß. In seine Unterkunft, einen Baldachin, der mit Pflöcken über das Ende einer Gasse gespannt war, wehte der Sand.

Allmählich kehrten einige der Wanderer zu ihm zurück, zusammen mit den Armen und den Kranken und mit den Kindern, die täglich kamen und sich auf die gefegte, sandige Erde unter dem Baldachin setzten. *Schnell, laßt uns in aller Eile das Wanderleben wieder aufneh-*

men. Es war niemals weise, an einem Ort zu bleiben. An stehende Mauern hefteten sich Spinnweben. Menschen mußten reisen, denn die Bewegung war der Keim oder wenigstens das Symbol des Fortschritts.

Doch dann, in der Nacht unter dem Baldachin, wo es keine Sterne gab, streifte etwas leicht sein Ohr. Wie ein Blütenblatt — ein Falter — er fuhr auf und spürte, wie eine goldene Kette mit Stahlnägeln mitten durch seine Seele gezogen und festgenietet wurde.

Und nun zeigte ihm die Illusion ihre ganze schreckliche und zugleich tröstliche Macht. Der Granit war unverrückbar. Der Abgrund, aus dem man alles mögliche beschwören konnte, entschwand den Blicken.

Er war froh. Die Erleichterung machte ihn trunken. Machtlos stieß Zhoreb, der Schüler Dathanjas, einen Schrei aus, der die ganze Gasse erschütterte.

Er verließ die Stadt vor dem Morgengrauen, verriet niemandem, was er vorhatte, wußte es selbst kaum.

Irgendwann ging ihm auf, während er unter dem Brennglas der Sonne dahineilte, daß es die Liebe war, die ihn trieb, die ihn mit sich schleppte und weiterschob. Sie — die Frau in dem Haus mit den Turmalinaugen — sie mit dem durchsichtigen Atlashaar. Er konnte sich nicht vorstellen, was nachher kommen würde, aber er mußte sie besitzen. Er hatte es in ihren Augen gesehen — nicht Hunger, sondern eine Bitte, ein Verlangen — sie mußten den Ausdruck seiner eigenen Augen widergespiegelt haben. Genau aus diesem Grund hatte er sich von ihr abgewandt, hatte sie aus seinen Gedanken verbannt. Aber vergebens. Sie hatte sich unter seinem Schädel eingenistet.

Liebe war der Schlüssel zu allen Dingen.

Illusion war Granit, ein unverrückbarer Berg.

Wo er konnte, rannte und lief er.

Am siebenten Tag zerfiel die schwarze Rose zu Ruß. Am Tor wurde laut geklopft. Jalasil saß in ihrem Zimmer und trug ein buntes Gewand, das Haar war mit dem Kamm aus Sandelholz gestrählt, sie hatte Malachitpaste auf die Augenlider gelegt und wartete.

Er kam ins Haus wie ein Sturm, dunkle Flamme, männliche Energie, und die alten Frauen ließen ihn allein hinaufgehen, als wüßten sie Bescheid. Sie schlichen in ihre Küche, als wüßten sie alles.

»Du bist hier«, sagte sie.

Er sah, wie das wilde Verlangen sie gezeichnet hatte. Er liebte sie wegen ihres Leidens, wegen ihrer Blässe, ihrer grünen Augen, ihres Hungers.

»Jalasil«, sagte er, trat zu ihr und zog sie hoch. Seine Hände, die viele Menschen geheilt und noch mehr beruhigt hatten und denen die klare Haut von Frauen nicht völlig fremd war, umfingen sie. Er zog sie an sich, schloß sie in die Arme. Er legte ihren Kopf nach hinten auf seinen Arm und küßte sie auf den Mund. Ihr Haar glitt über seine Handgelenke. Das Streicheln ihres Haares, ihr Körper an dem seinen, der Puls in ihrem Hals, ihr erfrischender Mund, das alles stieß geheime Türen zu einer Weisheit auf, die er sich niemals hatte träumen lassen. Wenn er sie hatte, würde er auch sich selbst besitzen. Sie war der Schlüssel. Der Berg mußte den Himmel zerschmettern, und sie würden auf dem Gipfel reiten.

Er hob das Gesicht und sah sie an. Auch ihre Augen waren blaß und weit weg. Das störte ihn nicht. Er sagte ihr all die Liebesworte, die der Dichter in ihm, der zu allen Zeiten allen Menschen innewohnt, nur finden konnte. Sie legten sich auf ihr Bett. Ihre Sehnsucht nach ihm, ihr qualvolles Verlangen, so greifbar wie die Seide der Laken, hatte dieses Lager verändert.

Er nahm ihr die Unschuld mit der Sanftheit und Vorsicht der Liebe und mit der herrlichen Gewalt der Liebe. Sie ritten auf der Luft, schossen durch Feuer und Wasser, versanken in der Enge der Erde.

Und als es geschehen war, als sie in der todesähnlichen, honigsüßen Erschöpfung nach der höchsten Lust dalagen, beugte sie sich über ihn.

»Zu spät«, sagte Jalasil. »Mein Herz ist an den Wunden gestorben, die du ihm zugefügt hast. Wenn du mich gleich zu Anfang gewollt hättest, ach, wie hätte es sein können — Sonne und Mond, Erde und Himmel. Die Sterne wären herabgefallen. Aber ich habe so oft von dir geträumt, daß ich dich ausgeträumt habe. Du bist nur noch ein Schatten, und selbst dieser Schatten kam nicht aus Liebe zu mir, sondern durch einen schmutzigen Zauber der Dämonen, die alle Männer hassen und auch alle Frauen. Ich habe zu viel gelitten und zu viel geopfert, um dich zu bekommen.«

Und dann sah er ihre Augen, wie sie wirklich waren, grausam und leer, Augen, die nichts mehr begehrten.

»Du«, sagte sie, »du. Du hättest mir das Beste der Welt geben können, und vielleicht hättest du bei mir ein wenig Ruhe gefunden. Aber jetzt ist es zu spät, du bist ein Schatten, ein Spielzeug, ein Trick des Dämons. Zhoreb liebt mich, Zhoreb begehrt mich. Deshalb glaube ich nicht mehr an Zhorebs Liebe und Begehren. Vielleicht ist es meine Schuld. Ich habe dich zu einem Gott gemacht. Doch du bist nur ein Mensch.«

Und dann zog sie unter dem Kissen das Messer hervor, mit dem sie die Rose geschnitten hatte. Und er, wie ein mit goldenen Ketten gefesseltes Opfertier, spürte nur, wie der Granitberg, den niemand je verrücken konnte oder kann, sich auf ihn senkte.

»In meinem Zimmer«, sagte sie zum Pförtner, »wirst du einen toten Mann mit einem Dolch in der Kehle finden.«

Der Pförtner senkte den Blick, als sei er nur mürrisch.

Jalasil ging in die Oase hinunter. Über ihr glitzerte das Salzschiff im Sonnenlicht, unten glänzte hell das Wasser des Teiches.

Sie nahm ihren grünen, geflochtenen Gürtel ab, befestigte ihn an einem Johannisbrotbaum und hängte sich daran auf.

Und hier hing sie den ganzen Vormittag lang an einem Ast, den heißen Mittag über hing sie da. Doch am Nachmittag legte sich der Schatten um sie, verhüllte das leuchtende Weiß, verband ihr die Augen. Schließlich versickerte jede Spur von Farbe im Boden. Und die Nacht deckte alles zu, schwarz wie eine Rose.

DIE SPIELER

Als Sterbliche lebte Atmeh lange. In hohem Alter hauste sie als Seherin und Heilerin viele Jahre in einem Tempel an einem Berghang.

Doch nicht dort beschloß sie ihre Tage, sondern an einem anderen Ort.

Als sich der Kupferkessel der Frau in einen Frosch verwandelte, wollte sie ihren Augen nicht trauen.

Aber da auf ihrem Herd hockte quakend und rülpsend ein großes, kupferfarbenes Amphibienwesen, in dem man ganz offensichtlich keine Suppe kochen konnte. So glaubte sie schließlich — nicht ihren Augen — aber dem Gefühl der Ungerechtigkeit und Enttäuschung, das sie überschwemmte. Hatte sie schon jemals Glück gehabt? Nein. Dann war es kein Wunder, wenn auch noch das einzige gute Stück in ihrem Haus ruiniert wurde.

Sie schrie: »Hinaus mit dir!« und ging mit dem Besen auf das Tier los. »Hinaus, du Kesselfrosch!«

Und sie jagte ihn aus dem Haus und auf die Dorfstraße hinaus.

Bis auf diesen Vorfall war es ein ruhiger Abend. Im Westen rauchte und qualmte der Himmel noch immer ein wenig, aber über den Hügeln standen die Sterne in kleinen Gruppen beieinander, als warteten sie auf jemanden.

Der Frosch hüpfte davon, die Straße hinauf. »Vielleicht habe ich alles nur geträumt.« Aber als sie über die Schulter schaute, sah sie, daß die Feuerstelle leer war. »Womit mag ich die Götter nun wieder gekränkt haben?« Sie war zu dem Schluß gelangt, daß die Götter sie entweder besonders haßten oder, da sie sich solcher Aufmerksamkeit für unwürdig hielt, daß sie schliefen. Nachdem man sie in ihrem fünfzehnten Jahr verheiratet hatte, war ihr erster Gatte einen Monat später in den Bergen von einem Löwen zerfleischt worden. Ihr Sohn war tot zur Welt gekommen, und bei seiner Geburt hatte sie irgendwie Schaden genommen und war fortan unfruchtbar. Als sie zum zweitenmal heiratete, einen

Mann, dem sie nicht in gleichem Maße zugetan war, verstieß er sie nach drei Jahren, weil sie seinen Samen vergeudete. Ihre letzte Verwandte, eine Tante, hatte sie aufgenommen. Schließlich erkrankte die Tante. Nach ihrem Tod ging das Haus mit den zwei Zimmern in den Besitz der Nichte über. Aber die war inzwischen auch schon in vorgerücktem Alter, ihre Schönheit war dahin, und außerdem glaubten die Leute, auf ihr liege ein Fluch und sie bringe Unglück. Denn nichts, was sie tat oder besaß, war jemals gediehen — sogar ihre Kühe starben, und die Kräuter in ihrem Garten waren bitter. Die Männer des Dorfes mieden sie, und die Frauen wünschten ihr zwar manchmal einen guten Tag, nannten sie aber trotzdem *Unglück* und zogen ihre Kinder beiseite, wenn sie kam, damit sie nicht von ihrem Schatten gestreift und angesteckt wurden.

Auf den Hügeln waren ein paar Hirtenfeuer aufgeleuchtet. (Unglück beobachtete sie einen Augenblick lang; früher einmal hatten junge Hirten sie bewundert.) Dann wandte sie sich wieder ihrem Haus zu, um den anderen, verbeulten Topf herauszusuchen, der den Geschmack des Essens verdarb.

Sie war eben dabei, ihn zu scheuern, als die zweite Sache passierte. Diese zweite Sache kündigte sich mit einem schwachen Geräusch an, das wie das Anschlagen einer einzelnen Harfensaite klang, und als sie den Kopf hob, sah sie, daß zwischen den Steinen um die Feuerstelle eine Blume gewachsen war. Vielleicht war ein Samenkorn dort hingefallen, und das Feuer hatte es nun zum Keimen gebracht, aber so schnell? Es war eine Lotosblüte, und noch während sie hinsah, entfalteten sich die zarten Blütenblätter und bildeten einen Kelch, durch den das Feuer hindurchschien wie durch Alabaster.

Diesem zweiten Ereignis folgte ein drittes auf dem Fuße.

Unglück hörte Gebell und zorniges Poltern auf der Straße.

Sofort stand sie auf und ging zur Tür. »Der Kesselfrosch hat Ärger gemacht. Sie werden annehmen, daß er mir gehört, mich der Hexerei anklagen und mit einer Strafe belegen.« (Etwas Ähnliches war schon vor einem Jahr geschehen, als eine Ziege einen von Unglück gestohlenen Apfel gefressen und danach drei Tage lang schlechte Milch gegeben hatte.)

Als Unglück jedoch wieder aus der Tür schaute, erkannte sie, daß sie mit dieser Störung nichts zu tun hatte.

Mehrere Dorfbewohner standen auf der Straße. Im Schein der Lampen, der aus Fenstern und Türen fiel, waren zwei Gestalten zu erkennen, die neben dem Brunnen unter dem Zimtbaum standen.

»Ja, das werden wohl Bettler sein«, sagte Unglück zu sich selbst. In diesem Dorf vertrieb man alles fahrende Volk, es sei denn, die Leute konnten beweisen, daß sie nützlich waren. »Wie jung sie sind, ein junger Mann und ein Mädchen. Und sie ist so zart und so müde — sieh nur, wie sie sich an ihn lehnt und wie er sie stützt.« Und dann spürte Unglück, wie in ihrem Inneren Schmerz, Neid und andere, weniger leicht zu benennende Gefühle aufstiegen. *So hätte auch ich mich anlehnen können, wenn mein Leben anders verlaufen wäre. Wer ist nun da, wenn ich müde bin?* Doch sie schüttelte das Klagen ab, verbiß den Schmerz und dachte: *Wenn ich den beiden nachgehe, sobald sie das Dorf verlassen haben, wird wohl niemand erfahren, was ich ihnen gebe. Einen Brotlaib, eine Handvoll Datteln und die Dickmilch kann ich entbehren — ich muß sie warnen, daß Geschenk Unglück bringen könnte, aber ich habe dergleichen schon früher gemacht und glaube nicht, daß ich viel Schaden angerichtet habe.*

Also ging Unglück in ihr Haus zurück und machte sich daran, die Speisen zusammenzutragen. Während sie damit beschäftigt war, legte sich das Gezänk auf der Straße, die Hunde bekamen die Füße ihrer Herren zu spüren und beruhigten sich klugerweise, und als es schließlich leise an der geöffneten Tür kratzte, konnte die Frau es deutlich hören.

Nun bekam sie doch einen ziemlichen Schreck, denn da auf ihrer Schwelle standen die beiden Bettler. Und es war kein Jüngling mit einem Mädchen, sondern ein uralter Mann, mager und gebeugt wie ein Ast im Winter, und die Frau, die sich auf ihn stützte, sah aus, als sei sie hundert oder noch mehr Jahre älter als er.

Unglücks Herz krampfte sich vor Mitleid zusammen. Sie griff nach dem Bündel mit den Speisen und ein paar anderen Dingen und trat vor.

»Hier, nehmt dies als Wegzehrung. Die Leute sagen, auf mir liegt ein Fluch, deshalb ist es vielleicht am besten, wenn ihr vor dem Essen einen Segen sprecht. Aber ich glaube, mein Unglücksbrot ist immer noch besser, als glückbringend zu hungern.«

Da lächelte der alte Mann. Das Lächeln schien wie ein Blitz aus seinem zerlumpten Umhang und seinem verwüsteten Gesicht herauszufahren und versetzte ihr einen solchen Schlag, daß sie beinahe taumelte. Während dies geschah, öffnete die uralte Greisin, die sich auf ihn stützte, die Augen.

Oh, diese Augen, diese Augen! Sie waren wie der Himmel im Frühling und am Mittag, wie die Mitternacht im Sommer, wie Meere, die Königreiche waren, sie waren Saphire und die Saphirblüten von Pflanzen und Bergen, von der Farbe von Bergen in weiter Ferne und wie die ganze Erde, wie ein Vogel sie aus der Luft sieht — so blau, so *blau* waren sie, daß neben ihnen jedes Licht erlosch.

»Herrin«, sagte die Frau, »Herr ...«

»Laß uns eintreten«, sagte er. »Das Dorf wird dich deshalb nicht bestrafen.«

»Fliegenkot über das Dorf, es mag zur Hölle gehen. Sind die Leute denn so dumm? Ja, ich habe es mir schon immer gedacht, es sind Tölpel. Tretet ein und seid willkommen. Ich habe nichts, was Euer würdig wäre, aber da Ihr nun einmal hier seid, wird es vielleicht gehen.« Und sie trat flink zur Seite, kniete auf dem Boden nieder und senkte den Kopf.

Die beiden Alten traten in den Raum. Mit ihnen kam ein gedämpfter, angenehmer Duft herein, wie man ihn im allgemeinen nicht mit greisen, halb verhungerten Körpern in Verbindung bringt …

Als Unglück wieder aufschaute, hatten sich die beiden auf ihren großen Stuhl vor dem Feuer gesetzt. Sie waren so schmal und mager, so eingeschrumpft, daß sie beide darin Platz fanden.

Dann rutschte Unglück auf Knien heran, bot ihnen Milch und Honig an und begann, das Essen auf einem niedrigen Tisch anzurichten.

»Wie anstrengend muß das für deine Knie sein«, sagte der alte Mann. »Möchtest du nicht lieber aufstehen?«

»Ich weiß, Ihr verlangt nicht von mir, daß ich auf den Knien liege«, sagte Unglück, »und ich will auch nicht katzbuckeln. Aber es tröstet mich.«

Als der Tisch bereit war, rückte sie ihn dicht heran und fügte dem Gedeck noch einen Krug mit Bier hinzu.

»Mein jämmerlicher Fluch kann Euch sicher nichts anhaben«, sagte sie.

Da sprach zum erstenmal die alte Frau.

»Aber wir brauchen gar nichts. Nur ich — ich brauche Ruhe, und die hast du mir gegeben.«

Ihre Stimme klang brüchig.

Unglück starrte sie an und schien zum erstenmal verwirrt. Ihre Augen, ihre ganze Haltung fragten: Wie kann es sein, daß du *überhaupt* etwas brauchst, da du doch bist, wer du bist?

»Habe keine Angst«, sagte die alte Frau. »Ich bin dem Tode nahe.«

Unglück keuchte erschrocken auf und platzte heraus: »Können denn die Götter sterben?«

Da ließ die alte Frau ein leises Lachen hören.

»Ich bin kein Gott. Nein, ich bin sterblich wie du.

Zwischendurch: [redacted] „Unglück“ gibt den beiden Bettlern eine Wegzehrung. Sie glaubt, ihr Unglücksbrot sei immer noch besser, als glückbringend zu hungern. [redacted] In unserer aufgeklärten Welt des 20. Jahrhunderts haben wir weniger Probleme mit Menschen oder Speisen, auf denen ein Fluch liegt. Ob wir nun eine Wegzehrung zusammenstellen oder uns nach einer Kleinigkeit zu essen für den Appetit zwischendurch umsehen, es müßte doch mit dem Teufel zugehen, wenn es uns nicht gelingen sollte, glückbringend zu essen. Wir brauchen dazu nur einen Löffel, fünf Minuten Geduld und … [redacted]

Und wie dir bedeutet auch mir der Tod nichts. Denn du und ich, unseresgleichen, wir haben eine Seele, und deshalb leben wir ewig.«

Unglück starrte sie mit offenem Munde an. Dann senkte sie den Blick. Dieses eine Dasein war für sie schon unglücklich genug verlaufen, sie hatte alle Hoffnung auf ewiges Leben verloren und verspürte vielleicht auch gar nicht mehr den Wunsch danach.

Nun sprach wieder der alte Mann.

»Meine Begleiterin war viele Jahre lang Priesterin und lebte ganz allein auf einem Berg. Aber sie hat einen Onkel — älter als sie, wenn ich das sagen darf — der besuchte sie und brachte ihr eine gewisse Nachricht. Daraufhin unternahm sie diese letzte Reise.«

»Ich bin sterblich«, wiederholte die alte Frau schläfrig flüsternd wie ein Kind. »Es geziemt sich, daß ich dort sterbe, wo die Sterblichen sich aufhalten.« Und dann richtete sie ihre wundervollen blauen Augen wieder auf Unglück. »Ich heiße Atmeh.«

»Herrin — ich habe keinen Namen, nur den, bei dem man mich ruft. *Unglück.* Ich bitte Euch, nennt mich nicht bei diesem Namen.«

»Das werde ich nicht tun«, sagte Atmeh und schloß die Augen. Sie schien von tiefem Frieden erfüllt, als sie sich an den alten Mann lehnte, der sie trotz seiner eigenen Gebrechlichkeit so fürsorglich, so kraftvoll unterstützte.

»Nein, wir werden sie *Frosch* nennen«, sagte er. »Denn sie hat ihren besten Kochtopf verloren.«

Und da brach Unglück — oder Frosch — in schallendes Gelächter aus.

»Ach, Herr — war das *Euer* Werk?«

»Es war mein Werk«, sagte er bescheiden. »*Mich* nennen manche Oloru. Aber ich habe noch einen anderen Namen. Und dieser andere Name verwandelt Töpfe in Frösche.«

»Nun«, sagte Unglück-oder-Frosch, »da es Euer Werk

war, soll es mir recht und der Frosch willkommen sein, wenn er zurückkehren will.«

Und dann gab es in diesem Raum ganz plötzlich keine Zurückhaltung, kein Mißtrauen gegenüber irgendwelchen Göttern mehr. Nun herrschten gegenseitige Achtung und Eintracht. Die Speisen wurden verzehrt, der Bierkrug ging schnell zwischen dem alten Mann und der Gastgeberin hin und her, und das Bier schmeckte nach den besten Trauben. Auch wurden die Teller niemals leer, und die Gefäße blieben gefüllt. Und niemand brauchte auf das Feuer zu achten oder auf die Lampe, die so viel Licht gab wie neun von ihrer Art. Ein- oder zweimal schien es Unglück oder Frosch, wenn sie sich umblickte, als liege ein seltener Glanz, ein Schimmer auf ihren Habseligkeiten, und sie hatte auch den Eindruck, als seien es mehr, als sie ihres Wissens besaß. Und sie fühlte sich so leicht und so voller Lebensfreude, daß sie schließlich sagte: »Eben fällt mir ein, daß man mich einst Flachs nannte. Denn als junges Mädchen hatte ich wunderschönes Haar.«

»Flachs, mein Herz«, sagte der alte Oloru, »reiche mir den Bierkrug herüber.«

Später färbte sich die Lampe rosig und das Feuer tiefrot, und Flachs hörte in der warmen stillen Geborgenheit des Hauses direkt im Schilf ihres Daches eine Nachtigall singen. Es klang so schön, daß ihr die Tränen in die Augen stiegen, aber kein Schmerz schlug seine Klauen in ihr Herz.

Der alte Oloru zog eine Art Leier aus seinem Umhang, ein knarrendes, zusammengeflicktes Instrument, und begann ihr Musik aus Gold und Silber zu entlokken. Die Nachtigall setzte sich wie gebannt auf ein Fenstersims, um der Leier ein Ständchen zu bringen.

Dann flog die Nachtigall ins Zimmer. Als unscheinbarer kleiner brauner Fleck ließ sie sich auf dem Holzstuhl nieder, zirpte, trillerte und tönte und erfüllte den Raum mit Glocken und Sternen.

»Vor langer, langer Zeit«, sagte der alte Oloru, »als die Götter noch halb wach waren und Dinge schufen, formten sie viele Tiere und andere Geschöpfe. Ganz zuletzt machten sie einen Vogel von so erlesener Schönheit, daß die anderen Vögel, die Pfauen und Kanarienvögel, die Ibisse, Schwäne und Tauben vor Eifersucht ganz wild wurden. (Die Erfindungen der Götter sind nämlich berüchtigt für ihre Fehler.) Überall wurde der Vogel gemieden oder angegriffen. Schließlich versteckte er sich bei Tag und lebte allein bei Nacht. Doch nach einer Weile erspähte der Mond den Ausgestoßenen und rief: ›Oh, wie bist du schön!‹ ›Still‹, flehte der Vogel. ›Verrate mich nicht. Ich wünschte, du würdest meine Pracht mit deinen kalten, weißen Strahlen wegbrennen.‹ ›Das ist nicht möglich‹, antwortete der Mond. ›Schönheit kann niemals zerstört werden, nur verlagert.‹ Und in diesem Augenblick verschwanden all die bunten Federn, und der Vogel saß bräunlich und klein auf seinem Ast. Doch als er den Schnabel öffnete, um dem Mond zu danken, brach ein Schwall von Melodien hervor, bei dem die Erde den Atem anhielt. Und so ist es noch heute.«

Als das Feuer so rot geworden war wie der Purpurmantel eines Königs, schlief die Nachtigall auf der Stuhllehne ein, und der Mond kam persönlich ans Fenster. Da sang Oloru leise dieses Lied für die alte Priesterin, und Flachs hörte es:

Mein Lieb', mein steter Mond, in deinem Licht,
Sehe ich des and'ren Mondes wechselhaft' Gesicht
Hoch oben, und ich weiß, ihn werden lang wir nicht mehr sehen,
Wir müssen künftig fern von seinem Schein bestehen.

Da murmelte die alte Frau: »Liebster, du bist nicht ehrlich. Vergiß nicht, du hast diese alberne Gestalt nur angenommen, um dich mir anzugleichen. Du bist nicht ehrlich.«

»So ergeht es allen Dingen, Liebste, vielleicht sogar dem Mond. Wenn er über den Spiegel irgendeines Sees zieht, könnte er eines Nachts vergeblich nach sich selbst Ausschau halten.«

Ein paar Minuten später sagte Atmeh so leise, daß Flachs die Worte kaum verstehen konnte: »Bald ist es soweit. Laß uns gehen. Ich darf dieses freundliche Haus nicht verdüstern.«

Da sagte Flachs energisch: »Herrin, wenn Eure letzte Stunde in der Tat nahe ist, glaubt Ihr dann, ich würde Euch fortschicken und Euch auf dem Hügel sterben lassen?«

Durch den rosig roten Schein warfen die fernen Saphiraugen ihren letzten Blick auf ein sterbliches Gesicht.

»Ich weiß, daß du das nicht tätest. Aber auf der Straße wird jemand auf mich warten. Er darf dieses Haus nicht betreten, glaub mir.«

Bei diesen Worten überlief Flachs ein Frösteln, und sie fügte sich, ohne zu wissen warum.

Der alte Mann stand auf, beugte sich hinab und hob die alte Frau in seinen Armen auf. Man konnte nicht erkennen, wie er das so mühelos fertigbrachte, aber ihr kleiner Kopf in der abgetragenen Kapuze ruhte an seiner Schulter, ihr spärliches, wirres Haar fiel über seine Brust, und er neigte den Kopf und küßte sie. Dann sah er noch einmal mit einem boshaften Fuchsgrinsen zu Flachs zurück.

»Ich spüre Wahnsinn in dir, Flachshaar. Ein wahnsinniges Verlangen zu sehen, was es zu sehen gibt. So folge uns denn. Aber wenn dir dein Verstand lieb ist — Körbe können überquellen — komm nicht zu *nahe.*«

Und so verließen die beiden Flachs' Haus und gingen die stille Dorfstraße entlang. Dort brannte keine einzige Lampe. Auf den Bergen waren die Feuer der Hirten erloschen, und am Himmel hatten die Sterne und der Mond ihr Antlitz verhüllt.

Flachs-Unglück stand zögernd in ihrer Tür. Aber

dann gewann die Neugier sogar die Oberhand über das Mitgefühl, denn diese Nacht war wie keine andere. Sie hielt zwar Abstand, wie man es ihr geraten hatte, aber sie folgte dem alten Mann mit der alten Frau auf den Armen.

Nach etwa einer Meile erreichte der Ziegenpfad die Kuppe eines Hügels und führte dort zu einem Baum. Hier trat eine Gestalt aus der Nacht, ebenfalls wie ein Bettler in merkwürdige, gelbliche Lumpen gekleidet, die sogar im Dunkeln zu sehen waren. Der Mann hatte einen kahlgeschorenen Kopf und stützte sich auf einen morschen Stab.

»Sei gegrüßt, Nicht-Verwandter«, sagte er zu dem Alten. »Ist das meine Nicht-Nichte, die du trägst? Dann ist die Zeit gekommen.«

»Hüte dich«, sagte der alte Mann, »hinter mir schleicht eine Frau, die hatte ein so schlimmes Leben, daß sie dir ins Gesicht spucken würde, wenn sie deinen Namen erführe.«

»Aber ihr beiden habt seither fleißig eure kleinen Spiele getrieben. Wenn der Morgen kommt, wird sie mich wohl preisen.«

Nach diesem absonderlichen Wortwechsel gingen sie gemeinsam weiter über den Hügel und stiegen dahinter in eine schwarze Senke hinab. Hier blieben sie stehen, und Flachs, der Warnung des alten Oloru eingedenk, legte sich auf den Hang, um aus der Ferne zuzusehen.

Bald war ihre Haut kalt und feucht, sie war aufgeregt und fürchtete sich, obwohl sie keinen Grund dafür erkennen konnte. Dann sprang wie bei einem Erdbeben der Boden unten in der Senke auf wie eine gewaltige Tür.

Aus der Dunkelheit in die Dunkelheit trat ein nachtschwarzer Mann in einem mondweißen Gewand.

Flachs verbarg ihr Gesicht im Gras. Wenn sie hätte glauben können, daß die Götter jemals zuhörten, hätte sie gebetet, denn sie wußte genau, wer dort stand, keine siebzig Schritte von ihr entfernt. Es war König Tod.

Nichts war zu hören, nur der Wind, der manchmal über den Hügel blies. Die in der Senke Versammelten sprachen nicht, vielleicht hatte sich auch zwischen ihren Stimmen und Flachs' Geist irgendeine Mauer aufgerichtet. Die Neugier trieb die Frau, wieder hinzusehen.

Und als sie das tat, enthüllte auch der Mond sein Gesicht und blickte hinab.

Nun war es Tod, der den gebrechlichen dürren Körper der sterblichen alten Frau in den Armen hielt. Er hatte sie aufgehoben, und sie legte wie in Liebe, jedenfalls aber in uneingeschränktem Vertrauen einen Arm um seinen Hals. Er hielt ihr einen Becher an die Lippen, einen Becher aus Bein. Sie trank daraus.

Flachs konnte den Blick nicht abwenden. Ein seltsames Bild entstand vor ihrem geistigen Auge, so lebhaft, daß es die unheimliche Szene einen Augenblick lang auslöschte. Sie sah einen jungen Mann an diesem Hang liegen. Ein Löwe hatte ihn zerfleischt, als er die Herden bewachte. Die Dorfbewohner riefen jenseits der Hügel nach ihm — aber in seinen Qualen hörte er sie nicht. Dann beugte sich ein Mann über ihn, der Mann war Tod, und Flachs' Gatte griff nach seinem Mantel. Tod sagte: »Es ist nicht zu ändern, du kannst nicht lange genug leben, um sie wiederzusehen.« Dann hob er den Sterbenden auf und gab ihm aus einem beinernen Becher zu trinken, und die Qual wich aus dem Gesicht ihres Gatten. Er sagte wehmütig: »Aber du hast mir ja von dem Bier gegeben, das sie braut. Wie ist das ...?« Damit sank er zurück, als sei er eingeschlafen. Und so fanden ihn die Dorfbewohner, im Tode schlafend, allein auf dem Berg.

»Tod der Tröster«, sagte Flachs.

»Und Schicksal, der Unbarmherzige«, sagte der kahlgeschorene Bettler in den gelben Kleidern, der zu ihr heraufgestiegen war und jetzt neben ihr stand.

Flachs sah zu ihm auf, dann blickte sie erneut in die Senke hinab. Wieder wurde das Mondlicht schwächer. Ganz kurz sah sie ein schlafendes Mädchen auf einem Schleier aus mitternachtsschwarzem Haar liegen. Ein junger Mann, golden im silbernen Licht, saß schweigend neben ihr. Tod war fort. Die Erde hatte sich geschlossen. Dann verhüllte der Mond wieder sein Antlitz.

»Ich begleite dich bis an deine Tür«, sagte der gelb gekleidete Bettler. »Du weißt, daß du mich kennst, obwohl wir uns nie begegnet sind. Aber spucke mich nicht an. Morgen wirst du meine glühendste Verehrerin sein.«

So gingen sie gemeinsam ins Dorf zurück, Schicksal, der Bettlerkönig, und Flachs. Sie nahm ihn kaum wahr. Sie fühlte sich leer, nicht, als hätte man ihr etwas geraubt, sondern als hätte man sie reingewaschen. Wenn man sie gefragt hätte, wer sie war, hätte sie Mühe gehabt, es zu sagen. Und als sie ihr Haus erreichte, erkannte sie es nur daran, daß auf dem Stuhl eine Nachtigall schlief und auf dem Herd eine Lotosblüte wuchs.

Nachdem Schicksal sie ins Haus gebracht hatte, schlenderte er auf der Straße davon. Als er den Zimtbaum erreichte, löste er sich auf und war verschwunden.

Flachs legte sich auf ihr Bett und träumte von einer alten Frau, die starb und wieder jung wurde. Vielleicht eine Stunde vor Sonnenaufgang träumte sie auch, daß über ihrem Dach ein Wagen über den Himmel donnerte. Ein ganz in Schwarz gekleideter Mann mit Augen, schwarz wie die Nacht, schlug mit einer Diamantpeitsche auf blaue Drachen ein. Etwas sagte ihr sogar im Traum, daß es nicht ratsam sei, ihn anzustarren, und so drückte sie ihr Gesicht in die Kissen. Trotzdem hörte sie, wie die Dolche an den Wagenrädern die Luft in kleine Stücke zerschnitten.

Die Dämmerung verhieß einen schönen Tag, Flachs öffnete als erstes ihr Fenster, um die Nachtigall hinauszulassen, und dann ihre Tür, um zu sehen, wie es der Welt so erging.

Dann setzte sie sich in die Türöffnung und kämmte ihre jasminhellen Flechten. Erst fünfzehn Jahre alt, vermögend — das wohl ausgestattete Haus der verstorbenen Tante —, außerdem Jungfrau und so etwas wie eine Schönheit, Flachs hatte nichts einzuwenden gegen die bewundernden Blicke und die höflichen Worte der jungen Männer, die zu den Weiden hinaufgingen oder von den Hügeln herabkamen.

Flachs war allgemein beliebt, und man hielt sie für ein Glückskind. Was sie auch anpackte, nichts ging jemals daneben. Ihre Kühe waren stolz, die Euter strotzten von sahniger Milch, ihr Kräutergarten stellte alle anderen in den Schatten.

Während sie sich hier sonnte, wußte niemand in diesem Dorf, daß im Laufe der Nacht jedes einzelne Gedächtnis geändert worden war und daß Flachs selbst sich vollkommen gewandelt hatte. Gestern war gestern, und in der letzten Nacht war nichts Besonderes geschehen.

An diesem Morgen sollte sich jedoch etwas ereignen. Ein riesiger, fetter Frosch kam die Dorfstraße heraufgehüpft.

»Schicksal möge mich beschützen«, schrie Flachs kichernd, denn sie wußte, daß Schicksal das tun würde.

Trotzdem hielt der kupferrote Frosch nicht an, er hüpfte an ihr vorbei und ließ sich *Platsch!* auf ihre Feuerstelle fallen. Und dort verwandelte er sich im Zeitraum eines Lidschlags in einen runden Kupferkessel.

Flachs klatschte vor Freude in die Hände, aber überrascht war sie nicht. Das Leben war stets so gut zu ihr gewesen, daß ein häusliches Wunder dieser Art gar nichts Besonderes war.

DIE TOCHTER DES MAGIERS

Doch Atmehs sterbliche Seele konnte nicht sterben; und mit dem irdischen Leben war auch nicht alles zu Ende.

1 DIE SCHMETTERLINGSFALLE

Lord Rathaks neue Braut trug Atlas und hatte Kummer. Das junge Mädchen war einem Tempel versprochen gewesen, eine Aussicht, die sie den Anforderungen des Ehestandes bei weitem vorgezogen hätte. Aber dann hatte ihr Vater ein Festessen gegeben und auf dem Höhepunkt der Zecherei zwei oder drei ausgewählten Gästen gestattet, einen Blick in den abgeschirmten Hof der Frauen zu tun. Und einer dieser Auserwählten, der Magier Rathak, hatte sie dort erspäht. »Wer ist das?« fragte er. »Sie ist eindeutig die schönste von allen.«

»Das ist meine jüngste Tochter Shemsin. Ein verträumtes Mädchen. Ich habe die Absicht, sie dem Tempel der Drei Göttinnen zu geben. Es ist kein Fehler, sich die Priesterschaft gewogen zu halten.«

Darauf hatte Rathak bemerkt: »Man sollte die Blüte zwar unbedingt schneiden, aber sie dann nicht in eine Grube werfen. Gebt den Göttinnen eine andere. Diese hier will *ich* haben.«

Die Macht und der Einfluß des Magiers waren so groß, viel größer als alles, was der Tempel zu bieten hatte, daß sich Shemsins Vater schnell einverstanden erklärte. Daraufhin wurden alle früheren Pläne verworfen. Man gab für die Ausstattung der Braut ein Vermögen aus. Sie hatte schon früh gelernt, daß Proteste vergebens waren und fügte sich in ihr Unglück. In den Hof der Frauen drangen zwar immer wieder Gerüchte über die Männer, doch von Rathak, dessen dunklem Gehirn schwarze Taten entsprangen, wurde nur das Schlimmste erzählt. Er hatte vertrauten Umgang mit Teufelswesen und verkehrte sogar mit Dämonen. Seine Macht im Lande rührte daher, daß der König der Stadt Angst vor ihm empfand. Seine Freunde und alle, die ihm gehorsam waren, wurden vom Glück begünstigt, doch seine Feinde füllten schon ganze Friedhöfe. *Ich gehe in mein eigenes Grab,* dachte Shemsin. Man kleidete sie an, schmückte sie mit Juwelen, und dann brachte sie der Hochzeitszug zum Haus des Bräutigams.

Das stand auf einem felsigen Vorgebirge ein paar Meilen außerhalb der Stadtmauern. Obwohl das Land ringsum grünte und blühte, war dieses Gebiet kahl und steinig. Unterhalb des Vorgebirges lag jedoch auf drei Seiten ein unerforschter Sumpf, aus dem ständig wie aus einem großen Kessel Dämpfe aufstiegen. So abgeschirmt von Sumpf und Felsen war der Palast des Magiers nicht leicht zu erreichen, obwohl man ihn aus allen Richtungen schon von weitem sehen konnte. Es war ein imposantes Gebäude, mit Kuppeln aus roter Bronze und schwarzgrünem Schmelzglas, auf der Nordseite ragte ein dicker, eherner Turm drohend gen Himmel.

Der Zug erreichte das Vorgebirge und gelangte über eine steinige Straße an die ehernen Tore, die von Zauberhand aufgerissen wurden.

Dahinter gähnte ein Hof aus schwarzem Marmor mit einem Dach aus blutrotem und smaragdgrünem Glas

Hier wurde Shemsin in aller Form nach dem Gesetz mit Rathak mit der Schwarzen Seele vermählt, und als sie ihm mit dumpfer Scheu ins Gesicht blickte, schwanden ihr fast die Sinne. Niemand hatte sie nämlich darauf vorbereitet, daß er zwar ein böser, aber auch ein schöner Mann war, mit Haaren so rot wie das Glas im Dach und Augen so dunkel wie der Marmor.

Als die Dämmerung sich über den Palast legte, begannen unheimliche Lichter über dem Sumpf zu tanzen. Man hatte Shemsin in ein Gemach im ehernen Turm geführt, und sie sah jenseits der Brüstungen den steinernen Hang, der in die Nacht hinabführte, und die gespenstisch zuckenden Irrlichter. Sie wußte nicht mehr,

was sie denken sollte. Sie hatte schon begonnen, Entschuldigungen für gewisse Merkwürdigkeiten im Hause zu suchen, da es ja sein Haus war ... für das sonderbare Kreischen unbekannter Wesen tief unten in den Gewölben, für die an einer Brustwehr aufgereihten, gehörnten Schädel ... Er war ihr Gatte. Sie durfte nicht voreingenommen sein.

In einem siebeneckigen, von würzigen Düften und Musik erfüllten Zimmer empfing Rathak seine Braut.

Er küßte sie auf den Mund. »Mein teures Weib«, sagte er, »du sollst wissen, daß ich mich auf den ersten Blick in dich verliebt habe.«

Er ließ sie an einem grünen Blümchen riechen, dessen Duft sie berauschte. Er gab ihr schwarzen Wein zu trinken, und sie sank ihm in die Arme.

»Ich habe gehofft, aber nicht geglaubt, daß es jemanden wie dich geben könnte, meine Shemsin. Ich habe nämlich ein bestimmtes Ziel, mein liebes Kind, und du sollst mir helfen, es zu erreichen.«

Er trug sie zu einem Bett, das so rot war wie Mohnblumen, wie Rubine, wie Feuer. Es stand innerhalb eines noch offenen Kreises aus verschiedenen Pulvern und seltsamen Steinen, und jetzt, nachdem er darin war, schloß er die Linie mit einer qualmenden, brennenden Substanz aus einer Phiole.

Shemsin lag nackt auf dem Bett und hob sich strahlend von dem roten Untergrund ab, denn sie hatte sehr helles Haar, und ihre Haut war wie Schnee.

Rathak streichelte sie mit Händen und Lippen, aber zuvor mit einem Stab aus Basalt.

Meilenweit unter ihnen heulten die Ungeheuer in seinen Kellern; Spannen entfernt tanzte der Phosphor über den Sumpf. Shemsin war hilflos. Sie streckte flehend die Arme nach ihm aus.

»Warte noch, mein Schwan. Bald bin ich bei dir.«

Da erblickte sie eine Glasblase, die in der Luft schwebte. Sie wußte nicht, was es war, es war ihr auch gleichgültig. Ihr war nur wichtig, daß er sie umarmte, in sie eindrang, sie erlöste ...

»Gleich, mein Schwan, mein Mondkind!«

Und dann sah sie, daß die Luft voller Schmetterlinge war. Sie flatterten hier und dort, überall. Wenn eine Lampe darauf schien, waren sie durchsichtig wie Seide.

Rathak rezitierte einen Zauberspruch. Dann legte er sich auf sie, bewegte sich auf ihr wie die See über ein Ufer. Sie war der Strand, er der Ozean. Sie wurde zermalmt, sie wurde zerrissen. Die Wellen durchliefen sie. Sie schnellte in die Höhe, schrie, wollte den Himmel berühren, und dann berührte sie ihn und fiel tot zurück.

»Nein, Shemsin. Du bist nicht tot. Du lebst. Du lebst *zweifach.*«

»Schick mich nicht fort!« jammerte sie. Aber das Bett schien nach unten zu schweben. Tief unter der Erde kam es zur Ruhe. Sie hörte die Ungeheuer schreien, drehte sich um, drückte das Gesicht in die Kissen und schlief ein.

Im Schlaf sah sie in ihrem Inneren eine Glasblase, die jetzt einen Schmetterling gefangen hielt. Die Flügel flatterten und klopften gegen das Glas, bis sie ermatteten. Eine Puppenhülle bildete sich um den Schmetterling und fesselte ihn, er konnte die Flügel nicht mehr bewegen.

»Verzeih mir«, flüsterte Shemsin dem Schmetterling in der Glasfalle zu.

Doch im ehernen Turm hockte Rathak mit dem Dunklen Gehirn auf einer großen Goldplatte im Zentrum vieler neuer Kreise aus Symbolen, Pulvern und Talismanen. Ganz so schön, wie Shemsin ihn gesehen hatte, war er nicht mehr, aber dessen ungeachtet sang er eine Beschwörung und schlug mit Stäben um sich.

Außerhalb des schützenden Kreises und der goldenen Platte öffnete sich der Boden. Ein häßlicher Zwerg stieg herauf, mit Haaren, für die manche Frau (übrigens auch mancher Mann) einen Mord begangen hätte. Er trug lediglich einen Metallrock aus feinster Schmiedearbeit, aus dem drei gewaltige, silberne, mit Jadeblättern geschmückte und mit einer Spirale von Zirkonen besetzte Phallen hervorragten. Ein Drin.

»Meister«, sagte der Drin, und sein Grinsen verriet, daß der Titel nicht ganz aufrichtig gemeint war.

»Du kleiner Rüpel«, erwiderte Rathak mit gebührender Verachtung. »Ich darf sagen, es ist vollbracht.«

»In der Tat?« fragte der Drin. Er sprang von einem Fuß auf den anderen, dann hob er den linken, um an einem Zehennagel zu knabbern. Schließlich blinzelte er Rathak an. »Dann seid Ihr auf dem Weg zu Eurem Ziel. Wo ist mein Anteil an Eurem Glück?«

»Einen Augenblick noch. Ich habe mich deines Rates bedient. Aber du solltest auch deinen Teil dazutun, und es ist an der Zeit, daß du den Wert deiner Arbeit unter Beweis stellst. Das kommt zuerst.«

Der Drin senkte schmollend seinen Fuß.

»*Meister,* Ihr seid stets vorsichtig und von großer Gelehrsamkeit. Darf ich Euch daran erinnern, daß meine Kaste zu solchen Dingen keinen Zugang hat? Ich mußte mich daher an andere Dämonen wenden und sie mit zauberhaften Geschenken aus meiner Schmiede bestechen. (Dafür steht Ihr in meiner Schuld.) Nun ergab es sich, daß ein mächtiger Fürst, dem ich diene, von Eurem Wunsch hörte. Er nahm es, sehr zu meinem Erstaunen, auf sich, Euch den Weg zu bahnen. Für die Vazdru bereitet es keine Schwierigkeiten, diesen *Ort* zu betreten. Und nun«, fügte der Drin hinzu und warf sich ob der Vornehmheit seines dämonischen Partners in die Brust, »steht dieser mächtige Herr im psychischen Vorraum. Wenn Ihr genügend Mut habt, wird er hier eintreten und Euren Erfolg bestätigen.«

Es mag sein, daß Rathak innerlich zitterte, aber wenn dem so war, dann verbarg und beherrschte er seine Nervosität. »Braucht ein solcher Herr«, fragte er, »meine Aufforderung?«

Bei diesen Worten schob sich die Nachtluft beiseite wie ein Vorhang. Ein dunkler, hochgewachsener, schlanker Mann betrat das Gemach, er war von so unglaublicher Schönheit, daß die falsche Maske, die Rathak für seine Hochzeit angelegt hatte, daneben zum Gespött wurde.

»*Azhrarn?*« murmelte Rathak und fiel auf die Knie (wobei er sich mit einem schnellen Blick vergewisserte, daß der Kreis geschlossen war).

»Sein Schatten«, antwortete Fürst Hazrond. »Ich werde manchmal mit ihm verwechselt, doch niemals von jenen, die seine Manifestation mit eigenen Augen gesehen haben.«

»Erhabener Fürst«, sagte Rathak. Dann zögerte er unterwürfig und fuhr schließlich fort: »Kann ich jenem dort glauben, der mir sagt, *Ihr* selbst habt Euch meiner Sache angenommen?«

»Du kannst ihm glauben.«

»Dann — ist es so gut wie geschehen.«

»Nicht ganz, Magier. Du bist in einem weit verbreiteten, menschlichen Irrtum begriffen. Die Seele dringt nicht bei der Befruchtung in den Schoß einer Frau ein. Sie kommt erst später, wenn das Kind gewachsen ist, dann erfüllt sie es, weckt es und treibt es heraus.«

»Dann ...?«

»In einem nebeligen Sumpf außerhalb der Erde bin ich deiner Beute begegnet. Da sie zur Rückkehr bereit war, war es nicht schwer, den Schmetterling dort im körperlosen Gestrüpp festzuhalten.«

»Und ist es *sie?*«

»Im Augenblick weder er noch sie noch sonst etwas. Aber einst war sie es. Alles weist darauf hin. Es ist die Seele, die einst der Gestalt aus Ebenholz, Milch und Saphir innewohnte, welche Azhriaz war, die Tochter der Nacht.«

Rathak schloß die Augen. Er kniete da wie die Verkörperung der Habgier. Dann sagte er: »Aber — *ihn* — erzürne ich damit nicht?«

Hazrond lächelte wie die Dämmerung der Dunkelheit: »Nein. Was kümmert es ihn? Er hat das Fleisch geschaffen, das sie einst *war.* Der Geist ist *ihr* Werk. Es ist nur eine Seele, eine von Milliarden, selbst *du,* Magier, besitzt ein solches Exemplar, wenn es auch ein wenig angeschmutzt und verwahrlost ist.«

Rathaks Mund verzerrte sich, und er sagte hastig: »Es freut mich, daß meine unbedeutende Verworfenheit Euch gefällt, Herr. Aber habt doch die Güte, mir zu sagen, ob die Zauber, die ich wirkte, den gewünschten Erfolg hatten.«

»Dein schwanenweißes Weib hat empfangen. Der Samen in ihrem Inneren hat mit Hilfe deiner Magie einen Faden von einer unerklärlichen Substanz und von nicht wahrnehmbarem Licht ausgeschickt. Das andere Ende dieses Fadens ist in jenes Land außerhalb der Welt, in das Gestrüpp jenes Grenzgebietes eingedrungen und hat dort deinen Schmetterling gefangen. Wenn die Zeit kommt, muß diese eine Seele in den Körper des Kindes einfahren, das du geschaffen hast.«

Bei diesen Worten verlor Rathak ein wenig die Kontrolle über sich und stieß einen tierischen Schrei aus.

Hazrond wandte den Kopf und spuckte aus. Der Speichel brannte mit einer wunderbaren violetten Flamme. Der Drin sprang vor und sprach einen Zauber darüber, um sein Wesen unversehrt zu erhalten, zweifellos mit der Absicht, daraus einen Edelstein zu machen — aber der entflammbare Speichel des Vazdru verschwand. Der Drin stampfte mit dem Fuß auf und sah Rathak böse an. Auch von Hazrond war keine Spur mehr zu sehen.

»Gib mir nun, was du mir versprochen hast!« krächzte der Drin.

Rathak erhob sich. »Es ist dein, viel Freude damit.«

Er winkte. Eine schmale Tür ging auf. Ein Mädchen

aus dem Harem des Magiers kam in den Raum geglitten. Es war jung und schön und stand völlig unter einem Bann. Mit glasigen Augen erblickte sie den Dämonenzwerg, sah offensichtlich jemand anderen und winkte ihn leidenschaftlich zu sich. Bereitwillig sprang der Drin auf sie zu.

Aus seinem sicheren Kreis heraus beobachtete Rathak die Vereinigung, aber die ungewöhnlichen Verrenkungen erregten sein Interesse nicht allzu sehr. Er selbst würde sich das letzte Wissen verschaffen, Kräfte, die es mit der Macht der Götter aufnehmen konnten. Der gefangene Schmetterling sollte ihm alles enthüllen, was er aus früheren Zeiten wußte, und danach würde er sein Gefäß und seine Waffe sein, ein schönes Mädchen, völlig in seiner Gewalt, eine — wie schon einmal, damals von einer weißhaarigen Mutter — wiedergeborene Göttin in seiner Hand. Was konnte er mit ihr und durch sie nicht erreichen? Alles, woran Azhrarn gescheitert war. Nicht die Götter wollte er erzürnen, sondern all die kleinen Reiche der Menschen stürzen — das würde ihm, Rathak, genügen.

Solche Vorstellungen lenkten ihn von den erotischen und athletischen Kunststücken ab, die der Drin (in dessen Rasse es kein weibliches Gegenstück gab) mit dem Sklavenmädchen ausprobierte. Ja, Rathak bedauerte es nicht, als der Dämon, sobald er das Nahen des Sonnenaufgangs spürte, sich wieder durch den Fußboden zwängte und seine Geliebte wie einen weggeworfenen Fetzen auf den Teppichen liegen ließ.

Shemsin träumte, sie wandere in einem Nebel dahin. Sie glaubte, sich in dem Sumpf unterhalb des Palastes verirrt zu haben, aber sie befand sich in einem anderen Reich, an einem Ort, an den sie sich undeutlich erinnerte, ohne jedoch zu wissen, aus welcher Zeit ihres jungen Lebens. Es schien ihr aber, als sei es erst gestern gewesen ... Während sie suchend umherwanderte, rauschten andere an ihr vorüber. Und wenn diese Schatten ihr nahe kamen, riefen sie ihr mit schwacher Stimme zu: »Weiter, weiter — folge uns auf dieser großen, schrecklichen Reise.« »Was ist euer Ziel?« schrie sie. »Geboren zu werden!« kam es zurück. »Wir streben dem Grab des Fleisches zu.« »Ich befinde mich schon in diesem Grab«, sagte Shemsin traurig, »und dies ist nur ein Traum.«

Dann sah sie, daß sie eine seidene Schnur um die Taille trug, deren Ende so lang war, daß es am Boden schleifte und immer weiter führte, bis es nicht mehr zu sehen war. Shemsin folgte der Schnur in den Nebel hinein ... und gelangte schließlich an einen brennenden Busch. Nicht, daß die Erscheinung tatsächlich ein Busch gewesen wäre oder in Flammen gestanden hätte, sie zeigte sich ihr nur in dieser Gestalt. Und das Brennen des Busches wurde durch das Element verursacht, das sich dort verstrickt hatte. Es hatte keine eigene Form, jedenfalls keine sterbliche, die Shemsin hätte erkennen können, doch es flimmerte und schien den Nicht-Busch aufflammen zu lassen. Shemsins seidene Gürtelschnur lief in den Busch hinein, wieder heraus und ringsherum und hatte ihn mit einem Käfig umgeben.

»Du bist ja ein Schmetterling«, sagte Shemsin. »Armes Ding, deine Flügel haben sich in meinem Gürtel verfangen.«

Und sie beugte sich vor, um das leuchtende Geschöpf zu befreien.

Aber als sie die Arme ausstreckte, sah sie ein anderes, ebenfalls flammendes Wesen, schwarz und lodernd, das den Busch bewachte. Dieses Wesen schien Schlangen anstelle von Haaren zu haben, schwarze Schlangen mit zuckenden Silberstreifen, und in der erhobenen Hand hielt es ein Schwert.

Shemsin wich zurück. Sie faßte an den Gürtel um ihre Taille und wollte ihn zerreißen. Ein schrecklicher Schmerz durchfuhr sie.

Sie öffnete die Augen und fand sich auf ihrem Bett in einem Gemach im Haus des Magiers. Die beiden obersten Hebammen von Rathaks Harem beugten sich tief über sie.

»Herrin, Ihr tragt ein Kind.«

»Er wird erfreut sein, Herrin, daß er Euch schon bei einem einzigen Beilager seinen Samen einpflanzen konnte.«

Shemsins Leib wurde schwer, eine Blume, die die Last einer Knospe trug.

Sie lag matt neben einem Springbrunnen hoch oben in einem mit türkisgrünem Glas überdachten Hof. Man hielt sie fern von den anderen Frauen im Hause, doch manchmal sah sie diese weiter unten auf einer abgeschlossenen, von Orangenbäumen eingefaßten Allee spazierengehen. Wenn ihre Fächer sich hin und her bewegten, mußte sie an Schmetterlinge denken. Gelegentlich, wenn sie des Nachts schlaflos dalag, vernahm sie auf der Innentreppe ein Rascheln und das *Klirr Klirr* eines Fußkettchens. Dann war eine von Rathaks Frauen in sein Schlafgemach gerufen worden. (Im Morgengrauen wurde sie von dem gleichen Geräusch aus der anderen Richtung geweckt.)

»Er hat mir erklärt, er liebe mich. Ich sei ihm so teuer, sagte er. Und doch läßt er mich niemals rufen.«

Die dunklere Hebamme — beide kamen stets verschleiert zu ihr — antwortete auf dieses Selbstgespräch. »Es gibt ein uraltes Gesetz. Sobald Leben in Euch heranwächst, seid Ihr unantastbar. Er darf Euch nicht wieder berühren.«

»Nein. Er ist meiner nur überdrüssig«, sagte das Mädchen. »Dagegen wurde ich, sobald ich ihn gesehen hatte, auf ewig die seine.« Sie hatte sonst niemanden, dem sie sich anvertrauen konnte. Ihre Umgebung bot stets einen erfreulichen Anblick, unsichtbare Diener servierten ihr Speisen, wie sie einer Königin würdig gewesen wären. Wenn sie das Zimmer betrat, fand sie den Tisch gedeckt, aber niemand war da, und sie hatte fast den Verdacht, daß dies durch Zauberei geschah. Wenn sie nach Musik verlangte, spielten hinter einer hohen dünnen Wand aus Porphyr Musikanten für sie, zu ihrer Zerstreuung las man ihr vor oder führte kleine Theaterstücke auf.

So dachte die junge Frau immer mehr an die dunklere Hebamme, die sie jetzt ohnehin allein betreute. Natürlich führte diese Frau sie durch das Labyrinth der Schwangerschaft, beruhigte sie, ging auf ihre Ängste ein und kümmerte sich um die kleinen Unpäßlichkeiten, die sich in diesem Zustand einzustellen pflegten. Außerdem hatte die Frau eine dunkle, angenehme Stimme, und ihre schmalen Hände waren niemals grob. Schließlich bat Shemsin darum, daß sie ihr nicht nur bei Tag, sondern auch in den Stunden der Nacht Gesellschaft leistete.

Eines Abends sagte Shemsin: »Du kommst immer verschleiert zu mir. Ich möchte so gerne das Gesicht meiner Freundin sehen.«

»Den Schleier trage ich auf Befehl von Lord Rathak.« Dann fügte sie flüsternd hinzu: »Es wäre besser, Ihr hättet durch den Schleier des Magiers geblickt.«

Shemsin war überrascht.

»Aber ich habe sein Gesicht gesehen. Ich habe seine Schönheit geschaut. Deshalb bricht es mir doch das Herz, daß er mich vernachlässigt.«

»Ihr seid ein Unschuldslamm«, sagte die Frau. »Wisset, daß ich einst eine ähnliche Stellung bekleidete wie Ihr. Auch ich war die Gemahlin dessen, von dem Ihr sprecht, von Rathak mit dem Dunklen Gehirn. Damals habe ich viele von seinen Geheimnissen erfahren. Dann wurde er meiner müde, er machte mich durch seine Zauberkräfte zur Sklavin, und da ich so viel wußte, übertrug er mir diese Aufgabe. Ich kann seine Dienste niemals verlassen und auch nicht verraten, was ich weiß. Nun muß ich die Hündinnen aus seinem Zwinger betreuen.«

»O weh«, sagte Shemsin, »dann bist du also meine Feindin!«

»Seltsamerweise nicht«, antwortete die Frau, »denn Ihr seid nur ein Kind und noch völlig unverdorben. Ich hege daher keinen Groll gegen Euch. *Er* ist es, den ich hasse.«

»Aber wenn du seine Sklavin bist, wie du sagst, wie kannst du es dann wagen, so zu sprechen?«

»Ich darf ihn nicht verlassen. Ich kann seine schändlichen Verbrechen nicht vor Gericht bringen. Aber ansonsten läßt er mir Freiheit. Mein Haß belustigt ihn. Daher schwelge ich nur selten in diesem Genuß. Auch jetzt spreche ich nur, um Euch zu warnen.«

»Aber wovor?«

Die dunkle Frau setzte sich, betrachtete ihren Schützling eine Weile, und Shemsin konnte sogar durch den dichten Schleier hindurch die wilde Glut in ihren Augen erkennen. Schließlich sprach sie weiter.

»Ihr seid in ihn verliebt, dafür hat er gesorgt. Laßt es dabei bewenden. Denkt an das Kind in Eurem Leib. Noch einen Monat, und Ihr werdet es in Euren Armen halten.«

Doch Shemsin sagte: »Wenn ich am Rande eines Abgrunds stehe, möchte ich die Leere vor meinen Füßen sehen.«

Die Hebamme nickte und erhob sich.

»Erwartet mich drei Stunden nach Mitternacht. Ich kenne den geheimen Weg in den ehernen Turm. Wenn Ihr geistig und körperlich stark genug seid, werde ich Euch Euren geliebten Gatten im Schlaf zeigen, trunken von Wein und Verworfenheit. Heute ist nach dem Kalender eine Nacht, in der er sich mit seiner Magie beschäftigen wird, und danach schläft er alleine.«

Shemsin schauderte.

»So möge es sein.«

Denn ihr Herz, das seine Zweifel nie ganz verloren hatte, hatte sich schon der Hebamme zugewandt.

Mitternacht kam und ging vorüber, die erste Stunde des neuen Tages schleppte sich dahin, aber die zweite Stunde eilte vorbei und die dritte kam auf schnellen Füßen. Ein Klopfen an der Tür. Shemsin, mit ihrem ungeborenen Kind beladen, trat hinaus in den Gang. Da stand die Dunkle mit verhülltem Antlitz und hatte nicht einmal eine Lampe in der Hand. »Folgt mir. Sprecht kein Wort, stellt keine Fragen, macht nicht das leiseste Geräusch, was immer Ihr zu sehen oder zu hören bekommt. Sonst sind wir beide des Todes.«

Sie gingen durch viele Korridore und stiegen auf und ab im Dunkel des Palastes, das nur hier und dort von eindringendem Sternenlicht erhellt wurde. Shemsin bewegte sich mühsam und ängstlich. Endlich erreichten sie eine Tür, die nicht breiter war als die Schultern eines Knaben. Die dunkle Frau wartete einen Augenblick, die Hand warnend erhoben. Dann lüftete sie ihren Schleier und hauchte die Tür an. Sie öffnete sich.

Dahinter lag keine Treppe, sondern eine steinerne Rampe, die von phosphorgefüllten Lampen beleuchtet wurde. Die Lampen waren Menschenschädel von unnatürlichen Ausmaßen, ungewöhnlich groß oder klein.

Die Frau schwebte im Licht der Schädel die Rampe hinauf wie auf Rädern. Shemsin folgte ihr schwerfällig.

Sie hatten noch kaum ein Viertel des Anstiegs zurückgelegt, als von allen Seiten ein unheimliches Klingen und Summen einsetzte. Shemsin fürchtete, der Magier könne davon erwachen, aber da sie versprochen hatte, völliges Stillschweigen zu wahren und keine Fragen zu stellen, und da ihre Freundin nicht stehenblieb, zögerte sie nicht und rief auch nicht laut nach ihr. Nach einer Weile war die Atmosphäre nicht mehr nur von dem Summen und Klingen erfüllt, es tauchten auch seltsam leuchtende Flocken und Stäubchen auf, die auf sie zuflogen, manchmal kurz an ihrer Kleidung und an ihrer Haut haften blieben und sie furchtbar erschreckten. Aber sie blieb stumm und ging weiter.

Oben an der Rampe blieb die Hebamme erneut stehen. Die Lichter umwirbelten sie, aber sie schenkte ihnen keinen Blick. Sie winkte Shemsin, und als die junge Frau herangekommen war, beugte sie sich zu ihr.

»Wir befinden uns nun im ehernen Turm. Jetzt kommt der schwierigste Teil. Was immer geschieht, zuckt nicht zurück und gebt keinen Laut von Euch, sonst sind wir beide verloren.«

Dann glitt sie weiter, und Shemsin mußte sich anstrengen, um ihr folgen zu können.

Der Fußboden, über den sie gingen, schien aus schwarzem Glas zu bestehen, und wenn die Lichtstäubchen darauf fielen, lösten sie sich zischend auf. Dann trübte plötzlich tiefe Schwärze Shemsins Blick. Sie stolperte und stellte fest, daß sie nun von der Luft oder von einer Schicht auf dem Fußboden getragen wurde. Ihr Entsetzen war so groß, daß sie ihren bleischweren Körper als schwerelos empfand.

Während sie weiterging, entstanden über, neben und unter ihr Erscheinungen, die ihr in die Ohren wimmerten, manchmal nach ihr schlugen oder sie liebkosten. Ein- oder zweimal tauchte aus der Schwärze plötzlich ein Alptraumgesicht auf wie leuchtender Rauch. Shemsin biß sich auf die Zunge, um nicht zu schreien. Sie wagte nicht, die Augen mit den Händen zu bedecken, weil sie befürchtete, ihre Führerin zu verlieren, die — auch jetzt noch — schwach erkennbar ebenso wie sie über dem Boden schwebte.

Die Fahrt endete an einer Plattform, die im leeren Raum zu stehen schien. In ihrer Mitte erschien eine weitere Tür, die in feurigem, tödlichem Schein glühte. Auf der Schwelle lag, in zuckenden Schlingen zusammengerollt, ein Tier mit seelenlosen Augen, die ebenso glühten wie die Tür. Und als diese Augen sie erblickten, fuhr das Wesen auf.

Shemsin wußte nun nicht mehr, ob sie träumte oder wachte, lebte oder schon tot war. Als ihre Begleiterin weiterging, folgte sie ihr in dumpfem Entsetzen.

Der Türhüter schlängelte seinen langen Hals in einen Springbrunnen, aus dem mehrere andere Köpfe aufstiegen und sich herausneigten. Jeder Kopf öffnete langsam die Augen, zwei bösartig glitzernde Punkte. Viele Kiefer klafften auf, und wieder hob die Hebamme ihren Schleier ein wenig an und spuckte geradewegs in jedes Maul hinein — *Psch! Psch! Psch!*. Blitze zuckten auf. Der Wächter wurde zu einem Mosaik aus Feuer, Funken, Schlacke, zersprang wie ein brechender Teller und erlosch vollständig — all dies ging völlig lautlos vor sich.

Die Frau fing das umsinkende Mädchen auf und schüttelte es. »*Noch nicht.* Nun müßt Ihr Eure Belohnung einfordern.«

Die Tür schmolz zusammen, und Shemsin erblickte, wie im Wasser schwimmend, das siebeneckige Zimmer, wo sie in jener ersten Nacht ihrem Gemahl beigelegen hatte.

Das rubinrote, mohnrote Bett war nicht mehr da. Nun stand da ein Bett in Messinggelb und Schwarz mit dicht zugezogenen Vorhängen, doch in allen sieben Ekken des Raumes loderten Fackeln.

»Kommt«, sagte die Hebamme laut, »wir haben seine Schutzvorrichtungen überwunden. Er wird nicht aufwachen.«

Sie ergriff eine Fackel und zog Shemsin an das Bett heran. Dann riß sie die Vorhänge beiseite und hielt das Licht in die Höhe.

»Seht ihn Euch nun an, ihn, den Ihr so verehrt, und zu dem Ihr unter solchen Mühen vorgedrungen seid.«

Und Shemsin sah ihn liegen, Rathak, ihren Gatten und ihren Geliebten.

Er war so grotesk und widerlich anzusehen, wie es nach mehr als neunzig Jahren verbrecherischen, von magischen Künsten gestützten Lebens nur sein konnte, denn so lange weilte er schon auf Erden. Sein Haar war nicht blutrot und seidig, sondern wie verwelktes rostiges Gras. Seine Augen, selbst im blinden Schlaf weit aufgerissen, waren farblose, trübe Membranen. Wie ein Sack voll Knochen mit dem Bauch eines vollgefressenen Drachen quoll er über die Laken. Er lächelte im Schlaf und zeigte dabei seine verfaulten, durch Magie mit Gift gefüllten und scharf gehaltenen Zähne. Er lächelte, er schlummerte, vielleicht hatte er sogar einen glücklichen Traum, er wußte ja nicht, daß irgend jemand auf der Welt in seine Höhle einbrechen und ihn so sehen konnte. Auch Rathak hatte nämlich seine kleinen Eitelkeiten.

Shemsin kreischte, wie sie es bei all den Schreckensgestalten auf dem Weg nicht getan hatte. Doch in diesem Augenblick trat die Herrscherin Schmerz von hinten an sie heran, schlang ihre dürren Arme um Shemsins Herz und ihren Leib und verschloß ihr den Mund.

Nach langen schrecklichen Wehen wurde das Kind, ein Mädchen, geboren. Es war mißgebildet, aber es lebte.

Und da ohne eine Seele das sterbliche Leben keinen Eingang in den Körper gefunden hätte, mußte die Falle zugeschnappt sein. Der Schmetterling war *gefangen.*

2 DIE GEFANGENEN

Rathak tobte. Sein Plan war gescheitert. Das Kind, das Gefäß für die Seele der Göttin und Zauberin Azhriaz, war ein abstoßender Krüppel. Irgendwie hatte sich die Mutter Einlaß in sein Allerheiligstes verschafft. Sie hatte ihn so gesehen, wie er *war,* und der Anblick hatte sie in ihrem Schwachsinn so erschreckt, daß sie sein so sorgfältig geschaffenes Werk zerstört hatte. Er hatte die junge Frau allein am Fuß einer Treppe zum ehernen Turm liegend gefunden. Hierher mußte sie geflüchtet und dann gestürzt sein, nachdem ihre Schreie die Sphäre seines Schlafes durchdrungen hatten. Wie sie die Schutzvorrichtungen seiner Festung überwunden hatte, vermochte er nicht zu ergründen, und sie war rasend vor Schmerz und Panik und schien sich an nichts erinnern zu können.

Er bestrafte sie nicht sofort. Er wollte ja das Kind. Aber sie hatte das Kind verdorben — o weh! Und wie sie es verdorben hatte. Die vorzeitige Vertreibung in die Welt hätte vielleicht zu einer Totgeburt geführt, wäre nicht die Seele auf magische Weise mit dem Fleisch verbunden gewesen (und das mit besserem Stahl, als ihn selbst Rathak herstellen konnte). So wurde der Geist, das Wesen, zusammen mit dem Körper von der unerbittlichen Hand des Lebens eingeholt. Das Doppelwesen lag nun vor ihm im Inneren des Kreises aus Kräften und Pulvern, buckelig, schief und weinend. In dem zerdrückten, formlosen Gesicht folgten kränkliche Augen ohne Sinn und Verstand irgendwelchen Lichtflecken.

»Ja, du kleines Scheusal, ich kann nichts mit dir anfangen. Nicht einmal meine Künste konnten einen solchen Fehlschlag ungeschehen machen, sie sind gewöhnt zu schaffen, nicht Schäden zu beseitigen. Und eine schöne Maske ... diese Fähigkeit brauche ich für jemand anderen, nämlich für mich selbst. Es hat wohl den Anschein, als könne ich mit dir nicht das anfangen, was ich mir so inbrünstig erhoffte. Trotzdem wirst du mir alles geben, was du hast.«

Dann sprach Rathak erschreckende Worte und machte Zeichen der Macht, die den Raum erbeben ließen wie von unhörbarem Donner.

Die Flammen in den Lampen schrumpften, bis nur noch mattes Licht herrschte, die Luft wurde eiskalt.

»Ich gebiete dir, Geist«, sprach Rathak, »Geist, der du eben aus dem Nichts gekommen bist. Die Erinnerungen an dein früheres Leben sind noch in dir, doch du kannst sie nicht zu Hilfe rufen. Du befindest dich in der mißgebildeten, fleischlichen Hülle eines Säuglings, aber im Innersten bist du noch immer *Azhriaz*. Ich gebiete dir, Azhriaz, mit *diesem* und *diesem* Zeichen. Du mußt mir antworten.«

Da öffnete sich der formlose Mund des Kindes. Eine beinahe menschliche, aber geschlechtslose Stimme erklang, von großer Schönheit, körperlos, außerdem metallisch, fließend, ätherisch. Äonen entfernt, erfüllte sie doch den Raum.

Ja, ich antworte dir, Magier. Aber ich bin nicht die, deren Namen du gerufen hast. Ich bin nur ich.

»Treibe keine theosophischen Spiele mit mir. Du warst die, der du *innewohntest*.«

Vor tausend irdischen Jahren oder vor einem halben Tag war es so.

»Und ich habe dich eingefangen. Weißt du, daß du gefangen bist?«

Ich weiß mich gefangen.

»Und ich bin dein Herr.«

Du magst der Herr des Leibes sein, in dem ich mich befinde. Doch über das, was ich bin, über das, was nun zu dir spricht, hast du keine Macht.

»Und dennoch mußt du mir gehorchen.«

Du irrst dich.

Rathak sagte: »Ich verlange von dir alles Wissen, das du einst besessen hast, du wirst dich daran erinnern, und es wird einen gewissen Umfang haben, auch wenn bei der Übertragung einiges verloren ging. Wenn du dich weigerst, werde ich jenen Käfig aus Haut, Knochen und Blut, dem du bis zu deinem Tod nun nicht mehr entrinnen kannst, in aller Ruhe und mit zielbewußter Präzision quälen. Wird dir das Freude bereiten?«

Du kannst mich verletzen, an Körper und Geist. Auch ich werde leiden, und das weißt du. Aber wisse auch, daß Azhriaz, als sie ich war, einige Schuld auf sich geladen hat. Ich werde mich dem Leiden unterwerfen und es meinem inneren Ich als Wiedergutmachung für früheres Unrecht anbieten, das sie getan hat. Auf diese Weise ist jede Grausamkeit von dir letztlich ein Gewinn für mich. Wird dir das Freude bereiten?

»Seele«, sagte Rathak, »deine Pläne kümmern mich nicht. Ich habe Diener, denen es großes Vergnügen bereiten wird, dich zu foltern. Sie werde ich jetzt rufen. *Ihnen* wollen wir eine Freude bereiten.

Shemsin kam zu sich, weil sie das schrille Schreien ihres Kindes hörte, sie blickte sich verwirrt um und fragte: »Wo ist meine Tochter?«

Aber das Schreien war verstummt, statt dessen hörte sie ein seltsames Geräusch, das ihr völlig unbekannt war.

So murmelte sie denn: »Was ist das für ein Lärm?«

»Herrin«, sagte jemand neben ihr, »wenn man es Euch verheimlichen könnte, würde ich das gerne tun. Aber da Ihr es schließlich doch erfahren müßt, will ich es Euch gleich erzählen. Die Maurer von Rathak mit dem Dunklen Gehirn sind gerade dabei, uns in diesem Raum lebendig einzumauern.«

Shemsin fuhr von ihren Kissen auf. Nun erkannte sie die Geräusche sofort, riesige Steinplatten wurden in Mörtel eingesetzt.

Und sie sah, daß das Tageslicht im Raum schon zu einem winzigen Punkt zusammengeschrumpft war, der in diesem Augenblick ebenfalls erlosch.

Sonderbarerweise konnte sie jetzt ihre Umgebung in allen Einzelheiten wahrnehmen. Der Raum war leer bis auf eine flackernde Kerze und den Diwan, auf dem sie gelegen hatte, auf dem Fußboden standen ein Krug mit Wasser und ein Laib Brot.

»Man hat uns Proviant dagelassen, nicht etwa, um unser Leiden zu lindern, sondern um es zu verlängern«, sagte die Stimme ruhig.

Shemsin drehte sich um und sah neben sich ihre Gefährtin, die Hebamme, sitzen, sie war immer noch verschleiert und wirkte so ruhig wie ein Stein.

»Du — warum bist du hier?«

»Auch ich soll bestraft werden. Wir haben zugelassen, daß Lord Rathaks Kind schwach und mißgebildet zur Welt kam.«

»Mein Baby«, sagte Shemsin.

Die verschleierte Frau zögerte, dann schien sie zu einem Entschluß zu gelangen. »Herrin, es hat nicht lange gelebt. Und das ist gut so, denn in Eurer jetzigen Lage hättet Ihr es nicht retten können.«

Shemsin weinte. Doch ihre Gedanken jagten wild in ihrem Kopf herum, und sie sagte unter Tränen: »Trotzdem müssen wir beide, du und ich, nicht deshalb sterben, sondern weil wir den verbotenen Raum betreten haben. Weil wir den Betrüger in seiner Abscheulichkeit gesehen haben.«

Die verschleierte Frau fuhr nun ihrerseits heftig auf.

»Habt Ihr das getan?«

Shemsins Stimme wurde lauter, bis sie fast schrie.

»Das weißt du doch genau, du warst ja bei mir! Oh, wie hast du mich betört, du hast das Kind in meinem Leib durch die Schrecken auf diesem Weg getötet und mich diesem Schicksal ausgeliefert. Doch«, und nun wurde ihre Stimme ganz leise, »ich habe ein noch größeres Unrecht begangen, denn ich liebte ein Scheusal. Die Göttinnen wissen, daß das Kind wahrscheinlich mißgebildet war, seit er seinen Samen in mich ergoß, und daß es besser tot ist. Wie ich.«

Auch die Kerze im Raum war nun dem Tode nahe. Alle Geräusche von draußen waren verstummt. Stille und Dunkelheit legten sich über das Gemach.

»Shemsin«, sagte ihre verschleierte Gefährtin schließlich, »das Ende ist nahe, daher glaubst du mir sicher, daß ich keinen Grund habe, dich zu belügen. Wenn du den Turm des Magiers betreten hast, so war nicht ich bei dir. Wenn du es freilich von mir verlangt hättest, wäre ich das Wagnis vielleicht eingegangen, denn ich bin dir von Herzen zugetan.«

»Dann muß ich wahnsinnig sein«, sagte Shemsin teilnahmslos. »Denn ich weiß ganz genau, wie du mich dazu überredet hast. Und du hast mich an diesen Ort geführt, du hast die unüberwindlichen Türen geöffnet und mit Zauberei die Teufelswesen und übernatürlichen Wächter überwältigt.«

»Nicht ich. Wie könnte ich solche Wunder wirken?«

Mitten in der Finsternis erhellte sich für Shemsin alles wie im Schein eines Blitzes.

»Es ist wahr. Du kannst es nicht gewesen sein, die an diesem Abend zu mir kam, denn sie hatte nicht deinen Gang, nicht deine gewohnte Art und auch nicht deine Güte. Sie war stolz und hart wie eine Frau aus Eisen.«

»Als ich in der Dämmerung zu dir kommen wollte«, sagte die andere, »begegnete mir auf der Treppe unter deinem Hof eine Frau und schickte mich weg. Auch sie war verschleiert — O Herrin, in diesem Haus wimmelt es von unheimlichen Wesen, von Flitzern und, wie ich höre, auch von Dämonen. Dergleichen Gesindel treibt sinnlosen Unfug, nur zum Vergnügen, um Schaden anzurichten.«

(In diesem Punkt hatte die junge Hebamme nicht ganz recht. Fürst Hazrond, der ihre Gestalt angenommen hatte, um Shemsin ins Unglück zu locken, hatte ein klares Ziel verfolgt und es auch in der Tat erreicht — die physische Schädigung des Kindes. Ob er damit eine alte Rechnung begleichen wollte?)

Doch Shemsin sagte: »Wir wollen nicht mehr von diesen schrecklichen Dingen sprechen. Für uns wird es bald Nacht sein.« Dann fügte sie hinzu: »Doch ehe die Kerze erlischt, möchte ich dein Gesicht sehen, damit ich Ruhe finde. Oder ist dir das nicht gestattet?«

»Jederzeit.«

Und die Hebamme zog sich den Schleier von Kopf und Schultern und ließ ihn zu Boden fallen. Ohne Hüllen war sie eine junge Frau in Shemsins Alter oder nur sehr wenig älter, von dunkler Schönheit wie die Iris im Vergleich zur Lilie.

»Shemsin«, wiederholte sie, »das Ende ist nahe.«

»Das hast du schon gesagt, und auch ich bin mir dessen bewußt.«

»Dann will ich dir erklären, warum ich meinen Schleier niemals ablegte. Es geschah aus Furcht, denn ich liebte dich, seit ich dich zum erstenmal sah.«

Shemsin antwortete: »Das sagte auch Rathak bei unserem Beilager.«

»Aber *er* hat gelogen.«

In diesem Augenblick erlosch die Kerzenflamme.

Die Frauen umarmten sich. Auf dem schwarzen Meer des Todes klammerten sie sich aneinander, und jede dachte in ihrem Herzen: *Wenigstens bin ich nicht allein.*

Er hatte nichts erfahren.

Die Seele hatte sich geweigert, noch ein Wort mit ihm zu sprechen. Sie hatte nicht laut aufgeschrien wie das Kind. Die Luft war erfüllt von den stinkenden Ausdünstungen und den finsteren Gliedmaßen von Rathaks Lakaien. Nach einigen Stunden war vorauszusehen, daß das Kind unter dieser Behandlung sterben mußte, obwohl er es mit einem Zauber belegt hatte, um es am Leben zu erhalten. Sein Tod war nicht das, was er wollte. Wenn es tot war, entwich ihm die Seele erneut und konnte überdies noch Rache an ihm nehmen. So stellte sich der große Magier die Astralwelt vor: Er beurteilte alle Welten nach sich selbst.

Also gab er seine Bemühungen auf.

Seiner Frustration und seinem Zorn machte er nun auf verschiedene Weise Luft.

Und danach sprach Rathak in jenem leeren, von Magie versengten, psychisch mißbrauchten, turmhohen, moralischen Keller wie einen mörderischen Fluch einen Heilzauber über seine Tochter.

Trotz all seiner Zauberkräfte verstand sich Rathak freilich nicht besonders gut auf die Heilkunst. Er hatte seine Tage damit verbracht, Gift zu züchten. Die Formel wehrte zwar den Tod ab, doch das Leben förderte sie kaum.

Als das erledigt war, rief er aus den Gewölben tief unter dem Palast ein Wesen zu sich herauf.

Es kam mit langsamen, schlurfenden Schritten und ließ den schweren Schädel so tief hängen, daß seine dikke Zunge über die Pflastersteine schleifte. Es war mit keinem Geschöpf auf Erden zu vergleichen, vielmehr war es aus so vielen verschiedenen irdischen Teilen zusammengesetzt, daß es unnötig pedantisch und vielleicht sogar unmöglich wäre, es zu beschreiben. Jedenfalls war es da und sah mit zwei oder drei knollenförmigen, glanzlosen Augen den Magier, seinen Meister an.

»Sklave«, sagte dieser, »siehst du dieses Kind dort?«

Auf irgendeine Weise gab das Wesen eine zustimmende Antwort.

»Ich habe mit diesem Kind etwas vor, aber im Augenblick kann ich mein Ziel nicht erreichen. Vielleicht wird es mir nie gelingen. Aber vorerst muß das Balg mein Gefangener bleiben. Und es darf auf keinen Fall sterben. Tue mir kund, daß du diese Worte begriffen hast.«

Auf irgendeine Weise tat ihm das Wesen dies kund.

»Dich Sklave, bestimme ich zu seinem Wärter. Nimm das Kind mit hinunter zu dir und füttere es dort mit der Nahrung aus deinem eigenen Trog. Sorge dafür, daß ihm nichts zustößt, verhindere, daß es flüchtet und laß nicht zu, daß es durch den Tod befreit wird. Mit der Zeit wird es wachsen, vielleicht gibt es irgendwann auch Laute von sich. Nur darauf sollst du mich aufmerksam machen, indem du den Pfeifton ausstößt, den ich dich gelehrt habe. Ansonsten ist alles dir allein überlassen.«

Das Wesen nickte und machte eine entsprechende Geste der Zustimmung.

»Deine Wachsamkeit und Mühe werde ich dir nach den Regeln derartiger magischer Vereinbarungen entgelten. Dein Lohn ist folgender: Du wirst jeden Tag drei Minuten lang eine unsagbare, alle Sinne umfassende Glückseligkeit erleben, die ich dir verschaffen kann. Um eine immer wiederkehrende Verzückung vergleichbaren Ausmaßes zu erlangen, würden viele Menschen weit größere Mühen auf sich nehmen. Bist du mit dieser Bezahlung einverstanden?«

Das Wesen bekundete geifernd seine Zustimmung.

Rathak schnippte mit den Fingern.

Das Wesen kroch zu dem geöffneten Kreis und zog den Säugling heraus. Es trug die Kleine auf einem ungewöhnlichen Weg, der für es selbst ganz alltäglich war, hinab in die Tiefen des Hauses des Magiers.

Die Sonne ging über dem Palast unter, ihr Licht spiegelte sich auf den ehernen Türen und ließ sie rot aufleuchten. Nachdem die Sonne verschwunden war, kam die melancholische Dämmerung und blieb eine Weile. Dann stieg die Nacht über den Felsen herauf — aber die Dämmerung stand noch immer im Portiko. Die Dämmerung war ein Mann in violettem Mantel.

Er hob die behandschuhte Hand und klopfte an die Türen.

Hoch oben auf der linken Seite war der versteinerte

Schädel eines Drachen angebracht. Nun klaffte das Maul weit auf und sprach.

»Wer ist da?«

»Finsternis«, war die Antwort, »ein Fünftel davon.«

»Wen suchst du?«

»Den, der dich dorthin genagelt hat.«

»Du kannst nicht eintreten«, sagte der Schädel des Drachen.

»Mir scheint, ich bin schon drin. Soll ich meine Handschuhe ausziehen?«

Der Schädel zischte. Der linke Türflügel öffnete sich zwei oder drei Zoll weit.

Der violett gekleidete Mann im Portiko war verschwunden. Er stand jetzt in dem schwarzen, blutroten und smaragdgrünen Hof und blickte sich um. Er hatte ein wenig Phosphor aus dem Sumpf mit hereingebracht, und der glitzerte so scharf wie Glas. Der Mann sah gut aus, doch die linke Seite des Gesichts hielt er stets unter der Kapuze verborgen.

»Rathak, Rathak, Rathak«, flüsterte er.

Der Hof nahm die Worte auf und gab sie brüllend weiter.

Plötzlich erschien Rathak in einer Wolke von Licht. Er blickte den Besucher an, holte einen Nebelschal aus der Luft und verhüllte damit seine Augen. Dann verneigte er sich tief.

»Du kennst mich«, sagte der Besucher.

»Ich glaube schon, hoher Herr.«

»Aber nicht alle Geschichten über mich.«

»Wenn ich Eure königliche Hoheit in irgendeiner Form gekränkt habe, werde ich angemessen Wiedergutmachung leisten.«

»Nenne meinen Namen«, verlangte der Violette.

»Herr, bitte erlaßt mir das.«

»Nenne meinen *Namen.*«

»Ihr seid«, sagte Rathak, »ein Gebieter der Finsternis und ein Fürst.«

»Weiter.«

»Ihr seid Chuz, der Herr der Illusionen.«

»Weiter.«

»Ihr seid Wahnsinn.«

Chuz lächelte mit der sichtbaren, schönen Seite seines Gesichts und schüttelte sich eine blonde Locke von seinem langwimprigen, gesenkten Auge.

»Du hast nichts zu befürchten«, sagte Chuz. »Du bist so durchtränkt von Verworfenheit, daß du schon jetzt ein geistloser Irrer bist, Rathak. Doch eines Tages wirst du in deinen eigenen Spiegel blicken und mich sehen. Du wirst sehen, was du bist. Und *dann* wirst du tanzen und das Lied singen.«

Rathak formte mit den Lippen ein Wort der Abwehr.

Chuz lächelte wieder. »Du kannst nicht entrinnen, denn nicht ich jage dich. Du jagst dich selber. Du bist dir selbst dicht auf den Fersen, Rathak mit der Dunklen Seele. Hörst du dich nicht bellen?«

Rathak zitterte, aber er beherrschte sich so gut, daß es nicht zu sehen war. Nicht einmal Chuz, Fürst Wahnsinn, sah es. Nur Rathak selbst wußte, daß er gezittert hatte. Und einen Augenblick lang vernahm er ein fernes Bellen in seinen Ohren wie von Hunden auf einer Fährte.

Als er diese Vorstellung abgeschüttelt hatte, stand Chuz nicht mehr vor ihm.

Rathak stieg wieder in seinen ehernen Zauberturm hinauf und umgab sich dort mit solchen Bollwerken der Macht, daß die Luft in jenen Räumen so zäh wurde wie Sirup, am Himmel über dem Turm waren weder Sterne noch Mond zu sehen, und wenn die Sonne wieder aufging, würde sie von dort aus wie eingeschrumpft aussehen, wie ein verkümmerter Granatapfel.

Doch selbst im Inneren dieser überladenen schützenden Wabe spürte Rathak Chuz' Gegenwart. Chuz schien wie ein violettes Insekt über alle Mauern und Dächer zu kriechen, die Pfeiler hinauf und über die Dekken.

»Er kratzt an einer Fensterscheibe«, sagte Rathak. »Er pocht an die Steine.« Rathak schlug Musikfunken aus der Atmosphäre. Hinter der Musik glaubte er immer noch, Chuz wie ein Insekt herumwandern zu hören. »Wer sonst kratzt an den Steinen? Wer pocht an die Fenster?«

»Wer?« flüsterte das blasse Mädchen dem dunklen zu, »wer ist das, der an die Steine pocht und kratzt?«

»Still, mein Liebes. Das bilden wir uns nur ein. Ein Traum, aus Hunger und Verzweiflung entstanden. Vielleicht kommt auch der sanfte Gebieter Tod, um uns schnell aus dem Gefängnis zu befreien.«

In diesem Augenblick verschwanden die Steine der frischen Mauer.

Chuz in seinem Mantel, zur Hälfte verborgen, zur anderen Hälfte schön, mit behandschuhten Händen und gesenkten Augen, lächelte freundlich.

»Verlaßt diese düstere Zelle, ihr reizenden Damen!«

Nachdenklich standen sie auf und spürten, wie sie zu der verschwundenen Barriere geweht wurden. Draußen war der Abend sehr still und drückend. Unter sich erblickten sie die Kuppeln des Palastes und einen riesigen Teppich, aus Samt gewoben, mitternachtsschwarz und mitternachtsblau, magentarot, veilchenfarben und golden.

Und der schöne, nur zur Hälfte sichtbare Chuz winkte und lockte. Ehe sie sich dessen bewußt wurden, hatten sie schon den Wunderteppich bestiegen und segelten alle drei über den sternenbestickten Himmel dahin.

»Hier sind Wein und Milch«, sagte Chuz höflich. »Auch Fleisch, Obst und Kuchen. Und hier sind durchsichtige Lilien für dich und dunkle Iris für dich.«

Er strahlte sie an und erzählte ihnen Geschichten. Er pries ihre Schönheit mit einer Stimme, die sie niemals vergessen und an die sie sich niemals erinnern würden.

»Es ist eine Todeshalluzination«, sagten die beiden Frauen zueinander. Aber die Schwäche wich von ihnen,

Gesundheit durchströmte sie. Sie lachten, aßen und tranken und scherzten sogar mit Fürst Wahnsinn.

»Ihr seid mir teuer«, sagte Chuz. »Einst war ich ein anderer und liebte eine andere, die jetzt wieder eine andere ist, aber diese letzte andere habt ihr beide vor kurzem kennengelernt.«

Dann küßte er sie mit der Hälfte der Mondsichel seines lächelnden Mundes in den Schlaf.

Der Teppich war wie ein Sturm aus Seide über einen Ozean und über ein Diadem von Bergen geflogen, und nun, in einem Land voller Flüsse und grünem Getreide, lenkte Chuz ihn herunter und verließ die beiden Frauen. Er ließ sie schlafend zurück, zugedeckt von dem Samtfahrzeug, die Blumen und die Speisen an ihrer Seite.

Doch auf das Flußbett schrieb er in goldenen Lettern (die sie bei Sonnenaufgang erstaunt und jubelnd entdeckten):

AZHRIAZ

»Aber wer ist Azhriaz?« fragte Shemsin leise.

»Ich weiß es nicht.«

Inmitten des meergrünen Getreides sahen sie sich an.

Die Schrift verblaßte bald im Sonnenlicht.

3 UNVERDIENTER LOHN

Tief unten in den Kellergewölben des Hauses verrichtete das Geschöpf des Magiers seine Pflichten. Zweimal am Tag zerrte es das Kind, ein kleines, von Narben übersätes Bündel, an einen Obsidiantrog, der zu diesen Zeiten durch Zauberei mit einem geschmacklosen und ziemlich widerlichen, aber nahrhaften Brei gefüllt war. Danach ging das Geschöpf mit seinem Schützling im Schlepptau an die Dachrinne. Der Säugling, anfangs nicht mehr als einen Monat alt, hätte eigentlich schon lange zugrunde gehen müssen, und schon gar nicht hätte er in der Lage sein dürfen, die Nahrung eines nichtmenschlichen Viehs zu verdauen. Rathaks Zaubersprüche hatten dem Kind zwar nichts genützt, verhinderten im Augenblick aber doch, daß es starb oder erkrankte. Die Kleine wurde am Trog und an der Dachrinne ernährt. Davon abgesehen schlief sie Tag und Nacht in schmutzigem Stroh aus den Pflanzen, die hier im Dunkeln wuchsen und die das Sklavengeschöpf abhackte, um daraus ein Lager zu bereiten. Ihre Existenz hing nur an einem seidenen Faden, doch ganz unmerklich nahm sie den Weg, der ins Leben und zum Wachstum hinauf führte.

Das Sklavengeschöpf erhielt einmal in jeder Tagesspanne seinen dreiminütigen Lohn. Während dieser drei Minuten lag es da und hatte alles um sich herum vergessen. Dieser Zustand überkam es zu verschiedenen Stunden, ohne Vorwarnung. Einmal war es sogar in den Trog gefallen, so überwältigend war sein Entzükken, und erst, als die Lust zu Ende ging, war es wieder herausgestiegen, von Brei bedeckt, den es hinterher verzehrte. (Bei dieser Gelegenheit unterblieb die Fütterung des Kindes, aber das konnte inzwischen soweit laufen, daß es selbst an den Trog stolperte und seinen Hunger stillte.)

In der unterirdischen Düsternis des Kellers gab es nicht viel zu sehen, doch von den Bettpflanzen ging ein ganz matter Schimmer aus, gelegentlich sickerte auch ein Lufthauch aus dem Moor durch die Steine, und dann glühte alles einschließlich der Mißgestalten des Sklaven und des Kindes im Phosphorschein.

Das Mädchen war ein bedauernswertes kleines Ding, ganz krumm und buckelig. Der Kopf ragte schräg nach vorn wie bei einer Schildkröte, die dürren Beine waren ungleich lang, die mageren Arme hingen schief in den Schultern. Die Narben waren zu seltsamen Wülsten und Schichten verheilt, so daß ihr Fleisch einer seit Jahren vom Meer gezeichneten Muschel oder einer Schieferplatte ähnelte.

Ihre Seele oder ein Element davon hatte zwar bei Rathaks Verhör gesprochen, doch jetzt war diese Seele tief in ihrem Inneren verschlossen, und sie erinnerte sich ebenso wenig daran wie an die Ereignisse des gestrigen Tages in diesem taglosen, nachtlosen Loch. Wenn jemand zu ihr gekommen wäre und sie *Azhriaz* genannt hätte, hätte sie ihn, ebenso wie ihre Mutter, nur verständnislos angestarrt.

Ihr Leben und ihre Welt waren der dunkle Keller und das verschimmelte Stroh. Besondere Ereignisse waren der Trog, die Dachrinne, der gelegentliche Phosphorschein oder die Bewegungen ihres Kerkergenossen, des Sklavengeschöpfs. (Ihm gegenüber empfand sie weder Angst noch Zuneigung, denn es hatte ihr weder zu dem einen noch zu dem anderen Anlaß gegeben.) Im Schlaf — und schlafen war ihre einzige Zerstreuung — hätten abstrakte Träume ihr von anderen Formen und Bedingungen des Lebens berichten können. Aber da sie keinen Bezugsrahmen, ja, nicht einmal eine Sprache für diese Träume hatte, vergaß ihr ausgehungertes, unentwickeltes Gehirn sie auf der Stelle wieder.

Auf diese Weise verbrachte das Mädchen ihre ersten Monate, ihre frühen Jahre. Sie wuchs zwar, und manchmal trainierte sie sogar unbewußt ihren Körper, indem sie umherkroch, sich streckte, in den Pflanzen wühlte und an der Dachrinne hin- und herschaukelte, aber nichts drängte sie zu sprechen, irgendwelche differenzierte Laute hervorzubringen, und deshalb tat sie es auch nicht.

Irgendwann war es sogar so weit, daß das Geschöpf seinen Schützling übersehen, sich nur auf seine eigenen Bedürfnisse konzentrieren und gierig die drei Minuten der Verzückung erwarten konnte, um sie zu genießen und sich dann auf ihre Wiederkehr zu freuen.

Wieviel Zeit tatsächlich verging, ist ungewiß. Es mögen bis zu fünf Jahre gewesen sein.

Ohne daß all die Bewohner dieser höhlenähnlichen Gewölbe es wußten, wurde ihr Herr, der Magier, von Zweifeln und Sorgen geplagt. Sein abgeschiedenes Haus war mehr und mehr zu einer Einsiedelei geworden. Nun schützte den Felsen ein Wald von Dornen, unter dem die Straße verschwand und den nur die höchsten Kuppeln des Hauses durchdrangen. Die Steine und Ziegel waren aufs intensivste mit Magie verstärkt worden. Keines der Fenster, keine Tür öffnete sich, es sei denn, man rezitierte einen bestimmten, magischen Rhombus. Was das sterbliche Gesinde des Hauses anging, die Sklavenmädchen und Diener und den Harem von Frauen, sie waren alle entlassen — oder, wie man munkelte, hingemetzelt worden. Rathak hauste jetzt allein, so ging das Gerücht, nur sein Zoo von Phantomen, Flitzern und Teufelswesen leistete ihm Gesellschaft.

Vielleicht hatte er das Kind ganz vergessen. Der Plan war so gründlich gescheitert, es war zweifellos besser, die Sache auf sich beruhen zu lassen.

Doch das Wärter-Geschöpf bekam weiter seinen Lohn, jene drei köstlichen Minuten des Entzückens. So bald ein Segen einmal aktiv war, konnte nur Rathaks Befehl ihm Einhalt gebieten.

Eines Morgens bei Tagesanbruch bebte unter dem Felsen ganz schwach die Erde. Viel wurde nicht zerstört. Ein oder zwei bunte Glasscheiben im Palast zersprangen, und da sie verzaubert waren, verschwanden die Sprünge auf der Stelle wieder. Eine Fliese fiel von einer Decke. Im ehernen Turm drehte sich ein Amulett um.

Unten in den Gewölben verschoben sich die Fundamente und senkten sich. An einer Stelle, wo der Stein an einen höhlenähnlichen Tunnel unter dem Sumpf grenzte, klaffte ein Stück Mauer auf. Die Öffnung war gerade groß genug für ein im Wachstum zurückgebliebenes Kind von fünf Jahren.

Vielleicht war es der Geruch der Höhle, der das Mädchen anzog, denn dort draußen wucherten die Bettpflanzen, und ihr Lager mußte längst erneuert werden. Vielleicht war auch hinter dem Kellergestank und im Miasma des Sumpfs ein Hauch von freiem Himmel zu spüren.

Zufällig wurde das Geschöpf, das ihr Kerkermeister hätte sein sollen, in dem Augenblick, als die Wand sich teilte, das Kind sich ihr näherte, sie ziellos untersuchte und, nur halb wissend, was es tat, hinausstieg, von seiner dreiminütigen Verzückung erfaßt.

Als es wieder zu sich kam, war der Riß im Fundament schon dabei, sich auf magische Weise wieder zu schließen. Der Sklave, der träge den Nachgeschmack der Seligkeit auskostete, bemerkte auch in den nächsten paar Minuten nichts. Erst viel später vermißte er das Mädchen und machte sich auf die Suche. Die Höhle bot nur wenige Möglichkeiten, sich zu verstecken, aber diese Winkel durchstöberte das Geschöpf immer und immer wieder. Der Spalt in der Mauer hatte sich inzwischen völlig geschlossen.

Da wurde der Sklave von gewaltigem Entsetzen gepackt. Sicher würde der Magier erfahren, daß sein Schützling entkommen war. Der Wärter mußte mit einer Strafe rechnen, und bei dieser Aussicht fiel er vor Angst in wilde Zuckungen.

Aber kein Ruf erging, keine Strafe wurde verhängt.

Ja, am nächsten Tag, als das Wesen gerade voller Angst auf seinem Stroh lag, wurde es von seiner Dosis an Entzücken überschwemmt, und der Kontrast war so stark, daß es vor Seligkeit fast umgekommen wäre.

War es möglich, daß Rathak nichts wußte?

Als ein Tag dem nächsten folgte und jeder seine Spanne der Freude brachte, wurde dem Geschöpf wieder leichter ums Herz. Es vergaß ebenfalls. Den Lohn nahm es als Entgelt für früher geleistete Dienste.

In der Tat, Rathak hatte keine Zeit, um sich mit abhanden gekommenen Kindern zu befassen oder einem anderen sein Quantum an Vergnügen zu kürzen.

Nachdem er sich vor einem lauernden Feind eingemauert hatte, überfiel ihn angesichts der Ritzen, die sich durch das Erdbeben öffneten, nacktes Entsetzen. Obwohl auch der kleinste Spalt sich von selbst geschlossen hatte, glaubte Rathak, in seine Festung sei eine Bresche geschlagen. Als er die Fliese auf dem Fußboden fand, bildete er sich ein, sie sei drohend nach ihm geschleudert worden, und als er das umgedrehte Amulett sah, hielt er es für ein Vorzeichen künftiger Zerstörung.

Während er noch schrie und keuchend hin und her lief, erblickte er plötzlich ein Bild in einem Bronzespiegel.

Es war das Bild eines uralten Mannes, gezeichnet von einem verbrecherischen Leben, mit gesträubtem, rostrotem Haar, mit irren Augen und einem irren, keuchenden Mund voll schlechter Zähne.

Dann hörte er Hundegebell in seinem Kopf und spürte den heißen Atem der Bestien auf den Knochen.

»Chuz!« heulte Rathak auf, und dann erkannte er sich

selbst und glaubte, sein Feind habe ihn zu fassen bekommen und er sei verloren.

Und da er es glaubte, geschah es auch.

Das Haus stand jedoch noch viele Jahrzehnte hinter seinem Dornenzaun, von allen gemieden, gleichzeitig tugendhaft und verderbt.

4 DER WECHSELBALG

Während des Tages hielt sie sich in der Höhle auf, wo die Schatten so hell waren, daß ihr die Augen schmerzten. Nach einer Weile wollte sie in das Gewölbe und zu dem Geschöpf zurückkehren, aber die Öffnung war natürlich verschwunden. Da fürchtete sie sich und spürte ein unbestimmtes Nagen in der Brust, das nur Sehnsucht nach der gewohnten Umgebung sein konnte, Heimweh. Aber das Gefühl war so verworren, so schwach begründet, daß es keinen Bestand hatte. Dann wurde es draußen Nacht, als sie im Tunnel herumwanderte, schlug sie die falsche Richtung ein und kam statt dessen oben im Moor heraus.

Der Nebelschleier war herabgelassen. Weit entfernt sah sie darin matte silberne Augen leuchten und glaubte, das Geschöpf sei doch hier oben und glotze sie mit anderen seinesgleichen an. Die trüben Lichter waren jedoch nichts anderes als die Sterne im Nebel.

Als der Phosphor zu glimmen begann, war es ein vertrauter, tröstlicher Anblick, allerdings war das Licht so breit gestreut, daß es für einen eventuellen Beobachter so aussehen mußte, als kämpfe sich die winzige, gebückte Kindergestalt durch ein ganzes Meer aus milchiger Flüssigkeit. Manchmal stiegen Wolken von der Oberfläche auf wie geisterhafte Riesenfalter und flogen langsam nach oben davon. Manchmal stießen Phosphorsterne, feuriger, als es die Himmelssterne zu sein schienen, durch den Nebel. Das Kind hatte keine Angst vor ihnen, sondern sah ihnen mit staunenden Augen nach. Sie folgte ihnen nicht. Und merkwürdigerweise hielt sie ein animalischer Instinkt stets von den gefährlichen Stellen im Sumpf fern und lenkte ihre kleinen verdrehten Füße in eine andere Richtung. Sie war außerdem fast so leicht wie die Dämpfe. Das Moor hätte mit aller Kraft ziehen müssen, um sie einzusaugen und zu verschlingen.

Während sie dahinging, wurde für den Beobachter noch etwas Seltsames deutlich. Denn obwohl sie mißgestaltet, mit Narben bedeckt, entmenschlicht war, lag über ihr ein Schleier aus reinster Seide, den die umherstreifenden Lichter in einer Reihe flüchtiger Farben aufleuchten ließen, doch erst der Sonnenaufgang hätte seine Wärme zu enthüllen vermocht: Das arme kleine Mädchen hatte herrliches Haar.

»Sieh nur, sieh!« zischte ein Beobachter dem anderen zu.

»Ich sehe, ich sehe!« zischte der andere zurück.

Denn das verirrte Mädchen hatte sein Publikum.

Zwei Flitzer des Moores, freie Geister, die der Magier nie in seine Gewalt gebracht hatte, hingen im Nebel und starrten das Mädchen mit ihren kalten Quecksilberaugen an.

»Welch schillernde Polsterung für unser liebes Nest!« zischelte der erste.

»So weich, unsere Schwestern werden wunderbar schlafen!« zischelte der zweite.

»So ist es! So ist es!«

»So ist es! So ist es!«

Und nachdem das entschieden war, stießen sie wie Wespen auf das Kind herab. Und wie Wespen trieben sie die glitzernden Stacheln unter ihren Nägeln in die Kleine hinein. Sie war nur ein wenig größer als die Flitzer, aber die stachen ausgiebig zu, und kaum war ihr staunender Blick in ein dünnes Schmerzensgejammer übergegangen, da fiel sie auch schon vom Gift betäubt zu Boden.

Nun riefen die Flitzer mit Lautsignalen andere Angehörige ihres Stammes herbei. Schließlich schwebten etwa dreizehn von ihnen auf ihren Chitinflügeln über dem Mädchen.

Biegsam waren diese Flitzer, ihre Knochen waren hohl. Sie ähnelten hauptsächlich Frauen, hatten aber eigentlich keine bestimmten Geschlechtsmerkmale, es war typisch für sie, daß ihrem Körper gewisse Dinge fehlten. An Händen und Füßen hatten sie Finger und Zehen, alle von gleicher Länge und von der Natur mit Pfeilspitzen versehen. Gekleidet waren sie in dünne Streifen aus Dunst, Metall und Nebel, darunter waren sie unbehaart. Ihre Gesichter, die fast so flach waren wie glattgeschliffene, weiße Perlmuttscheiben, hatten weder Nasen noch Ohren, nur einen kleinen Schmollmund und zwei riesige Augen.

»Wir wollen es uns in unser liebes Nest bringen.«

»Wir wollen das Seidenzeug abschneiden und verstreuen.«

»Wie weich wir schlafen werden.«

»Aber der Rest? Was machen wir mit den Knochen und der Haut?«

»Werft es weg! Die Sumpfschwimmer sollen es fressen.«

»Die *Göttin* muß sprechen.«

»Ja, die *Göttin* soll Recht sprechen.«

Dann hoben sie das Mädchen auf, wobei sie ihre Flitzerflüche ausstießen, die wie Küsse klangen, setzten ihre Flügel in Bewegung und machten sich mit ihr auf den Weg zu ihrem Bau.

Die *Göttin* lag tief im Inneren auf einem Lager aus Moos und Sumpflotos, mit Kissen aus Krötenhaut unter den Schultern, um die Flügel zu entlasten. Wie jedes Wespennest eine Königin besitzt, so hatte jeder Flitzerbau eine gewählte Gottheit. Sie war für einen Flitzer fett und schwerfällig, außerdem drückten sie die schweren königlichen Juwelen nieder, die ihr Hofstaat ständig anschleppte, denn die Flitzer waren passionierte Sammler. Zu diesem Schmuck gehörten Dinge wie der blanke Nierenstein eines toten Ochsen, der im Moor versunken war, die schönsten Zähne einer Eidechse, ein

Quarzsplitter, ein Glaskörnchen, ein paar mumifizierte, leuchtend maulbeergrüne Käferschalen, Katzengolddraht aus den Ohrläppchen und Nasenlöchern von Reisenden, die ein dem Ochsen nicht unähnliches Ende gefunden hatten, Ringe, Nadeln und Dolchgriffe der gleichen Herkunft, und ein vollständiges Rattenskelett.

Die Flitzerpatrouille brachte das Kind, das zwar bei Bewußtsein, aber gelähmt war, herein und ließ es der *Göttin* vor die Füße fallen. Der Bau hatte sich für den Fang als gerade groß genug erwiesen, und der Eingang war beschädigt worden, als sie das Kind hindurchzogen.

Die *Göttin* betrachtete das Ding teilnahmslos.

»Sieh doch, sieh doch, Durchlaucht!«

Sie hoben das Haar des Kindes an, schwenkten es hin und her, um es der *Göttin* zu zeigen, und erklärten ihr, wie gut sich dieses Material als Polsterung für das Schlafnest eignen würde.

Die *Göttin* zeigte auf einen schlanken Urwurm mit Zähnen, der an ihrem Diwan festgebunden war. Die Flitzer setzten ihn energisch als Werkzeug ein, und er mußte so lange die Haarsträhnen durchbeißen, bis der Kopf des Kindes ganz kahlgeschoren war.

Dann wurde ein großer Teil des Haares in die inneren Gemächer des Baus getragen. Aber ein paar Strähnen wurden zu Girlanden geflochten, auf den Hals der *Göttin* geladen und dort mit einem schon früher gefundenen Glasknopf befestigt.

Das Kind begann zu zittern, als das Gift aus ihrem Körper ausgeschieden wurde. Einige Flitzer hielten sich ganz in der Nähe bereit, sie noch einmal zu stechen.

»Soll sie hinaus, *Göttin?*«

Die *Göttin* überlegte. Es war schwierig und ermüdend für sie, sich zu bewegen. Endlich sprach sie.

»Sie soll bleiben. Sie soll mir dienen. Sie soll Nahrung holen und mir helfen, mich hinzulegen und wieder aufzusetzen. Fesselt sie, damit sie niemals entkommen kann.«

So geschah es, das Kind wurde gegenüber der Stelle, wo der Wurm befestigt war, an das Ende des Diwans gebunden.

Die *Göttin* sank in sich zusammen.

Die übrigen Flitzer eilten in die Nestkammer, von wo man bald begeistertes Zischeln hörte, das schließlich in folgendes Lied überging:

Schlafe, Schlafe, Durchlaucht
Seht, wie ist sie
Träge — Ach! Welch süßer Trost.
Welch seidiger Schlaf.

Doch die Göttin war durch die Last ihres Schmucks so übermüdet, daß sie nur wenige Stunden schlief, und dem gestochenen Kind erging es ebenso.

So wurde die Tochter des Magiers zur Dienerin. Sie war eine Kuriosität im Bau, überall wurde mit ihr geprahlt. In der Flitzersprache wurde sie als ›Kind‹ bezeichnet, ein neu geprägter, abfälliger Begriff, denn Flitzer gingen direkt aus dem Larven- in das Erwachsenenstadium über und hielten jede Zwischenstufe für eine Torheit. Aus praktischen Gründen und damit man sie besser beschimpfen konnte, brachte man Kind auch etwas von der Flitzersprache bei. Obwohl sich nämlich alle mit ihr brüsteten, waren sie eifersüchtig, weil sie der *Göttin* so nahestand, und machten ihr Schwierigkeiten, wo sie nur konnten. Außerdem wurde Kind ständig von ihnen gestochen, wie aus Versehen, aber in Wirklichkeit geschah es aus Bosheit.

Kind war jedoch ein widerstandsfähiges Wesen, zäh in ihrer mißgestalteten Zerbrechlichkeit, anmutig in ihrer Häßlichkeit. Vor allem hatte ihre völlige Unerfahrenheit ihr die unbezahlbare Gabe verliehen, sich mit allem abzufinden. Sie zuckte nicht zurück, und sie kämpfte nicht. Sie klagte nicht und wurde nie von Sorgen oder Hoffnung gequält.

Früh am Morgen und spät am Abend streiften die Flitzer im Sumpf umher, sammelten Tau und Moorpflanzen und stachen alle Reptilien und Insekten, die sie gerne aßen, so daß diese durch Gift starr wurden. Außerdem waren sie unaufhörlich auf Schatzsuche. In der Hitze des Tages lagen sie am Rand von moosgepolsterten Teichen herum und ruhten sich im Schatten großer Pflanzen aus. Nachts gingen sie manchmal mit den Phosphorlichtern im Moor tanzen oder krakeelten im Bau herum, tranken vergorene Säfte und polierten ihren eigenen Schmuck aus Drähten und Samenkörnern auf. Sie waren wild, und manchmal gingen sie in den Untiefen auf die Jagd nach Zahnfischen oder kämpften mit riesigen Hornissen und Flügelkäfern so groß wie Spatzen. Nach solchen Raubzügen geschah es manchmal, aß die eine oder andere Angehörige der Schwesternschaft nicht zurückkehrte. Dann hielten die anderen Totenwache und kreischten und krümmten sich die ganze Nacht unter dem Mond — aber nicht vor Kummer, eher vor Zorn. Wenn es dämmerte und der Mond und der Nebel verschwanden, war die Tote vergessen.

Die *Göttin* rührte sich nie von ihrem Diwan weg, höchstens, um natürlichen Bedürfnissen abzuhelfen, die sich mittlerweile nur noch zögernd und unregelmäßig einstellten.

Eigentlich mußten bestimmte Flitzer stets den Eingang zum Bau bewachen, aber sie ließen sich oft ablenken und verließen ihren Posten. Die übrigen rannten unablässig mit Beute ein und aus. Kind, die Zofe der *Göttin*, mußte nun alle privateren Dienstleistungen erledigen. Diese bestanden darin, die *Göttin* mit taugetränktem Moos zu waschen und ihr behilflich zu sein, wenn sie sich aufsetzen oder zurücklegen wollte — oder wenn ein Gang zum königlichen Dunghügel nötig wurde. Kind mußte sich auch um die Kissen auf dem Lager ihrer Herrin kümmern, ihr den Schmuck zurechtrücken, wie sie ihn haben wollte, ihr die Flügel mit Kräuteröl einreiben und die immer neu hereingebrachten Eßwaren zwischen Steinscherben zerkleinern und zu Brei zermahlen. Die Fütterung der *Göttin* hörte, ebenso wie das Schmücken, niemals auf. Ihre Dickleibigkeit, ihr Fleisch waren die Ehre des Baus. (Keine *Göttin* lebte lange. Wenn sie das Zeitliche segnete, wurde eine Ersatzgottheit gewählt, der Bau verlassen und das ganze Flitzerleben von Grund auf neu gestaltet.)

Doch davon oder von den früheren Verhältnissen wußte Kind nichts. Sie tat nur, was man ihr sagte, und manchmal, wenn es verlangt wurde, antwortete sie auch mit den Lauten der Flitzersprache. Den ständigen Ärger und die Stiche ertrug sie mit Gleichmut. Die öden Arbeiten und die langweilige Gesellschaft der *Göttin* selbst ebenfalls. Kind erhob auch keine Einwände, wenn die *Göttin*, sobald sie alleine waren, verlangte, daß ihr dieses oder jenes Schmuckstück abgenommen oder sogar versteckt oder weggeworfen wurde, auch wenn die Flitzer manchmal bemerkten, daß etwas fehlte, und Kind dafür beschimpften. Kind nahm auch keinen Anstoß daran, daß die *Göttin* oft nicht aß, einen ganzen Mund voll Speisen ausspuckte oder befahl, daß Kind ganze Gerichte verschlang — der ihr zugewiesene Anteil war kärglich bemessen — oder sie im Kothaufen vergrub.

Hin und wieder trällerte die *Göttin* tonlos vor sich hin. Ihre riesigen Augen starrten kurzsichtig ins Nichts.

Eines Morgens, als noch der rötliche Schleier der Dämmerung im Bau hing, sprach die *Göttin* zu Kind.

»Hör zu. Mir ist etwas eingefallen. Ja.«

Dann zeigte sie auf einige Kügelchen aus schwarzem Silber, die um ihre Arme und Knöchel geschlungen waren.

»Weg damit. Du sollst sie anlegen.«

So nahm Kind der *Göttin* die Kügelchen ab und legte sie sich selbst an.

»So ist es gut. Jetzt das, das und das.«

So entfernte Kind einige Samenhülsen, Käferpanzer und einen großen Knochen. Und schmückte sich selbst damit.

»So ist es gut. Ja, so ist es sehr gut. Nun dies.«

In dieser Weise ging es fast eine Stunde lang weiter, nur unterbrochen durch das Eintreten anderer Flitzer, die wie immer so aufgeregt und in Eile waren, daß ihnen offenbar nichts Ungewöhnliches auffiel.

Endlich war die Göttin bis auf die Dunststreifen nackt und so erleichtert, daß sie ohne Hilfe von ihrem Lager taumeln konnte.

»Steh jetzt auf! Streck dich dort aus, wo ich gesessen habe. Schieb den Rattenschädel tiefer und das Katzengold auch, so! Siehst du? Senk dein Gesicht. Gebrauch nur die Augen. Rühr dich nicht vom Fleck! Wenn du Dung tun mußt, suche den heiligen Haufen auf. Iß alles, was man schickt. Wenn jemand fragt, wo ist Kind? dann sag: Sie muß Moos tränken. Oder: Sie sucht Leckereien für mich.«

Dann wälzte die *Göttin* ihren fetten Leib keuchend aus dem Bau und fiel mit einem hörbaren *Platsch!* hinunter in ein paar Sumpfblumen.

Kind blieb auf dem Diwan. Sie war so zugedeckt mit dem königlichen Schmuck, daß tatsächlich nicht mehr viel von ihr zu sehen war. Und obwohl ihr Haar inzwischen recht üppig nachgewachsen war, war auch das nicht verräterisch, da die *Göttin* der Flitzer schon lange eine Kappe aus den vom Wurm abgeschnittenen Haaren verlangt und auch erhalten hatte.

Die Flitzer schossen weiterhin ein und aus, hinterließen ohne zu zögern Speisen und behängten die Masse auf dem Diwan mit Schmuck.

Kind bereitete die Speisen ebenso zu wie früher, aber sie aß nicht viel davon. Nach einiger Zeit begannen die Flitzer zu fragen: »Warum hast du nichts verbraucht, Durchlaucht? Wo ist Kind?«

»Tränkt Moos«, sagte Kind in der Flitzersprache.

»Wie tief deine Stimme ist, Durchlaucht! Du bist ausgehungert.«

Und sie gelobten, Kind absichtlich zu stechen und stopften ihr Speisen in den Mund, denn sie hielten sie noch immer für ihre Gottheit.

In Wirklichkeit war nur das Symbol für sie von Bedeutung. Eine genügend große Kröte hätte den Zweck ebenso erfüllt, vorausgesetzt, sie hätte gegessen, sich schmücken lassen und ungefähr die richtigen Antworten gegeben.

Zahllose Tage und Nächte vergingen mit dieser Komödie.

Ein- oder zweimal sah Kind die rechtmäßige *Göttin* am Bau vorüberflitzen. Zuerst war sie schwer und unbeholfen gewesen und hatte sich meist versteckt gehalten, aber bald schrumpfte sie, wurde schlank und aktiv, jagte mit ihren Schwestern Hornissen und Motten und kehrte, wenn es dunkel wurde, mit ihnen in den Bau zurück. Keiner der Flitzer schien jemals Verdacht zu schöpfen oder sie anzusprechen. Sie selbst ließ in nichts erkennen, daß sie etwas anderes war als eine Schwester der Schwesternschaft. Irgendwann war sie nicht mehr von den anderen zu unterscheiden. Selbst wenn Kind gewollt hätte, hätte sie die *Göttin* nicht aus ihren Untertanen herausfinden können. (Aber ein solcher Gedanke wäre Kind natürlich niemals in den Sinn gekommen.)

Andererseits war Kind auf natürliche Weise ein wenig gewachsen, und dank des niemals versiegenden Nahrungsstroms wurden ihre versteckten Reize nun durch eine gesunde, blühende Frische noch verstärkt. Da saß sie nun, ein Berg von Schmuck, und gereichte dem Bau zu höchster Ehre. Nirgendwo in der Welt (dem Moor) gab es eine solche *Göttin*.

Das Menschenwesen, das Ungeheuer, das sie bei sich gehalten hatten, um es zu scheren wie ein Schaf, hatten sie bald vergessen, wie es ihre Art war. Bis eines Vormittags, kurz vor Mittag, drei Flitzer mit dem buntesten

Schatz nach Hause kamen, den sie je gefunden hatten, und damit das Ende der Täuschung herbeiführten.

Der Schatz war eine große Messingrassel, so blank poliert — ehe sie im Schlamm landete —, daß sie glänzte wie altes Gold. Wenn man sie schüttelte, gab sie ein wildes, klirrendes Geräusch von sich, als würden viele Scherben aneinandergeschlagen. Um den Griff hatte sich ein Gewirr malvenfarbener Lotosblüten gerankt. Das Ganze wurde der *Göttin* gebracht, die keine war, und über ihrem Kopf geschwungen. Die drei Flitzer zischelten befriedigt.

Doch irgendwie verschoben die Rassel und das Lotosgerank dabei ein wichtiges Teil des Schmuckes. Alles geriet ins Rutschen — die Rattenknochen und die Eidechsenzähne, die Samenkörner und Hülsen, die Perlen und Bommeln, die Drähte, Nadeln und Käferteile — und prasselte wie Regen um den Diwan herum auf den Boden.

Die Kammerzofen stießen zischende Entrüstungsrufe aus. Die künstlerische Arbeit von Monaten war zerstört und mußte neu begonnen werden. Ein Flitzer hastete an den Eingang des Baus, um die ganze Schwesternschaft zu Hilfe zu rufen.

Die beiden zurückgebliebenen beugten sich näher über ihre Herrin.

»Was ist das?«

»Das ist sicher diese Schnauze, die manche eine Nase nennen!«

»Und dies?«

»Nasenlöcher! Brauen! Ohren!«

»Sieh doch, Sieh! Nur fünf Finger, von ungleicher Länge!«

»Unsere Göttin ist krank!«

»Das ist nicht unsere Göttin.«

»Das ist irgendeine abscheuliche Gattung.«

»Es ist Kind!«

Nun brach im Bau ein schrecklicher Tumult aus, der

sich noch steigerte, als der Rest der Schwesternschaft zurückkehrte.

Wie eine Kolonie von aufgescheuchten Wespen schossen die Flitzer hin und her und rundherum, stürmten schwirrend und zischend aus dem Baueingang und jagten wieder herein, so daß der ganze Hügel erbebte.

Alle Flitzer waren hysterisch. Auch die ursprüngliche *Göttin*, die ihre eigenen Kapriolen vergessen hatte, tobte und raste mit den anderen.

Im Zentrum des ganzen Wirbels saß das ertappte Kind.

Ob sie Angst hatte, ließ sie sich nicht anmerken. Vielleicht bezog sie, da sie an derartige Ausbrüche im Bau gewöhnt war, die Aufregung nicht so ganz auf sich selbst.

Aber als schließlich der Nachmittag seinen Baldachin über den Sumpf breitete (gewöhnlich eine Zeit der Ruhe), flogen die Flitzer aus dem Bau und schwärmten auf ein Floß von öligen Lilienpolstern herab. Dort saßen sie vibrierend wie abgefeuerte Pfeile, plötzlich fast stumm, und gingen mit sich zu Rate. Das Nest mußte verlassen, eine neue *Göttin* geschaffen, alles neu gebaut, von Grund auf neu begonnen werden. Aber zuvor mußte man noch Rache nehmen.

Wie eine Speerspitze fuhren sie zurück in ihr entehrtes Haus und fielen über Kind her, um sie zu Tode zu stechen.

Kurz vor Sonnenuntergang zog eine Karawane am Rand des Moores entlang. Dort lief ein Damm. Trotzdem hatten die Reisenden diese Gegend vor Einbruch der Nacht hinter sich lassen wollen. Sie hatten schon genug Geschichten über den Sumpf gehört und fühlten sich nicht wohl in ihrer Haut. Kurz vorher hatte man ihnen in weiter Ferne das Haus des Magiers gezeigt, von Dunkelheit umgeben, mit unheimlichen Lichtern auf den glasierten und ehernen Kuppeln, und die Reisenden hatten Zuflucht zu abergläubischen Zeichen genommen. Den Phosphorlichtern des Sumpfes, die mit der Dämmerung auftauchen würden, schrieb man schreckliche Fähigkeiten zu.

Der Wagenführer der Karawane war jedoch ein beherzter Mann. Als er sah, daß sie die Gegend bis Sonnenuntergang nicht hinter sich gebracht haben würden, gab er Anweisung, Lampen und Fackeln anzuzünden. »Da wir es nicht wagen, an einer solchen Stelle zu schlafen, werden wir weiterziehen und dabei umsichtig Wache halten.«

Nun befanden sich unter den Reisenden ein paar Angehörige einer religiösen Gemeinschaft, und diese verabredeten unter sich, eine zusätzliche Vorsichtsmaßnahme zu treffen. Sie wollten den Elementarwesen des Moores ein Opfer bringen und es neben dem Damm niederlegen. Also trugen sie Fleisch zusammen, das sie zum Abendessen hatten verzehren wollen, etwas Wein, Feigen und Süßigkeiten, sechs Kupfer- und eine Goldmünze und ein Gebet, auf Pergament geschrieben, in dem sie ihre guten Absichten bekundeten. Dies alles wurde sodann in einen gebleichten Sack gepackt, den man wegen seiner hellen Farbe gewählt hatte, damit die hier ansässigen Unholde ihn besser finden konnten. Die Leute schlichen sich von der Karawane weg und deponierten das Geschenk unterhalb des Weges in Schlamm und Moos. Die Sonne verabschiedete sich gerade vom Himmel, und im schwächer werdenden Licht unterhielten sich die Opfernden über die Form ihrer Gabe. »Es sieht aus«, sagte einer und machte ein Schutzzeichen über sich, »wie ein totes Kind.« »Pah!« sagte ein zweiter. »Still«, mahnte ein dritter. »Sie zünden Laternen an, wir wollen nicht zurückbleiben«, plapperte schnell ein vierter.

Der Tag starb, das Land verlor alle Farbe. Die mit Fakkeln erleuchtete Karawane stapfte voran wie ein riesiges

Tier mit vielen lodernden Augen. Draußen auf dem Sumpf begannen sich hundert andere Phantomkarawanen mit silbernen Lampenaugen hin- und herzuschlängeln.

Zufällig waren einige der Ordensleute auf ihren Maultieren inzwischen weiter nach vorne gekommen, in der Absicht, sich neben dem Wagenführer einzureihen und ihm vielleicht beim Abendessen Gesellschaft zu leisten, da sie selbst ja nichts mehr hatten.

Sie hatten jedoch noch kaum höfliche Grüße ausgetauscht, als der erste Mann einen Schrei ausstieß.

»Im Namen aller Götter, Wagenführer, haltet die Karawane an!«

Der Wagenführer sah ihn mit undurchdringlicher Miene an. »Warum?«

»Weil ich und meine Freunde den bösen Geistern hier schon vor mehreren Meilen und einer Stunde ein Opfer gebracht haben — und sieh nur, da liegt besagtes Opfer *vor* uns am Wegrand! Sie haben es uns vor die Füße geworfen. Der Himmel weiß, was uns nun bevorsteht.«

Da wurde die Karawane angehalten, und es kam zu einer heftigen Auseinandersetzung. Endlich schritt der Wagenführer, mit Stab und Fackel bewaffnet, aber ohne Begleitung, nach vorne, um das helle, sackähnliche Häufchen zu untersuchen.

Er beugte sich nieder und richtete sich wieder auf.

»Armes Ding. Das ist nicht das Opfer einiger Narren, sondern ein totes Kind.« Und er hob die Stimme, um dies der Karawane mitzuteilen.

»Das ist ja noch schlimmer«, sagten die Ordensleute und zitterten am ganzen Leibe. »Teufelswesen haben unsere einwandfreie Opfergabe in eine unreife Leiche verwandelt.«

Doch der Wagenführer verlangte nur nach Spaten, um die traurigen Überreste mit Erde zu bedecken.

Als die Spaten ihr Werk begannen, regte sich das tote Kind, und als es sich umdrehte, sahen die Männer seine abscheulichen Narben und Mißbildungen, seine Unschuld, seine großen Augen — und den Schleier seines herrlichen Haares.

Die Flitzer hatten sie zwar heftig angegriffen, aber inzwischen war sie durch die vielen Stiche aus früheren Zeiten und dadurch, daß sie so viele gestochene Eidechsen gegessen hatte, gegen ihr Gift immun. Es hatte sie betäubt, aber ihr Leben nicht ausgelöscht. Doch die Flitzerschwestern hatten sie in dem ehrlichen Glauben, die Hinrichtung sei vollzogen, an den Rand der Welt (die äußeren Grenzen des Moors) getragen und sie dort neben das gräßlichste Objekt geworfen, das sie entdecken konnten, einen von Menschen gebauten Damm. Da sie danach sehr viel zu tun hatten, waren sie sofort davongeeilt.

»Kind«, hauchte der Wagenführer voll Entsetzen und Zärtlichkeit, aber er redete in der Sprache der Menschen.

Sie verstand ihn nicht.

5 EZAIL UND CHAVIR

Man hätte sie nach ihrem Haar nennen können, das im Sonnenlicht die Farbe von Ringelblumen hatte. Dieses Haar war die einzige Mitgift, die sie in ihr neues Leben mitbrachte, aber man hatte nicht nach finanziellen Erwägungen geurteilt, als man sie aufnahm. Später machte sie selbst das großzügige Angebot und erklärte beredt, wenn auch mit sehr wenigen Worten, daß die riesigen Massen dieses Seidenschleiers sie belasteten und es ihren Wünschen entgegenkäme, wenn sie ihr jeden dritten Monat bis zur Schulter gekürzt würden — seit ihrem siebenten Jahr wuchs das Haar, wenn man es sich selbst überließ, nämlich immer weiter, bis an die Knie, bis zu den Füßen, und schließlich breitete es sich gar über den Boden aus. Neben seiner herrlichen Farbe, seiner wunderbaren Weichheit und seinem Glanz gab es auch noch einen schwachen, intensiven Duft ab. Die Pracht sowohl der abgeschnittenen wie der wachsenden Locken hielt sich auf unbestimmte Zeit. Der Wagenführer bewahrte in einer Schachtel eine Flechte aus dem zweiten Jahr auf, in dem das Kind bei ihm war, und an ihrem siebzehnten Geburtstag war sie noch ebenso makellos wie in dem Augenblick, als sie geschnitten wurde. Das Haar ließ sich auch gut verarbeiten, man konnte es zu Zöpfen flechten oder zu Fransen kleben. Wenn man es verkaufte, wurden damit kostbare Gewänder oder die Schabracken teurer Pferde verziert. Die Käufer wußten nicht, woher es stammte, doch es wurde oft *Engelsvlies* oder *Ätherfäden* genannt. An ihrem Haar spürte man intuitiv, was sie hätte sein können. Aber nicht nur daran.

Der Wagenführer, der sie aufnahm, als er sie im Sumpf fand, ohne daß sich jemand für sie verbürgt hätte, brachte sie bald darauf in seine Heimatstadt. Allen, die sich auf der Reise und in der Stadt erkundigten, was er sich dabei gedacht habe, antwortete er nur: »Sie ist mir über den Weg gelaufen. Die Götter stellen Blüten an den Wegrand. Wenn wir wollen, können wir sie pflükken.« »Aber«, lautete die allgemeine Meinung, »*das* ist doch keine Blüte. Das ist eine verfluchte Mißgeburt, die zweifellos von ihren leidgeprüften Eltern ausgesetzt wurde.« »In meinem Haus fehlt ein weibliches Wesen«, sagte der Wagenführer. »Du hast doch wohl nicht vor, *dieses Ding* zu diesem Zweck aufzuziehen ...« »Ich werde sie weder aufziehen noch benützen. Sie muß wachsen, sie selbst sein und ihr eigenes Leben führen. Aber das soll sie unter dem Schutz meines Daches tun.«

In der Tat waren die zwei Frauen des Wagenführers, die er beide sehr geliebt hatte, vor zehn Jahren an der Pest gestorben und hatten seine ungeborenen Nachkommen mitgenommen. Damals hatte er sehr gelitten, sich dem Karawanengeschäft zugewandt und sein Haus einfach zurückgelassen. Wenn er sich später dort aufhielt, beschäftigte er nur männliche Diener, und im Laufe der Zeit lernte er für andere Bedürfnisse Knaben schätzen. Beruflich kam er wiederum mit Kaufleuten und Viehtreibern, mit Priestern und jungen Adeligen zusammen. Es war, als habe er Angst, die Pest hafte immer noch an ihm und könne jenem anderen Geschlecht schaden, das er am meisten liebte und am wenigsten kannte.

Doch mit dem Kind wurde alles anders.

Als er sah, wie klein und jung sie war, stellte er sofort eine Pflegerin für sie ein, und später kaufte er ein kleines Sklavenmädchen und ließ es frei, das sollte die Spielgefährtin des Kindes sein.

Alle, die mit dem Mädchen zu tun hatten, wurden bei der ersten Begegnung vor Abscheu grau im Gesicht. Fünf Minuten später hatte sich der Abscheu in Mitleid verwandelt. Eine Stunde später waren die Leute besänftigt, neugierig oder auch nur stumm geworden. Nach sieben Tagen waren sie zu Späßen aufgelegt und von Heiterkeit erfüllt. Das Mädchen hatte sie für sich gewonnen.

Man konnte nicht genau sagen, wie das zuging. Da war etwas in ihren Augen, in ihrem Verhalten. Sie war ein buckeliges, kleines Zwergenwesen, das sich bewegte wie eine Meereswoge, wie ein fliegender Vogel. Sie war mißgestaltet, entstellt und vielleicht auch ziemlich einfältig — aber der Duft weißer Blüten umgab sie, und ihre Stimme, die selten zu hören war, hatte einen Klang wie helles Gold. Ihre schwachsinnigen Augen verrieten eine Weisheit, die von Intelligenz nur ausgelöscht worden wäre. Wie der Wagenführer es vorausgesagt hatte, so wurde es mit ihr. Sie *lebte* einfach. Sie machte sich keine Sorgen, sie strebte nach nichts. Niemand hatte sie jemals unzufrieden oder gereizt, ängstlich, begeistert, verwirrt, ungeduldig oder weinend erlebt. Wenn sie lächelte, dann nur so, wie ein Blatt sich der Sonne zuwendet.

Sie lebte, sie wuchs. Sie wurde erwachsen. Der ganze Haushalt wuchs mit ihr. Sie gewöhnte sich an die Sitten und Gebräuche der menschlichen Gesellschaft und respektierte sie, auch wenn sie sie nicht nachahmte. Sie lernte die Sprache, in der sich die Menschen in dieser Gegend verständigten, und gebrauchte sie auch manchmal.

Als sie sich zum erstenmal das Haar abschnitt, brachte sie es dem Wagenführer. Das war an dem Abend, an dem sie neun Jahre alt wurde, er rechnete ihre Geburtstage nämlich von dem Abend an, an dem er sie gefunden hatte. Er hatte ihr wie immer ein Geschenk mitgebracht, eine Kette aus Amethystperlen. Sie legte das herrliche Haar wie eine Rolle Goldschnur vor ihn hin, lächelte und sagte: »Zu schwer. Verkaufen, geht das nicht?« Dann setzte sie sich und spielte mit den Perlen, sie streichelte sie, küßte sie manchmal oder hielt sie hoch, damit sich die pulsierende Klarheit der Dämmerung darin spiegelte. Offensichtlich hatte sie, da sie in diesem Haus lebte, von Geschäften gehört. Aber was für ein Plan! (Der Wagenführer sah sich noch einmal die makellose Flechte ihres zweiten Jahres an, und der Gedanke ließ ihm keine Ruhe mehr.) Er erzählte die Geschichte seinen Partnern.

Der Gerissene sagte: »Tu es. Ich habe noch nie solches Material gesehen. Es liegt ein Zauber darauf, es wird dir deine Wege mit Geld pflastern.« Der andere sagte: »Du solltest auf sie hören. Sie ist so schön, daß du ihr kaum etwas abschlagen kannst.« *»Schön!«* rief der Wagenführer erschrocken und beschämt, weil ein anderer seine eigenen Gedanken aussprach. »Ja«, sagte der Partner, »dein schwerer Wein hat mir die Zunge gelöst. Aber ich bleibe bei meiner Beschreibung. Sie ist schön.« Und dann trank der Mann noch mehr von dem Wein und schaute zum Sternenhimmel auf (sie lagen zum Abendessen auf dem Sommerdach des Hauses, und es war Mitternacht). »Ich will einmal annehmen, daß alle Menschen eine Seele haben, eine Ansicht, die ich in nüchternem Zustand nicht vertrete. Und die Seele des Mädchens, das du neben dem Damm gefunden hast, leuchtet durch ihre Haut wie eine Flamme durch eine zerbrochene Lampe. Wie soll ich noch die Lampe mit ihren Fehlern und Unvollkommenheiten sehen, wenn ein solches Licht in meine Augen scheint?«

»Aber wenn man das Haar auf ihrem Kopf betrachtet«, fügte der Gerissene hinzu, »dann sieht man nur die Flamme brennen, die Lampe nimmt man nicht mehr wahr.«

Der Wagenführer dachte immer an sie, wenn er sich Hunderte von Meilen entfernt auf den Karawanenstraßen befand, in den Höfen und Lagern, in Staub und Durcheinander, wenn Räuber drohten, übertriebene Abgaben gefordert wurden, Tiere oder Menschen sich zänkisch zeigten, wenn er selbst müde war oder sich seine Frauen in Erinnerung rief. Er dachte daran, daß sie in seinem Haus brannte wie eine Lampe in einem Fenster. Er hatte die Blüte seiner Jugend schon hinter sich, sonst hätte er sie zum Weib genommen — nicht, um bei ihr zu liegen oder sie in irgendeiner Weise zu besitzen, sondern um sie festzuhalten, um sie noch tiefer in sein Herz zu ziehen. Aber das war nicht nötig. Ein Instinkt hielt ihn davon ab. Dennoch liebte er sie.

Und dann, als sie etwa dreizehn war, fing er an, sie zusammen mit ihrer Pflegerin und ihrer Spielgefährtin auf seine Reisen mitzunehmen, und so zog er schließlich doch mit einem Wagen voller Frauen über die Straßen. Schon bald wurde auch anderen Frauen gestattet, sich unter die Reisenden zu mischen, Kaufmannsgattinen und Konkubinen, Priesterinnen, Ziegenhirtinnen und feinen Damen. Diese nahmen ihn manchmal beiseite.

»Wer ist dieses Zwergenmädchen? Sie hat mich so freundlich angelächelt. Und ihr Haar wäre einer Göttin würdig.«

»Das ist meine Tochter.«

»Und wie ist ihr Name — ich möchte gerne ein paar Worte mit ihr sprechen.«

»Wir nennen sie Ezail.«

Ezail: Seele.

Und als Ezail fünfzehn Jahre alt war, geschah es, daß der Wagenführer in einer gewissen Nacht auf einer gewissen Reise einen sonderbaren Traum hatte.

Die Karawane war den ganzen Tag über eine weite, kahle Ebene gezogen, hatte aber gegen Sonnenuntergang ein Gebiet mit kleinen Wäldern und Dörfern erreicht. Hier schwebte ein See in der Erde wie ein schillernder Zauber, und cremefarbene Ochsen tranken unter Zedernbäumen daraus. Ezail hatte den Wagenführer diesmal nicht begleitet, denn der hatte vorausgesehen, daß es eine sehr anstrengende Reise werden würde, der Weg führte ständig durch Gegenden wie jene Ebene, und die Herbergen für die Nacht würden noch weniger Bequemlichkeit bieten. Als er nun das Dämmerlicht über dem Wasser erblühen und die Ochsen im Schatten der sich spiegelnden Zedern trinken sah, tat es ihm leid. »Ich werde ihr erzählen, wie es war«, sagte er. Aber kaum war er eingeschlafen, da stand jemand vor seinem Zelt. Der Wagenführer erhob sich und ging hinaus. Es war ein junger Mann in einem magentaroten Mantel. Sein Profil war so edel geschnitten, daß der Wagenführer ihn für einen Prinzen hielt und sein mondgelbes Haar und die goldenen Wimpern seiner niedergeschlagenen Augen staunend anstarrte.

»Herr, wie kann ich Euch behilflich sein?«

Der schöne Prinz antwortete nicht. Er zog sich nur die Kapuze seines Umhangs über das Gesicht, so daß die linke Seite verdeckt war.

»Wenn es Euer Wunsch ist, Herr, Euch dieser Karawane anzuschließen, so versichere ich Euch, daß wir Euch unterbringen können.«

Da lachte der Prinz. Einen Augenblick lang war es das abscheulichste Gekreische, das der Wagenführer je gehört hatte — gleich darauf der bezauberndste Laut, den er sich vorstellen konnte, mehr eine Melodie als ein Ausdruck der Belustigung. Aber als der junge Mann lachte, funkelten seine Zähne sehr merkwürdig.

Der Wagenführer trat einen Schritt zurück und dachte im Traum: *Ich muß vorsichtig sein.*

»Nicht unbedingt«, sagte der Prinz. »Ich bin *dir* ausgeliefert. Denn ich bin gekommen, um dich um die Hand deiner Tochter zu bitten.«

Der Wagenführer war so beunruhigt, daß er sofort sagte: »Ich habe keine Tochter.«

»O doch, du hast eine Tochter, Ezail die Seelenflamme.«

Da wußte der Wagenführer nicht mehr, was er empfand, zu viele Gefühle stürmten auf ihn ein. Und Abscheu und Schmerz, Eifersucht und Spott, Verachtung, befriedigte Eitelkeit und Wut fehlten dabei nicht.

»Das kann«, sagte er schließlich, »nicht Euer Ernst sein. Denn sie ist — sie ist nicht für die Ehe geeignet.«

»Das soll wohl heißen«, murmelte der Prinz, »sie ist nicht für die Liebe geeignet.«

»In der Tat ... das meine ich.«

»Dann für den Tod.«

Die Gefühle des Wagenführers ballten sich zu einer einzigen Empfindung zusammen. Entsetzen.

»Verflucht sie nicht, sie hat genug erduldet. Verflucht mich, wenn es denn sein muß.«

Und dann sah er ein Auge aufblitzen. Ein grausiges Auge, das eine ganz falsche Farbe hatte.

»Du verkennst mich«, sagte der Besitzer des Auges und wandte sich noch ein Stück weiter von ihm ab. »Liebe und Tod sind die Spiele, denen wir uns widmen, solange wir leben.«

Sehr zu seinem Unbehagen und zu seiner Überraschung platzte der Wagenführer heraus:

»Aber Ihr, Herr, Ihr lebt ewig. Euch kann der Tod nichts bedeuten. Von der Liebe gar nicht zu reden.«

In diesem Augenblick schwang sich der Mond über das Zedernwäldchen herauf und ließ den See zu einem weißen Spiegel erstarren. Er schickte Rauch durch die Gestalt des Prinzen, durch seine Kapuze, sein Haar, seinen Körper und seinen prächtigen Mantel, auf dem mit Glassplittern die Sternbilder aufgenäht waren.

»Ich betone, daß ich sterblich bin«, sagte die Erscheinung, »ebenso wie du. Aber dies ist mein Traum, oder träumst du? Träume ich dich? Träumst du mich? Ach, versprich mir Ezail, ehe einer von uns erwacht. Ihre körperliche Unvollkommenheit stört mich nicht. Auch ich bin mißgebildet. Meine linke Seite ist unter meinem Mantel verborgen, aber bei ihrem Anblick würdest du schreiend wie ein Wahnsinniger davonlaufen, das kann ich dir versichern.«

»Dann braucht Ihr Euch keine Hoffnung zu machen, daß ich sie Euch jemals gebe.«

»Du könntest sie mir nicht vorenthalten«, sagte der Prinz, das Teufelswesen oder was immer er war, »wenn sie es selbst so wollte.« Aber dann spülte ihn der Mond, der ihn durchströmte, fort. Nur einmal sprach er noch, mit einer Stimme wie dünner Kies, der durch ein ehernes Sieb rinnt. »Ich mag diesen Traum nicht. Erwache und laß mich erwachen. Ich brauche noch drei Jahre, um zum Mann heranzuwachsen. Ich bin der Sohn eines Königs, von einer seiner Nebenfrauen. Meine Geburt verleiht mir keinerlei Rechte. Mein Schicksal ist es, das Haus meines Vaters zu verlassen, in der Ferne umherzustreifen und so etwas wie einen Helden aus mir zu machen. Vertraue mir, ich habe nichts übrig für wahnwitzige Träume.«

Damit verschwand er. Aber wo er ging, glaubte der Wagenführer einen Augenblick lang ein anderes Land in der Nacht zu sehen, einen Palast hinter Mauern auf einem hohen Berg, ein vergittertes Fenster, dahinter ein Gemach, wo jemand sich stöhnend im Traum herumwälzte.

Doch auch dieses Bild verblaßte, der Wagenführer wandte sich ab und fand sich auf seiner Matratze im Zelt wieder. Er schrieb, wie es jeder vernünftige Mann getan hätte, alles dem Dattelwein und der kahlen Ebene, den in der Dämmerung trinkenden Ochsen und dem Duft der Zedern zu und schlief wieder ein. Und als er sich im Morgengrauen erhob, war der Traum nur noch wie eine heilende Prellung. Bis zum Mittag spürte er sie schon fast nicht mehr.

Chavir nahm seinen Anfang im königlichen Palast, als dreiunddreißigster Sohn des Königs, was ihm nicht gerade eine glänzende Zukunft verhieß. Sein Haar war rabenschwarz und seine Augen blau wie Türkis. Auch darin hatte er sich ein wenig vertan, denn man glaubte in dieser Gegend, schwarzes Haar bringe Unglück, und blaue Augen waren dort so gut wie unbekannt.

Chavirs Mutter hatte sich für unfruchtbar gehalten, denn sie war zwar nur eine der Nebenfrauen des Königs, war aber doch eine Weile seine Favoritin gewesen. Obwohl er sie oft in sein Bett rufen ließ, reagierte ihr Schoß nicht auf seine Bemühungen. So wandte sie sich an eine alte weise Frau, die hin und wieder die Frauenhöfe besuchte. Die Hexe untersuchte die Nebenfrau des Königs, stellte sachdienliche und impertinente Fragen und zog schließlich ein Kästchen aus ihrem Gewand.

»Da du den Wunsch hast, deinen Beitrag zu den siebenundneunzig anderen beiderlei Geschlechts zu leisten, die den Palast des Königs schon mit Lärm erfüllen oder es bald tun werden, stecke deine rechte Hand in dieses Kästchen und ziehe, ohne hinzusehen, den ersten Gegenstand heraus, den deine Finger ertasten.«

Die Nebenkönigin tat in nervöser Erregung, was man ihr sagte. Ihre Finger fanden ein kleines, eckiges Ding, hart und kühl wie ein Flußkiesel.

»Ein Würfel?« fragte die alte Vettel, nun offenkundig interessiert. »Ich habe noch nie erlebt, daß jemand einen Würfel gezogen hat. Bist du sicher, daß du ihn nicht selbst hineingelegt hast?«

»Was sollte das für einen Sinn haben?« fragte die Nebenkönigin gereizt.

»Was hat überhaupt einen Sinn?« gab die Hexe wenig hilfreich zurück. »Fleisch ist Staub, das Leben unwirklich, eine Illusion, ein Spiel, mit dem wir uns beschäftigen.«

Die Königin klopfte mit der Fußspitze auf den Boden und runzelte die Stirn.

»Soll ich meinen Sklaven rufen und dir die Illusion vermitteln, du würdest mit einem unwirklichen Stock auf deinen Staub geschlagen?«

»Wie es dir beliebt«, sagte die Hexe mit gleichgültiger Miene. »Aber erwarte in diesem Fall nicht, daß ich dir einen Rat gebe.«

»Es wird weder einen wirklichen, noch einen unwirklichen Stock geben. Dafür aber zwei Becher Honigbier und einen goldenen Ring.«

»Dann kannst du den Würfel nehmen, ihn zu Pulver zerreiben, dies in eine Flüssigkeit schütten und das Gebräu trinken, wenn dein Gemahl das nächstemal nach dir schickt und deine Dienste verlangt.«

Die Königin gehorchte und ließ den Würfel, der eine gewisse Ähnlichkeit mit Bernstein hatte, aber von mürberer Beschaffenheit war, in einem Mörser zerstoßen. Die Körnchen behielt sie bei sich und schluckte sie, als die Stunde dafür gekommen war. Die Verzückung, die sie daraufhin in den Armen des Königs erlebte, ging über jedes gebührende Maß hinaus, und schon bald stellte sie fest, daß sie empfangen hatte.

Daraufhin verlor sie für den König jeden Reiz, und als nach der üblichen Zeit das Kind, ein Sohn, geboren wurde, hatte dies keine besonderen Folgen. Sogar die Freude der Mutter legte sich bald. Das Kind war zwar hübsch, aber es hatte blaue Augen und schwarzes Haar und benahm sich so merkwürdig, daß einige behaupteten, es sei nicht ganz richtig im Kopf. Der Junge hatte die Neigungen einer Katze, er schlief gerne und viel und hielt sich an keinerlei Regeln. Noch ehe ihr Sohn fünf Jahre alt war, hatte ihn die Königin abgeschrieben und nahm sich verschiedene Liebhaber. Als sie der Haushofmeister des Königs mit einem davon ertappte, verschwand sie, noch ehe ihr Sohn sieben Jahre alt war.

Als entehrtes Anhängsel des Hofes setzte der Junge die Reise seines Lebens fort, und sie wurde ihm durch die Verhätschelung und Nörgelei, die Bevormundung und die Szenen, die amourösen Angebote und die Streiche eines müßigen Harems, mehrerer gelehrter Erzieher und der meisten Soldaten im Hohen Hause des Königs nicht gerade leicht gemacht.

Als er vierzehn Jahre alt war, konnte oder wollte er weder lesen noch schreiben, weder kämpfen noch der Fleischeslust frönen. Dafür beleidigte er jeden so lange, bis er um Haaresbreite einem Mord entging, sang die Vögel von den Zweigen, rezitierte den Schweinen Gedichte und warf Höherrangigen giftige Bemerkungen hin. Er konnte bis in unvorstellbare Höhen auf Bäume klettern. Er konnte träumen, daß das Erwachen eine Störung darstellte. Das waren seine Stärken, so erschien er, und außerdem konnte er, wenn er ruhig war, wie ein erwachsener und sehr kluger Mann wirken. Und wenn seine Vitalität durchbrach, konnte er auch wie ein Krieger auftreten, wie der wahre Erbe von Königen und möglicherweise wie ein Zauberer. Aber das alles war er eigentlich nicht. Wenn schon, dann war er ein gebildeter Luchs in Menschengestalt.

Was will er hier? so wurde im ganzen Palast gefragt, und das hieß eigentlich, warum war er jemals hier geboren worden, um allen ein Ärgernis zu sein.

»Du mußt dich bessern«, sagten die Schulmeister zu Chavir, wenn er über ihnen in den sonnengefleckten Ästen lag.

»Da gibt es nichts zu verbessern«, antwortete Chavir und sprang in einen Felsenteich.

»Es wäre denkbar, daß er von einem Teufel besessen ist. Oder von einer Vielzahl von Teufeln«, murrten einige. »Verwandelt er sich vielleicht in ein Werwesen, wenn der Mond voll ist?«

Aber das tat Chavir nicht, höchstens in seinen Träumen.

»Iß mit uns, betrink dich mit uns, intrigiere mit uns, streit mit uns, leg dich zu uns!« sagte der Hof.

»Schert euch fort!« rief Chavir.

Mehr als dreimal schickten Feinde — abgewiesene Bewerber, andere, die er erzürnt hatte — ihre Meuchler. Die leichtfüßigen Mörder stolperten oder fielen von Dächern. Die Kobras fand man an die Brust des unversehrten Chavir geschmiegt.

»Wer ist dieser Junge?« fragte der König, als Chavir an ihm vorbeistolzierte, ohne sich zu verneigen oder ihn zu beachten, während die Menge sich ergeben zu Boden warf.

»Der dreiunddreißigste Sohn, Majestät.«

»So verabreicht ihm«, sagte der König, »dreiunddreißig Peitschenhiebe.«

»Das ist bestimmt sein Tod«, sagte der Haushofmeister des Königs voller Hoffnung.

Nachdem ihnen der Junge entwischt war, fanden sie ihn vor Tagesanbruch nicht wieder, denn er befand sich an einem Ort, an den sie nicht gedacht hatten — in seinem eigenen Schlafgemach. Da lag er, als die Sonne zu ihm hereinstarrte und warf sich in einem goldenen Alptraum hin und her. Er sang im Schlaf, ganz im Bann seines Traumes. Er sang, er sei eine Gottesanbeterin und schwebe über einem See. Er sang, er sei ein Herr und liege in einem Beutel mit Würfeln. Er sang, er liebe die junge Tochter eines Magiers oder eines Wagenführers oder eines Fürsten mit Augen wie die Nacht. Er sang von einer, die er die Tochter der Nacht nannte.

Seine Stimme war so klangvoll, daß alle innehielten, um zu lauschen. Dann schüttelten sie sich und weckten ihn auf.

»Komm auf den Hof, Chavir!«

»Komm und laß dich auspeitschen, Chavir!«

»Dreiunddreißig Hiebe. Du hast dich vor dem König selbst übertroffen.«

»Dreiunddreißig?« sagte Chavir. »Wahnsinn. Ich bin doch nicht geboren, um zu sterben. Ich habe Besseres zu tun.«

Und er fuhr in die Höhe, schoß wie ein einziger Blitz durch ihre Hände, durchbrach das Metallgitter vor dem Fenster, sprang vom Sims in einen Baum — loderte dort kurz auf, heller als die Sonne diesmal — und war verschwunden.

Auf Befehl des Königs wurde Chavir ein paar Monate lang durch das Hügelland verfolgt. Aber man fand ihn nicht.

Ein paar Tage nach Ezails siebzehntem Geburtstag saß ihr Vormund gerade da und betrachtete jene Locke des niemals verwelkenden Haares, als ein Fremder kam und ihn sprechen wollte.

»Wagenführer, ich will ganz offen sein. Ich und meine Freunde wollen eine Pilgerreise in die heilige Stadt Jhardamorjh unternehmen. Das ist ein weiter Weg, und niemand anderer will uns führen. Wir möchten während des Festmonats der Erhebung dort eintreffen, weil wir die geheimen Riten studieren wollen. Hier ist Gold. Wir werden dich großzügig entlohnen. Was sagst du dazu?«

»Ich habe von Jhardamorjh gehört, hielt es aber für eine Legende. Weißt du genau, daß es existiert?« Der Pilger versicherte es ihm. »Dann gibt es dort große Wunder, nicht wahr? Tiere aus Stein, die sprechen können, einen mystischen Springbrunnen, der jede Krankheit heilt?«

»So sagt man.«

Nach einigem Hin und Her erklärte sich der Wagenführer zu dem Unternehmen bereit. In seinem Herzen hatte er in jener unbekannten Stadt Ezail gesehen, wie sie schön und mit geraden Gliedern dem Zauberbecken entstieg. Er schalt sich selbst für diese Träumerei, denn Wunder geschahen zu jener Zeit nur noch selten. »Trotzdem soll sie mich begleiten. Denn wenn es wahr ist, daß die Statuen sprechen oder singen können, wie man es mir in meiner Kindheit erzählte, sollten wir uns das ansehen, ehe ich zu alt dafür bin. Außerdem führt die Straße nach Norden, sagt dieser Bursche, und es ist eine Reise von fast einem halben Jahr. So lange möchte ich nicht von ihr getrennt sein.«

Die Straße nach Norden führte über Hochebenen und durch riesige Wälder. Der Winter kam ihnen entgegen. Wo keine Bäume standen, reichten Regensäulen von der Erde bis in den Himmel. Sie erreichten einen gelben

Fluß, der in der Nässe tobte. Eine Brücke aus schwarzem Granit führte hinüber, und sie brauchten eine Stunde, um sie zu überqueren. Vier Monate waren schon verstrichen.

Dann gelangten sie in ein Land mit vielen Tälern, ein Frühlingsland. Auf den Wegen trafen sie andere Karawanen. Wenn die Männer einander begrüßten, sprachen sie alle davon, daß sie nach Jhardamorjh ziehen wollten. Und in den Lagern tanzte man und hielt Märkte ab, es wurde getauscht und verkauft, und man erzählte sich wilde Geschichten. Viele schöne Mädchen fuhren auf Karren, wurden von kräftigen Sklaven in Sänften getragen oder saßen in Wagen, die von schneeweißen Eseln gezogen wurden.

»Es ist wegen des Fests«, sagten die Pilger, die mit jedem schwatzten. »Der Monat der Erhebung findet nur alle sieben Jahre einmal statt.«

Auf die Riten wurde freilich nur angespielt, niemand sprach offen darüber. Die schönen Mädchen schauten stolz zwischen ihren Perlenvorhängen oder unter ihren Perlenschleiern heraus.

Soviel erfuhren die Pilger: Man würde ein Mädchen zu einem unbekannten Ehrendienst wählen. Alle strebten danach, und jede musterte die andere mit mörderischen Blicken. Ebenso war es mit ihren Familien und den Verwandten, die sie begleiteten. Als man sich der Stadt näherte, kam es manchmal zu hitzigen Wortgefechten oder gar zu Schlägereien, und einmal wurde angeblich sogar jemand vergiftet. Dann erblickte der Wagenführer unterwegs ein Mädchen, das schluchzend am Wegesrand saß. Er zog die Zügel an und sprach sie an, aber sie wollte nicht antworten, sondern verbarg ihr Gesicht.

Nun war Ezails Pflegerin schon zu alt geworden und nicht auf die Reise mitgekommen, aber Ezails Gefährtin, die helle, scharfe Augen und sehr feine Ohren hatte, erzählte dem Wagenführer: »Letzte Nacht sah ich dieses

Mädchen weinend am Karren ihres Vaters stehen. *Sie* sagte: ›Ich will nicht‹, und *er* sagte: ›Dann kehr allein nach Hause zurück.‹ Und das will sie nun tun.«

»Aber was wollte sie denn nicht tun?«

»Es geht irgendwie um die Wahl, die Erhebung. Du weißt, ich bin herumgekommen und habe mich auf den Märkten und bei den Karawanen umgesehen und genau aufgepaßt. *Sie* ist nicht so hübsch wie andere, die ich gesehen habe, und befürchtet deshalb sicher, daß man sie in aller Öffentlichkeit ablehnt.«

Sie erreichten Jhardamorjh, die heilige Stadt, am Morgen. Die Sonne ging zu ihrer Linken auf. Die Türme und Spitzen von Jhardamorjh blitzten golden und in allen Regenbogenfarben, die Stadt war umringt von drei mächtigen Mauern, die innerste war die höchste und die äußerste die niedrigste, denn sie war nur so hoch wie siebzig große Männer, von denen neunundsechzig einander auf den Schultern standen. Die niedrigste Mauer hatte mit Kupfer gedeckte Türme, die Türme der mittleren Mauer hatten Messingdächer. Die höchste Mauer hatte gar keine Türme, sondern einen breiten Wehrgang, auf dem Gärten angelegt waren. Während des Festes wurden jeden Tag bei Sonnenaufgang tausend blaue Vögel in den Himmel entlassen. Bei Sonnenuntergang schickte man ihnen tausend rote Vögel hinterher. Die Straße, die zur Stadt führte, war gesäumt mit Statuen und Obelisken aus rotem und schwarzem Basalt, und dahinter lagen blühende, von zahllosen Kanälen bewässerte Felder.

Dort, wo die Straße auf die niedrigste der drei Mauern traf, befand sich ein Tor mit drei Flügeln. Zwischen diesen Flügeln und auf beiden Seiten des Tores standen vier riesige Tiere aus kohlschwarzem Basalt. Jedesmal, wenn eine Stunde des Tages der nächsten Platz machte, hoben diese Tiere, entweder durch einen Mechanismus oder durch Magie, einen Fuß nach dem anderen, drehten die Köpfe, als wollten sie sich umsehen, und stießen schließlich einen langgezogenen, glockenähnlichen Ton aus, der in der ganzen Stadt und noch meilenweit im Umkreis zu hören war.

Zufällig näherte sich die Karawane des Wagenführers gerade zusammen mit vielen anderen dem Tor, als die erste Morgenstunde in die zweite überging.

Steif regten die schwarzen Tiere ihre Glieder, drehten die Hälse, öffneten die Schnäbel und ließen den unvergleichlichen Ton erschallen.

Mehrere Pferde, Esel und Maultiere begannen zu bokken und sich aufzubäumen, darunter auch das Tier des Wagenführers. Auf den Karren schrien Männer und Frauen laut auf oder sanken auf die Knie und machten geheimnisvolle Verneigungen.

Aber die großen steinernen Wesen am Tor waren nicht zu erschüttern, und als sie ihre Pflicht erfüllt hatten, brachten sie nur ihre Füße wieder in die alte Stellung, drehten ihre Köpfe (mit den Gesichtern von Adlern) erneut nach Süden und verstummten.

Beim Erreichen der Toröffnung starrte jeder Reisende dieses Wunder an. Jedes der vier Tiere war so groß wie ein Elefant. Ihre Körper waren denen von Pferden nachgebildet, aber die Beine waren die von riesigen Vögeln. Sie hatten goldene Halsbänder, die Klauen und Schnäbel waren aus Gold, und in die Augen waren schwarze Spiegel eingesetzt.

Ezails Vormund hatte befürchtet, das Mädchen könnte erschrecken; ihre Gefährtin hatte in ehrlicher Furcht aufgeschrien. Aber Ezail zeigte keine Angst und schien auch nicht erstaunt. Sie betrachtete die Basaltbestien ebenso interessiert, wie sie sich die gewöhnlicheren Dinge angesehen hatte.

»Die Stadt ist eindeutig«, sagte der Anführer der Pilger, »nach diesen Wesen benannt. Denn in der Ritualsprache des Festes, der alten Sprache dieses Landes, bedeutet *Jhardamorjh* — ein aus verschiedenen Teilen zusammengesetztes Ungeheuer, ein Pferd mit den Beinen und dem Kopf eines Adlers.«

Es dauerte eine Weile, bis man das Tor passiert hatte, weil so viele Pilger und andere Besucher sich davor drängten. Und während des Wartens war hin und wieder ein Geräusch wie von zerbrechendem Geschirr zu hören.

Endlich war der Weg frei, und ein Mann trat an den Wagenführer heran.

»Ich wünsche dir viel Erfolg in unserer Stadt, Fremder. Hast du Frauen bei dir?«

»Wie du siehst«, antwortete der Wagenführer, denn Ezail hatte sich zwar den Blicken entzogen, aber ihre Gefährtin spähte neugierig heraus.

»Und sie sind Jungfrauen, unvermählt?«

»Soweit ich weiß.«

»Willst du dann für sie die Täfelchen der Erhebung annehmen?«

Dem Wagenführer kamen Bedenken.

»Ist das so üblich?«

»Zu dieser Zeit darf sich kein unverheiratetes Mädchen zwischen fünfzehn und dreiundzwanzig Jahren in der Stadt aufhalten oder sie betreten, wenn sie nicht ein Lehmtäfelchen annimmt, das zerbrochen wird, eine Hälfte bekommt sie, auf der anderen Hälfte werden ihr Name und ihre Herkunft vermerkt, und dieses Täfelchen wird mit allen anderen ausgelost. Auf diese Weise wird, wenn die Stunde der Wahl herankommt, jede Ungerechtigkeit mit ziemlicher Sicherheit ausgeschlossen.«

»Ich habe von einer Wahl gehört«, sagte der Wagenführer, »und ich habe gesehen, wie die Schönheiten aus allen Ländern in Scharen herbeiströmen. Aber ehe ich so eine Marke für meine Mädchen annehme, die eher unscheinbar sind, möchte ich noch mehr erfahren. Wenn es eine Wahl zwischen Frauen ist, warum wird überhaupt gewählt?«

»Darüber sprechen wir nicht«, sagte der Beamte am

Tor mit steinernem Gesicht. »Trotzdem wird es allgemein verstanden.«

»Ich bin ein Fremder in Eurem Land und verstehe es *nicht.*«

»Dennoch darf ich nicht mehr sagen. Entweder nimmst du die Täfelchen an, oder du läßt deine Frauen vor dem Tor.«

»Ich nehme sie nicht an. Sie und ich werden draußen bleiben. Diese Pilger, die ich und meine Diener begleitet haben, laßt ein, denn sie wollen die Stadt besuchen.«

Dann fuhr der Wagen beiseite, und seine Männer versammelten sich darum. Mit verwirrten Gesichtern verabschiedeten sich die Pilger und eilten in die Stadt. Die übrige Menge drängte hinterher, mehrere ungewöhnlich anziehende Mädchen und junge Frauen liefen eilig mit.

Da der Wagenführer der Stadt eine Abfuhr erteilte, bekam er sie nie zu sehen, obwohl er doch so weit gereist war. Er hatte sich jedoch verpflichtet, die Pilger wieder nach Hause zu geleiten, wenn das Fest vorüber war, und so schlug er für seine eigenen Wagen und seine Leute nahe bei einem Dorf in den blühenden Feldern ein Lager auf. Das Dorf selbst war fast verlassen, die meisten Bewohner waren nach Jhardamorjh gegangen.

Da stand nun die Stadt, etwa drei Meilen entfernt, die Mauern mit den Türmen glänzten unter der Sonne und unter dem Mond. Wenn der Morgen dämmerte, schwang sich eine blaue Wolke von Vögeln in die Lüfte, am Abend erhob sich ein gefiederter, scharlachroter Donner. Den ganzen Tag lang riefen die Tiere am Tor die Stunden aus, doch zwischen Sonnenuntergang und Sonnenaufgang waren sie stumm.

Der Wagenführer langweilte sich, während er auf die Pilger wartete. Allmählich wuchs in ihm das Verlangen, hinter die Mauern von Jhardamorjh sehen zu können. Gleichzeitig wollte er es auch wieder nicht. Außerdem belastete ihn die Enttäuschung von Ezails Gefährtin. »Könnte ich mich nicht als Junge verkleiden und mich in diese Stadt voller Sehenswürdigkeiten schleichen?« Der Wagenführer ließ sich nicht umstimmen. »Irgend etwas an diesem Ritual ist nicht geheuer. Sie wollen nicht darüber sprechen. Du darfst dich nicht in Gefahr begeben, darfst die Stadt nicht betreten. Ich tue es auch nicht.«

Doch er sah keinen Grund, es seinen Männern noch länger zu verbieten.

»Geht hin«, sagte er, »und wenn ihr euch sattgesehen habt, dann kommt zurück und erzählt mir, was ihr erlebt und erfahren habt.«

Also begaben sich die Fuhrleute an diesem Abend nach Jhardamorjh und blieben eine Weile dort. Nach zwei oder drei Tagen und Nächten kehrte der älteste Mann zurück.

»Herr«, sagte der zu Ezails Vormund, »in meinem ganzen Leben habe ich noch keinen solchen Ort gesehen. Man erzählt sich, daß einst eine Göttin auf Erden herrschte, ihre riesige Metropole kann nicht prächtiger gewesen sein als diese Stadt.

Die Hauptstraßen sind mit farbigen Steinen gepflastert, die Gebäude bestehen aus milchweißem und aus schwarzem Marmor mit goldenen Ornamenten, und die Dächer sind mit drachengrünen oder rosenroten Ziegeln gedeckt. Überall gibt es Springbrunnen, das Wasser sprudelt aus Bronzerohren in Porphyrbecken. Sie alle sollen Zauberkräfte besitzen, und ich habe aus fast allen getrunken, irgend etwas hat es mir also sicher genützt! Außerdem gibt es Parks und Gärten mit den verschiedensten Pflanzen, sie sind merkwürdig angelegt, einige bilden Muster, die man nur sehen kann, wenn man aus den oberen Fenstern blickt und außen herum geht, andere haben nur eine Art von Formen oder nur eine Farbe. Zum Beispiel gab es einen Garten mit weißen Magnolien und Hyazinthen, in dem das Gras ebenfalls weiß war wie der reinste Zucker, und dort wuchs auch eine weiße Palme mit einem Stamm wie ein Knochen und Wedeln wie aus Pergament, nur ein paar grüne Schmetterlinge flatterten herum, und der Gärtner versuchte vergeblich, sie zu verscheuchen.

In der Nähe des Stadtzentrums gibt es viele Türme aus Basalt, auf deren hohen, mit Goldgeländern eingefaßten Dächern ebenfalls Gärten gedeihen, und dort stehen gewaltige Prismen, um die Sonne einzufangen.

Während des Festes braucht ein Besucher sich nur als solcher zu erkennen zu geben, dann bekommt er zu essen und zu trinken vom Besten, aber niemand lädt ihn in sein Haus ein, denn es ist eine heilige Zeit, und das wäre anscheinend eine Entweihung. Was Schenken und Freudenhäuser angeht, so habe ich keine gefunden, es gibt allerdings viele schöne Frauen von vierundzwanzig oder mehr Jahren in der Stadt, die bei früheren Erhebungen, als sie noch im richtigen Alter waren, nicht erwählt wurden und jetzt nur noch der Sinnenlust leben. Jetzt im Frühling macht es einem auch nichts aus, in den herrlichen Parks im Freien zu liegen.

Ganz in der Mitte der Stadt erhebt sich ein Hügel, und ob er von Menschenhand gemacht wurde oder natürlich entstanden ist, kann ich nicht sagen, und es wollte mich auch niemand aufklären. Denn wenn man zu einer Bewohnerin von Jhardamorjh sagt: ›Erkläre mir das Ritual‹, dann wird sie antworten: ›Nimm doch bitte noch einen Apfel.‹ Und wenn man fragt: ›Was ist das für ein Hügel?‹ dann entgegnet sie: ›Oh, küsse mich noch einmal! Hier ist ein noch schönerer Hang.‹ Aber der Hügel ist da, und er steigt in riesigen Stufen oder Terrassen an, ein Wald scheint ihn zu bedecken, wo sich die Sonne oder der Mond in goldenen Säulen spiegeln und wo glitzernde Wasser sprudeln. Ganz oben befindet sich etwas Glänzendes. Aber wenn man zu ihr sagt: ›Was leuchtet denn dort so?‹ dann gibt sie zurück: ›Hast du denn nicht genug Kraft, um mich dreimal zu umarmen?‹

Doch ich habe noch etwas beobachtet: Manchmal in

der Nacht hörte ich Tambourine schlagen und das Sistrum rasseln, dann tanzen die schönen Jungfrauen von Jhardamorjh wie Geister in den Straßen und unter den weißen und blauen, den rosenfarbenen und drachengrünen Palmen. Sie tanzen mit Bändern im Haar, und ihre Augen sind weit aufgerissen und wild wie die Augen wahnsinniger Träumer. Sicher essen oder trinken die Frauen dort ab dem Alter von vierzehn oder fünfzehn irgend etwas Besonderes, sie bringen es vermutlich auch in die Umgebung, und die weiblichen Besucher bekommen es ebenfalls. Vielleicht liegt es auch nur an dem, was man sie zu glauben gelehrt hat, und nicht an dem, was man sie schlucken läßt.

Ich habe jedenfalls genug gesehen. Morgen findet diese Wahl statt, von der alle sprechen — und dann nicht mehr sprechen werden — und die wie Staub in der Luft liegt. Und ich wollte nicht dabei sein.

Aber eines will ich dir noch erzählen. Um Mitternacht sah ich ein Mädchen an einem magischen Springbrunnen tanzen, und sie trug ein goldenes Kleid mit Fransen aus funkelndem Orange, die aus dem Haar deines Mündels gemacht waren. Die Gefährtin deines Mündels hat, das muß man zugeben, das Haar geflochten und geklebt und insgeheim unterwegs auf den Lagermärkten verkauft, und für dieses Mädchen, das dort tanzte, muß jemand einige Ätherfäden gekauft haben, um ihr Kleid damit zu schmücken. Als sie mit ihren weißen Füßen unter dem Springbrunnen tanzte und mit ihren schmalen Händen das Tamburin schlug, hörte ich sie immer und immer wieder murmeln: ›Ich habe mein Täfelchen verhext, sie werden es ziehen. Ich werde unter den Erwählten sein. Und bin ich etwa nicht schön genug, um unter diesen Erwählten noch einmal erwählt zu werden, vor allen anderen, um die Erhabene zu werden?‹ Genau in diesem Augenblick schlich die etwa fünfundzwanzig Jahre alte Frau, mit der ich zusammen gewesen war (sie dachte, ich schliefe, und ich stellte mich ja auch so) an das tanzende Mädchen heran und beobachtete sie mit eifersüchtigem Haß. ›Hör mir gut zu‹, sagte sie, ›selbst wenn sie dich wählen, können sie die Regel brechen wie dieses Täfelchen, wenn sie eine entdecken, die schöner ist als du, und die sie nicht aus dem Haufen ausgesucht haben. Es ist so. Vor sieben Jahren war nämlich mein Täfelchen unter denen, die gezogen wurden, und von den auf diese Weise versammelten Mädchen wählten sie mich als die schönste. Aber dann trat meine Schwester vor, deren Täfelchen nicht in die engere Wahl gekommen war, zeigte ihre Haut, ihr Haar, ihre Brüste und ihr Gesicht, und die Richter fanden sie schöner als mich. Also brachen sie die Regel und nahmen sie an meiner Stelle. Seither gräme ich mich und lege mich zu fremden Männern, um meinen Kummer zu vergessen.‹ Und bei diesen Worten«, sagte der Mann des Wagenführers, »tat ich so, als erwachte ich, und die beiden liefen weg, aber ich hatte erfahren, soviel ich konnte, und nun sage ich es dir.«

»Im Namen des Lebens, was ist es, was ist es nur, was sie dort tun?« rief der Wagenführer, Ezails Vormund.

»Ich habe in ihrer Stadt weder einen König, noch einen Priester bemerkt, auch keinen Königspalast und keinen Tempel«, erklärte der Mann. »Ich glaube, ihr Reichtum und ihre Bräuche gehen auf irgendein mächtiges Wesen oder eine Idee zurück, auf etwas, das auf diesem Hügel zu finden ist. Und dafür werden die Frauen erwählt, sie müssen dorthin gehen. Diese Ehre und diese Gnade werden leidenschaftlich begehrt. Um gerecht zu sein, müssen die Richter zuerst aufs Geratewohl aus einer Wanne voll zerbrochener Täfelchen wählen und dann noch einmal aus der Zahl der Mädchen, die so gezogen wurden. Wenn die Erhabene auf diese Weise bestimmt ist, geht sie zum Hügel und kehrt nie wieder zurück. Sieben Jahre später wird das Ganze wiederholt. So geht es seit zweihundert Jahren oder noch länger. Ich will nur noch soviel sagen: Wenn ich ein Mann wäre und Schwestern oder Töchter zwischen fünfzehn und dreiundzwanzig Lenzen hätte, würde ich, obwohl es eine schöne Stadt ist, diese Mädchen bei Nacht und Nebel nehmen, ganz gleich, wie sehr sie auch jammerten, und mit ihnen weit fortziehen in ein anderes Land.«

Die Tiere am Tor sangen die letzte Stunde des Tages aus, die Sonne sank, die Vögel des Sonnenuntergangs flogen über den Himmel. Im goldenen Kelch des Abendrots betrat noch ein Reisender Jhardamorjh, ehe die Tore geschlossen wurden. Er war ein schöner Mann in der Blüte der Jugend, mit einer dichten, sorgfältig gekämmten Mähne von schwarzem, wie Seide glänzendem Haar. Von welcher Seite man ihn auch betrachtete, man war hingerissen von seinem Aussehen. Seinen hochgewachsenen, schlanken Körper kleidete ein Gewand in kräftigem Magentarot, an den Füßen trug er gebleichte Lederschuhe. Doch an seiner Hüfte hing kein Schwert, und obwohl seine blauen Augen manchmal wie Messerklingen blitzten, konnten sie auch verschleiert und heiter sein.

Aus der Dämmerung schwebten ihm auf Wogen von Parfüm und Schleiern und Stimmen die Frauen der Stadt entgegen. Er schob sie mit sanfter Hand weg wie mit einem Peitschenschlag.

Man bot ihm Wein an. Er goß ihn auf die gepflasterten Straßen.

»Ein Trankopfer für eure Götter. Welche sind es hier?«

Die Frauen lächelten geheimnisvoll, einige blickten auf zu einem hohen Hügel mit Terrassen, Wäldern und Säulen, auf dessen Westseite noch immer wie ein goldener Stern ein verblassender Sonnenfleck spielte.

Als er Hunger hatte, pflückte er sich Früchte von den Bäumen des Parks. Die Gärtner, die auch bei Nacht hier Wache hielten, protestierten. Sie waren nicht erfreut, einen schönen jungen Mann in den sorgfältig gepflegten Zweigen liegen und ihre schönen Zierfrüchte verspeisen zu sehen. Aber der Fremde verschwand wie eine Schlange zwischen den Ästen.

In Jhardamorjh wurde alle sieben Jahre ein neues Gremium gewählt, das bei der Erhebung das Urteil sprechen sollte. Diese Männer wurden benachrichtigt, daß am Vorabend der Wahl ein Fremder in ihren Mauern weilte, der sich nicht so verhielt, wie es einem Fremden anstand. Soldaten der Stadt zogen mit Fackeln aus, um ihn zu suchen. Ihre Schritte hallten laut auf den Straßen wider, denn in dieser Nacht war niemand unterwegs. Sogar die Besucher, von den Aufmerksamkeiten eingelullt, schliefen in den Tiefen der Gärten. Die wilden Tänzerinnen, die Mädchen zwischen fünfzehn und dreiundzwanzig Jahren, lagen schlaflos auf dem Rücken und versuchten, in die Zukunft zu schauen.

Die Soldaten fanden Chavir auf den Stufen eines Springbrunnens im Zentrum der Stadt, direkt an dem geheimnisvollen Hügel. Als Chavir den Fuß des Hügels erreicht hatte, hatte er gesehen, daß auch dieser von einer gewaltigen, mehr als siebzig Fuß hohen Mauer umgeben war. Obwohl er überall gesucht hatte, hatte er keinen Durchgang gefunden. Hier war es ganz still, bis auf den Abendwind, der hoch oben durch die Bäume strich, das Flüstern des Wassers auf den Hängen und das etwas lautere Plätschern des Springbrunnens auf dem Platz.

Nach einer Weile hörte er die rasselnden Schritte der Soldaten und das Knistern von Fackelpech näherkommen, und jemand fragte:

»Was, o Jüngling, hast du in dieser Stadt zu suchen?«

Chavir schlug die Augen nieder und antwortete mit geheimnisvoller Miene:

»Ich will mich von meinen Abenteuern ausruhen.«

»Du brüstest dich. Was waren dies für Abenteuer? Wir hörten, daß du nicht einmal verschmachtenden Damen höflich begegnest. Und du trägst weder Stahl noch Eisen wie ein Krieger.«

»Ich habe nie«, sagte Chavir und hob seinen verschleierten Blick, »bei einer Frau gelegen, noch gegen einen Mann gekämpft.« Er lächelte. »Übrigens habe ich auch nicht gegen eine Frau gekämpft oder bei einem Mann gelegen. Doch ich weiß von anderen Taten zu berichten. Ich floh vor dem Zorn eines Königs, vor dem ich das Haupt nicht beugen wollte, und seither, seit etwa einem Jahr, ziehe ich so flink wie das Tageslicht durch viele Länder. Hier und dort liebte mich jemand oder nahm Anstoß an mir, die Hunde eines Herrn verfolgten mich, weil ich einen großen Reiz auf sie ausübte, manchmal wollte mir ein Schurke ans Leben, und etwas an meinem Verhalten ließ ihn schreiend davonlaufen. Ich habe Panther gezähmt und Rätsel gelöst, während andere Menschen, die sie nicht beantworten konnten, dem Tode ausgeliefert wurden. Für dieses und jenes entwickelte ich ein ungewöhnliches Geschick. Ich habe gesehen, wie Tempel gebaut oder Städte verbrannt wurden, ich habe donnernde Berge gesehen und Meere, die in der Kälte zu Glas erstarrten. Nichts von alledem kann sich jedoch mit den seltsamen Träumen messen, die über mich kommen, wenn ich schlafe. Ich werde sie euch nicht erzählen. Es möge genügen, daß mich diese Träume auf eine Weise, die ich nicht verstehe — was mich jedoch nicht weiter stört — in eure Stadt geführt haben.«

Die Soldaten standen da und starrten ihn an.

Ihr Hauptmann sagte: »Morgen ist ein heiliger Tag. Du darfst es uns nicht übelnehmen, aber ich glaube, es ist das beste, wenn du dich im Gefängnis ausruhst, bis morgen die Sonne untergegangen ist.«

»Wie ihr meint«, sagte Chavir. »Wollt ihr mich fesseln? Ich warne euch, ich habe mir Zauberkräfte erworben oder immer besessen, und damit kann ich alle Bande lösen.«

Die Soldaten verhöhnten ihn und veranstalteten auf

der Straße einen großen Lärm. Drei von ihnen traten an Chavir heran, nahmen ihn zwischen sich und legten ihm Fesseln aus Stahl um die Handgelenke. Chavir hob die Arme, die Fesseln lösten sich und fielen klirrend auf das Pflaster.

»Offenbar bin ich ein Kettensprenger«, sagte er. »Aber ich will dennoch mit euch ins Gefängnis gehen und dort bleiben, bis morgen die Sonne untergeht.«

Die Soldaten waren entrüstet und bestürzt zurückgewichen. Der Hauptmann stand Chavir alleine gegenüber und hielt seinem Blick stand.

»Es ist Wahnsinn, dir zu vertrauen, aber wir haben keine andere Wahl. Wir bringen dich jetzt ins Gefängnis. Folge uns bitte!«

Dann drehten sie sich um und marschierten los, Chavir folgte ihnen auf seinen gebleichten Ledersohlen, und seine Augen blitzten so harmlos wie Messerklingen.

Vor Tagesanbruch, in einer Stunde von Amethyst, verließ das Mädchen, das mit dem Tamburin getanzt hatte, ihr Bett und legte ihr goldenes Kleid an. Wie es leuchtete, wie seine duftenden Fransen wogten. Sie hatten magische Kräfte. Eine Tante, die das Mädchen abgöttisch liebte und zur Erhebung nach Jhardamorjh gereist war, hatte sie einem gerissenen Frauenzimmer auf einem der Karawanenmärkte abgekauft. »Aus dem Haar von Engeln gemacht!« hatte das Frauenzimmer und folglich auch die Tante behauptet. »Vor langer Zeit«, hatte die Tante allein hinzugefügt, »habe ich es versäumt, an der Wahl teilzunehmen. Du weißt ja, Nichte, ich wurde eine halbe Welt von hier entfernt geboren, und dort wußten wir von nichts. Doch wer weiß, vielleicht erringst *du* dir mit deiner Schönheit diese berauschende Ehre und deiner Familie den Ruhm.«

Überall in der Stadt, das wußte das Mädchen, erhoben sich andere junge Frauen, badeten, wurden gesalbt und kleideten sich wie Königinnen. Das goldene Mädchen riß ihr Fenster auf. »*Laß es mich sein!*« bat sie die Stadt und den Himmel. Doch überall in Jhardamorjh standen die Mädchen an Fenstern und Balkonen und sagten genau das gleiche.

Dann riß die Sonne *ihr* Fenster auf, und aus tausend Toren, Zelteingängen und anderen Öffnungen strömten tausend verschiedene, menschliche Blumen, jede wurde von ihren Dienern und ihrer Familie begleitet, jede hielt eine Hälfte eines zerbrochenen Lehmtäfelchens fest in der Hand.

Zwischen den Türmen aus Basalt befand sich ein großer Platz; hier sollte die Wahl stattfinden. Gleich daneben, unter einer gewaltigen Mauer von siebzig oder mehr Fuß Höhe, die einen bewaldeten Hügel umgab, plätscherte ein Springbrunnen. (Auf seinen Stufen lagen zwei zerrissene Handfesseln und der Kern einer Pflaume, aber dies bemerkte niemand.)

Die Menge stand dicht gedrängt auf dem Platz, ringsum füllten Männer und Frauen die oberen Stockwerke und die Dächer. Und im Gewühl hoben, wie aus einem Grasfeld, hochgewachsene, schlanke Blumen ihre goldenen und honigfarbenen, kastanienbraunen, mit Henna und Chrysanthemensaft gefärbten Köpfe …

Das Gremium der Richter bestieg eine Plattform in der Mitte des Platzes. Dann wurde eine lange Bronzewanne hinaufgehievt. Sie war mit einer Bleiplatte zugedeckt und mit mehreren Eisenschlössern und zwanzig oder dreißig Wachssiegeln verschlossen, die alle geöffnet und aufgebrochen werden mußten — die Richter hätten dafür, um Zeit zu sparen, einen hübschen jungen Mann anstellen können, der sich an diesem Morgen im Gefängnis ausruhte, denn *dort* waren alle Schlösser von der Tür entfernt und lagen auf den Pflastersteinen. Aber sie bedienten sich Chavirs Fähigkeiten nicht, sondern öffneten die Siegel und die Schlösser mühsam und umständlich mit eigener Hand vor den Augen der Menge. Dabei war es völlig still.

Als die Platte abgenommen worden war, wurden Haufen von halben Lehmtäfelchen sichtbar. Sklaven mit verbundenen Augen mischten sie vorsichtig durch.

Dann führte ein Mann einen schwarzen, einjährigen Hengst durch die Menge, und ein zweiter Mann brachte einen Weidenkäfig, in dem ein gefleckter junger Adler mit starrem Blick von einem Fuß auf den anderen trat.

Der erste Richter des Gremiums wandte sich mit folgenden Worten an das Pferd und den Vogel:

»Sagt — wie viele Täfelchen sollen gezogen werden?«

Da warf der Jährling dreimal den Kopf, und der kleine Adler spreizte einmal, zweimal seine Stummelflügel.

»Die Zahl lautet fünf für jeden Mann.«

Nun rollten alle Richter die Ärmel ihrer kostbaren Gewänder auf, man streifte ihnen eine Kapuze über, die Kopf und Augen verhüllte, und dann wurde einer nach dem anderen zu der Wanne geführt, tauchte seinen Arm wie eine Waschfrau bis zu den Ellbogen hinein und wühlte und suchte so lange, bis er fünf zerbrochene Täfelchen herausgezogen hatte.

Da sich das Gremium in diesem Jahr aus zehn Männern zusammensetzte, lagen schließlich fünfzig dieser Täfelchen auf der Plattform.

Hörner und Trommeln ertönten. Dann wurden die Namen der fünfzig Erwählten ausgerufen.

Bei jedem Namen wurden Schreie laut, Mädchen sanken ohnmächtig zu Boden. Gleich darauf gab es in der Menge einen Wirbel, eine Bewegung. Das Mädchen trat allein vor. Sie ging, als sei sie betäubt und geblendet, schwebte wie eine Schlafwandlerin zur Plattform und stieg hinauf.

Als alle fünfzig Mädchen benannt waren und sich mit ihrer Hälfte der Täfelchen legitimiert hatten, war auf dem ganzen Platz ein stetig anschwellendes Klagen aus dem Munde derer zu hören, die nicht zum Zuge gekommen waren. Die jüngsten, die wußten, daß sich ihnen in sieben Jahren noch einmal eine Chance bieten würde, nahmen es nicht ganz so schwer. Aber jene, die schon weit im siebzehnten Jahr standen oder noch älter waren, waren außer sich. Einige zerrissen ihre Kleider und rauften sich das Haar. Andere drängten sich durch die Menge, warfen sich vor den Richtern zu Boden und stellten ziemlich rückhaltlos ihre Reize zur Schau.

Die fünfzig schon Erwählten waren jedoch selbst so unvergleichliche Exemplare, daß es nicht den Anschein hatte, als könnten sie noch übertroffen werden.

Nach einer Weile legte sich der Tumult. Schwere Lackwandschirme wurden auf die Plattform gestellt. Vornehme Frauen kamen und untersuchten hinter diesen Schirmen die erwählten Jungfrauen.

Inzwischen stieg die Sonne, vielleicht selbst von Neugier getrieben, über die Schirme und schickte ihr sengendes Licht auf die Untersuchungsliegen hinab. Es war Mittag.

Die Schirme wurden entfernt. Jedes Mädchen hatte sich als unberührt erwiesen.

Nun warteten fünfzig junge Edelsteine der Erde mit laut klopfenden Herzen voll Sehnsucht darauf, diese Erde zu verlassen und statt dessen — wohin zu gehen?

Die Wahrheit ist, daß keine einzige es zu sagen wußte. Der Stufenhügel, der schon immer da war, die Rituale, die stets vor oder hinter ihnen lagen, die weihevolle Atmosphäre, auf die beständig verwiesen wurde, über die man flüsternd diskutierte, nichts von alledem wurde jemals erklärt, von niemandem, denn niemand wußte etwas. Es fragte auch niemand danach, abgesehen von Fremden, und die wurden abgewimmelt. Es war ein Wunder. Es war etwas Heiliges. Es gehörte seit einer Ewigkeit zum Leben von Jhardamorjh. Aber es war *unbekannt*. Und daher waren viele in versteckten Winkeln ihres Gehirns zu der Überzeugung gelangt, daß sie Bescheid wüßten. Daß es dies oder jenes sei. Hin und wieder war in der Stadt auch ein Geheimkult entstanden, der behauptete, die Antwort zu kennen. Aber dergleichen wurde schnell als Ketzerei unterdrückt. Für die Mädchen der Stadt verkörperte es im Laufe der Zeit alles, was sie auf Grund der Epoche, ihrer Jugend, ihres weiblichen Geschlechts und ihrer weiblichen Erziehung erwarten konnten.

Das Mädchen in dem fransenbesetzten Goldkleid stand daher unter den fünfzig Erwählten auf der Plattform und sonnte sich in der Gewißheit, daß der Zauber, mit dem sie ihr eigenes Täfelchen belegt hatte, dafür gesorgt hatte, daß es gezogen wurde, und sie wob von Sekunde zu Sekunde neue Zauber um sich wie eine Spinne ihr Netz: *Nun wählt mich noch einmal.*

Sie glaubte nämlich zu wissen, was dem Ritual zugrunde lag. Die Erhebung war die Vermählung mit einem Gott. Mit dem Gott der Stadt, der auf dem Hügel lebte. Der Hügel führte auf märchenhafte Weise in eine andere Welt, in ein himmlisches Reich, wo ihr göttlicher Gemahl weilte. Die Art und die Umstände dieser Verbindung waren so gewaltig, daß ein Menschenleben diesem Ansturm nicht länger als sieben Jahre standzuhalten vermochte. Aber was machte das aus? In sieben Jahren würde auch in dieser Welt ihr Glanz verblaßt sein, dann war sie eine alte Hexe von dreiundzwanzig Jahren und hatte keine Möglichkeit mehr, erwählt zu werden. Außerdem, wenn der Gott sie liebte, würde er ihr in den himmlischen Gefilden nicht Unsterblichkeit verleihen? Würde sie nicht nach ihrem irdischen Tod eine Göttin werden, auf ewig jung, auf ewig schön — und, falls er sie *wahrhaft* liebte, auf ewig sein?

Nun wählt mich noch einmal! drang es aus so vielen träumenden Seelen, schrien so viele Gedanken.

Die drei Mystiker des Gremiums, die gefastet, die Nacht in tiefen Gedanken verbracht und zum Frühstück Weihrauch eingeatmet hatten, traten nun heran und watschelten vor der Reihe von Mädchen auf und ab.

Manchmal zuckten die Hände dieser Männer, manchmal auch ihre Stirn. Manchmal blieben sie stehen und blickten mit geweiteten Pupillen ein Mädchen an, welches daraufhin noch bleicher wurde und krampfhaft die Fäuste ballte.

Der dritte Mystiker kam zu dem Mädchen in dem goldenen Gewand, dem Mädchen, das getanzt hatte und dessen Kleid mit rötlichgelben Fransen besetzt war. Er trat zu ihr und ging nicht wieder weg. Er blieb vor ihr stehen wie ein Bauernbursche, den die Liebe wie ein Blitzschlag getroffen hat. Und das goldene Mädchen begegnete seinem Blick. Ihre Augen brannten das *Wähle mich* in seinen Schädel.

Endlich wandte er sich ab, ging zu seinem Stuhl auf der Plattform, stützte sich auf den Arm eines anderen Mannes, setzte sich aber nicht.

Die Menge bemerkte es und ließ zustimmende und mißbilligende Rufe hören.

Vielleicht ein wenig beeinflußt von dem eindeutigen Verhalten des dritten Mystikers, traten auch der erste und der zweite auf das Mädchen in Gold zu, und schließlich wandten auch sie sich ohne einen weiteren Blick von der Reihe ab und gingen zu ihren Stühlen.

Schon quollen Tränen wie Glastropfen aus neunundvierzig Augenpaaren und mischten sich mit dem Khol und der Schminke auf den Blütenlidern. Schon welkten neunundvierzig Blumen. Doch eine Blume stand noch aufrechter auf ihrem Stengel aus Stahl, ihre Augen standen nicht voll Wasser, sondern blitzten in einem stählernen Feuer.

Und dann erhoben sich, wie es der Brauch war, der erste und der zweite Mystiker wieder von ihren Stühlen und zeigten auf das Mädchen, das sie erwählt hatten, auf das Mädchen aus Gold und Stahl. Sie gingen zu ihr zurück, faßten sie an den Händen und geleiteten sie nach vorne. In diesem Augenblick wurde auch sie von ihren Gefühlen überwältigt und weinte, während die neunundvierzig anderen in ihrer Verzweiflung stöhnten und wankten und Ströme von Tränen vergossen.

Doch der dritte Mystiker, der jetzt zu der Erhabenen treten und ihre Erwählung öffentlich verkünden sollte, breitete die Arme aus und schrie mit der Stimme eines Wahnsinnigen:

»Nein! Nicht sie! Nicht sie! Die andere, die dort ist, wo *sie* ist. Die *andere* ist die Erwählte! Die andere!«

Bei diesen Worten senkte sich mit einem Schlag wieder Schweigen über die Szene. Es war so still, daß man hundert Tränen hätte tropfen hören können.

Das Gremium und die beiden anderen Mystiker bedrängten den Abweichler.

»Was sagst du da?«

»Was meinst du damit?«

Der dritte Mystiker beherrschte sich mit einiger Mühe.

»Ich habe keine Ahnung, was ich damit meine oder was ich sage. Ich weiß nur soviel: Als ich bei jenem Mädchen stand, sah ich ein anderes. Sie war hochgewachsen und blaß wie eine weiße Lotosblüte. Ihre Augen waren wie das Licht selbst. Ihr Haar war wie ein Mantel aus bräunlichgoldenen Blüten, und es strömte einen Duft aus, der mich schwindeln machte. *Sie* ist die Erhabene. Niemand, der sie sieht, könnte daran zweifeln. Selbst wenn ihr Täfelchen nicht gezogen worden wäre, hätten wir sie wählen müssen, wenn sie vor uns hingetreten wäre. Aber als ich wieder hinschaute und sah, wie sie herausgeführt wurde, stand da nur ein hübsches Mädchen wie alle anderen. Nicht sie, die ich gesehen hatte.«

Das Gremium war ratlos. Die Menge erholte sich gerade wieder und begann, einen großen Wirbel zu machen.

»Kommt, es muß alles seine Ordnung haben«, drängte ein Mitglied des Gremiums. »Laßt uns an unserer Entscheidung festhalten. Das Mädchen in Gold ist die Erhabene.«

Und viele stimmten dem zu.

Aber der dritte Mystiker, der offenbar ehrlich an seine Berufung glaubte, schrie wieder: »Nein, nicht sie! Ihr Toren«, sagte er dann und sah verächtlich auf die Menge hinab, »begreift ihr denn nicht, daß mir eine Vision geschickt wurde? Versteht ihr denn nicht — *ein anderer als ich hat diese Wahl getroffen.*«

Auf diese sensationelle Erklärung hin breitete sich erneut die Stille über Plattform und Menge und stieg über die hohen Dächer bis hinauf in den Himmel.

Alle sahen das goldene Mädchen an, aber nun mit anderen Augen als zuvor. Sie fiel auf die Knie, und nun weinte sie Tränen der Angst. Sie war so überwältigt von ihrem Kummer, daß sogar einige ihrer besiegten Rivalinnen gerührt waren und zu ihr traten, um sie zu trösten. Außerdem sahen sie, daß nun auch dieses Mädchen seine Chance verloren hatte.

Auch der dritte Mystiker trat zu ihr und betrachtete sie ernst mit seinem verschwommenen Blick.

»Liebes Kind, es tut mir leid, wenn ich dich verletzt habe. Aber ich kann mich nicht gegen das Schicksal oder gegen die Wahrheit stellen. Sage mir, weißt du, wen ich an deiner Stelle gesehen haben könnte? Hast du vielleicht eine Schwester, die krank oder in eurem Haus verborgen ist? Oder in einem anderen Land? Wenn ja, dann müssen wir nach ihr schicken.« Das Mädchen weinte nur. Der silberne Regen ihrer Tränen hing in den goldenen Fransen ihres Kleides. »Siehst du«, sagte der Mystiker langsam, »diese Fransen an deinem Kleid — genauso war das Haar, das *sie* umhüllte. Wie ist das möglich?«

Bei diesen Worten, die durch Schicksals Akustik über den ganzen Platz getragen wurden, stieß die Tante des goldenen Mädchens einen schrecklichen Schrei aus. Sie konnte nicht anders. Und sie konnte auch nicht schweigen, als ein paar hundert Leute sich nach ihr umdrehten, um nach dem Grund dafür zu fragen.

»Auf einem Karawanenmarkt verkaufte mir ein durchtriebenes Mädchen diese Fransen und nannte sie *Engelsvlies.* Von jemand anderem erfuhr ich jedoch, dies sei das Haar der Herrin dieses Mädchens, und es sei so herrlich, daß man es oft in dieser Form verkaufe. Obwohl mein Gewährsmann diese Herrin niemals gesehen hatte, zeigte er mir doch ihren Wagen. Er steht jetzt vor der Stadt, nahe beim Dorf an der Krummen Straße, denn die Besitzer wollten nicht zur Wahl in die Stadt kommen.«

Als der Wagenführer den Lärm hörte, hielt er ihn für Donner.

»Aber eben war der Himmel doch noch klar.«

Er trat aus seinem Zelt, um nachzusehen.

Und er sah, daß der Donner nicht vom Himmel grollte, sondern auf der Erde entstand.

Ganz Jhardamorjh kam durch die Felder auf ihn zugelaufen.

Fluchend rief er die Männer, die in der Nähe waren, zu seinem Wagen. Dort warteten sie mit starren Blicken und gezückten Klingen.

Die Menge kam langsam heran. An der Spitze näherte sich, von Soldaten bewacht, das Gremium der Richter. Aber das Meer von Gesichtern war nicht feindselig, die Menschen bewegten sich verwirrt und unsicher. Der Wagenführer bemerkte, daß alle Augen auf ihn gerichtet waren. Das gefiel ihm nicht. »Was wollt ihr«, fragte er, »daß gleich die ganze Stadt angelaufen kommen muß?«

Da beglückwünschten ihn die Richter untertänig und freundlich, priesen ihn und erklärten ihm, was sie von ihm begehrten, verwendeten aber dabei die alte Ritualsprache. Als er wütend wurde, hielten sie inne und wiederholten, untertänig und freundlich, mit Glückwünschen und Lob alles noch einmal. Und die Menge umrahmte die Bitte mit Beifall.

»Ihr seid wahnsinnig geworden«, entschied der Wagenführer und stellte sich vor den Eingang zu seinem Wagen. »Meine Mädchen sind keine Schönheiten. Die, von der ihr sprecht, ist —«, und hier begann er zu stottern, denn es war ihm im Innersten zuwider, es auszusprechen — »ist … verkrüppelt und buckelig. Ihr Haar, von dem ihr sprecht, ist ihr einziger Schmuck. Sie ist eine Zwergin mit dem Gemüt eines Kindes — und mir ist sie teuer wie mein Leben.«

Die Richter taumelten wie unter einem Schlag und blickten sich an.

»Wir wollen sie sehen«, sagte einer, der aussah wie ein Mystiker.

Der Wagenführer hob seine Keule, und seine Männer, auch jene, die in Jhardamorjh herumkrakeelt hatten, zückten ihre Klingen und Stöcke.

Der dritte Mystiker trat vor und sprach: »Sie wurde erwählt … nicht von uns … sondern von jenem, von dem wir niemals sprechen. *Das* hat sie erwählt. Und wenn es sie schön findet, dann ist sie schön. Wir müssen sie sehen.«

Über dem Kopf und hinter dem Rücken ihres Vormunds teilte Ezail die Lederklappen des Wagens. Da stand sie. Sie war so klein und buckelig, daß die meisten aus der Menge sie gar nicht erkennen konnten, aber sie sahen, wie die Sonne ihr Haar aufleuchten ließ und jubelten ihr zu. Den Männern, die in der Nähe standen, fiel die Kinnlade herunter. Die Richter waren vor Schreck wie gelähmt. Und auch dem Wagenführer, der sich zu ihr umsah, stand das Entsetzen ins Gesicht geschrieben, aber bei ihm war es Angst um sie.

Nur der dritte Mystiker blickte Ezail mit Augen an, die zu sehen schienen, und sein Blick war es auch, den sie erwiderte.

»Sie ist der Mond vor Sonnenaufgang«, sagte der dritte Mystiker mit seiner weittragenden Stimme und in der alten Ritualsprache. »Sie ist die Libelle in der Puppe, die Rose unter dem Eis. Die Schönheit ist eingeschlossen — Oh, die Schönheit ist so groß, daß nur eine solche Gestalt sie halten kann. Dies ist sie. Die Erwählte. Die Erhabene. Sie.«

Alles war so seltsam, daß auch die anderen davon ergriffen wurden. Sie sahen Ezail, und sie sahen *Ezail,* denn da stand sie, das Licht in der Lampe, die Rose unter dem Eis. Sie sahen sie und jauchzten. Sogar der Wagenführer, der (wie damals, als er sie zum allererstenmal auf dem Damm gesehen hatte) von einer plötzlichen Schwäche erfaßt und zwischen Grauen und Zärtlichkeit hin- und hergerissen wurde, selbst er wußte, daß das Schicksal gesprochen hatte, daß sie im Netz hingen, und daß es sinnlos war, sich zu wehren. Ezail selbst schien das alles gar nicht viel auszumachen. Sie küßte ihren Vormund und ihre totenbleiche Gefährtin. Dann ließ sie sich von den Richtern und den Bürgern in die heilige Stadt führen. Kein einzigesmal schaute sie über ihre verkrüppelte Schulter zurück. Kein Wort des Flehens, des Zweifels wurde laut. Kein Wort des Abschieds.

Man konnte kein Tor in der Mauer finden, weil es keines gab. Alle sieben Jahre kamen Handwerker und durchbrachen die Mauer an einer Stelle, die vom Kopfschütteln des Pferdes, vom Flügelschlagen des Adlers und anderen bedeutungsvollen Zeichen bestimmt wurde. Wenn das Loch groß genug war, ging die Erhabene hindurch und trat an den Fuß der bewaldeten Hügelterrassen. Dann verschlossen die Handwerker in aller Eile, wie in kopfloser Panik die Mauer wieder mit Ziegeln, Steinen und schon vorbereitetem Mörtel, dabei brach ihnen der Schweiß aus und die Augen traten ihnen aus den Höhlen. Umschloß diese Barriere schließlich nicht einen Ort, der an irgendeiner Stelle in eine andere Welt überging? Aber davon sprach man nicht. Man verschloß die Mauer, so schnell es ging, und entfernte sich dann erleichtert, um weitere sieben Jahre zu genießen.

Nachdem sich die Mauer hinter Ezail geschlossen hatte, blieb sie nicht am Fuß des Hügels stehen. Vielleicht war hier von den zahllosen ungeduldigen Mädchen eine magische Atmosphäre geschaffen worden, denn wer immer nun eintrat, mußte schnell mit dem Aufstieg beginnen, hinauf, immer weiter hinauf zum ... Gipfel.

Myriaden von Pfaden wanden sich über den Hügel. Alle schlängelten sich der Spitze zu. Kaum hatte man sich für einen davon entschieden, schon schlossen sich die dichten Wälder des Hügels wie Vorhänge. Manchmal war die Stadt beim Aufstieg zwar zu sehen, während sie sich immer weiter entfernte, aber das Muster des Laubes, der Gischt der Springbrunnen und eine Art leuchtender Nebel, der vielleicht nur im Auge des Betrachters lag, ließen jeden Ausblick verschwimmen.

Auch die Nachmittagssonne war den Hügel heraufgestiegen. Von einem so lieblichen Ort ließ sie sich nicht fernhalten. Hatte sie schließlich nicht selbst einst einen Garten auf der Erde besessen? Aber das war Jahrtausende her.

Das kleine, buckelige Zwergenmädchen stieg stetig bergan, mit einer Kraft, die sie immer besessen hatte, und mit ihrem gewohnt leichten Schritt, unter dem sich das Gras und die Pflanzen neben dem Pfad kaum bewegten.

Vielleicht fiel es ihr auf, daß in den Bäumen keine Vögel sangen, keine Insekten geschäftig umherschwirrten. Kein Frosch, keine Eidechse sonnte sich zwischen den Becken der Springbrunnen. Die einzigen Schlangen waren die Wege.

Hinter einer Biegung kam plötzlich ein glänzender Pavillon in Sicht. Er hatte Säulen aus weißem Gold mit rotgoldenen Ringen und einem gelbgoldenen Dach, und er leuchtete, als sei er im Begriff, in Flammen aufzugehen. Es war ein Schrein, aber für wen?

Ohne sich darum zu kümmern, ging Ezail weiter. Und kurz darauf gelangte sie wieder an einen solchen

Schrein, er bestand ebenfalls aus vielen verschiedenen Arten von Gold und strahlte hell.

Die Konturen der Hügelterrassen waren im Lauf der Jahre und durch die Pflanzen, die sie überwucherten, unscharf geworden, aber an kritischen Stellen fanden sich immer noch alte Steinstufen, die den Aufstieg erleichterten. Ezails Weg führte sie nun zu einer solchen Treppe. Daneben floß ein Bächlein, und auf dem grünen Moos unter den dichten Bäumen stand ein seltsames Ding.

Hatte Ezail so etwas schon einmal gesehen, daß sie jetzt wußte, was es war? Wahrscheinlich, denn sie war viel herumgekommen. Aber in solcher Stellung, in einem solchen Zustand? Das war zu bezweifeln.

Eine Hand war zum Kopf gehoben, die andere ausgestreckt, wie um das Gleichgewicht zu halten. Die Füße waren mit Moos überwachsen, und hier und dort wucherte Efeu in den Falten eines Gewandes, das nur seine Metallschuppen vor der völligen Zerstörung durch Wind und Wetter bewahrt hatten. Auf dem Kopf saß schief eine Tiara aus matten Perlen, doch darin hatte sich etwas Farbloses verfangen, das im Wind flatterte. Es war das Skelett eines Mädchens. Irgendein Unglück hatte es in dieser Stellung getroffen, und so verharrte es, aufrecht, hart und starr wie ein dünner, brauner Baum.

Was hätte eine andere gedacht oder getan, wenn sie diesen Weg genommen hätte, auf dieses Ding gestoßen wäre? Hätte sie die Spuren von Tod und Unglück auf diesen heiligen Höhen für möglich gehalten?

Oder hätte sie, wenn sie einen anderen Pfad gewählt hätte, nichts Schlimmes gesehen und ihre erhebende Reise ohne Bedenken fortgesetzt?

Hierzu muß gesagt werden, daß sie sehr wahrscheinlich auf jedem Weg, den die heraufsteigenden Mädchen genommen hatten, solche Überreste angetroffen hätte, denn der Hügel war übersät damit, und das entdeckte

Ezail, als sie, kaum zögernd, sich nur auf ihre ruhige Art umsehend, weiterging.

Jede Statue war wie die erste, aber das lag nicht an ihrer gekünstelten Haltung, denn sie standen nicht einmal alle aufrecht, einige lagen sogar ausgestreckt auf dem Boden, und Narzissen hatten sich ihre leeren Augenhöhlen als Vasen erwählt. Doch sie waren alle *starr.* Dank dieser Starre waren sie stehengeblieben, wenn sie stehend zu dem wurden, was sie jetzt waren, und hatten diese Stellung viele, viele Jahrzehnte lang beibehalten. Und obwohl das Fleisch im Tod auf ganz natürliche Weise von den Knochen abgefallen war, blieben die Knochen selbst eingerastet wie im Augenblick des Sterbens, es waren Knochen wie Steine, es war, als hätten sich die Knochen in Stein *verwandelt.*

Wäre man auf dem Hügel herumgegangen und hätte sie gezählt, dann wäre man auf die Zahl aller bei der Erhebung erwählten Mädchen gekommen, seit man dieses Ritual vor zwei oder mehr Jahrhunderten begonnen hatte.

Doch Ezail stieg zwischen den Schreinen, den Springbrunnen und den Skeletten junger Mädchen weiter nach oben.

Eine Million Meilen war die Stadt jetzt entfernt. War es schade um die Welt?

Die Sonne wandte sich in einer ehernen Wolke nach Westen, als sich die Bäume am Abhang der höchsten Terrasse lichteten.

Der Pfad, den Ezail gewählt hatte, endete mit den Bäumen. Vor ihr lag ein glatter Rasen, kurzgeschoren wie von vielen Schafen. Mitten im Rasen befand sich ein Marmorhügel und darin ein Teich. Es war ein alter Teich mit stehendem, verschlammtem Wasser, und im Gegensatz zu den kristallklaren Fontänen weiter unten war er schwarz. Doch auf dem marmornen Rand des schlammigen Weihers standen naturgetreue Plastiken einer Schar von Gänsen aus massivem Gold. Gleich dahinter beugte eine goldene Ziege ihren Kopf über eine goldene Blüte. Weiter oben am Hang neigten sich drei Obstbäume, von Wind und Alter gekrümmt, zur Erde, sie waren unfruchtbar, und doch hingen an ihren Ästen silberne Früchte. War das nicht grotesk?

Doch für Ezail, die die Gabe hatte, alles hinzunehmen, war es nur eine weitere Facette des schrankenlosen Wunders der Erde. Denn alles war wunderbar, war es und ist es noch, doch die Menschheit gewöhnt sich an erstaunliche Dinge, wenn sie sich wiederholen — daß die Sonne aufgeht, daß aus einem winzigen Samenkorn ein Baum oder ein Mensch entstehen kann, daß das Leben aus dem Nichts kommt, uns in Bewegung setzt wie ein Uhrwerk und uns schlafend zurückläßt, wenn es wieder von uns geht. Vielleicht nimmt es uns auch wie damals mit sich, wer weiß? Aber an dies alles sind wir gewöhnt, an Dämmerung und Wachstum, an Leben und Sterben. Heute bedarf es eines Drachen auf dem Hausdach, um uns aufzuwecken — und so war es auch damals. Doch für Ezail war alles ein Wunder und kein Ding mehr als ein anderes. Dämmerungen und Drachen waren eins.

Oberhalb des Rasens mit der goldenen Ziege, dem goldenen Gänseweiher und den Bäumen mit den silbernen Früchten erhob sich ein Gebäude. Sein Dach war mit Kristallziegeln gedeckt und ruhte auf weißen Pfeilern, die wie die Arme einer Prinzessin mit vielen Ringen aus gelbem Gold geschmückt waren, freilich war jeder Reifen so groß wie ein Mühlstein. In die polierten Wände waren riesige goldene Türen eingelassen. Das schräg einfallende Sonnenlicht färbte sie rot und ließ erkennen, daß sie ein wenig offenstanden.

Auch die Schatten von den Plastiken der Gänse, der Ziege und der alten, krummen Bäume wurden länger. Und die Schatten der drei dürren Knochengestalten, die in starrer Haltung an verschiedenen Stellen auf dem Hang standen.

Aus dem riesigen Haus, wenn es ein solches war, strömte der Schatten wie eine schwarze Flüssigkeit nach Osten. Und das Rot des Sonnenuntergangs lief die goldenen Türen hinab.

Ezail ging über den Rasen und stieg den Abhang hinauf, dem goldenen Haus und dem Schatten entgegen.

Nach einer Weile schien sie zu entdecken, daß das letzte Sonnenlicht zwar auf den Türen lag, jedoch nicht in den Spalt dazwischen gelangen konnte. Dort befand sich etwas Undurchdringliches, Schwarzes, weit schwärzer als der Schatten oder die Vorboten der herannahenden Nacht. Und dann sah sie hoch oben zwischen den leicht geöffneten Türen ein Licht aufblitzen, einmal und noch einmal.

Nun begannen sich die Türen mit leisem Ächzen nach außen zu bewegen, und zwischen ihnen wurde der schwarze Kern des Nur-Schattens sichtbar, so hoch wie die Türen, fast so breit wie sie, schwarz wie der Inbegriff der Schwärze, feurige Augen, ein gesenkter, entsetzlicher Kopf, gewaltige Klauen, die auf dem Boden scharrten und den Hügel bis in die Grundfesten erschütterten …

Und so erblickte Ezail das Wesen, um das es bei der Wahl, bei der Erhebung, bei dem ganzen Geheimnis ging, sie erblickte das Jhardamorjh, das der Stadt ihren Namen gegeben hatte.

Munteren Schrittes verließ Chavir das Gefängnis.

»Ich habe getan, was ihr wolltet«, sagte er. »Bis Sonnenuntergang habe ich im Kerker gesessen und den hübschen Ratten dort ein paar neue Lieder beigebracht.«

Ein Soldat trat ihm in den Weg.

»Wohin willst du nun? Du bist immer noch auf Unfug aus.«

»Wie wahr, mein liebes Schwein.«

Der Soldat zuckte zurück. »Willst du mich in ein Schwein verwandeln?«

»Mein Name ist Chavir; man zählt mich nicht zu den Magiern. Außerdem besteht schon eine ziemlich große Ähnlichkeit, wozu also eine weitere Verwandlung?«

Nur der Hauptmann fand den Mut, die Hand auszustrecken und den Gast aufzuhalten.

»Aber wohin *jetzt,* Chavir?«

»Es reizt mich sehr, noch einmal jenen bewaldeten Hügel dort hinter der Mauer ohne Tore zu bewundern.«

Der Hauptmann spürte Schicksals Hand auf seiner Schulter und antwortete: »Nun, so geh. Die Mauer ist nun wieder ohne Tor, wie du schon sagtest.«

Am rubinroten Himmel schwebte eine Mondsichel. Auf der Erde lagen die Dunkelheit und die Launen der Nacht.

Chavir ging an den Basalttürmen vorbei zu dem Platz mit dem Springbrunnen und den Stufen. (In dieser Nacht war der Platz übersät mit Abfall — Hülsen und abgebrochene Blumen, Flitter, Fächerzinken, unleserliche Spuren von Tränen und Angst. Über diesen Platz war das goldene Mädchen-das-mit-dem-Tamburintanzte gelaufen, dem Wahnsinn verfallen, weil seine Hoffnungen so grausam enttäuscht worden waren. Chavir sah auf unbegreifliche Weise die Abdrücke ihrer laufenden Füße so deutlich wie Feuer auf dem Pflaster leuchten.)

In der Mauer waren die Spuren der jüngsten Arbeiten für jeden, der danach suchte, deutlich zu erkennen.

Chavir suchte danach.

Dann blickte er hinauf zur Mauerkrone, hinauf zur düsteren, tierähnlichen Schulter des Hügels. Alles lag jetzt im Dunkel. Jeder Laut hatte sich verdunkelt, weder Blätter noch Wasser hörte man rauschen.

Chavir setzte einen Fuß in einem unmöglichen Winkel gegen die Wand, die Sohle flach auf dem Mauerwerk und den Ziegeln.

Dann setzte er den zweiten Fuß daneben.

Erst ein Fuß, dann der zweite, in den Schuhen aus gebleichtem Leder.

Wenn man ihn sah, schien alles so einfach, daß man es fast geglaubt hätte. Sein Gewand hing nach hinten, sein hyazinthfarbenes Haar ebenso. Er bewegte sich genau in der Horizontalen. Die Arme hatte er an die Seiten gelegt. Wie eine Fliege marschierte Chavir die Mauer hinauf.

(Falls ihn wirklich jemand sah, dann schloß er die Fensterläden und die Augen.)

Die Mädchen, die in Erwartung aller möglichen ungewöhnlichen Freuden den Hügel erstiegen hatten, waren alle, jede einzelne, vor Entsetzen gestorben. Sie waren vor Angst versteinert, ihre Muskeln hatten sich in Stein verwandelt, ihre Knochen in Fels, ihr Blut in Regen, und ihre Herzen waren stehengeblieben.

Das Jhardamorjh kam wie die Nacht bei Sonnenuntergang oder in der gelben Mittagsstunde. Es war so schwarz, so riesig, so schrecklich. Es hatte den Körper eines riesigen Pferdes, vier Beine wie die eines Riesenadlers und einen gigantischen Adlerkopf mit einem Schnabel aus Basalt. Seine Haut war wie Pech, seine Federn wie Pechdraht, seine Augen wie glühende Kohlen. Grausam und seelenlos ragte es auf, die Schatten flohen vor ihm, und zurück blieb eine Mischung aus Schatten und Schwärze ohnegleichen.

Die Opfer schrien nicht: *Wo ist die glanzvolle, herrliche Belohnung? Wo bleibt die Erfüllung, wo das Entzücken?* Sie starben nur. Und das sagte alles.

Doch Ezail, das letzte Opfer, stand da und starrte zu der Bestie auf wie zu einem lebenden Turm. Vielleicht ohne zu wissen warum, sagte sie etwas. Sie sagte:

»Du warst für mich bestimmt. *Du bist mein.*«

Und das war nichts als eine Tatsache.

Als Fürst Hazrond vor Jahrhunderten um die Tochter

Azhrarns warb, um Azhriaz die Göttin — was hatte er da getan? Er hatte eine Stute mit einem Adler gepaart und aus dem Ei der Stute das erste Kind der Stute aufgezogen, ein Pferd mit Flügeln, mit dem er die Dame seiner Werbung geneigt machen wollte. Doch Azhriaz hatte das Geschenk zurückgewiesen, weil sie Hazrond ablehnte. Das zweite Wesen im Ei, das zweite Kind der Stute, das kleine Pferd mit den Adlerbeinen und dem Adlerkopf hatte man jedoch oben auf der Welt ausgesetzt, und dort war es zum Haustier eines blinden Mädchens geworden, zu ihrem Hausvogel, ihrem Beschützer. Es hatte sie auch tatsächlich beschützt und dabei entdeckt, wie es zu solcher Größe aufschwellen konnte, daß die Menschen in panischer Angst davonliefen.

Doch das blinde Mädchen war alt geworden. Sie wurde eine blinde alte Frau, und schließlich starb sie.

Inzwischen gab es Geschichten über sie und ihren grausigen Beschützer, und die Menschen kamen und brachten Opfergaben. Im Lauf der Jahre bauten sie ihr ein Marmorgrab mit goldenen Türen, pflanzten Bäume an, bohrten nach Wasser, stellten goldene Plastiken und Schreine auf und versteckten auch dort ihre Opfergaben. Doch die Bestie, die über den Hügel streifte, mieden sie. »Es ist ein Gott, und sie war seine Priesterin. Wir müssen sie beide beschwichtigen.« Mit der Zeit sah man das Tier zwar nicht mehr unterhalb des Hügels, aber man mauerte es doch ein, denn die Götter hält man am besten hinter einem Zaun, einem Altar, dem Himmel oder einem Käfiggitter. Mit der Zeit entstand am Fuß des Hügels auch eine Stadt, denn man schrieb diesem Ort wundersame Kräfte zu. Die Tradition, daß hier ein mächtiges Wesen weilte, das man ehren und meiden mußte — die blieb erhalten. Und schließlich gab man nach Art eines Mythos dem Gott alle sieben Jahre eine Braut. Alle Frauen wurden diesem Traum geweiht, und die ganze Stadt stellte sich in den Dienst der vergessenen Wahrheit. Das ganze Gebiet wurde zu einer Opfergabe. Jene, die dort um den Hügel lebten, beteten mit jedem Wort und jeder Tat, denn mit jedem Wort und jeder Tat wurde der Hügel beschworen — indem man ihn *nicht* ansah, *nicht* davon sprach. Und da die Stadt zu Wohlstand gelangte und ihre Wunder weithin berühmt waren, wußte man, daß man wohl daran getan hatte. Den ganzen Tag lang sangen die schwarzen Steinbestien an den Stadttoren stündlich ihre Hymne, und man hörte sie weit und breit. Und die Besucher sagten: »Was ist das für ein Hügel?« Oder sie fragten: »Was ist die Erhebung?«

Doch wenn die Mädchen, die man dem Gott opferte, das Jhardamorjh zu Gesicht bekamen, wurden sie zu Stein, und ihr Herz hörte auf zu schlagen. Daher ist nicht bekannt, was sonst mit ihnen geschehen wäre. Oder was die Bestie selbst dachte, wenn sie den Mädchen begegnete und Zeuge ihrer Not wurde. War die Bestie schließlich nicht immer noch das Haustier des kleinen blinden Mädchens, niemand anderer als ›Birdy‹, das zweite Kind der Stute, das geblieben war, um das Haus zu bewachen?

Verschmähst du mein Geschenk? hatte Hazrond gefragt. *Du bist es, den ich verschmähe,* hatte Azhriaz geantwortet. Aber jetzt wohnte die Seele von Azhriaz im Körper des Zwergenmädchens Ezail, und Ezail sagte zu dem vergessenen, zweiten Teil des Geschenks: Ich nehme dich an. *Du bist mein.*

Und Birdy senkte den nachtschwarzen Kopf mit den drahtigen Pechfedern und stieß einen inbrünstigen Seufzer aus. Es schlug nach den Blättern auf den Bäumen und wühlte den Gänseteich auf, an dem einst wirklich Gänse getrunken und gepickt hatten.

Dann setzte sich Ezail auf den Rasen, nahm ihre Amethystkette ab und begann damit zu spielen.

Wie ein gewaltiger Schatten näherte sich ihr das Jhardamorjh. Es stellte sich neben sie und senkte neugierig den Kopf. Ezail hielt die Perlen hoch und rieb sie sanft an dem harten Schnabel. Dann lehnte sie sich an eines der großen Beine, zwischen die gespreizten Klauen, während die Bestie die Perlen vorsichtig mit dem Schnabel betastete und sie einzeln in ihre Hand zurückfallen ließ.

So fand Chavir die beiden, als er in der Nacht durch den Wald geschritten kam, den aufgehenden Mond wie eine Leier auf der Schulter.

»Nun«, sagte Chavir, »muß in den Geschichten der Held das Ungeheuer erschlagen und die Jungfrau vom Tode erretten.« Chavir runzelte die Stirn. »Aber ich habe weder Schwert noch Dolch.« Er riß einen Zweig von einem der uralten Bäume ab. »Der muß genügen.« Und Chavir trat an das Jhardamorjh heran und berührte es mit dem Zweig leicht an der Kehle und an der Flanke. (Die Augen des Jhardamorjh glühten. Es tat nichts, sondern ließ nur die letzte Perle aus seinem Schnabel in Ezails Hand fallen.) »Das wäre erledigt«, sagte Chavir, setzte sich dicht neben das Zwergenmädchen und lehnte sich gegen das andere Bein des Jhardamorjh. »Nun fällt mir ein, daß ich auch noch meine Geschichte erzählen muß.«

Doch sie saßen eine Weile nur da, er und sie, die Bestie im Rücken, und schauten zu dritt hinauf in den Himmel, wo alle Sterne am Weinstock der Nacht hingen.

Dann begann Chavir zu erzählen.

»Mir scheint, als wäre ich einst ein anderer gewesen, aber damit dieser Augenblick stattfinden konnte, ließ ich mich in den Schoß einer Frau hinabgleiten und weckte dort die ungeborene Rose ihres Kindes. In dieser Rose aus Fleisch wurde ich hinausgetragen in die Welt der Menschen, dort wuchs ich heran und wurde Chavir, der deine Farben schwarz und blau trägt, so wie du die meinen trägst, mein Ringelblumenmädchen.«

Da antwortete Ezail Chavir, und sie sprach ganz anders, als sie jemals zuvor gesprochen hatte.

»Aber lieber Freund, du hast die Bestie ja gar nicht erschlagen. Und sollte das Mädchen nicht vielleicht wunderschön sein?«

»Oh, du bist wunderschön«, sagte er. »Als alte Frau warst du schön für mich, und ich, in der alten Doppelgestalt, der Häßliche mit den zwei Gesichtern, war dir ein ansehnlicher Liebhaber. Ist es nicht so?«

»Kein Zweifel. Aber ich wollte so leben, wie ich gelebt habe, so sein, wie ich bin. Und ich wollte ohne deine Liebe existieren, denn diesen Verzicht bin ich mir nach dem Verzicht auf das andere schuldig.«

»Geliebte«, sagte er. »Gewähre mir eine Bitte.«

»Nein.«

»Gestatte mir, dich zu befreien, nur für dieses eine Leben. Damit du mit mir zusammen sein kannst.«

»Nein«, sagte sie wieder.

»Wir werden sterblich sein. Wir müssen sterben. Was kann es schaden? Unsere Tage sind kurz.«

»Geliebter«, sagte sie, »bringe mich nicht von meinem Wege ab.«

»Wir haben alle Zeit der Welt«, sagte er. »Alle Zeit der Welt, um deinen Plan auszuführen. Spiele zu dieser Gelegenheit noch einmal das Spiel der Liebe mit mir. Das Spiel des Todes wird ihm allzu bald ein Ende setzen.«

»Soll ich denn«, sagte Ezail, »nur so wenig Widerstand leisten?«

»Du selbst hast mich doch den Kettensprenger genannt.«

Über ihnen glühten reglos die Sterne, der Mond schwebte langsam nach oben. Die riesige Welt der Flachen Erde lag in einem pantherschwarzen Gewand zwischen ihren Gebirgen und Meeren, mit den Lichtern der Menschheit wie mit Juwelen geschmückt. Und auf vielen Tausenden von Türmen suchten die Träumer und die Gelehrten den Himmel nach Spuren der Götter und des Schicksals ab, in vielen Millionen von Herzen brodelte und schlief das vergessene Wissen aller Zeiten. In den Wäldern streiften die Tiere der Nacht umher, tranken aus den Bächen, jagten und tanzten, und in den Städten feierte das Tier Mensch seine Feste und frönte seinen Begierden. Auf den Friedhöfen lag der Staub aller Gier und allen Kummers, unter den weißen Lilien der Wälder und Felder lagen die weißen Knochen. Im dunklen Versteck vieler Menschen wartete die Saat des Anfangs, in so manchem verschlossenen Kelch eines Frauenschoßes der Geist neuen Lebens. Und über allem glühten die reglosen Sterne, und der langsame Mond schwebte nach oben.

Endlich kam ein riesenhaftes Tier, Pferd und Adler zugleich, jettschwarz, so leicht auftretend wie ein Herbstwind, einen bewaldeten Hügel herab und trat durch eine hohe Mauer, die ohne einen Laut zerbarst. Und vor dem Tier, das er an einem Grasseil führte, schritt ein hübscher junger Mann mit blauen Augen und schwarzem Haar einher, in Schuhen aus gebleichtem Leder und einem violetten Gewand. Doch hoch oben auf dem Rücken des Tieres saß ein schlankes, schönes Mädchen, hochgewachsen und blaß wie eine Lotosblüte, sie war in Weiß gekleidet, und ihr Haar hatte die Farbe von Ringelblumen.

Sie durchquerten lautlos die Stadt Jhardamorjh, gingen über die gepflasterten Straßen, zwischen den Häusern und den Parks hindurch. Am Tor, wenn nirgends sonst, wurden sie möglicherweise gesehen, oder vielleicht auch nicht, da sie zu außergewöhnlich waren, um bemerkt zu werden. Dennoch wurden die Stadttore geöffnet, und sie zogen hinaus auf die Straße, wo die Obelisken und Statuen nach Süden hin den Weg säumten.

Die magischen, mechanischen Tiere am Tor, sie regten sich nicht und stießen keinen Schrei aus, denn es war noch Nacht und nicht die rechte Stunde dafür.

Weiter wird nichts berichtet, nur daß Liebende lieben und leben und, wenn ihre Zeit gekommen ist, auch sterben, wie es allen Menschen auferlegt ist. So war es auch mit Ezail und Chavir, die einst Sovaz und Oloru, Azhriaz und Chuz gewesen waren. Denn so war und ist es mit dem irdischen Leben und mit dem irdischen Tod. Doch was die Liebe angeht, wer kann ein Ende voraussagen oder ermessen, planen, zuweisen oder verkünden? Die Liebe ist etwas vom Unsterblichen.

HEYNE
BÜCHER

HEYNE FANTASY

Romane und Erzählungen internationaler Fantasy-Autoren im Heyne-Taschenbuch.

06/4428 - DM 10,80

06/4429 - DM 10,80

06/4451 - DM 9,80

06/4440 - DM 9,80

06/4466 - DM 8,80

06/4419 - DM 12,80

06/4473 - DM 14,80

06/4478 - DM 9,80